초한지

김길형 편저

| 이 책을 엮으며 |

천하통일을 이룩한 영웅 호걸들의 결정장

　힘으로는 '산을 뽑고 기운은 세상을 덮어 버린다' 는 천하장사 항우의 역발산기개세力拔山氣蓋世. 땅을 박차고 하늘을 정복하겠다는 난세의 호걸들 틈에서 권토중래를 꿈꾸는 한漢나라의 대부代父 유방의 지략.
　항우와 배짱과 유방의 지략의 숨막히는 한판 승부는 파란만장한 중국 역사의 절정 부분이며 정복과 승부의 야심에 불타는 인간이 낳은 금세기 최대의 대서사시이다.
　자칭 천자들이 일세를 뒤흔들던 춘추 전국 시대를 건너와 중국 역사상 거대한 용트림을 시작하는 삼국 시대의 여명을 이끌어 오는 가장 치열한 인간사의 전주곡을 우리는 읽게 된다.
　한번 손에 잡으면 결코 시간 가는 줄 모르고 넘치는 긴장감 속에서 마지막까지 읽게 되는 박진과 스릴의 거대한 스펙터클. 한 장 한 장 책장을 넘길 때마다 배신과 복수가 판을 치는 『초한지』는 말 그대로 인간이 만든 지구 위의 가장 뜨거운 기록이며 가장 치열한 승부를 점찍은 불멸의 대하 드라마이다.
　이 이야기는 우리의 인생에서 빼놓을 수 없는 살아 있는 출세 전략이며, 실패의 늪에서 성공의 언덕으로 뛰어오르는 불세출不世出의 모략이다. 우리가 살아가는 데 있어 보다 많은 지혜를 얻을 수 있을 것이다.

차례

이 책을 엮으며 • 5

선견지명 • 9

유방, 백사를 베다 • 28

항량의 죽음 • 46

이사의 말로 • 59

진의 멸망 • 76

잔도교를 끊다 • 85

의제를 시해하다 • 101

잔도를 이어라 • 118

돌아온 장량 • 132

장구지계 • 139

드디어 낙양에 입성 • 144

다시 시작되는 동정의 길 • 155

장량의 지략 • 173

진평의 묘계 • 202

세치 혀의 효력 • 211

제왕이 된 한신 • 224

거짓으로 맺은 휴전 • 244

제후들의 출전 • 258

불길한 전조 • 276

사면초가 • 290

영웅의 최후 • 302

통일천하 • 312

순례길 • 328

구름에 달가듯이 • 346

큰별 한신이 죽다 • 371

영포의 죽음 • 385

떠나가는 장량 • 403

선견지명

기원전 255년 3월.
광막한 중국 대륙을 지배하던 주周나라는 내우외환으로 인하여 국세가 미약해졌다. 이렇게 나라가 혼란해지자 자연히 천하에 웅거하고 있는 제후들을 통치할 힘이 없어졌다.
그러자 진秦·초楚·연燕·제濟·한韓·위魏·조趙나라의 제후들은 자기들 나름대로의 세력을 확장하기에 혈안이 되어 있었다.
천하를 지배하기 위해서는 힘이 약해진 주나라보다는 막강한 세력을 쥐고 있는 제후들이 눈엣가시가 되지 않을 수 없었다. 드디어 맨 처음 진의 소왕昭王은 대장 왕흘, 왕전과 황손인 이인異人으로 하여금 철갑군鐵甲軍과 보병 십만을 주어 우선 조趙를 진압하도록 명하였다.
그로부터 진의 효왕孝王과 장왕莊王을 거쳐 진왕에 이르러 주위 제후들을 모두 토벌한 진왕은 군신들을 모아 놓고 어전회의를 열었다.
"육국六國을 토벌하고 이제 천하를 통일하였소. 나는 천하에서 가장 높은 사람이 되었으니 마땅히 특수한 제도를 만들어 만민의 이목을 새롭게 해야겠소."
이에 진왕은 자신이 이룬 공과 덕이 삼황三皇과 오제五帝보다 월등히 뛰어나다 하여 존호를 황제라 하고, 몸을 짐이라 부르며, 명령을 조서라 개칭하여 자기의 자손은 앞으로 수만 대에 이르기까지 이 기업을 영원히 계승한다고 선언했다.

 그는 이어 천하를 36군郡으로 분할한 다음, 싸움질을 봉쇄한다는 의미에서 각처의 무기들을 전부 거둬들여 그것으로 금인金人 열두 개를 주조하여 함양성에 세워 놓고 또 국가의 부강함을 상징하기 위하여 상림上林에는 장대章臺를, 상판上阪에는 복도複道를 건립하는 등 온갖 토목공사를 일으켰으며, 천하의 미녀와 진귀한 보물들을 모두 모아들였다.
 그런 후 어느 날 시황제는 군신들을 어전에 소집했다.
 "옛날 성왕들은 가끔 천하를 순행하여 각처의 민정을 살폈소. 해서 짐도 그 전례를 본받고자 하는데 경들의 의향은 어떠하오?"
 군신들은 모두 이구동성으로 아뢰었다.

"지당하신 생각이시옵니다."

이리하여 시황제는 여러 수행원을 대동하고 농서 북부를 비롯하여 각처의 순행을 시작하였다.

순행길의 시황제가 어느 날 계령산을 지나다가 무심중에 그 봉우리에 올라 동남쪽 하늘을 관망하게 되었다. 그런데 거기에는 안개같은 기운이 오색의 광채를 띠고 떠 있는 것이었다.

"기이한 일이다…."

시황제는 대동한 연나라 태생인 송무기宋無忌에게 물었다.

"저 안개 같은 것이 무슨 구름이며 어떤 징조인가?"

"구름에는 상운·서운·부운·저운·경운 등이 있사온데, 지금 저것은 구름이 아니라 용의 모양을 하고 있사옵니다. 더구나 오색 광채를 띠고 있으니 반드시 천자가 탄생할 징조인가 하옵니다."

진 시황의 안면에 일순 어두운 그림자가 스쳐지나갔다.

"그럼 어떻게 해야 되겠느냐?"

"폐하께서 직접 저곳에 행차하시어 이미 천자가 탄생하였음을 백성들이 알 수 있도록 알리시고 또 보물을 땅 속에 묻으면 그 기운이 점차 없어질 것이옵니다."

진 시황은 즉시 어가를 동남방으로 둘러 추역산에 오른 뒤 막대한 자금을 들여 송덕비를 세웠다. 그리고 동악에는 봉선단封禪壇을 구축하여, 차고 있던 태아보검太阿寶劍을 단 밑에 묻었다. 그리고는 회수淮水와 강수江水를 건너 남군南郡을 거쳐 함양으로 돌아왔다.

순행길에서 돌아온 시황제는 항상 침울했다. 천자가 탄생하리라는 말이 마음에 걸렸기 때문이었다.

어느 날 시신들은 시황제에게 간곡하게 권했다.

"마침 날씨도 화창하니 어화원을 산책하시며 회포를 푸십시오."

"그래, 그것도 좋겠구나."

어화원에는 한창 화초와 꽃나무들이 만개하여 향긋한 냄새가 온 궐 내를 진동하고 있었다. 그때 시황제는 산책을 마치고 잠시 휴식을 취하고 있던 차였다.

평소 우울증에 걸려 있던 그는 오래간 만에 깊은 잠으로 빠져들어 갔다. 그때 돌연… 천둥 소리가 요란하더니 붉은 태양이 공중에서 시황제의 앞으로 뚝 떨어지는 것이 아닌가.

그러자 동쪽에서 무쇠처럼 단단하게 생긴 얼굴을 지닌 청의동자靑衣童子 하나가 달려와 그 태양을 안으려 했다.

이때 남쪽에서 또 하나의 홍의동자가 불현듯 달려오더니 큰 소리로 외쳤다.

"이놈아! 꼼짝 마라. 나는 상제上帝의 칙명을 받들어 그 태양을 가져가려고 한다."

그러나 호락호락하게 빼앗길 청의동자가 아니었다. 드디어 두 동자는 서로 맞붙어 싸우기 시작하였다. 청의동자는 힘이 막강했다. 홍의동자에게 연거푸 수십 차례 숨 돌릴 틈도 주지 않고 공격을 퍼부었다.

홍의동자는 교묘하게 버티다가 순간 몸을 솟구치며 칼을 날려 번개처럼 후려쳤다.

"으악!"

칼에 맞은 청의동자는 그만 그 자리에서 죽어 버렸다.

홍의동자는 즉시 해를 안고 남쪽을 향하여 쏜살같이 달려가려 했다. 이 광경을 본 시황제가 정신없이 외쳤다.

"해야! 잠깐만 멈추어라. 너는 뉘집 아이이며 이름이 무엇이냐?"

홍의동자는 서슴지 않고 대답하였다.

"나는 본디 요순堯舜의 후손이며 풍패豊沛 지방에서 태어났소. 나는 상제의 명령을 받아 사구沙口에서 의병을 일으켜 함양을 평정시킨 다음 촉왕蜀王이 되어 사백 년 기업을 세울 것이오."

그리고는 홍의동자는 몸을 날려 사라졌다.

그러자 금방 구름과 안개가 하늘을 뒤덮고 붉은 광명이 온 대지안에 가득 차는 것이 아닌가.

시황제는 소스라치게 놀라 번쩍 눈을 떴다. 일장춘몽이었다.

"그렇다면 나의 천하가 결국은 영씨 아닌 다른 사람의 손에 넘어간단 말인가?"

생각하면 생각할수록 흉조임에는 틀림이 없었다.

언짢은 기분으로 환궁한 그는 어지러운 심사를 걷잡지 못하다가 드디어는 여러 대신들을 모이게 하였다.

"경들은 들으시오. 짐의 천하가 태평하려면 짐이 장생불로하여 몇 만 년까지고 다스려야 할 것 같소. 그러니 영원히 살며 죽지 않는 약을 구할 수는 없겠소이까?"

그러자 송무기가 나섰다.

"신이 들건대 동해안에 삼신산三神山이 있다고 하옵니다. 그곳은 언제나 화창한 봄날같이 따뜻하고 더움을 모르며 또한 불사약不死藥이 있어 몇 만 년이 지나도 세월 가는 줄 모른다 하옵니다. 그곳에 가면 반드시 불사약을 구할 수 있으리라 생각하옵니다."

시황은 눈이 번쩍 빛났다.

"경은 그 선경仙景을 한번 구경한 적이 있는가?"

"신은 가 보지는 못 했사오나 신이 알고 있는 서복徐福이란 자의 말을 들었습니다."

시황은 즉시 방술사方術士인 서복을 불러오도록 했다.

서복은 천연스럽게 대답했다.

"불사약이란 진짜를 구하기가 하늘의 별을 따는 것보다 어렵기 때문에 신이 직접 그곳까지 찾아가야 될 것이옵니다."

시황은 마음이 조급했다.

"그곳을 찾아가자면 무엇이 필요한가? 조금도 아끼지 않을 것이니 어서 말해라. 짐이 과연 그 진짜 불사약을 구하여 경과 함께 신선이 된다면 그 얼마나 좋은 일이겠는가?"

서복은 망설이지 않고 대답했다.

"신을 보내시려면 오색으로 장식한 큰 배 열 척과 동남동녀童男童女 각 오백 명을 주시고 금은, 보물 같은 것은 물론이며 백 일 동안 먹을 것과 기타 필요한 도구 일체를 마련하여 주시면 어김없이 구해 오겠습니다."

시황제는 크게 기뻐하며 즉석에서 명을 내렸다.

그리하여 서복은 새로 만든 배에 올라 동남동녀 천 명을 거느리고 어디론가 사라져 버렸다.

그러나 한 번 떠나간 서복은 그후 영영 소식이 묘연했다.

"어찌 된 영문인지 모르겠다…."

진시황은 다시 유생인 노생盧生을 시켜서 서복을 찾아보라고 하였다.

그러나 동해에 당도한 노생은 정신이 아득해졌다.

만경창파에 거센 파도 소리만 들려 오고 안개와 폭풍우로 방향을 분간할 수 없었기 때문이었다.

"아! 이를 어쩌면 좋단 말인가…."

노생은 그 길로 수행원을 데리고 태악산으로 들어갔다.

그러던 어느 날, 그는 험상궂게 생긴 사람 하나를 발견하였다.

그 기인은 사람이 다가와도 거들떠보지도 않고 바위에 누워 있었다.

'이렇게 깊은 산 속에서 혼자 있는 것을 보니 저 사람이야말로 당대의 기인임에 틀림이 없다…'

노생은 조심스럽게 말을 건넸다.

"소생은 시황제의 명으로 신선을 찾아 장생불사 약을 구하러 왔소이다."

그러자 그 기인은 한바탕 웃음을 터뜨렸다.

"한 번 정해진 천명天命은 천하 어느 누구도 거역하지 못하는 법이며 더구나 이 세상에 무슨 놈의 불사약이 있다는 말이요? 보아하니 진 시황은 어리석기 짝이 없는 위인이구료."

기인의 언사는 오만불손했다. 그러나 한번 신선으로 단정한 노생은 노인을 탓하지 않고 두 번 세 번 간청하였다.

얼마 후 노인은 할 수 없다는 듯이 한 쪽 바위를 떠밀고 그 속에서 한 권의 책을 꺼내 노생에게 주며 당부했다.

"이 책에는 생사와 흥망에 대한 모든 것이 적혀 있으니 갖다가 진 시황에게 보이시오. 그리고 그 따위 허황된 생각일랑 아예 하지도 말라고 하시오."

책에는 '천록비요天錄秘要'라 적혀 있었다.

노생은 그 책을 간직하고 서둘러 함양으로 돌아와 진 시황에게 바치고 지난 일들을 모두 아뢰었다.

진 시황은 '천록비요'를 펼쳤다.

전면에는 역대 제왕들의 운명에 대한 도본圖本이 그려져 있고 맨끝에는 상형문자로 무슨 은어들이 적혀 있었는데 무슨 내용인지 전혀 알아볼 수가 없었다.

"어서 이사李斯를 불러라."

이사가 와서 그 뜻을 풀어 아뢰었다.

그런데, 엄청나게도 진나라를 망칠 자는 호胡라는 내용이 아닌가. 진 시황은 북쪽 오랑캐가 장차 진나라를 망칠 것이라 단정하였다 즉시 대장 몽염에게 팔십만 대군을 주어 북방에 만리 장성萬里長城을 구축하도록 하였다.

오랑캐의 침략을 사전에 방지하자는 뜻이었다.

　　결국 진나라를 망하게 한 것은 북쪽의 오랑캐가 아니라 황자 호해胡亥란 뜻에서 쓴 '호胡'자라 만리 장성의 구축은 아무런 가치도 없는 무모한 짓이었다.
　진 시황은 또 수도 함양을 위시하여 동쪽으로는 바다를 메우고 서쪽으로는 호화찬란한 아방궁阿房宮을 건립하여 남쪽으로는 오령五嶺을 깎아 궁궐을 세웠다.
　여기다가 옛날 선왕의 제도를 깡그리 변경시킨 다음 서적에 대해서도 의학醫學·복서卜筮·종수서種樹書 같은 것만 남기고 기타 성경현전聖經賢傳은 모두 거둬들여 불태워 버렸다.
　이와 같은 처사에 노생 등 수많은 유생들이 들고 일어났다.
　진 시황은 격분해 소리쳤다.

"아무것도 모르는 자들이 감히…. 모조리 죽여라!"

이렇게 하여 노생 이하 사백오십여 명의 유생들을 모조리 능지처참 시키고 말았다. 그리고는 누구든 서로 모여 쑥덕거리는 자가 있으면 고하를 막론하고 거리로 끌어내어 참형에 처한다는 방을 전국 곳곳에 내붙였다.

진 시황의 정사가 날로 잔혹해지자 태자 부소扶蘇가 간곡히 간했다.

부소는 부친과는 달리 효성이 극진하고 마음이 어진 사람이었다.

"폐하, 유생들은 모두 공자의 성도聖道를 익힌 사람들이옵니다. 그런데 폐하께서는 그들의 의논을 배격하시고 오히려 무참한 도륙을 강행하시니 이러다가는 천하의 대세가 기울어질까 심히 걱정스럽습니다."

충성 어린 간언이었다. 그러나 진 시황은 눈에 불을 켜며 부소를 꾸짖었다.

"고얀 놈, 짐의 뜻을 거역하면 어떤 형벌이 내리는지 아느냐? 너는 지금 당장 북쪽 상군上郡에 있는 몽염의 군대나 감독하라."

태자를 당장 멀리 쫓아 버리고 말았다. 그래도 진 시황의 심기는 편치 않았다, 동남방에 왕기王氣가 어렸고 불길한 꿈이 뇌리에서 사라지지 않기 때문이었다.

'그 운기가 어린 곳에 분명히 난을 일으킬 자가 있을 것이다…'

이렇게 생각한 진시황은 다시 동국東國으로 가서 그 자를 찾아 없앨 작정을 하고 순행길을 서둘러 떠났다.

이 무렵….

한韓나라에 한 인물이 있었는데 이름은 장량張良이며 자는 자방子房이라 하였다. 그의 선조는 오대五代에 걸쳐 한나라를 섬긴 당시 명문 재상 집안의 출신이었다.

그는 한나라가 진 시황에게 짓밟혀 멸망하자 너무나 원통하여 끝내는 그 원수를 갚을 결심을 하였다. 그리하여 천금을 써가며 천하장사壯士와 결탁하여 진 시황을 죽일 계획을 세웠다. 그러나 이러한 거사가 실패하자 장량은 그 길로 하비 땅에 있는 항백項伯이란 친구의 집으로 숨었다.

항백은 본디 초나라 장수 항연項燕의 자손으로 장량과는 절친한 친구 사이라 두 말 없이 그를 숨겨 주었다.

하루는 장량이 이교라는 다리를 건너고 있을 때 난데 없이 전신에 황의黃衣를 걸친 노인이 다리를 지나다가 심통맞게 자기의 신을 벗어 다리 밑 진흙 속으로 던지는 것이 아닌가….

그리고는 처음 보는 장량에게 무뚝뚝하게 말하는 것이었다.

"이보게, 젊은이! 내 신발을 좀 집어다 주겠는가?"

장량은 첫눈에 그 노인이 보통 사람이 아니라는 것을 알고 군말 없이 그 신발을 집어다 정중하게 바쳤다.

그런데 노인은 다시 신을 벗어 다리 밑으로 던지고는 민망스러운 빛도 없이 또 주워 달라고 하는 것이 아닌가.

한 번도 아니고 무려 세 차례나 이런 행동은 되풀이하였다.

그러나 장량은 조금도 싫은 표정을 보이지 않고 말없이 신을 집어다 주었다. 그러자 노인은 비로소 얼굴 가득히 미소를 띄고 혼잣말처럼 중얼거렸다.

"너는 지금부터 닷새 후 아침에 저 나무 밑에 와서 기다려라. 너에게 줄 것이 있다. 절대로 시간을 어겨서는 안 되느니라."

닷새 후 장량은 약속대로 아침 일찍 그 나무 밑으로 나갔다. 그러나 노인은 먼저 와서 기다리고 앉아 있다가 추상같이 호령을 했다.

"젊은 녀석이 약속을 해놓고 이렇게 늦게 오다니, 어디서 배운 버릇이냐? 닷새 후에 다시 오도록 해라."

장량은 닷새 후 새벽 일찍 일어나 달려갔다. 그러나 이번에도 노인은 먼저 와서 기다리고 있다가 호되게 나무랬다.

"이렇게 게을러서 되겠느냐? 다시 닷새 후에 나오너라!"

장량은 나흘이 지나 아예 초저녁부터 가서 노인을 기다렸다. 잠시 후 노인이 나타나 껄껄 웃었다.

"허허허… 이번엔 일찍 나왔구나."

노인은 황색 도포와 가죽으로 만든 관을 쓴 차림에다 의젓한 풍모와 의젓한 걸음걸이가 돋보이는 사람이었다.

"삼가 스승님의 가르침을 기다리고 있습니다."

그러자 노인은 정색을 하고 부드럽게 말했다.

"내 너의 관상을 보니 골격이 청수하고 앞길이 창창하여 이 다음 제왕帝王의 스승이 될 것이다. 다행히 너와 기이한 인연이 되어 내가 지금 세 권의 책을 준다. 너는 착실히 공부하여 한나라의 원수를 갚고 참다운 임금을 도와 그 쟁쟁한 이름을 천추만대에 남기도록 하여라. 이 책에는 지난날 손무자孫武子처럼 적을 요리하여 승리를 얻는 병법과 범려처럼 공을 이룬 뒤에 선뜻 물러서는 묘법 등이 적혀 있느니라."

"예, 명심하겠습니다. 하오나 스승님의 높으신 함자라도 제게 알려 주시옵소서."

노인은 빙그레 웃으며 대답했다.

"오늘부터 십 년 후 너는 크게 흥할 것이며 십삼 년 후에는 대곡성大谷城 동쪽의 묘지墓地를 파다가 그 안에서 황석黃石 하나가 나올 것인즉, 너는 그것이 바로 나인 줄 알아라."

말을 마친 노인은 순간 어디론가 홀연히 사라져 버렸다.

이때부터 장량은 지난날의 협기를 버리고 그 책을 연구하며 장차 기반을 닦기에 전력했다. 이 무렵, 시황제의 행차는 서주 지방을 거쳐 풍패현에 당도하여 보니 그때도 왕기가 은은히 하늘에 서려 있었다.

진 시황은 즉시 이사를 불러 명했다.

"짐은 지난번 동남쪽에 심상치 않은 기운이 보여 괴이하게 여겨 이토록 여러 고장을 돌아보고 있다. 경은 이 지방을 샅샅이 살피고 추호라도 수상한 자가 보이면 가차없이 능지처참하여 후환이 없도록 하라."

이사가 즉시 나서서 아뢰었다.

"폐하께서는 어찌하여 그 우연히 나타난 서기를 가지고 이토록 심려하십니까?"

이사의 말을 듣고 명을 거둔 진 시황은 다시 행차를 떠났다. 순간 어떤 소년 장사가 화살을 겨누고 있었다. 그러자 중년 노인이 급히 저지시키며 나직한 목소리로 타일렀다.

"그건 안되네. 대장부가 어찌 자손 만대에 남을 공업을 세우지 않고 그따위 자객들이나 하는 짓을 본받으려 하는가?"

이 소년은 초나라 장수 항연項燕의 자손이었다.

소년은 하상下相 태생으로 항적項籍이라 하였고 소년을 저지한 사람은 그의 숙부인 항량項梁이었다. 항적의 자는 우羽, 항우項羽라 불리웠다. 숙부 항량이 그에게 글을 가르치고 무예를 익혀 주어도 항우는 어찌 된 셈인지 영 진전이 없었다.

하루는 항량이 화를 내며 항우를 꾸짖었다.

"너는 글도 신통치 못 하고 무예도 진전이 없으니 도대체 장차 무엇을 할 셈이냐?"

항우는 천연덕스럽게 대답했다.

"글이란 고작 이름 자나 쓰면 충분하고 또 무예란 겨우 한 명밖에 상대할 수 없습니다. 이 조카는 만 명의 적에 대항할 수 있는 계책을 배우고자 합니다."

이때부터 항량은 항우를 매우 기특하게 여겨 더욱 사랑하게 되었고., 항량도 야심이 많은 자로 항상 오吳·초楚를 드나들며 기회를 엿보다가 마침 진시황의 행차를 만나게 된 것이었다.

때는 진 시황이 즉위한 지도 어언 36년이 흘렀다.
어느 날 순행길에 진 시황은 또 괴상한 꿈을 꾸었다. 그는 동해東海 용왕과 만나 치열한 싸움을 벌이다가 결국 그 용왕의 무서운 위력을 당해 내지 못하고 급히 도망치려 했다.

그러나 망망대해가 가로막혀 도저히 빠져 나갈 길이 없었다. 안절부절못하고 있으려니까 돌연 하늘에서 늙은 용 한 마리가 번개같이 내려와 자기를 꿀꺽 삼켜 버리는 것이 아닌가… 진 시황은 소스라치게 놀라 번쩍 눈을 떴다.

이런 악몽에 시달린 진 시황은 결국 병을 얻고 말았다. 그러지 않아도 한 번만 긴장을 풀면 병이 생겨 다시는 일어날 수 없을 것 같던 진 시황의 용태였다.

그는 자신의 운명이 다한 것을 짐작하고 의사를 불러 유조遺詔와 옥쇄를 맡기며 당부했다.

"이젠 짐의 천명도 다했나 보오. 경은 짐이 죽은 후에 태자 부소扶蘇를 데려다 대위大位를 맡기시오. 그러면 우리 진나라는 영원히 보존하게 될 것이오."

이어 진 시황이 재차 당부했다.

"짐은 여러 해 동안 경과 같이 있으면서 국사에 대해서는 경중을 막론하고 모두 경과 상의를 해왔소. 경은 앞으로도 짐의 말을 명심하며 태자 부소를 잘 도와주시오. 짐이 일시적인 착각으로 말미암아 그 인자하고 성실한 태자를 상군上郡으로 쫓아내어 이제 후회가 막급이오."

어렵게 말을 마친 시황제는 마침내 숨을 거두고 말았다.

진 시황 즉위 37년이며 시황의 나이 오십세 되던 해였다.

이때 진 시황의 둘째 아들 호해胡亥와 이사·조고 등 재상들은 진 시황의 유언대로 국상을 발표하지 않고 왕의 시체를 시원한 수레 안에 안치해 놓고 그냥 함양으로 길을 재촉했다.

마치 산사람처럼 끼니마다 음식까지 바치며 철저하게 위장술을 펼쳤다. 행여 반란이 일어날까 두려워 한 때문이었다.

그러나 때는 무더운 여름철이라 시체 썩는 냄새가 나자 그 수레 주위에 일부러 썩은 고기를 방치하여 사람들의 후각을 혼동시키기도 하였다. 한편 이사는 무슨 생각이 있었는지 부소에게 대위를 계승시키라는 유조를 받고도 아직 부소에게 사신을 보내지 않고 우물거리고 있었다.

이 낌새를 알아차린 조고는 급히 이사를 찾아가 설득했다.

"내 생각에는 유조를 슬쩍 고쳐 호해를 황제로 옹립하는 것이 좋을 듯한데 공의 의향은 어떠시오?"

이사는 의외로 강력하게 반대했다.

"아니되오. 선황께서 이미 간곡한 유언을 하셨는데 어찌 신하가 그 유조를 고칠 수 있겠소?"

그러나 고조는 포기하지 않고 끈덕지게 설득했다.

"그럼 공은 몽염夢恬과 역량을 비교해서 누가 더 태자의 사랑을 받을 것 같다고 생각하시오?"

"그야 내가 몽염에 비할 바가 되지 못하오."

조고는 눈빛을 빛내며 바싹 이사 앞에 다가앉았다.

"그러니 말이오. 태자 부소는 두뇌가 명석하고 결단성이 대단한 데다가 평소 공과는 사이가 별로 좋지 못하지 않소? 만약 그를 황제로 옹립한다면 그는 반드시 공을 평민으로 만들고, 몽염으로 승상을 삼을 것이오. 공은 어찌하여 눈앞에 불을 보는 것 같은 정세를 파악하지 못하시오?"

이사는 오랫동안 생각에 잠겨 있다가 무겁게 입을 열었다.

"그대의 말이 옳소. 그러나 선황의 유언을 차마 저버릴 수가 없소이다."

고조는 펄쩍 뛰며 이사의 결단을 촉구했다.

"무슨 소리요? 공은 지금 죽느냐 사느냐 하는 두 갈래 길에서 기필코 사는 길을 선택해야 합니다."

조고의 달콤한 말에 이사는 완전히 빠져 동조하고 말았다.

"정히 그렇다면 그대의 의견을 따르겠소."

두 사람은 즉시 호해를 찾아가 먼저 조고가 말했다.

"전하께서도 선황의 유조를 아시는 터입니다. 그러나 지금은 전하와 이 승상, 그리고 신의 운명을 결정하는 중대한 시기입니다. 만약 선황의 유조대로 태자 부조를 옹립한다면 신 등은 물론 전하의 생명까지도 남의 손에 의하여 좌우될 것이옵니다. 그때 가서 후회한들 무슨 소용이 있사오리까. 그러므로 신은 이미 승상과 상의를 하였습니다. 전하를 황제로 모시고 신 등과 함께 영원한 부귀를 누릴까 하는데 전하의 의향은 어떠하신지….”

그러나 호해는 완강히 거절했다.

“형을 폐하고 아우가 나선다는 것은 천리에 어긋나는 짓이며 부황父皇의 명령을 어기고 남의 자리를 차지하는 것은 어리석은 자가 하는 행위라 천하가 다 복종하지 않을 것이오.”

그러나 조고는 호락호락 물러서지 않았다.

“전하, 절대로 그렇지 않습니다. 작은 일에 구애되어 대사를 그르치는 것은 명철한 처사가 아닙니다. 더군다나 기회는 자주 있는 것이 아니며 이미 촌각을 다투는 급박한 상황에 처해 있습니다.”

주견이 없는 호해는 두 사람의 권고를 더 이상 거절하지 못했다.

“정히 그렇다면 경들이 알아서 원만하도록 처리하시오.”

한편 부소는 몽염과 더불어 상군에 있다가 부황의 칙사가 온다는 소식을 듣고 성 밖까지 나와 염악을 영접하여 조서를 받았다.

그 위조된 조서의 내용은 다음과 같았다.

지난 하夏·은殷·주周, 시대에는 효도로써 천하를 다스리고 화목으로 국본을 삼았노라. 그러므로 누구나 여기에 위배되면 그 윤리와 도덕이 땅에 떨어지고 마는 것이다. 그런데도 너 부소는 나라를 위하여 공훈을 세울 생각은 하지 않고 광패한 글을 올려 함부로 군부君父를 비방하였다. 이는 도저히 용서할 수 없는 일이라 부자간의 정의로 보아서는 안 되었다만 나라의 법률을 무시할 수 없기 때문에 호해로 태자를 책봉하고, 너에게는 독주와 단검을 내리노니 두 가지 중에서 한 가지를 택하여 자결하도록 하라. 그리고 장군 몽염은 대군을 거느리고 외방에 있으면서 지엄한 국법을 문란시 큰 죄가 있어 마땅히 엄벌에 처할 것이나, 아직 장성을 구축하는 대업이 끝나지 않았기에 그대로 유임시키는 바이니 조서대로 시행할지어다.'

조서를 읽은 부소는 목놓아 통곡했다.
부소는 바로 독주를 들이키려 했다. 이것을 본 몽염이 다급하게 만류하고 나섰다.
"고정하십시오. 전하, 황상께서는 신에게 삼십만 병력을 주어 장성을 구축케 하셨고 또 전하에게는 감군監軍의 중책을 맡기셨는데 청천벽력같이 이 같은 명이 내려진다는 것은 아무래도 납득이 가지 않습니다. 전하께서는 일단 황상을 뵈온 다음 그것이 사실이라면 그때 자진하셔도 늦지 않으오리다."
"이미 부황의 명령이 내려졌고 또 칙사까지 직접 와 있는데 어찌 거짓이라 의심하고 찾아가 진상을 알아보겠소?"
부소는 끝내 독주를 마시고 한 많은 세상을 하직하고 말았다.
정경구와 구원九原을 거쳐 함양에 돌아온 이사와 조고는 그제야 국상을 발표하고 호해를 옹립하여 이세 황제라 칭했다. 그 해 구월이 되었다.
진 시황의 시체를 연산驪山에 매장하고 수없이 많은 금은 보물과 자식 없는 궁녀들까지 거두어 함께 순장하였다.
이로부터 진나라의 모든 권력은 이사와 조고에게 돌아갔다. 그러나 부소의 뒤를 이어 몽염까지 죽어 버리자 이사와 조고는 이제 천하에 두려운 것이 없었다.
그들은 군무와 국무를 자기들 마음내키는 대로 처리하고 이세 황제에게는 살육을 하는 사건만 사주했다.
나라가 극도로 어지러워지자 산동과 산서와 호남과 호북 각처에서는 육국六國의 후손들이 의병을 일으켜 점차 세력을 확장시켜 가기 시

작하였다.

그때 초나라에 진승陳勝과 오광吳廣이라는 사람이 있었다. 그들은 어양魚陽을 지키러 진나라의 군졸 수백 명을 거느리고 가다가 대택이라는 곳에서 장마를 만나 지체하게 되었다. 정해 놓은 날짜를 어긴다는 것은 엄한 법률로 보아 틀림없이 목이 떨어지는 형벌을 면치 못 하는 것이었다.

진승은 군졸들을 모아놓고 비장하게 말했다.

"우리가 천재지변으로 날짜를 어겼으나 목이 달아날 것은 틀림 없다. 또 천행으로 죄를 면하다 치더라도 무엇을 바라고 어양을 지키다 거기에서 죽겠는가? 대장부라면 죽어도 이름을 크게 날려야 하지 않겠느냐? 지금은 진나라의 정사가 크게 어지러워 천하가 물끓듯하고 있다. 이왕 죽을 목숨들이니 우리는 의병이 되어 도탄에 빠진 백성이나 구하자."

이 말에 군졸들은 환호성을 울리고 모두 천지신명에 맹세했다. 이리하여 그들은 스스로 대초大楚라 이름하고 우선 대택을 쳐서 빼앗고 동국東國으로 향하여 진나라에 이르게 되었다.

또 무신武臣이란 자는 조나라에서 난을 일으키고, 유방劉邦은 패沛에서, 항량은 오吳에서 군사를 일으켜 북새질을 치는 통에 천하는 온통 뒤죽박죽이 되어 술렁거렸다.

이 무렵 유방은 소하蕭何·조참曹參·번쾌 등의 뛰어난 장수들과 군사 삼천여 명을 거느리고 진승과 합세하여 제濟나라를 공략하고 있었다.

유방은 패현沛縣 태생으로 자를 계季라 하였다. 유방이 세상에 태어나기 전 그의 모친은 우연히 집 주위에 있는 큰 연못가에 나왔다가 그만 자신도 모르게 곤하게 잠이 들고 말았다.

모친은 꿈에 어느 신인神人과 정교를 하는 꿈을 꾸고 깜짝 놀라 눈을 떴는데 갑자기 천지가 캄캄하게 변하고 천둥 소리가 한바탕 울렸다. 그러더니 돌연 눈앞에 이무기 한 마리가 똬리를 틀고 있는 것이 아닌가.

이런 일이 있은 후로 그의 모친은 태기가 있어 유방을 낳았다. 유방은 용봉과 같은 기상을 지니고 있었고, 특히 수염이 아름다웠다. 또 한 가지 기이한 점은 왼쪽 장딴지에 까만 점이 일흔두 개나 있었다.

그는 장성하여 남을 사랑하고 도와주기를 좋아하며 성격이 활달하고 도량이 넓었다. 하지만 유방은 또 주색을 너무나 좋아하여 그를 무시하는 사람도 적지 않았다. 그러나 단부 사람 여문呂文만은 그의 비상한 용모를 기이하게 여겨 항상 입버릇처럼 말했다.

"유방이 비록 주색을 좋아하여 남들의 신망을 받지 못하고 있지만 아직 때를 만나지 못한 때문이다. 그는 앞으로 무상의 영광을 누릴 사람이다."

어느 날 여문은 자기의 아내와 딸에 대한 문제를 놓고 상의했다.

"우리 큰애 안顔을 유방에게 주고 싶은데 당신 생각은 어떻소?"

"지난날 패령沛令에게 주기로 해놓고 이제 다시 유방에게 주겠다니, 그게 말이나 됩니까?"

하지만 아내의 이같은 반대도 일축하고 유방을 초대해 술대접을 하다가 말을 꺼냈다.

"유군은 장차 크게 귀하게 될 사람이니 부디 몸을 조심하게. 지금 나에게 딸자식이 있어 자네에게 맡기고자 하니 자네는 사양하지 말게나."

유방은 절하고 고맙다는 인사를 잊지 않았다.

유방, 백사를 베다

유방은 여문의 제의를 정중하게 거절했다. 하지만 여문은 끝내 자기의 뜻을 고집했다.

"어쨌건 나는 이미 결정을 하였으니 알아서 하게나."

사정이 이렇게 되자 유방은 더 이상 사양할 수도 없어 마침내 승낙하고 말았다. 유방이 여문의 집을 나와 얼마쯤 왔을 때였다.

돌연 위풍이 당당한 사나이 하나가 유방 앞을 막아섰다.

"나는 당신을 만나기 위해 찾아다녔는데 다행히 여기서 만나 뵙게 되었습니다."

'저 사람도 당대의 왕후와 장상이 될 관상을 가졌군…'

여문은 다시 그들 두 사람을 데리고 주점으로 들어가 술을 대접하며 그들의 내력을 물었다.

"저는 패현에 사는 번쾌라 합니다. 지금은 보잘것없는 백정 노릇을 하며 생계를 유지하고 있습니다. 오늘 마침 유형을 찾아 가다가 노인장에게 외람되이 술까지 얻어 마시게 되었습니다만 노인장의 성함은 어찌 되십니까?"

"나는 여문이란 사람이오. 일찍부터 번씨의 이름을 많이 듣고 있었는데 이렇게 만나게 되니 정말 반갑소이다. 그런데 당신에게는 내조內助가 있는지 모르겠소."

번쾌는 멋쩍은 듯이 웃었다.

"저는 어려서부터 부모를 여의고 가세가 어려워 아직 아내를 얻지 못하고 있습니다."

여문은 내심 기쁨을 금치 못하여 다시 넌지시 입을 열었다.

"나에게는 딸이 둘이 있소. 그러나 큰아이는 이미 유방에게 시집을 보내기로 작정하였고, 작은아이 수須를 당신에게 맡기고 싶은데 당신의 의향은 어떠시오?"

번쾌가 당치도 않은 말씀이라며 사양하자 옆에서 유방까지 권하고 나섰다.

"오늘 여공께서 두 따님을 우리들에게 승낙하신 것은 참으로 기이한 인연일세. 그리고 여공께서는 상법에 정통하심으로 우리 장래를 환히 짐작하고 하시는 일이니 자네는 사양치 말게나."

이리하여 세 사람은 유쾌한 기분으로 취하도록 마시고 서로 헤어졌다. 이튿날 유방은 패령의 명령을 받고 복역수들을 압송하여 여산驪山의 공사장으로 향했다.

그런데 도중에서 도주하는 자들이 많았다.

그 날 풍서豊西에 도착한 유방은 남은 죄수들을 모아 놓고 앞으로의 생활을 말했다.

"당신들은 한번 여산으로 가면 그 노역을 벗어날 날이 막연할 것이오. 아예 당신들도 제각기 도주하여 살길을 찾도록 하시오."

이 얼마나 반가운 말인가? 죄수들은 그저 허리를 굽신거리며 이구동성으로 말했다.

"그럼 저희들은 살게 되겠으나 진나라의 법률이 너무도 가혹하여 공에게 엄중한 문책이 내려질까 염려됩니다."

"나도 갈 것이오. 어서들 떠나도록 하시오."

그때 그 중에 장정 십여 명이 유방을 따라 가겠다고 나서자, 그는 차마 거절하지 못하고 승낙했다.

그렇게 헤어진 후 그들이 망탕산 어느 오솔길로 접어들었을 때 갑자기 길을 잃고 말았다. 사람을 보내 길을 알아 오도록 하였다.

"앞에 열 자가 넘는 큰 뱀이 앞길을 가로막고 있으니 딴 길을 택해야겠습니다."

"뭐라고? 장사들이 가는 길에 무엇이 무서울 게 있겠는가?"

그날 밤 유방은 마침 술이 잔뜩 취해 있었다. 이렇게 호언장담을 한 그는 검을 뽑아 들고 그곳으로 달려갔다. 그는 무조건 그 뱀을 향하여 검을 들고 내리치고는 앞장을 서서 걷기 시작했다.

뒤따라 오던 일행은 두 동강이가 나 있는 뱀을 보고 저마다 의아해 하는 표정을 지으며 수군거렸다.

"참으로 이상하군. 유제가 평소에는 아주 겁쟁이 노릇만 하더니 오늘 이처럼 용감해진 것을 보니 결코 우연한 일이 아니야."

그런데 그런 일이 있은 후 이상한 일이 생겼다. 뱀을 죽인 곳에 밤마다 어떤 노파 하나가 나타나 뱀의 시체를 안고 구슬프게 울부짖는 것이었다.

그곳을 지나던 어느 일행들이 이 광경을 보고 물었다.

"그 징그러운 놈의 독물을 없앴는데 당신은 무엇이 섭섭하여 그처럼 슬퍼하시오?"

그 노파는 여전히 울먹이며 대답했다.

"모르는 소리 마시오. 나의 아들은 백제자白帝子(다음 秦나라를 말함)인데 마침 뱀으로 화신하여 길가에 나왔다가 적제자赤帝子(다음 漢나라를 말함)의 검에 맞아 죽었으므로 나 역시 의지할 곳이 없어서 이처럼 통곡하는 거외다."

그들 일행은 미친 늙은이라 단정하고 지팡이를 들어 떼밀려는 순간, 그 노파는 온데간데없이 사라져버리는 것이 아닌가….

이 말을 들은 유방은 무슨 예감이 들었는지 은근히 기뻐하는 표정을 감추지 못했다. 그토록 겁쟁이던 유방이 거대한 백사를 단칼에 죽였다는 소문이 퍼지자 사람들은 비로소 유방이 보통 인물이 아니라 하여 모여들기 시작하였다.

이 무렵, 패현의 관리인 소하와 조참이라는 두 장수가 있었다. 그들은 진나라의 학정에 백성들이 시달리자 의병을 일으킬 생각을 하고 있었다. 그리하여 현령을 앞세워 진나라를 쳐부수자고 한 다음 번쾌를 중간에 넣어 유방을 불러들였다.

망탕산에 숨어 있던 유방은 크게 기뻐하여 즉시 수백여 명의 군사를 거느리고 패현으로 달려왔다. 이렇게 유방의 세력은 점차 강대해져 갔다.

한편 현령은 유방의 세력이 점차 커지자 자기의 실수를 몹시 후회하고 소하와 조참을 문책했다. 이런 일이 있은 어느 날 밤, 소하와 조참

은 심복 수십 명을 데리고 유방이 있는 곳으로 찾아갔다.
"지금 유공은 세력이 한창 강성합니다. 그러니 이 기회에 무능한 현령을 처치하고 패현을 취하여 근거지를 삼고 흩어져 있는 지사들을 규합하여 의거를 일으켜야 합니다. 그러면 앞으로 천하를 도모할 수가 있을 것입니다."
유방은 그들의 말을 따라 수십 통의 회유문을 써서 성 안으로 쏘아 보냈다.

> 우리는 진나라의 학정에 시달려온 지가 벌써 오래입니다. 그러므로 나 유방은 삼가 공의公議에 따라 우선 현명한 현령부터 선출하여 본현 백성들의 살길을 되찾게 한 다음, 점차 의병을 모집하여 각처의 호걸들과 함께 무도한 진나라를 쓰러뜨릴 계획입니다. 지금 우리 백성들이 이 점을 감안하여 천명에 순종한다면 몰라도 그렇지 않을 경우에 성이 함락되는 날엔 큰 고통을 면치 못할 터이니 현명한 결정을 하기 바랍니다.

이 회유문을 본 패현 사람들은 서로 모여 의논한 결과, 유방을 현령으로 추대하자고 했다. 그러나 유방은 강력히 사양했다. 하지만 많은 사람들이 적극 추대함으로 못 이기는 척 수락하고 말았다.
"여러분들의 뜻이 정녕 그렇다면…."
유방은 군중들의 축하를 받는 한편 성 위에 붉은색 깃발을 수없이 꽂아 위세를 과시하였다. 적제赤帝의 아들이라고 한 노파의 말이 맞아 들어간 것이다.
패현의 현령이 된 패공은 열흘도 안 되어 패현의 장정 삼천여 명을 거느리게 되었다. 그는 한편으로 진승과 회합하여 제나라를 공략할 작전을 세우기에 바빴다.
이때 항우는 숙부인 항량과 함께 회개 땅에 숨어 있었다.

회계 태수 은통殷通이라는 자가 항량에게 남다른 꾀가 있는 줄 알고 그를 불러 은근히 상의하였다.

은통도 진나라에 대한 불만이 너무 많아 반기를 들려고 하는 인물 중의 하나였다.

"좋은 생각이십니다. 어찌 반대하겠습니까?"

항량은 은통의 의논에 호응하고 일단 집으로 돌아왔으나 그는 항우를 불러 이렇게 당부하였다.

"대장부가 어찌하여 스스로 일을 도모하지 않고 늘 남의 밑에만 처박혀 있을 수 있단 말인가? 이제 우리에게도 기회가 온 모양이다. 내가 보아하니 은통은 도저히 왕업을 이룰 만한 위인은 못 되는 것 같다. 그렇다면 처치해 버려야지."

"숙부님, 어떻게 은통을 처치하면 되겠습니까?"

"너는 내일 무기를 숨기고 나를 따라 관아에 들어가 내가 그와 이야기하고 있는 사이에 처치하라. 우선 넓은 회계성을 취한 다음 다시 군사를 모아 천하를 차지할 것이다."

"과연 숙부님다운 처사이십니다. 저도 기필고 해내겠습니다."

이튿날 함량이 은통을 찾아가 군사를 일으킬 일을 논의하고 있을 때, 돌연 항우가 앞으로 썩 나서며 은통을 꾸짖었다.

"너는 우리와 그 처지가 완전히 다르다. 우리는 원래가 초나라 사람으로 나의 선조 항연 장군께서 진나라의 손에 살해당하셨다. 그래서 우리는 진나라와 불공대천지 원수이다. 그러나 너는 진나라의 녹을 먹으며 태수의 신분으로 반기를 들려 하느냐? 알고보니 대역무도한 역적이로구나. 나는 너 같은 반역자를 없애 다른 역적들을 징계하는 표본으로 삼겠다!"

항우의 일장 호통이 막 끝나는 순간 은통의 목은 이미 선혈을 뿜으며 땅바닥에 나뒹굴었다.

항우의 장검이 번개같이 은통의 목을 후려친 것이다. 항우는 이어 은통의 목을 들고 우레 같은 목소리로 외쳤다.

"은통이 태수의 직분으로 진을 배반하고 반역을 꾀함으로 내 이미 그를 죽였고, 태수의 인수印綬는 이제부터 항량 장군께 맡긴다. 누구든 불복하는 자는 곧 죽음을 맞을 것이다."

이때 아장 계포季布와 종리매鍾離昧가 달려와 크게 노하여 꾸짖었다.

"남의 영토에 들어와 그 주인을 죽이고 자리를 뺏는 것은 도리가 아니다. 천하에 그런 법이 어디에 있느냐?"

항우는 천연덕스럽게 대답했다.

"은통은 나라를 배신한 반역자이며 또 나는 우리 초나라의 원한을 갚으려는 것뿐인데 무엇이 잘못이란 말이냐?"

그러나 두 장수는 항우의 조리 있는 설득 끝에 마침내 굴복하여 꿇어 엎드렸다. 이어 항량은 각 부서를 정하고 군정을 쇄신하였다. 그러자 모든 장정들이 벌 떼같이 모여들어 군사는 금방 수만을 헤아리게 되었다.

하루는 계포와 종리매가 항량에게 권고했다.

"자고로 큰 계략을 세우려면 마음이 결합되어야 하고, 뛰어난 공업을 이루려면 많은 장수가 있어야 합니다. 지금 우리들이 비록 마음은 결합되었다고 하나 아직 장수가 모자랍니다. 현재 회계 도산에는 많은 사람들의 원망을 받고 있는 환초桓楚와 우영于英이라는 두 장수가 정병 팔천을 거느리고 있습니다. 공이 만약 이들을 규합한다면 막강한 도움이 될 것입니다."

항량은 즉시 항우와 계포를 보내어 환초와 우영을 설득시키도록 하였다. 도산에 도착한 그들은 먼저 구변 좋은 부하 장수 하나를 보내어 찾아온 뜻을 미리 전하도록 하였다.

"지금 초나라 사람 항량 장군의 비장 항우 장군이 두 장군님을 뵈옵고 허심탄회하게 대사를 상의하기 위하여 이곳에 찾아오셨습니다. 이는 모두가 도탄에 빠져 허덕이는 백성들을 구하기 위함인데 두 분 장수께서는 만나 볼 의향이 있으신지요?"

환초와 우영은 처음에는 잔뜩 경계를 했으나 곧 주저없이 항우 일행을 맞이하였다.

"천하가 이토록 어지러운데 두 분 장군께서는 어찌하여 뛰어난 무를 갖고 있으면서 천하를 위하여 힘을 쓰지 않고 녹림에만 묻혀 있소? 나는 아직 힘이 모자라기 때문에 이처럼 두 분 장군을 찾아 도움을 청하는 바이오. 두 분 장군의 대명을 일찍부터 들어온 터라 두 분께서 우리와 힘을 합하여 왕업을 이룩할 뜻이 있으면 이 길로 나와 같이 항량 장군을 뵈러 갑시다."

그때 환초가 넌지시 한 가지 꾀를 제의하였다.

"장군의 뜻은 충분히 알겠소. 그러나 진의 세력이 아직도 만만치 않기 때문에 뛰어난 영웅이 아니면 쉽게 대항할 수 없습니다. 그러므로 장군이 아무리 대의를 위하는 마음이 있어도 힘이 부족하면 도리가 없소이다. 우선 장군의 실력부터 우리에게 보여 주시오. 과연 장군에게 그럴 만한 힘이 있다면 우리도 두말 없이 응하겠으나 만약 그렇지 못하다면 소위 호랑이를 그리려다가 개를 그리고 마는 결과밖에 돌아올 것이 없으니 그냥 돌아가 주시기 바라오."

항우는 빙그레 웃으며 선선히 응낙하였다.

"좋소! 그럼 두 분은 어떤 것으로 나의 힘을 시험해 보겠소?"

"이 산 밑에 우왕묘禹王廟가 있고 그 앞에는 우임금 때 주조된 것으로 한꺼번에 천 명의 밥을 지어 먹을 수 있을 만큼 큰 솥이 하나 있지요. 그 무게가 몇 천근이나 되는지 알 수 없습니다. 지금 장군께서 그 솥을 쓰러뜨렸다가 다시 일으키고 일으켰다가 다시 쓰러뜨리기를 계속 세 번까지 되풀이할 수가 있겠습니까? 그렇다면 과연 천하에서 대

적할 자가 없는 장수라 할 수 있을 겁니다."

항우는 일행을 데리고 두 장수와 그들 졸개들의 철통 같은 호위속에 우왕 묘를 찾았다.

우왕 묘에는 과연 엄청나게 큰 가마솥이 있었다. 한눈에 보아도 무게가 오천 근은 족히 되어 보였다.

항우가 주저없이 솥을 밀어붙이니 솥은 힘없이 앞으로 넘어졌다. 다시 일으키기를 세 번이나 되풀이한 뒤 아예 솥을 번쩍 치켜들고 묘를 서너 번 돌고 나서 가볍게 내려놓았다.

환초와 우영은 입이 딱 벌어져 감탄의 소리를 질렀다.

"오! 장군은 참으로 천하 무적이라 할 수 있습니다."

두 장수는 항우의 일행을 다시 산채로 안내하여 크게 잔치를 벌이고 이튿날 전군을 인솔하여 산을 내려갔다. 이때 한 노인이 앞으로 나서서 읍하며 말을 꺼냈다.

"저희들은 오래 전부터 장군의 명성을 익히 들었습니다. 오늘 다행히 장군을 뵙게 되니 무한한 영광이라 아니할 수 없습니다. 잠시 소인의 집에 들려 주실 수 없겠습니까? 삼가 장군께 술이라도 한잔 대접해 드리고 싶습니다."

"고맙소이다."

항우는 쾌히 승낙하고 환초 등과 함께 노인의 집으로 갔다.

"처음 만난 사람을 이렇게 환대하여 주시니 감사합니다. 노인장의 성함이나 알았으면 합니다."

노인이 주저하지 않고 자기를 소개했다.

"소인은 성이 우虞이며 맏아들로 태어났기 때문에 남들이 우일공虞一公이라 부릅니다. 하온데 좀 외람된 말씀입니다만 지금 장군께서는 연세가 어떻게 되십니까?"

"이제 겨우 스물네 살입니다."

우일공은 다그치듯 물었다.

"성혼은 하셨는지요?"

"아직 아내를 얻지 못했습니다."

항우의 말에 우일공은 기쁜 빛을 떠올리며 넌지시 입을 열었다.

"이 늙은이는 다만 딸자식 하나를 두었습니다. 비록 미인은 아니나 영리하고 정숙하여 대의를 알고 언행이 진중한 아이지요. 그애를 낳기 전 봉鳳 다섯 마리가 방 안에서 우는 꿈을 꾸고 낳았기 때문에 장차 귀하게 되리라 믿어 지금까지 여러 부호들의 청혼을 거절해 오다가 이제

장군님을 뵈오니 하늘이 정한 연분이라 생각하는데 장군의 의향은 어떠신지요?"

노인은 즉시 딸 우희虞姬를 불러 서로 인사를 시켰다.

우희는 아침 이슬을 머금고 갓 피어난 난초같이 살결이 곱고 달덩어리처럼 아름다운 얼굴을 지닌 여인이었다.

항우는 첫눈에 현혹되었다. 즉시 일어나 우일 공에게 재배하고 보검을 풀어 우희에게 주어 혼사의 증표로 삼았다.

이어 회계성으로 돌아온 항우는 항량에게 결과를 보고했다.

항량은 크게 기뻐하여 환초와 우영을 환대했다.

그들이 거느리고 온 팔천 명의 장정 역시 의젓한 군사들이었다.

항우는 또 새로 얻은 말을 끌어오도록 하였다. 키는 일곱 자, 옆 키는 열 자나 되며 몸뚱이는 까만 흑색으로 한 오라기의 잡털도 섞이지 않은 명실공히 용마龍馬였다.

항량은 그 말을 오추마烏騅馬라 명명했다.

항량은 곧 사람을 시켜 우희를 맞이하여 항우와 성혼을 시켰다. 그리고 그녀의 사촌 동생 우자기虞子期를 발탁하여 내부의 군무를 맡겼다. 드디어 항량의 병력은 각처에서 모여든 장수들로 십만을 훨씬 넘겼다.

이제 '진을 칠 때가 되었다.'

항량은 즉시 여러 장수들을 모아 놓고 날을 가리어 토벌작전에 나서기로 결정했다. 이 소식을 들은 회계성의 백성들이 관아로 몰려와 항량에게 오래도록 같이 있어 줄 것을 청원하였다.

"장군께서 떠나시면 누가 이곳 백성들을 다스리겠습니까?"

항량은 친절하게 백성들을 위무했다.

"내가 본디 회계성을 취한 것은 군사를 규합하여 큰 일을 도모하기 위함이었소. 이제 나는 대군을 이끌고 진을 토벌하고 여러분의 고통을 덜어 드리겠으니 여러분들은 안심하고 생업에 힘쓰시기 바라오."

항량이 진영을 갖추고 회계성을 떠나 얼마되지 않아서였다. 이때 앞을 막는 무리들이 있다는 보고가 들어왔다.

그때 깃발을 날리며 한 명의 장수가 달려오고 있는 모습이 보였다. 거대한 체구에 위풍이 당당한 사나이었다.

"너는 어떤 놈이기에 우리의 길을 막느냐?"

그러자 그 장수도 같이 호통을 쳤다.

"나는 육안六安에 있는 영포英布라는 사람이다. 자고로 군사를 일으키려면 반드시 명분이 있어야 한다. 지금 그대는 아무 명분도 없이 군사를 이끌고 있으니 오히려 민심만 사나워질까 염려되어 이렇게 저지하는 것이다."

항우는 하늘을 우러러 너털웃음을 터뜨렸다.

"하하… 나는 초나라 항연 장군의 자손인 항적이다. 지금 나는 이세 황제의 극악무도함을 참다 못하여 회계성으로부터 군사 십만을 거느리고 진을 토벌하여 민심을 위무하려는 것인데 너는 어찌 명분이 없다고 하느냐?"

이때 환초가 영포라는 말을 듣고 급히 앞으로 나섰다.

"영 장군, 나는 이미 초군에 귀순하였소. 영 장군은 전날 나와의 약속을 실천해 주시오."

영포는 환초를 보자 즉시 말에서 내려와 땅바닥에 엎드렸다.

그러자 항우가 환초에게 물었다.

"오! 두 분은 진작부터 서로 아는 사이었소?"

"그렇습니다. 영 장군은 지난날 여산에 망명하여 잠시 저와 같이 있었습니다. 영 장군이 떠나던 날 저는 약간의 자금을 마련해 주고 추후 현명한 주인을 만나면 합심하여 공명을 세우자고 약속하였습니다."

항우는 크게 기뻐하고 영포를 항량에게 인사시켰다.

"만 명의 군사를 얻기는 쉬워도 한 명의 장수를 얻기는 어려운 법이오. 이제 무용이 천하에서 으뜸인 영 장군이 나에게 돌아와 주었으니 정녕 십만의 군사를 얻은 것이나 다름없소."

항량은 이렇게 치하하고 그의 군사들은 합병시켰다.

항량의 세력은 이렇게 날이 갈수록 강해졌다. 어느 날 항량은 장수들을 불러모았다.

"지금 우리는 장수와 군사의 규모로 보아 충분히 진을 토벌할 수 있소. 그러나 뛰어난 재사가 없어 항상 걱정이오. 듣자하니 회양 거소 땅에 범증范增이라는 사람이 있다고 하오. 나이는 비록 칠십이 가까웠으나 뛰어난 그 지모는 옛날의 손자나 오기吳起에 비해 조금도 손색이 없다고 하오. 그래서 나는 말 잘 하는 사람을 보내어 그가 꼭 우리에게 돌아오도록 하려는 생각이오."

그러자 계포가 나서서 자신 있게 말했다.

"저도 범증의 명성을 들은 지 이미 오랩니다. 제가 가서 그분을 설득시켜 보겠습니다."

이렇게 하여 거소에 도착한 계포는 우선 객점에서 하룻밤을 지내고 이튿날 거리에 나와서 인근 주민들에게 범증의 소식을 물었다.

"그분은 마을에 나오는 일이 별로 없고 또 사람을 피해 삼십 리쯤 떨어진 기고산旗鼓山에 은거하면서 수양에만 몰두하고 있습니다."

'그가 사람을 피한다면 어떻게 그를 설득시킨단 말인가?'

계포는 한 가지 꾀를 생각해 냈다. 그는 즉시 말솜씨가 좋은 사람을 장사꾼으로 꾸며 한 걸음 먼저 보냈다.

장사꾼으로 변장한 사람이 범증이 있는 산장에 당도하자 나이어린 동자 하나가 나와 찾아온 이유를 물었다.

"나는 원래 이곳 거소에서 수년 동안 장사를 했는데 실수로 장사 밑천까지 몽땅 날리고 고향에도 돌아가지 못하는 형편이네. 그래 생각다 못해 선생님을 찾아 뵙고 장사 밑천을 구할 방법이나 물을까 하여 찾아왔네."

평소 기모를 짜내는 데는 비상한 재주가 있는 범증이었다. 그는 동자로부터 이 말을 듣고 즉시 그를 들어오게 하였다.

이 틈에 계포가 슬쩍 뒤따라 들어간 것은 물론이다.

그는 범증의 이모 저모를 자세히 살펴보았다. 계포가 인사를 하자 범증은 어리둥절해했다.

"선생은 누구며 무슨 장사를 하다 실패하였소?"

계포는 예물을 꺼내어 놓으며 넓죽 꿇어 엎드렸다.

"실은 저는 항량 장군의 명령을 받들고 선생을 뵈러 온 계포라 합니다. 선생이 혹시 면회를 거절하실까 염려하여 일시 실례를 하였으니 용서해 주십시오. 지금 각처에서는 영웅과 호걸들이 일어나 제 고을 태수를 죽이고 천하를 바로잡기에 혈안이 되어 있습니다. 이러한 때 선생처럼 훌륭한 재주와 지혜를 지니신 분이 어찌 이대로 산야에 묻히어 초목과 같이 사라질 수야 있겠습니까? 현재 항장군은 초나라 항연 장군의 자손으로 인과 의가 대단하고 문文과 무武를 겸하여, 회계로부터 회서까지 이르는 사이에 벌써 인심이 단합되고 병력이 증강되어 어느 누구도 당할 수 없습니다. 더욱이 항 장군은 선생의 높으신 이름을 듣고 삼가 모시기를 간절히 바라고 있으니 선생은 그분의 성의를 꼭 받아 주시기 바라마지 않습니다."

법증이 약간 망설이는 기색을 간파한 계포는 바짝 달라붙었다.

"나도 이세가 무도하여 만민이 도탄에 빠지고 천하가 뒤숭숭하다는 것을 잘 알고 있소. 지금 항 장군이 이처럼 예물까지 보내어 나를 초청하시니 참으로 좋은 기회라 여기오. 그러나 오늘은 서로 처음 만났으니 하룻밤 편히 쉬고 내일 다시 만나서 얘기하기로 합시다. 내일은 꼭 승낙하겠소."

계포는 그래도 일어나지 않았다. 범증은 하는 수 없이 예물을 거두고 그에게 술을 대접하였다.

그날 밤 범증은 초나라 운수를 점쳐 보고 몹시 후회하였다.

"아, 내가 너무 경솔했구나. 그렇다고 해서 장부가 한번 승낙해 놓고 어떻게 실언할 수가 있겠는가?"

범증은 약속대로 이튿날 계포를 따라 하산했다. 항량은 범증을 스승으로 예우하였다.

어느 날 항량은 심복을 보내어 각처의 현재 정세를 탐문토록 했다. 십여 일 후에 그 심복이 돌아왔다.

"진승은 진나라 장감에게 대패하여 여양汝陽으로 달아나다가 장가莊賈라는 자에게 피살되었고, 지금 장감은 남양에 주둔해 있으며 각처

의병들은 뿔뿔이 흩어져 버렸습니다."

항량은 깜짝 놀라며 탄식했다.

"나는 본디 진승과 연합하여 진을 치려 하였는데 의외에도 그가 이미 멸망해 버렸으니 이제 아군은 함부로 움직일 수 없게 되었군요."

실망한 항량을 보고 범증이 건의했다.

"진승은 욕심 많은 소인이어서 대사를 함께 할 수 없는 인물입니다. 그는 초나라의 왕손王孫을 찾아 주인으로 추대하지 않고 사욕에만 눈이 어두워 제가 스스로 왕이 되었으니 오늘날 실패한 것도 무리가 아니지요. 그리고 지금 사방에서 지사들이 장군의 의기를 환영하여 바람처럼 몰려드는 것도 다름 아니라, 장군은 본디 초나라 장수의 후손이므로 반드시 초왕의 후손을 찾아 주인으로 추대하고 진을 토벌하리라 기대하기 때문입니다. 그러므로 장군은 하루 속히 초왕의 후손을 세워서 인망부터 수습해야 대업을 완수할 수 있습니다. 이리하여 여러 지사와 백성들이 장군의 진심을 알고 적극 호응해 준다면 진나라가 제아무리 강하다 한들 무엇이 두려울 게 있습니까?"

항량은 참으로 묘책이라 칭찬하고 범증을 정식 군사軍師로 위임한 다음 종리매를 불러 초왕의 후손을 찾아오도록 했다.

'초의 왕손은 반드시 대도시를 피하여 산간벽지에 틀어박혀 있을 것이다.'

이렇게 추측한 종리매는 수행원을 데리고 각처 촌구석을 샅샅이 뒤져보았다. 그러나 역시 쉽게 찾지 못했다.

그들이 남회포까지 당도하게 되었다. 마침 왁자지껄하며 여러 아이들이 목동牧童 하나를 가운데 두고 마구 두들겨패는 광경이 보였다.

종리매 일행은 그 목동을 살펴보았다. 훤칠한 키에 얼굴과 귀가 크고 콧대가 높으며 그처럼 모욕과 구타를 당하면서도 표정은 아주 태연했다. 아무리 보아도 예사 아이 같지가 않았다.

종리매는 우선 상황부터 물었다.

"애야! 너는 무슨 일로 이같은 봉변을 당하였느냐?"

그 목동은 잠시 머뭇거리다가 대답했다.

"저는 어려서부터 우리 어머님과 함께 이 고장 왕장자王長者의 집에서 어머님은 집안일을, 저는 양치는 일을 하고 있었지요. 저는 이래뵈도 왕가의 후손이란 말입니다. 내가 정말 나의 신분을 얘기했더니 애들은 곧이듣지 않고 도리어 마구 때리더군요."

"왕가의 후손이라면 성명이 무엇이냐?"

"저는 늘 객지에서 살아서 고향조차도 잊어버렸어요."

"애야! 너는 절대 보통아이가 아닌 것 같구나. 내가 잘 주선해 줄 터이니 숨기지 말고 실정을 말해 다오."

"저는 지금 나이 열세 살이고 8년 전에 여기에 와 모든 사정을 잘 모르지만 우리 어머님의 말씀에 의하면 저는 초 회왕楚懷王의 적손嫡孫으로 난리를 만나서 이곳까지 도망쳐 왔다고 하기에 내가 왕손이라 칭한 것입니다."

종리매는 왕 장자의 집을 찾아갔다. 노파는 좀처럼 입을 열지 않으려 하다가 종리매가 하도 간곡히 묻자 드디어 품 안에서 해묵은 한삼汗衫 한 벌을 꺼내어 주는 것이었다.

희미해진 글자가 자잘하게 쓰여 있었다.

종리매는 햇빛에 비춰 보았다.

초회왕의 적손 간심, 초 태자의 부인 위씨
楚懷王嫡孫芉心楚太子夫人衛氏

이 밖에도 초나라에 전해 온 종파宗派가 적혀 있고 끝에 어인御印이 찍혀 있었다.

"어서 전하께 새 의복을 갈아올리고 함께 회서로 가서 항 장군을 뵙도록 하시오. 반드시 큰 상이 내려질 것입니다."

왕 장자도 종리매를 따라 회서에 도착하였다.

항량은 즉시 간심을 초왕으로 추대하고 예대로 희왕이라 칭했다.

이어 희왕은 모부인을 태후로, 항량을 무신군武信君으로, 그리고 항적을 대사마 부장군에, 계포와 종리매를 도위都尉에, 영포를 편장군에, 환초·우영을 산기에 임명하였고 여러 장병에게도 각기 공로에 따라 상이 내려졌으며 왕장자에게는 황금 오십 냥, 비단 열 필을 주어 보냈다.

이때부터 초군은 체제가 확립되었고 각처에서 호응애 오는 자가 날로 늘어 갔다. 때맞추어 초나라 장수였던 송의宋義가 강하에 있다가 이 소식을 듣고 군사 삼만 명과 함께 항량을 찾아와서 한데 힘을 합했다.

희왕은 송의로 하여금 전군을 통솔하여 항우와 함께 전진할 것을 명해 경자관군卿子冠軍이라 불렀다.

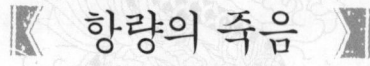

항량의 죽음

　범증은 고개를 숙이고 혼잣말처럼 중얼거렸다.
　'아, 저 안에는 반드시 주인이 들어 있을 거야. 음, 내가 사람을 잘못본 탓이니 누구를 원망할 것인가?'
　순간 한 장수가 선뜻 진두에 나타났다. 바로 패공 유방이었다. 원래 패공은 진승이 패망한 이후 항량의 군사가 우이로 진출해 온다는 소식을 듣고 다시 그와 합세하여 진을 공략하기 위해 번쾌·하후영 등과 군사 십여 만을 거느리고 달려온 것이었다.
　항량은 다시 우이로 가서 진영과 합한 다음, 수도를 그곳에 정하고 대군을 사수泗水 부근에 주둔시켰다.
　그때 마침 회음淮陰 태생 한신韓信이 달랑 칼 한 자루를 메고 항량을 찾아왔다. 그러나 항량이 그의 볼품 없는 몰골을 보고는 눈도 거들떠 보지 않자, 범증이 나서서 권고했다.
　"한신의 그 겉모양은 비록 초라하지만 만일 여기까지 찾아온 그를 거절한다면 오히려 다른 지사들의 앞길을 터주는 결과가 될까 두렵습니다."
　항량은 범증의 말에 못 이겨 한신을 집극낭관執戟郎官에 임명하고 당분간 장하帳下에 머물게 했다.
　원래 한신은 재주가 비상하고 지략이 뛰어난 사람이었다. 그러나 생활이 무척 빈곤하여 끼니도 제대로 잇지 못하는 형편이었다.

하루는 그가 온종일 굶은 채 회수가에서 낚시질을 하다가 옆에서 빨래하던 어떤 부인에게 밥 대접을 받고 감사해마지 않았다.

"정말 고맙소. 내가 만일 출세하여 대업만 이룬다면 아주머니의 이 은혜는 꼭 잊지 않고 보답하겠습니다."

그 부인 역시 보통 사람이 아니었던지, 한신의 말에 역정을 내며 쏘아붙였다.

"여보시오! 대장부가 제 자급자족도 못 하면서 무슨 엉뚱한 소리요. 그리고 내가 이 다음 보답을 받기 위하여 오늘 하찮은 밥 대접을 한 줄로 아시오."

또 하루는 장거리에 나가서 고기를 팔다가 여러 불량 소년들에게 걸려들어 단단한 모욕을 당하게 되었다.

그 통에 한 소년이 그를 잡아 놓고 을러대었다.

"흥, 네가 검을 차고 나온 것을 보니 아마 나를 찌르려는 모양이구나. 자, 그만한 용기가 있다면 어서 나를 한번 찔러 보고, 그렇지 않으면 나의 아들이 된다는 의미로 내 바지 가랑이 밑으로 기어서 지나가도록 해라."

과연 한신은 평소부터 자나깨나 검만은 꼭 차고 있는 습성이 있었다. 이 날 그는 하는 수 없이 고개를 숙이고 그 소년의 가랑이 밑으로 기어 나가고 말았다.

여러 사람들이 그 광경을 보고 모두 겁쟁이라고 웃어 젖혔으나 마침 그곳을 지나가던 관상의 대가 허부許負는 한 쪽에 한신을 불러다 놓고 칭찬했다.

"그대는 앞으로 왕후가 될 관상이니 모쪼록 분발하시오."

한편 초군이 점점 강성해져서 가는 곳마다 귀순하지 않는 자가 없다는 정보를 접한 조고는 그제야 겁을 먹고 장감을 불러들였다.

"지금 항량이 진영·유방 등과 합세하여 극심한 난동을 야기시키고

있는데 그대는 가만히 앉아서 보고만 있는 것이오? 저들이 수도까지 침범해 오는 날에는 아무리 후회한들 소용이 없을 터이니 그대는 미리 방비하도록 하시오."

그러나 장감은 서둘지 않고 대답했다.

"그렇지 않아도 출군을 주청하려던 참이었는데 이렇듯 말씀하시니 지체하지 않고 바로 출동하여 먼저 위魏를 토벌하고 다음은 초를 섬멸하겠습니다."

그는 사마흔司馬欣·동예·이유李由와 함께 삼십만 대군을 거느리고 함곡관函谷關(함양)을 출발하여 위나라로 진군했다. 이때 위에서는 섣불리 대항하지 못하고 사신을 보내 제나라와 초나라에 원군을 요청했다.

무신군 항량이 나섰다.

"신이 직접 나가서 장감을 베고 진을 토벌하겠습니다."

그는 즉시 범증·항우 등과 삼만 군사를 거느리고 동아에서 이십 리쯤 떨어진 곳에 진지를 구축한 다음, 항우로 선봉을 삼아 몇 시간 먼저 보냈다.

항우와 장감이 치열한 접전이 약 삼십 회나 거듭되었을 때 장감은 그만 패하여 달아나기 시작했다. 항우는 다시 군사를 몰고 약 십리쯤 추격해 갔다. 순간, 이유가 불쑥 나타나 장감을 뒤로 보내고 그의 앞을 가로막았다.

항우가 막 이유의 등을 찌르려는 찰나 사마흔과 동예가 또 달려 와서 그를 가로막고 이십여 회를 겨누었다. 그러나 두 장수가 한 사람을 당해 내지 못하고 결국 도망치기에 이르렀다.

마침 뒤따라 진격해 온 항량은 항우가 혼자 추격하다가 혹시 실수할까 염려하여 환초·우영·영포에게 군사 오천을 주어 응원케 했다. 장감은 다시 한번 대패하고 삼십리나 후퇴하자 여러 장수와 상의했다.

"지금 초군은 사기가 충천하고 또 항우가 용맹하여 힘으로는 어찌할 수 없으니 지연 작전을 써서 적으로 하여금 장수가 교만해지고 군사가 게을러지도록 만든 다음, 우리가 일제히 일어나 공격한다면 반드시 초군을 격파할 것이오."

그들은 모두 이 전략에 찬성하고 군사를 단속하여 싸우지 못하게 했다. 한편, 항우는 승전군을 거느리고 돌아와 항량에게 건의했다.

"지금 장감이 대패하여 삼십여 리나 퇴각했으니 우리가 내일 군사를 세 길로 나누어 삼면 공격을 전개한다면 틀림 없이 승리를 거둘 줄로 압니다."

항량은 고개를 끄덕이며 허락했다. 이튿날 항우는 군사를 세 길로

나누어 영포는 서쪽으로, 유방은 동쪽으로 보내고, 자기는 가운뎃길을 맡아 진격해 갔다.

그러나 진군은 싸울 생각도 하지 않고 슬슬 꽁무니를 빼기 시작했다. 이를 본 초군이 가만히 있을 리가 없었다. 계속 맹공격을 가하여 진군을 세 곳으로 분리시켜 버렸다.

이리하여 장감은 정도定陶로, 사마흔과 동예는 복양僕陽으로, 이유는 옹구雍口로 달아나고 말았다. 전황이 그들의 예상과는 아주 달라졌던 것이다.

이때 항우는 이유를 옹구로 추격하여 그를 죽이고 진군을 무찔렀다. 또한 사마흔 등을 추격한 유방은 이십 리를 더 추격해 가다가 그만 복양에 주둔하여 적의 동태를 살피는 것이 좋다는 소아의 권고에 의하여 추격을 중단했다.

또한 영포는 장감을 추격하여 정도에 당도했으나 장감은 성에 들어가서 나오지 않았다. 성 밑에 영채를 구축하고 온종일 도전했으나 장감이 끝내 틀어박혀 있으니 어쩌는 도리가 없었다.

마침 항량이 도착하여 영포를 질책했다.

"장감은 이제 독 안에 든 쥐나 다름없는데 장군은 어찌 보고만 있는 것인가? 이렇게 시일만 끌고 있다가 적의 구원병이 오면 어찌할 셈인가?"

항량이 영포를 질책하고 네 곳 성문에 각각 장수를 배치하여 운제를 놓고 성으로 올라가 공격토록 했다.

한데, 의외에도 성 위에서 화포火砲와 화전火箭이 날아와 운제에 불이 붙고 또 돌덩이가 마구 굴러 내리기 시작했다.

항량은 다시 수백 대의 충차衝車를 만들어 앞세우고 북 소리를 울리며 진격해 갔다. 그러나 이번에는 철퇴가 매인 쇠갈퀴를 성 너머로 내리쳐서 그 충차를 모조리 부숴 버리는 것이었다.

항량이 몹시 초조해하고 있을 때, 집극낭관 한신이 군막 안으로 찾아왔다.

"아군이 오랫동안 성 밑에 있었기 때문에 적은 아군의 허실을 모두 엿보았을 것입니다. 저의 소견에는 적이 만일 아군의 게을러진 틈을 타서 야습을 가해 온다면 피하지 못할까 염려되니 장군께서는 깊이 생각해 보시기 바랍니다."

항량은 발끈하며 노했다.

"내가 회계성에서 군사를 일으킨 이후 지금까지 한 번도 맞서는 자가 없었는데 이 따위 작은 성쯤이야 무슨 염려가 있단 말이냐? 더욱이 장감은 나의 이름만 듣고도 벌벌 떨고 있는 판인데 어찌 감히 나와서 우리 영채를 기습하겠느냐? 너는 주둥아리를 놀리지 말고 어서 썩 물러가거라!"

마침 송의가 한신의 말을 듣고 있다가 급히 건의했다.

"한 번 승리했다 하여 장수가 교만해지고 군사가 게을러진다면 반드시 패하는 법인데, 지금 아군은 이같은 허점이 농후합니다. 지금 적이 비록 아군에게 포위되어 곤경을 당하고 있지만 연일 사기를 길렀고 또 장감은 군사를 잘 쓸 줄 아는 명장인만큼 한신의 말이 옳다고 봅니다."

그가 한신의 말에 찬동하고 나서자, 항량은 더욱 심통이 나서 그의 제의까지도 일축해 버렸다.

이날 밤 장감은 과연 한신의 염려대로 몰래 성문을 열고 나와서 군사를 두 길로 나누었다. 이 무렵 태평한 초군은 한창 깊은 잠에 빠져 있었다.

갑자기 고요한 밤공기를 깨뜨리고 울려 퍼지는 북 소리와 고함 소리는 천지를 뒤엎고 산천을 놀라게 했다.

그 틈에 항량은 미처 손을 쓰지도 못하고 손승의 단칼에 목이 날아가고 말았다. 항량이 죽자, 각대 군사는 모두 질서를 잃고 수라장이 되어 버렸다. 송의와 영포가 아무리 혼란을 수습하려 했으나 아무 소용이 없었다.

날이 밝아 오자 진군은 다시 외황外黃을 거쳐 진류陳留로 들어가 주둔했다.

한편 복양에 있던 유방은 도망쳐 온 송의 등을 만나 패잔병을 수습한 다음 옹구로 달려가 항량이 피살된 사실을 항우에게 알렸다.

항우는 그 자리에 쓰러져 통곡했다.

"내가 어려서 아버님을 잃은 뒤 숙부님이 나를 친자식처럼 길러서 사람을 만들어 주셨는데 하늘이 무심하여 이 같은 참변을 당하셨구나."

범증이 옆에서 항우를 위로하였다.

"장군! 지금 이러고 있을 때가 아닙니다. 대업의 기반이 이 정도 세워졌으니 장군은 그분의 유지를 잘 계승하여 천하를 바로잡고 대업을 완수한 다음, 그분을 왕작王爵으로 추봉하고 영원한 뜻을 받들어 올리는 것이 그분을 위하는 길이 아닙니까?"

이때 장감은 이미 강을 건너 조趙를 치러 떠나 버린 뒤였다.

한편, 조왕은 장감의 군사가 쇄도한 것을 보고 장이張耳와 진여陳餘를 시켜 방어케 하였으나 모두 패하고 말았다.

조왕은 하는 수 없이 밤중에 거록鉅鹿으로 도망하여 성문을 굳게 닫고 사신을 초왕에게 보내어 구원을 청했다.

그러자 항우는 법증과 송의를 불러 상의했다.

"지금 진군은 다시 사기가 돋고 아군은 이미 사기를 잃었는데 희왕 전하가 혼자 우이를 지키고 계시는 것은 장구한 계책이 아닌가 싶습니다. 차라리 회군하여 팽성彭城으로 수도를 정하고 다시 조처를 취하는 것이 어떠할는지요?"

항우가 희왕에게 이같은 여러 장수들의 뜻을 모아 전했다.
이때 조에서 또 구원을 청하는 사신이 도착했다.
희왕은 깜짝 놀라 즉시 송의로 상장군을, 항우로 부장군을, 범증으로 군사軍師를 삼아서 출병 이십 만을 거느리고 거록을 구원하도록 명했다.

안양安陽에 도착한 송의가 말했다.
"지금 장감의 군사는 오랫동안 포위 공격에 지쳐서 전의를 상실하였소. 얼마 동안 시일을 끌면서 그들의 동정을 살피다가 적당한 시기에 공격하면 반드시 성공할 것이오."
이렇게 하여 송의가 46일 동안이나 꼼짝도 하지 않자, 항우가 더 이상 참을 수 없다는 듯이 그에게 건의했다.
"지금 거록성에는 사상자가 이미 7할이나 넘는 실정입니다. 진군도 이제 어느 정도 지쳐 있을 터이니 아군이 그만 기다리고 공격을 가한다면 조군도 성문을 열 것이오."
"그렇지가 않소. 설령 장감이 발동하여 조군을 격파한다면 그들의 세력도 따라서 그만큼 피로해질 터이니 아군은 그 허점을 이용할 수 있으며 혹시 장감이 그대로 포위만 하고 있다면 아군은 정병精兵으로 함양을 공파할 수 있는 것이오. 이것이 소위 편안히 앉아서 승부를 좌우지左右之한다는 전략이오. 창칼을 휘둘러 적과 싸우는 데에는 내가 장군만 못하지만 가만히 앉아서 승산을 요리하는 데에는 장군이 나만 못 할 것이오."
그는 이렇게 반대하고 나서 진중에 호령했다.
"누구를 막론하고 만용을 부려 함부로 날뛰며 군령을 어기는 자는 가차없이 목을 베겠다!"
그날 밤 항우가 몰래 각 진영을 순찰하다가 군사들의 원성이 자자함

을 보고 송의를 찾아가 강경하게 따졌다.

그러나 송의가 들은 척도 하지 않자, 항우는 몹시 불만이 쌓였다.

이튿날 송의가 회의를 진행하고 있을 때 항우가 갑자기 뛰어들어 큰 소리로 외쳤다.

"여러분! 지금 송의는 지연 작전을 핑계로 제나라와 결탁하여 반역을 음모하고 있소! 해서 나는 삼가 희왕 전하의 밀명을 받들어 송의를 베어 군중에 경고하겠소!"

항우는 지체없이 달려가 그를 두 동강으로 베어 버렸다. 이 광경을 본 여러 장수들은 깜짝 놀라며 모두 꿇어 엎드려 이구동성으로 치하했다.

항우는 다시 심복을 시켜 송양을 주살한 다음 환초를 희왕에게 보내어 송의 사건을 보고케 했다. 바로 희왕으로부터 정식 상장군을 임명받은 항우는 우선 영포에게 군사 이만을 주어서 강을 건너게 했다.

장감은 재빨리 이 정보를 입수하고 급히 사마흔과 동예에게 강 건너 남쪽 언덕에 영채를 구축하여 영포가 강을 건너오기 전에 저지시키도록 했다.

이어 진군의 후대後隊에 한바탕 혼란이 일어났다. 바로 상장군 항우가 습격해 왔기 때문이었다.

항우는 이어 전군을 휘동하여 강을 건넜다. 한 발짝 먼저 강을 건넌 그는 후군이 모두 건너자, 장병들에게 제각기 사흘 동안 먹을 양식만 준비케 한 다음 배를 모조리 침몰시키고 군중에 호령했다.

"이제 우리는 뒤로 물러날 수도 없다. 오직 목숨을 걸고 적과 싸워서 이기는 길밖에 길이 없다!"

이때가 진나라 이세 즉위 이년, 동짓달 어느 날 밤이었다. 범증이 이것을 보고 급히 종리매와 상의했다.

"지금 항 장군이 원수 갚기에 급급하여 솥을 부수고 배를 침몰시켰으며 군량은 모두 강 건너에 있으니 혹시 적을 이기지 못한다면 군량 때문에 야단이 아니겠소? 서둘러 몰래 군량을 대기시켜 놓아야 할 것 같소이다."

종리매도 찬동하고 만일의 사태에 대비해 만전을 기하도록 지시했다. 이 무렵, 사마흔과 동예가 도망하여 장감을 만나 보고 앞으로의 대책을 강구하고 있었다.

"항우는 강병을 거느렸으니 함부로 대할 수 없다. 지금부터 군사를 아홉 길로 나누어서 본영과 연결해 있다가 내가 항우와 맞닥뜨리게 되면 각 부대가 차례로 나타나서 응원하도록 하라. 그리하여 적군이 완전히 우리 작전 지역 내에 걸려들어올 때에는 아홉 군데의 군사가 일

제히 합세하여 가로막고 공격하면 크게 승리를 거둘 것이다."

장감의 군령에 의하여 각자 임지로 떠났다.

바로 그때 진두에 나선 항우가 장감과 마주쳤다.

항우는 즉시 화첨창火尖槍을 들고 오추마를 몰아 장감에게 달려들었다. 두 사람이 오십 회를 겨누었다. 장감이 패하여 5리쯤 달아났을 때 왕리의 군사가 나타나 항우를 맞아 싸웠다.

항우는 다시 그와 삼십 회의 격전을 벌이다가 한 가지 꾀를 생각하고 적에게 헛점을 보였다. 왕리는 과연 멋도 모르고 항우의 꾀에 걸려 잽싸게 달려들었다.

그 찰나 항우는 몸을 살짝 한쪽으로 틀며 왕리를 잡아 옆구리에 끼고 본진으로 돌아와 땅바닥에 내던졌다.

장감은 왕리가 생포된 것을 보고 말머리를 돌려 달아나기 시작했다. 항우는 그를 놓칠 세라 다시 호통을 치며 군사를 재촉하여 추격했다.

장감은 그가 군사도 없이 쫓아오는 것을 보고 다시 말머리를 돌려 서로 맞섰다. 이때 사간의 군사가 나타나 장감을 응원했다.

마침 항우의 대군도 뒤따라 쇄도했다. 그러나 해가 저물어감을 보고 혹시 적의 잠복병이 있을까 염려하여 회군했다.

"아군은 지금 적의 작전지역에 들어와 있고 또 날씨가 몹시 나쁘기 때문에 적의 야습을 방비해야 되겠습니다."

이렇게 말한 범증은, 즉시 군사 삼천 명을 모아 놓고 분부했다.

"그대들은 우리 본영 주변에 각기 잠복하고 있다가 영채 안에서 불이 일어나면 장감이 우리 계교에 빠진 것으로 알고 일제히 공격하여 적의 도망칠 길을 차단하시오."

또 영포를 불러 분부했다.

"장군은 군사 삼천 명을 거느리고 서쪽 큰길가에 잠복해 있다가 적의 응원부대를 가로막으시오."

그는 이렇게 배치를 마치고 항우와 함께 새로 구축된 영채로 이동했다. 그날 밤 오경이 되었다. 초군 영채에 도착한 소각은 깃발을 질서정연하게 꽂은 영문이 꼭 닫혀 있는 것을 보자 자기 계교가 들어맞았다고 내심 좋아했다.

한데 이게 어찌 된 일인가? 군사는 하나도 없고 땔나무감만 쌓여 있을 뿐이었다. 그가 그제야 도리어 속은 줄 알고 급히 돌아서려는 찰나 고함 소리가 요란하더니 화포가 날아오고 땔나무에 불이 붙어 화염이 충천하기 시작했다. 바로 뒤를 이어 좌측에서는 환초, 우측에서는 우영·정공·옹치가 소각의 앞길을 막고 추격해 왔다.

한편, 장감은 동쪽에서 이상한 고함 소리가 요란함을 들었으나 소각의 승부가 궁금하여 그대로 천천히 진격해 오다가 항우의 대군을 만났다.

한장은 대세에 맞서지 못하고 겨우 장감만 보호하여 이우의 영채로 도망쳤다. 범증이 항우에게 말했다.

"진군은 오늘밤 아군이 야습해 올 것을 염려해 반드시 본영을 비워 놓고 고양파高陽坡 양쪽에 군사를 잠복시킬 것입니다."

"그럼 군사에게는 무슨 묘책이 있소?"

"장군은 적의 잠복병이 오는 길목 양쪽에다 우리의 잠복병을 배치해 놓은 다음, 장군이 직접 군병을 거느리고 적의 비어 있는 본영 앞으로 가서 북 소리를 울리며 야습해 온 시늉을 하여 적의 잠복병을 유인해 내십시오. 그럼 적은 장군이 진짜 야습해온 줄로 알고 출동할 터이니 그때에 우리의 잠복병은 적이 가까이 오기를 기다렸다가 느닷없이 공격하면 적은 반드시 피하여 달아날 것이며, 장군은 바로 우리의 잠복병과 합세하여 적을 다시 추격하면 장감을 생포할 수 있을 것입니다."

항우는 즉시 범증의 계략대로 지시했다.

한편, 장감도 여러 장수들을 모아 명령했다.

"초군은 오늘밤 반드시 기습해 올 것이다. 이우는 군사 오천을 거느리고 고양파 남쪽 언덕에, 한장은 군사 오천을 거느리고 고양파 북쪽 언덕에 잠복하라. 나는 사마흔 등과 뒤에 잠복해 있다가 초군의 야습이 보이면 화포를 놓아 신호할 터이니 너희는 일제히 공격을 퍼붓도록 하라. 그럼 반드시 항우를 생포할 것이다."

밤이 깊어 이경이 되었다. 항우는 진군의 본영에 가까이 이르러 군사를 멈추고 북 소리를 울리고 화포를 터뜨렸다.

장감이 초군이 야습한 것을 알고 영채 뒤로 돌아 공격할 찰나, 이우와 한장의 잠복대가 벌써 패하여 본채로 달려오고, 뒤에는 초군이 물밀 듯 추격해 오는 것이 아닌가. 전세가 이렇게 되자, 진군은 또다시 달아나는 수밖에 없었다.

그러나 양쪽으로 공격을 받은 장감은 여러 장병들을 돌아볼 겨를도 없이 겨우 몇 명만을 데리고 도망치기에 바빴다.

그 사이 범증은 앞뒤 사정을 생각해 보고 항우에게 작전을 건의했다. 항우는 범증의 생각이 옳다 하여 드디어 군사를 장남에 주둔하고 추격을 중지시켰다. 이후 장감은 겨우 십여 만의 잔병을 모아 장남을 거쳐 함곡관에 주둔하고 있었다.

이 소식이 관중關中(함양)에 전해지자, 민심이 술렁거리고 관리들을 비롯해 궁녀들까지도 모두 불안 속에 사로잡혀 있었다.

그러나 호해는 이런 사정을 까마득히 모르고 있었다.

《 이사의 말로 》

조정의 실권이 모두 조고에게 돌아가자, 승상 이사는 날마다 실의에 빠져 있었다. 조고는 이 낌새를 알아차리고 그를 찾아가 넌지시 꼬드겼다.

"지금 관동 일대에 도적들이 벌 떼처럼 일어났고 장감이 크게 패하여 나라가 매우 불안합니다. 게다가 아방궁의 건축공사가 너무 방대하여 그 경비를 충당할 수 없으니 우선 그 공사부터 중단시켜야 할 것 같습니다."

"하지만 황상께서는 늘 궁궐에만 계시므로 좀처럼 뵈올 수가 없지 않소?"

"아닙니다. 승상께서 꼭 황상을 뵙겠다면 제가 적당한 기회를 만들어 보겠습니다."

하루는 조고가 궁중에서 황제 호해와 함께 술잔치를 벌이고 있다가 이사에게 통보하여 황제를 만나라고 했다.

이사는 급히 입궐하여 뵙기를 요청했다.

그러나 예쁜 비빈妃嬪·궁첩宮妾들에게 호위되어 한창 여흥에 빠져 있는 호해에게 그 요청이 받아들여질 리가 만무했다. 그는 크게 화를 내며 거절해 버렸다.

"짐에게 네가 어찌 이처럼 무례할 수가 있단 말인가?"

조고는 물론 호해가 이렇게 나오기를 은근히 기도했던 것이다.

"폐하! 전날 사구평대에서 대사를 획책한 것은 사실 이사의 힘이 컸다고 봅니다. 그럼에도 지금까지 이사에게 영토와 왕작王爵이 내려지지 않자, 그는 매우 폐하를 원망하고 있으며 그의 큰아들 이유李由도 삼천 태수로 있을 적에 초나라 도적과 밀통했다는 설이 있었는데 아직도 그 진상이 밝혀지지 않고 있습니다. 아무튼 이사가 그 무렵 폐하보다 더한 권력을 쥐고 외방에 드나들면서 초나라 사람들과 가까이 한 것은 사실 엉뚱한 뜻이 있었던 것인데, 폐하께서는 이 기회에 반드시 모든 사실을 규명하셔야 합니다."

이때 이사는 그제야 조고가 자기를 모함하려는 술책이었음을 간파하고 집으로 돌아와서 공사 중단에 대한 문제와 조고의 죄상을 탄핵하는 상소문을 올렸다.

그러나 호해는 그 상소문을 보고 역정을 냈다.

"조고는 사람됨이 청렴결백하고 짐의 뜻을 잘 받들기 때문에 짐이 그의 현명함을 분명히 알고 있는데, 네가 괜히 그를 헐뜯는 것은 무슨 까닭이냐? 도대체 아방궁 공사를 중단하라니…. 더욱이 아방궁은 선제先帝께서 계획하신 일인데 너는 어찌 도적 하나도 제대로 제어하지 못하는 주제에 도리어 짐으로 하여금 선제의 유지를 어기어 불효를 저지르게 하는 것이냐."

이미 이사를 물리치기로 결심한 호해는 즉시 정위에게 명하여 이사의 죄를 판정해 올리라 명했다.

"이사는 초나라 도적과 사통하여 반역을 음모했으니 형법으로 논한다면 마땅히 그 목을 베고 삼족을 멸해야 합니다."

이런 주청을 받은 호해는 드디어 이사를 포박하여 함양 시가에 나가 사형을 집행하도록 했다.

호해는 이사를 죽인 뒤 조고를 승상에 임명했다. 이리하여 조고의 권세는 한층 더 높아진 것이다.

이때 함곡관에 주둔하고 있던 장감에게는 군량마저 고갈된데다 각처 제후들 모두 초와 합하여 자주 침공해 오므로 도저히 지탱할 도리가 없었다. 그리하여 여러 번 사람을 보내어 호해에게 보고했으나 번번히 조고에 의해 저지되어 버리고 말았다.

어느 날 호해가 궁녀와 내시들이 모여서 서로 수군거리는 소리를 엿듣게 되었다.

"장감이 계속 패하여 군사 이십여 만이나 잃고 초군이 곧 함곡을 공격해 온다니 우리는 어쩌면 좋은가?"

호해는 정신이 번쩍 들었다.

즉시 그들을 불러들여 다그쳤다.

"너희는 어떻게 그런 소문을 들었더냐?"

호해는 당장 조고를 불러들였다.

"승상은 어찌 지금같이 위급한 시기에 일체를 숨기고 짐을 농락하느냐?"

조고는 머리를 조아리며 아뢰었다.

"신이 비록 승상의 자리에 있기는 하오나, 외적을 막고 토벌하는 것은 대장군 장감의 책임입니다. 신이 승상이라 해서 한 몸으로 두 가지를 겸할 수는 없지 않사옵니까? 지금 바로 문책하고 다른 대장을 명하여 외적을 막게 하시면 자연 무사해질 것입니다."

호해는 조고의 말에 또 넘어갔고 여전히 향락에만 빠졌다.

조고는 집으로 돌아와 곰곰이 생각해 보았다.

'호해가 나를 문책하는 것은, 내가 장감의 보고를 일체 막고 있는 것을 알고 장감이 다시 어느 환관놈과 암통하여 호해에게 보고한 게 틀림없구나.'

그는 또 악심이 발동하기 시작했다.

다음날 조고는 입궐하여 호해에게 아뢰었다.

"장감이 지금까지 대군을 장악하고 있으면서도 공훈은커녕 도리어 수많은 군사만 죽이고 외적을 불러들여 관중을 소란케 하였으니 마땅히 그들을 소환하여 능지처참하고 다시 대장을 선임하여 적을 토벌토록 하십시오."

호해의 윤허를 얻은 조고는 즉시 자기 조카 조상趙常을 사신으로 하여 장감을 소환했다.

한편, 사마흔으로부터 정세를 보고받은 장감은 땅이 꺼지도록 탄식했다. 이때 마침 함양에서 온 모사謨士 한 사람이 나서서 간청했다.

"지금 조고가 이미 간계를 써서 세 장군의 가족을 모조리 투옥시켰으니 미구에 사신을 보내어 장군까지 체포하려 할 것입니다. 그러므로 현재 사세로 보아 조고의 명에 따르면 반드시 큰 화를 면치 못할 것입니다."

모사의 말이 채 끝나기도 전에 사자가 도착했다. 장감은 사자가 가지고 온 조서를 펼쳐 들었다.

'대체, 대장을 임명하는 것은 천자에게 매어 있으나 전략을 요리하는 것은 대장이 주장하는 법이다. 그러므로 대장은 정확한 전략을 세우고 위대한 공훈을 세워서 그 위력을 만천하에 떨쳐야만 그 책임을 완수했다고 할 것인데, 너희 장감 등은 공훈은커녕 수많은 군사만 죽였고 또 군무에 대한 보고차 왔다가 무슨 명령을 내리기도 전에 제 마음대로 돌아갔으니 이건 바로 반역과 다름없는 죄이다. 이제 기장騎將 조상을 보내어 너희를 소환하는 바이니 다행히 명령에 순종한다면 그 정상을 참작할 여지가 있겠으나 만일 반항한다면 결코 참형을 면치 못할 것이다.'

격분한 장감이 검을 뽑아 조상을 치려 하자 사마흔 등이 적극 만류했다. 장감이 앞으로의 일을 선뜻 단안을 내리지 못하고 망설이고 있던 어느 날, 조나라에서 진여가 편지를 보내어 왔다.

전날 백기白起도 큰 공로를 세웠으나 억울한 죽음을 당하였고 몽념도 진나라 장수로서 북쪽 오랑캐를 몰아내고 유중榆中 지구 수천 리를 평정하였으나 결국 죽음을 당했습니다. 왜냐하면 진은 본디 인재를 용납할 만한 아량이 없고 또한 유공자에게 선뜻 땅을 떼어 주기가 싫어서 그 따위 잔인무도한 짓을 감행하는 것입니다. 지금 장군 역시 진의 삼대를 걸쳐 헌신 노력해 온 처지이지만, 우선 장군이 수많은 군사를 상실하였고 또 제후들은 벌 떼처럼 일어나 그 세력을 저지할 수 없는 실정에 놓여 있으니 장군의 다음 결과는 너무도 뻔한 것입니다. 즉 조고가 오랫동안 온갖 간계를 다 부려 오다가 이제 들통이 나자, 그 죄를 두려워하여 이 기회에 장군을 대신 몰아

넣고 자기의 과오를 은폐하려는 것입니다. 장군은 어찌 각처 제후와 호응하여 대업을 도모할 생각은 하지 않고 도리어 목에 칼이 들어올 곳을 찾아 가려 합니까?'

장감은 서신을 읽고 여러 장수들과 상의하였다.
"진여의 말도 일리는 있소. 하지만 어느 쪽을 택해야 좋을지 선뜻 생각이 안 나는구료."
진희가 자기의 생각을 말했다.
"그거야, 현재 새로 일어나 자립한 제후들이 많기는 하지만 오직 초의 항우 장군만이 대의명분이 뚜렷하고 군사 세력이 강대하여 앞으로 진을 타도할 나라는 반드시 초밖에 없을 것인즉, 장군이 초에 돌아감으로써 그 왕후의 자리를 확보하시리라 믿습니다."
"하지만 내가 항량을 해친 원한이 있는데 항우가 어찌 나를 용납해 주겠소?"
"그건 제가 직접 항 장군을 만나 보고 이해를 따져 잘 설득시키겠습니다. 그는 아마 거절하지 않을 것입니다."
진희가 단신으로 초나라를 찾아갔다.
진희와 만난 항우는 다짜고짜 쏘아붙였다.
"장감이 그만큼 세상을 어지럽히고도 나를 달래려 하더냐?"
"양쪽이 이대로 끝까지 대치한다면 진과 초가 함께 손해를 보는 것인데, 장군께서는 어찌 이 점을 생각지 못하십니까?"
"그럼 어떻게 하겠다는 것이냐?"
"지금 장감 장군은 많은 공로를 세웠으나 조고에게 결국 생명까지 위험받게 되었습니다. 때문에 이제 진을 버리고 장군과 함께 대업을 이루고자 하니 장군께서 받아 주시기 바랍니다."
그러나 항우는 대로하여 크게 외쳤다.

"뭐라고? 그놈은 나의 숙부를 해한 놈이니 대대의 원수이다. 그런 놈과…."

그때 범증이 진희를 밖으로 내보낸 뒤 항우의 귀에 대고 속삭였다.

"지금 장감이 호해와 조고의 혐오를 받고 장군에게 귀순하기를 바라고 있으니 장군은 예전 원한을 깨끗이 잊고 그를 받아들인다면 그도 반드시 장군의 손발이 될 것입니다. 더군다나 진의 입장에서는 장감을 잃게 된다면 진으로서는 마치 단단한 울타리가 넘어진 것과 같은 터인즉, 장군이 그 헛점을 이용하여 진격한다면 진이 어찌 파죽지세를 면하겠습니까? 만일 이와 반대로 장감이 딴 제후와 연결하여 대사를 도모한다면 이거야말로 진이 망하기도 전에 또 하나의 진이 생기는 셈입니다."

"듣고 보니 군사의 말씀은 참으로 지당합니다."

진희로부터 항우가 허락했다는 사실을 들은 장감이 입을 열었다.

"범증은 꾀가 많은 사람이오. 혹시 나를 유인하여 죽이려는 술책인지 모르니 다시 가서 그 허실을 확실히 파악해 주기 바라오."

진희는 다시 항우를 만나서 솔직히 말했다.

"장 장군이 당장 항복해 오고 싶으나 항복한 후에 장군이 전날 과오를 따지면 어쩌나 행동을 망설이고 있습니다."

"대장부의 한번 떨어진 말은 태산보다 더 무거운 법이오."

항우가 말을 마치고 화살 한 개를 꺾어 맹세하고 그것을 진희에게 주었다. 진희의 확답을 들은 장감은 즉시 조상의 목을 베어 군중에 보이고 여러 장병들과 회합하여 장하로 향했다.

이때 항우는 영문을 활짝 열어 놓고 장감을 맞았다.

장감은 꿇어 앉아 인사를 드렸다.

"죄장罪將 장감 등은 조고의 참소를 입고 몸 둘 곳이 없어 이제 장군에게 귀순하는 바입니다. 전날 정도에서 무신군을 해친 죄 죽어 마땅

하오나 이처럼 용서해 주시니 그 은혜 하늘보다 더합니다. 앞으로 있는 힘을 다하여 위로 장군의 뜻을 받들고 아래로 가족의 원한을 갚겠으니, 장군은 거두어 주시기 바랍니다.”

항우는 그들을 따뜻하게 위로해 주었다.

“장군이 이미 나에게 돌아왔으니 딴 생각은 하지 말고 나라를 위하여 충질을 다해 주시기 바랄 뿐이오.”

한편 조고는 자기 조카마저 죽었다고 하자, 이 사실을 호해에게 알리지 않을 수 없었다.

“폐하! 장감이 본디부터 반심을 품은 줄 짐작했던 대로 과연 사신까지 죽이고 초에 항복하였다 합니다.”

호해는 격분하여 당장 장감의 가족을 묶어다 함양 시가에서 무참히 도륙했다.

한편, 희왕은 큰 공을 세우고 돌아온 항우를 크게 치하했다. 희왕은 이어 큰 잔치를 베풀고 항우를 노공魯公에, 유방을 패공에 봉하고 각자 병력을 길러서 다음의 진출에 대비토록 지시했다.

몇 달이 지난 뒤에 패공은 소하·번쾌·조참·주발周勃·왕릉王陵·하후영·시무武柴·근흡·노관·정복丁復·주창周昌·부관·설구薛歐·진패陳沛·장창張倉 등 장좌將佐 오십여 명과 군사 십만 명을 확보하게 되었고, 노공은 범증·영포·계포·종리매·우영·정공·환초·옹치·장감·사마흔·동예·위표魏豹·장이·진여·공오共敖·장다臧茶·용저龍沮 등을 비롯해 장좌 백여 명과 군사 십오만 명을 거느리게 되었다.

패공(유방)은 본디 싸우는 일보다 인의에 치중하여 인재를 대우하고 백성을 사랑하므로 희왕은 그를 매우 가상하게 여겨 군신들에게도 늘

칭찬해마지 않았다.
  이런 반면 노공(항우)은 성질이 강포하고 위엄만 내세워 누구나 감히 그의 얼굴을 제대로 쳐다보지도 못 할 정도이므로 희왕은 내심 그를 몹시 꺼리어 그가 와서 무슨 일을 알릴 때에는 언제나 자리에서 일어나 그를 대하곤 했다.
  몇 달의 시간이 지난 뒤 희왕은 패공과 노공을 불렀다.
  "경들이 진의 무도함을 보다못해 나를 추대해 혼란을 수습하고자 했으나 사실 나는 재덕이 미약하여 많은 백성의 바램을 풀어줄 수가 없소. 경은 모쪼록 본부 군사를 거느리고 두 길로 나가서, 함양을 먼저 점령하는 경이 임금이 되고, 뒤늦게 당도한 경이 신하가 되기로 약속하오. 이리하여 경들이 천하를 바로잡은 다음에는 나에게 조용한 처소

를 마련하여 여생이나 마치도록 해 주시오."

노공과 패공은 여러 장수들과 함께 희왕 앞에 엎드려 아뢰었다.

"신 등은 대왕을 모시고 제업을 이루어 주周나라의 옛 수도長安를 수복하기가 소원이옵니다."

"나는 경들의 무운을 빌겠으니 어서 승리를 거두어 나의 고대하는 마음을 기쁘게 해 주시오."

이후 패공과 노공이 정도定陶에 도착한 그날 밤. 그들은 앞으로의 생사고락을 함께 하자고 다짐하여 서로 의형제를 맺었는데 패공은 형이 되고 노공은 아우가 되었다.

이때가 호해 즉위 3년 2월이었다. 어느 날 패공이 북창읍北昌邑에 당도했을 때였다.

성 위에는 수많은 깃발들이 펄럭이고 요소마다 경비가 삼엄하였다. 이를 본 번쾌가 당장 달려들어 요절을 내려 하자, 패공이 간곡히 만류했다.

"이처럼 작은 고을에 대군을 동원해 죄 없는 백성들까지 난을 겪게 해서는 아니되네."

패공의 이 고마운 말이 성 안까지 퍼지게 되자, 그곳 부로父老들은 직접 현령을 찾아가 건의했다. 현령도 이 말을 받아들여 성문을 활짝 열고 패공의 대군을 환영했다.

패공은 부하들에 엄하게 영을 내렸다.

"만일 민간의 물건을 단 하나라도 약취하는 자는 즉각 목을 벨 것이다!"

이리하여 다른 고을에서도 이 소문을 듣고 스스로 귀순해 오는 자들이 날로 늘어났다. 이때 패공은 고양읍의 현령 왕덕으로부터 역이기라는 재사를 소개받게 되었다.

역이기는 왕덕을 따라 패공을 찾아왔다.

마침 패공은 의자에 걸터앉은 채 두 여인에게 발을 씻기우고 있었다. 역이기는 패공을 향하여 읍만 하고 대뜸 엉뚱한 질문을 했다.

"지금 장군은 진을 도와 제후들을 치려는 겁니까, 아니면 제후들을 거느려 진을 치려는 겁니까?"

패공은 그의 건방진 행동을 질타했다.

"이 바보 같은 선비야! 나는 당당히 희왕의 명령을 받들고 서로를 담당하여 진을 토벌하는 중인데 무슨 잠꼬대 같은 소리를 하고 있는 것이냐?"

"아니, 장군이 과연 그런 생각이라면 어찌 나 같은 장자를 보고도 무례하게 걸터앉아서 대하는 것이오? 그래 가지고서야 어떻게 천하를 바로잡는단 말이오?"

패공은 이 말을 듣자, 벌떡 일어나 역이기를 맞아 상좌에 앉히고 사과했다. 이렇게 만난 역이기는 그 능란한 구변으로 지난 육국 시대의 종횡책縱橫策부터 시작하여 현재의 상황을 얘기하고 대책을 건의했다.

"지금 장군이 겨우 십여 만의 오합지졸을 거느리고 섣불리 강한 진나라를 대항한다는 것은 실효 없는 계책이오. 우선은 교통이 편리하고 군량이 풍부한 진류陳留부터 손에 넣은 다음 기회를 보아 진출해야 됩니다. 그리고 그곳 태수 진동陳同은 제가 직접 가서 설득시키겠습니다."

원래 진동은 역이기와 절친한 사이였다. 그가 찾아왔다는 전갈을 받고 즉시 후당으로 맞아들여 술을 대접했다.

"좋은 새는 나무를 골라서 깃들고 현명한 신하는 주인을 가리어 섬기는 법입니다. 나는 이제 패공을 돕기로 하였으니, 공도 성을 사수하려다 괜히 죄 없는 백성들만 해치지 말고 잘 생각하여 거취를 정하십시오."

"선생! 남의 녹을 먹는 사람이 어찌 배반할 수 있겠습니까?"

"옛날 무왕은 당시의 천자 주紂를 쳤으나 사람들은 도리어 독부인 주를 죽였다고 하였을 뿐, 자기 임금을 죽였다고 하지 않았던 것은 주가 무도하여 워낙 인심을 잃었기 때문이요. 지금 황제도 옛날 주와 무엇이 다릅니까?"

이렇게 하여 진동마저 귀순하자 패공은 드디어 진류까지 차지하였다. 패공은 역이기를 광야군廣野君에 봉하고 언제나 자기 곁에서 군사 기밀을 돕도록 했다.

하루는 역이기가 조용히 주청했다.

"제가 비록 장군의 신임을 받고 있으나 사실 저에게는 뛰어난 재간이 없으므로 따로 놀랄 만한 인재 하나를 추천하겠습니다. 만일 그가 장군을 돕게만 된다면 마치 탕湯 임금이 이윤伊尹을, 무왕이 강 태공을 만난 거나 다름없을 것입니다."

"대체 그가 누구입니까?"

"그는 한韓나라 사람으로 성명은 장량, 자는 자방입니다. 일찍이 신출귀몰한 병법과 술학을 전수받았으며, 이제야 한의 후손을 왕으로 옹립하고 다시 정부를 수립하였지요."

"그가 한을 돕고 있다면 나에게 돌아올 리가 없지 않습니까?"

"제가 그를 유인하여 이곳에 데려다 놓고 설득시키면 문제 없을 것입니다."

"무슨 수로 그를 유인할 생각이십니까?"

"장군은 한왕韓王에게 사신을 보내 군량 오만 석만 빌려 달라고 하면 장량을 보내어 우리의 요구에 응해 주지 못한 것을 사과하도록 할 것입니다."

그래서 패공은 역이기를 사신으로 보냈다.

한왕은 정중하게 패공이 보낸 서신을 펼쳐 들었다.

초의 정서대장군征西大將軍 패공 유방은 삼가 한왕 전하께 글월을 올립니다. 생각건대 진 시황은 육국을 송두리째 집어삼켰으며 호해는 만백성을 물불 속에 몰아넣고 있습니다. 제가 이것도 차마 수수방관만 하고 있을 수 없어 대의에 입각하여 분연히 일어섰는데, 딴 것은 모두 준비되었으나 오직 군량이 좀 부족합니다. 빈약한 인근 고을에서는 하루에 만금萬金씩이나 소요되는 양을 도저히 충당할 길이 없어 대왕께 군량 오만 석만 빌려 주십사 하고 역이기를 보냅니다. 대왕께서도 어려우시리라 믿지만 이것이 어디까지나 사적인 낭비가 아니라는 점을 감안하시어 아량을 베풀어 주신다면 그 협조가 적지 않겠으며, 이 다음 진을 공략한 후에는 반드시 그 배로써 상환해 드리겠습니다.'

패공의 부탁을 받은 한왕은 군신들과 상의했다. 그러나 쉽게 결론이 나지 않았다. 끝내는 대신 장량이 패공을 찾아가 미안함을 말하도록 결론을 내렸다.

역이기는 이 말을 듣고 은근히 좋아했다.

'옳거니, 이제 나의 계략대로 들어맞는군.'

그는 즉시 한왕과 작별하고 장량과 함께 진류로 돌아왔다. 이때 장량은 장량대로 생각해 보았다.

'역이가 군량을 빌리자는 핑계로 본국을 찾아온 것은 혹시 나를 유인하여 패공을 도와 진을 토벌하려는 속셈이나 아닐까? 아무튼 내가 이곳에 온 이상, 패공이 어떠한 인물인가 한번 알아봐야겠다.'

마침 번쾌가 패공의 명령으로 장량을 맞이하러 나왔다.

그는 번쾌를 보자 장래 개국공신 중의 한 사람이 될 만하다고 감탄하며 영문으로 들어섰다.

그는 슬쩍 패공에게 시선을 돌렸다. 어느 모로 보아도 당대의 주인임에 틀림없었고 소하 등도 모두 훌륭한 보필들이었다.

'참으로 당대의 진주이며 장래 공신들이 한데 모였구나. 내가 이들을 설득시키러 왔다가 뜻밖에 이 같은 인물들을 만나게 된 것은 결코 우연한 일이 아니다. 전날 나의 스승 황석공黃石公도 나에게 진주를 도와 공명을 이루라 분부하셨는데 오늘 패공을 만났으니 이 기회를 놓쳐서는 안 되겠구나.'

이때부터 장량은 한왕과 단호히 작별하고 패공을 따라 출전의 장도에 오르기 시작하였다.

이때부터 패공은 장량을 깍듯이 대우하여 침식까지도 그와 함께 하였고, 그는 시간이 있는대로 『육도삼략六韜三略』을 패공에게 설명해 주었다.

한편, 동로를 담당하여 진격해 간 항우는 지나는 곳마다 남녀 노소를 막론하고 닥치는 대로 참살을 자행함으로 길에는 피비린내가 코를 찔렀고 창공에는 참담한 전운이 가실 줄을 몰랐다. 더욱이 약탈한 재물까지 운반해 가느라 하루에 겨우 일이십 리 밖에 행군하지 못하는 실정이었다.

범증이 무한한 고심 끝에 여러 번 충고를 하였으나 항우의 살생과 만행은 여전했다. 그러니 범증인들 무슨 도리가 있겠는가?

그러나 패공의 군대는 무관까지 무사히 도착하였다. 그때 한 장수가 진두에 나서더니 패공에게 큰 소리로 외쳤다.

"나는 패공을 직접 만나려 왔지 다른 뜻은 없다. 나는 군사 삼천을 거느리고 패공과 합세하여 관중을 격파할 생각이다."

그때 장량이 가까이 달려갔다.

"장군의 성명은 무엇입니까?"

"패공을 만나면 자연 알게 될 것이오."

패공이 진중에서 보고 있다가 그 장수의 무공이 출중함을 보고 단신으로 진두에 썩 나서며 물었다.

"장사는 나 유방을 무슨 일로 만나자는 것이오?"

그 장수는 즉시 땅바닥에 넙죽 절을 하며 자기 소개를 했다.

"소장은 낙천 태생 관영으로 이곳에서 오랫동안 주공을 기다렸습니다. 소장이 여러 장수들과 일차 대결을 벌인 것은 주공에게 소장의 조그만한 무용을 보여 드려서 주공으로 하여금 소장을 휘하에 거둬 주시도록 꾀를 보였습니다."

관영은 잠시 숨을 돌리고 이어 말했다.

"소장은 평소 서천西川에서 장사를 했습니다. 그러다 포악무도한 호해를 그대로 둘 수가 없어 정병 삼천을 규합하여 그를 토벌하려던 참에 주공의 높으신 존함을 듣고 진심으로 주공을 모시기 위해 왔으니 소장을 선봉으로 삼아 주시기 바랍니다."

패공은 기꺼이 승낙하고 휘하 장병을 총동원하여 무관을 공격했다.

그러나 호해는 이런 나라의 위기도 모르고 매일 계집과 주지육림에만 파묻혀 쾌락으로 나날을 즐기던 어느 날 밤, 백호白虎에게 자기의 왼쪽 팔이 물려 죽는 꿈을 꾸게 되었다.

깜짝 놀라 눈을 뜬 이세는 급히 해몽자를 불러 길흉을 급히 물어보았다.

해몽자는 잠시 생각에 잠기다가 대답했다.

"이는 괴변이 생길 수이니 폐하는 멀리 피하도록 하십시오."

이런 일이 있은 후 근심에 싸여 있던 이세가 어느 날 여러 군신들에게 물었다.

"요즘 각처 도적들의 동태가 어떠하오?"

그러나 군신들은 모두 눈물만 흘릴 뿐 감히 대답을 하지 못했다.

호해는 다시 사람을 보내어 조고를 문책했다.

"네가 소위 승상으로서 적이 이미 성 밑에까지 이르렀는 데도 여전히 아프다는 핑계만 대고 있을 셈이냐? 이사를 모략하여 죽이고 이처

럼 위급한 시기에 아무런 대책도 없느냐? 딴 이유가 있다면 어서 대답해 보아라!"

조고는 사실 무어라 대답할 말이 없었다.

호해로부터 책임 추궁을 당한 조고는 자기 사위와 동생을 은밀히 모았다.

"너희들은 곧 군사를 거느리고 지금 적이 궁중에 잠입하여 난을 일으키려 해서 그를 수비하기 위해 출동하였다는 핑계로 궁중을 포위한 다음 망이궁望夷宮으로 쳐들어가 황제를 없애 버려라. 그럼 나는 즉시 공자 자영을 황제로 옹립하겠다. 그는 본디 사람됨이 인자하고 중후하며 공손하고 검소하여 대신이나 백성들의 이론이 없을 것이며 따라서 우리들의 집안도 자연 화를 면하게 될 것이다."

"그것 참으로 좋은 계책이올시다."

그 날 궁성 안에는 적이 잠입해 왔다는 소문으로 발칵 뒤집혔고, 염락은 적을 색출해야 한다는 미명 아래 그 서슬이 무서웠다.

호해를 무참히 도륙한 조고는 드디어 호해의 시체를 거두어 선춘원宣春苑에 매장하고 대신들과 함께 자영을 찾아가 사유를 얘기한 다음 왕위에 오를 것을 요청했다.

자영은 선뜻 수락하고 두 아들을 불러 은밀히 상의했다.

"지금 역적 조고가 황제를 해치고 그 여론을 두려워하여 나에게 옥쇄를 맡으라는 것이다. 앞으로 내가 몸이 불편하다고 누워 있으면 그가 반드시 나에게 문병하러 올 터이니 너희는 한담·이필李畢과 함께 역적을 처치하여 호해의 원수를 갚도록 해라."

조고는 과연 마음놓고 문병차 재궁으로 자영을 찾아왔다.

순간, 이필은 그의 가슴팍을 겨누고 창을 날려 힘껏 찔렀다. 검붉은 피가 마구 솟구치며 그는 그 자리에 털썩 쓰러져 버렸다. 자영은 즉시 그의 목을 베고 시체를 갈갈이 찢어 군중들에게 보인 다음 그의 삼족까지 모조리 몰살시켰다.

자영은 바로 나서서 삼세 황제라 칭하고 문무 관료들을 모아 대책을 강구했다.

"짐이 막 즉위하여 아직 내부 정세도 수습하지 못한 이때 초군의 공략은 나날이 더해 가니, 경들은 어서 좋은 방책을 말해 보시오."

진의 멸망

　별다른 대책이 나오지 않자 진왕 자영은 하는 수 없이 한영韓榮·경패耿沛 두 장수에게 군사 오만을 주어 방비케 했다.
　이 무렵 패공은 백정이나 장사꾼 출신으로 진의 장수가 된 그들에게 보석과 술을 보내 매수하는 데 성공했다. 패공은 그후 적당한 시기를 보았다가 무관을 향하여 정면공격을 가했다. 이렇게 패공은 무관을 거뜬히 점령하고 서서히 남전성을 향하여 진군하기 시작했다.
　때는 정미년 10월이었고, 오성五星은 마침 동정東井 분야를 중심으로 하여 한데 모여 있었다. 천문학설에 의하면 오성이 한데 모이는 시기에는 천하를 통치할 만한 새 인물이 나타난다는 증좌라 하였다.
　이때 진왕 자영은 옥좌에 나와 앉았다가 패하여 돌아온 한영의 보고를 받고 깜짝 놀랐다. 그는 하는 수 없이 백마가 이끄는 마차를 타고 황제의 옥사를 말목에 건 다음 중문 밖까지 나와 패공을 맞이했다.
　"나 자영은 본래 재주와 덕이 없음으로 장군의 행차를 삼가 맞이하여 만백성의 목숨이나 구제하려는 바이니 장군은 어서 이 옥쇄를 받아 주시오."
　패공은 옥쇄를 받으며 따뜻한 말로 위로했다.
　"그대가 이미 천명에 순종하였으니 내가 마땅히 희왕께 아뢰어 그대의 생명을 영원히 보존토록 하겠소."

이렇게 진나라는 장양왕으로부터 자영에 이르기까지 총 43년을 지내었고, 자영은 왕위에 오른 지 40일만에 항복하여 완전히 막을 내린 것이다.

이때 궁전에 들어간 패공의 장수들은 숱한 금은 보석들을 차지하기에 정신이 없었으나 오직 소하만은 승상부丞相府로 달려가 호적과 지도부터 손에 넣었다. 다음날 패공이 항우와 천하를 겨룰 때 각처의 지리와 호구의 많고 적은 것을 가만히 앉아서 알게 된 것은 모두 소하의 이번 공로였던 것이다.

이 무렵 항우는 하북을 평정하고 신성新城까지 도착했다.

그날 밤 항우는 야순을 돌다가 장감을 따라 항복해 온 군사가 있는 영채에 이르렀다. 군사들은 불평과 불만을 터뜨리고 있었다.

'장감 역적놈에게 속아서 항우같이 잔인무도한 자에게 항복한 것이다. 패공은 반대로 인자하여 살생을 좋아하지 않고 또 관중을 먼저 점령했다고 하더라.'

항우는 이 말을 엿듣고 분노와 질투심이 복받혀 즉시 영포를 불러들였다.

"지금 진나라에서 항복해 온 이십만 군졸놈들이 배반 음모를 하고 있으니, 장감·사마흔·동예 세 사람만 남기고 그것들은 모조리 처치하여 후환을 없애도록 하시오."

영포는 군사 삼십만을 거느리고 한창 잠에 빠져 있던 이십만 항졸들을 습격해 가엾게도 모두 죽이고 말았다.

이튿날 항우는 다시 대군을 거느리고 관중을 향하여 쇄도하기 시작했다.

이 소식을 접한 번쾌는 급히 패공을 찾아가 제의했다.

"지금 항우가 관중을 향해 오고 있는 것을 본다면 전날 약속을 배반하고 관중을 차지하려는 속셈이 분명합니다. 주공은 어서 대책을 세우

십시오."

 패공은 그의 말에 찬동하고 바로 설구와 진패에게 군사를 주어 항우의 대군을 막도록 분부했다. 이때 항우는 관 밑에 군사를 주둔시키고 전초병을 보내어 상황을 염탐했다.

 범증이 항우에게 건의했다.

 "유방이 사람을 보내어 함곡관을 차단한 것은 반드시 희왕의 약속대로 자기가 관중의 왕이 되겠다는 생각입니다."

 "하지만 유방의 군사는 겨우 십만에 불과한데 감히 함곡관을 막고 나를 대항하겠소?"

 "아닙니다. 장군은 우선 유방에게 전날 약속을 지킨다는 편지를 보내어 제후들의 여론을 막는 한편, 그를 공격하여 압력을 가해야 합니다."

 항우는 영포에게 함곡관을 공격하게 하고 이어 편지를 화살에 매어 성중으로 쏘아보냈다.

> 이 녹공은 전날 우리가 희왕의 약속을 받고 또 의형제까지 맺은 후 무도한 자들을 베고 이제 공이 먼저 관중을 점령하였으니 공의 슬기와 역량을 치하 드리오. 하지만 남의 공로를 빼앗아 자기 소유로 만드는 것은 장부가 아닙니다. 그리고 공이 지금 관문을 막아 나를 들어가지 못하게 하지만, 공은 이 함곡관이 끝내 함락되지 않으리라 믿고 있습니까? 아무든 진을 공략한 공로와 관중에 먼저 들어왔다는 약속에 대해서는 공의 재량에 맡기겠으니, 공은 조금도 의심치 마시고 관문을 열어 대의와 형제의 정을 저버리는 일이 없기를 바랍니다.

 패공은 항우의 편지를 보고 장량에게 물었다.

 "이 일을 어떻게 처리하면 좋겠습니까?"

"현재 항우를 무력으로는 대항할 수 없으니 어찌 함곡관을 끝까지 지킬 수 있겠습니까? 관문을 열고 그들을 맞이한 뒤 다음 일을 생각하시지요."

패공은 하는 수 없이 항우의 초군을 받아들이라 명했다.

이튿날 항우는 여러 장수들을 소집하여 작전회의를 하고 있었다. 이 자리에서 범증이 유방을 없앨 계책을 내놓았다.

항우는 범증의 계책이 옳다고 찬동하고 여러 장수들에게 모든 준비를 마치게 한 다음 잔치에 초대한다는 서찰을 보냈다.

패공은 항우의 편지를 받고 장량과 상의했다.

"아무래도 즐거운 잔치가 아닌 것 같군요."

그러나 역이기와 장량이 지혜를 모아 참석하기로 결정하자 패공도 용기를 얻어 내일 연회에 참석하겠다는 회답을 보냈다.

다음날 연회에 참석한 패공은 감히 전날 항우에게 대하던 의형義兄의 행세를 하지 못하고 몸을 굽혀 정중히 인사했다.

"유방은 삼가 명공 휘하에 문안 드립니다."

그러자 항우는 정색을 하고 물었다.

"패공은 패공의 세 가지 죄를 알고 있소?"

"이 패공은 우연한 기회에 대군을 거느리고 진을 토벌하게 되었지만 어디까지나 노공의 지시에 따라왔을 뿐, 어찌 방자한 행동을 해서 노공의 위엄을 모독했을 리가 있겠소이까?"

"패공은 진왕 자영의 항복을 받은 뒤에 왕명도 없이 자기 멋대로 석방해 주었고, 인심을 얻기 위해 진나라 법을 고쳤고, 군사를 보내어 함곡관을 막고 제후들을 들어오지 못하게 하였으니 그 모두 세 가지란 말이오."

"그 당시 자영은 죽기를 바랬으나 내 마음대로 처단할 수가 없기에

잠시 관리에게 맡겨서 노공의 조처를 기다렸을 뿐 석방한 것이 아니며, 진의 법이 너무 가혹하여 단 하루라도 두기가 어려워 제가 급히 고쳐서 노공의 덕이 빛나게 한 것이며, 함곡관을 지킨 것은 진의 남은 도적이 다시 난을 일으킬까 염려한 것이니 노공은 조금도 의심 마시고 전날 정의를 생각하여 넓은 도량을 베풀어 주시기 바랍니다."

항우는 본디 포악한 성격인 반면, 남들이 떠받드는 것을 매우 좋아하는 사람이었다.

"사실 내가 패공을 의심한 게 아니라 패공의 부하 조무상이 편지를 보내어 패공의 세 가지 죄를 역설한 것이오. 그렇지 않았다면 내가 어찌 이럴 리가 있겠소?"

이리하여 패공은 감사해하며 주석의 끝 자리에 앉고 항우는 주인 자리에 앉았다.

이렇게 여러 제후가 모두 자리를 잡은 뒤에 북을 치고 군악을 울리며 서로 술잔을 돌렸다. 범증의 첫째 계략은 이렇게 무너지고 말았다.

연회를 마친 며칠 후 소복차림의 자영이 밧줄에 묶인 채 항우 앞에 서서 표문을 들고 있었다.

> 시황의 손자이며 부소의 아들 자영은 삼가 노공 휘하에 표문을 올립니다. 본디 진나라는 덕을 무시하고 정사를 잘못하여 사해海가 불안에 휩쓸리고 백성은 도탄 속을 헤매다가 이내 멸망하고 말았습니다. 이제 명공의 휘하에 들어가 다만 조상의 분묘를 지키며 잔명이나 보존하기 바랄 뿐이니, 명공께서 저희 가족들로 하여금 다시 햇빛을 볼 수 있는 영광을 내려 주신다면 죽도록 그 은혜를 잊지 않겠습니다.

항우는 표문을 읽고 나서 자영에게 소리쳤다.

"이는 너의 할애비가 육국을 멸하고 백성을 괴롭히다가 너에게까지

이 같은 화를 끼쳐 준 것이 아니냐?"
 "저는 당장 죽어도 여한이 없습니다."
 항우는 즉시 자영의 목을 치라 명했다.
 순간, 까만 구름이 일어나고 참담한 안개가 자욱하며 사방에서 울부짖는 소리가 구슬프게 들려왔다. 항우는 범증을 불러놓고 마치 선언하듯 말했다.
 "이제 내가 옥쇄를 얻고 또 자영마저 처치하였으니 진은 이제 멸망한 것이오. 천하에는 단 하루도 임금이 없어서는 안 되는 법, 나는 진을 이어 관중의 왕이 되려 하는데 어떻게 생각하시오?"
 그러나 범증의 대답은 부정적이었다.

"희왕의 조서를 받아서 당당한 명분을 세운 뒤 왕위에 올라야만 천하의 여론이 조용할 것입니다."

그러나 항우는 즉시 날짜를 가리어 즉위식을 마치고, 이 사실을 각처에 공포한 다음 초나라 땅 아홉 고을을 차지하고 수도를 팽성으로 정했다.

그는 또 희왕을 형식상 의제로 높이고 수도를 강남 번주彬州에 옮기게 했다. 그러나 사실 희왕의 명령은 받지 않았다.

어느 날 패왕 항우는 호화찬란한 아방궁을 바라보며 탄식을 금치 못했다.

"음, 숱한 재물을 모아다가 기껏 여산 능과 아방궁 공사에 다 써버렸구나. 바로 진나라를 망치게 한 장본이다. 내가 이미 왕이 된 이상 저따위 사치스러운 것은 아무 소용도 없다."

그는 즉시 아방궁과 정전·누각 등을 모조리 불질러 버렸다. 석달 동안 타는 불길이 하늘에 닿았고 까만 연기는 온 천지를 뒤덮었으며, 함양 백성들은 원망치 않는 자가 없었다.

이때 패왕은 범증과 비밀 토의를 가졌다.

"어느 날 유방이 먼저 관중을 점령하였고 또 희왕의 약속도 있으니 경위로 따진다면 마땅히 그를 관중왕에 봉해야 하오. 그러나 관중은 워낙 요지이기 때문에 혹시 후환이 있을까 염려하여 여지껏 망설이고 있소."

"파촉巴蜀은 산천이 험악해서 전날 진나라 죄인들을 귀양 보내던 곳이니 유방을 한왕에 봉하고 장감·사마흔·동예를 삼진왕三秦王(관중을 셋으로 나눔)에 봉하여 한중漢中의 통로를 차단케 하십시오. 그럼 유방은 남쪽으로는 나아갈 곳이 없고 동쪽으로는 돌아갈 곳이 없어 결국 한중에서 늙어 죽고 말 것입니다."

패왕은 범증의 말에 찬동하고 군정사軍政司를 불러 각 제후와 장수들의 공로에 따라 상신토록 했다.

　이리하여 유방은 한왕에 봉하여 수도를 남정南鄭에 정하고 한중의 41현縣을, 장감은 옹왕에 봉하여 수도를 옹구雍口에 정하고 상진上秦의 38현을, 사마흔은 새왕塞王에 봉하여 수도를 역양에 정하고 하진下秦의 18현을, 동에는 적왕에 봉하여 수도를 고노高奴에 정하고 중진中秦의 30현을, 신양申陽은 하남왕에 봉하여 수도를 낙양洛陽에 정하고 하남의 12현을, 사마앙은 은왕에 봉하여 수도를 조가朝歌에 정하고 하남의 32현을, 영포는 구강왕에 봉하여 수도를 육합六合에 정하고 그곳 45현을 관할케 했다.

　그 다음 공오共敖는 임강왕에, 오예吳芮는 형산왕에, 전안田安은 제북왕에, 위표魏豹는 서위왕에, 장이張耳는 상산왕에, 장다臧荼는 연왕에, 조헐趙歇은 대왕에, 전횡田橫은 상제왕에, 전욱田郁은 중제왕에, 희성은 한왕韓王에, 진승陳勝은 양왕에, 전영田榮은 전제왕에, 전경田慶은 전조왕에, 진여陳餘는 북조왕에, 항장項莊은 교동왕에, 항정項正은 춘승군에, 항원項元은 안승군에 봉해졌다.

　끝으로 범증은 서초西楚 승상으로 삼아 아부亞父라 존칭하고, 항백은 상서령尙書令에, 용저는 대사마大司馬에, 계포는 좌사마에, 종리매는 우사마에, 정공은 좌장군에, 옹치는 우장군에, 유존劉存은 후장군에, 진평은 도위都尉에, 한생韓生은 좌간의左諫議에, 무섭武涉은 우간의에, 환초는 대장군에, 우영은 인전장군引戰將軍에, 우자기虞子期는 전장군에, 한신은 집극낭관에 임명했다.

　이렇게 봉작이 끝나자, 패왕은 큰 잔치를 베풀어 일동을 환대하고 천하에 공문을 돌려 이 사실을 공포했다. 이때 패공의 수하들은 유방을 한왕에 봉한 데 대해 그 불평이 이만저만이 아니었다.

　번쾌가 주동이 되어 패왕과 마주 싸우자고 주장했으나 이를 막고나선 것은 소하와 장량이었다.

장량이 단호하게 말했다.

"파촉이 비록 겉으로 보기에는 좋지 않지만 안으로는 험악한 산이 겹겹이 둘러 있고 밖으로 협소한 계곡이 여기저기 연결해 있으므로, 나아가서는 천하를 통일할 수 있고 물러나서는 험한 지리를 이용하여 지킬 수 있습니다. 초나라가 제아무리 백만 대병이 있다 한들 그 험준한 곳을 어떻게 뚫고 침입해 오겠습니까? 사실 따지고 보면 한중은 한漢나라를 일으킬 만한 지역이며 병력을 기를 만한 곳이니, 대왕은 조금도 섭섭해 하시지 말고 흔쾌히 출발하도록 하십시오. 만일 그렇지 않고 그 불만스러운 기색을 보인다면 패왕은 반드시 트집을 잡아 대왕을 해칠 것입니다."

이미 앞을 내다보듯 장량의 말은 확신에 차 있었다.

"대왕께서 한중으로 가시는 데는 세 가지 이익이 있고, 관중에 계시는 데는 세 가지 손해가 있습니다. 즉 파촉은 교통이 험악하여 남들이 내부의 허실을 간파할 수 없는 것과 군사를 훈련시키는 데도 높은 산이 있어 여러 장병들이 하루바삐 고향에 돌아갈 생각으로 각자 노력하리라는 것이 세 가지 이익입니다. 그리고 반대로 관중은 한·위韓魏와 가까이 있어 자칫하면 내부의 비밀이 밖으로 새어나간다는 것과 막 군사를 일으켜 초를 공격하려면 범증이 미리 알고 방비하여 도저히 손을 쓸 수 없다는 것과, 사람이란 누구나 다 강한 데를 따르고 약한 데를 무시하게 마련이라 한창 강대한 초를 따르기는 쉬워도 아주 미약한 대왕을 위하기는 쉽지 않다는 것이 세 가지 손해입니다. 대왕께서는 이 점을 감안하여 모욕을 참고 담담하게 밀고 나가십시오. 그럼 반드시 천하를 도모하고 왕업을 이룩하실 것입니다."

유방은 망설이지 않고 장량의 뜻에 따르기로 마음먹었다.

잔도교를 끊다

패왕은 범증에게 명령을 내렸다.
"팽성은 본디 나의 고향이오. 경들은 빨리 의제를 딴 곳으로 안치시킨 다음 팽성을 이전대로 깨끗이 수리해 놓도록 하시오. 내가 장차 수도를 그곳으로 옮길 생각이오."
범증은 감히 패왕의 엄명을 어기지 못하고 할 수 없이 한마디 아뢰었다.
"신이 떠나기는 하겠습니다만, 측근에서 간사한 무리들이 대왕을 어지럽힐까 염려되어 세 가지 요건만 말씀드리겠습니다. 첫째는 함부로 함양에서 떠나려 하지 마십시오. 함양은 예로부터 부강하고 험고하여 대업을 이룰 수 있는 곳이며, 둘째는 한신은 원수元帥의 재간이 있으니 그를 등용하지 않으시려면 즉각 죽여 버리십시오. 그를 그냥 놓아 두면 반드시 후환을 끼칠 것입니다. 셋째 한왕을 이대로 함양에 붙잡아 두십시오. 그가 만일 한중으로 가는 날에는 대세가 좌우되기 때문에 신이 다녀와서 적당히 조치하겠습니다. 이 세 가지는 중요한 문제이니 대왕께서는 조금도 소홀히 여기지 마십시오."
"잘 알았으니 경은 염려 말고 쉬 돌아오도록 하시오."
범증이 팽성으로 떠난 지 이틀째 되었다.
진평은 일부터 그를 팽성으로 꾀어 보내고 이어 상소를 올렸다.

대체 국가의 재정을 확보하자면 절약과 절제로써 그 일원책을 삼아야 합니다. 이제 대왕께서 보위에 임하셨으니 맨 먼저 국가의 재정부터 확보하여 백성으로 하여금 대왕을 마치 부모처럼 믿도록 해야 합니다. 예를 들면 지금 함양에 주둔하고 있는 제후의 군사만 해도 백만이 넘는 수효입니다. 우선 십만 명만 놓고 하루의 지급량을 환산한다면 식량 이만 섬, 술밥 삼백 섬, 부식용 잡곡 일만 섬, 꼴자 사천 근, 황소 일백 마리, 돼지 사백 마리…. 백성들의 힘으로 어떻게 이 막대한 비용을 충당하겠습니까? 이대로 가다가는 큰 야단이 일어날 실정이니 대왕은 하루 속히 영단을 내리시기 바라옵니다.

패왕은 이 상소를 보자 새삼 놀라운 마음을 금치 못했다.

그는 즉시 따로 상의할 일이 있다는 핑계로 한왕은 일단 머물러 있게 하고 기타 제후들에게는 닷새 내에 모두 떠날 것을 명령했다.

이 엉뚱한 조치에 누구보다도 깜짝 놀란 것은 장량이었다.

"야단났구나. 범증이 돌아오면 반드시 한왕을 모해할 터이니 어찌 해야 좋단 말인가?"

그는 생각에 잠기다가 급히 한왕을 찾아갔다.

"오늘 패왕의 조치가 있었으나 대왕은 염려치 마시고 패왕에게, 몇 달 휴가를 얻어 고향에 내려가서 가족을 데려오겠다는 상소를 올리십시오. 그럼 신에게 한 가지 계책이 있습니다."

이튿날 한왕은 역이기에게 상소문을 작성하여 올리도록 했다.

신 유방은 본디 풍패의 시골 백성으로 외람되이 대왕의 큰 은혜를 입고 왕위까지 받게 되었으니 이는 무상의 영광입니다. 하온대 지금 살아 있는 신의 부모와 처자를 신이 직접 금의환향하여 데려오고 조상들의 무덤에까지 이 영광을 보여 드렸으면 합니다. 대왕께서는 신의 이 심정을 헤아려 신에

게 약 석 달만 휴가를 허락해 주시면 감사하겠습니다.'

패왕은 상소를 보고 한왕이 필시 피하기 위함이라 생각했다.
그때 장량이 패왕을 찾아와 아뢰었다.
"대왕! 한왕을 고향으로 내려보내는 것은 불가합니다. 차라리 한왕을 임지로 보내고 다른 사람을 보내 태공太公(한왕의 아버지를 칭함)과 그 가족을 데려오도록 하십시오. 그런 후에 태공을 이곳에 인질로 삼아 두시면 한왕이 절대 딴 마음을 먹지 못할 것이옵니다."
진평이 또 아뢰었다.
"대왕께서 딴 제후들은 모두 귀국시키고 한왕만 이곳에 머물러 두신다면 이는 그 신의에 어긋납니다. 장량의 말대로 태공을 인질로 잡아두고 한왕을 귀국시키는 것이 좋을 듯하옵니다."
"경들의 의견이 그렇다면 거절하지는 않겠소."
그러자 종리매가 나서서 저지했다.
"대왕! 범아부가 떠나기에 앞서 대왕께 말씀을 어찌 잊으셨습니까?"
"그 가족만 내 곁에 있으면 되지 않겠나. 그리고 그를 한왕에 봉했다고 온 천하에 공포했는데 내가 붙들고 있으면 어찌 그 여론을 면하겠소?"
이것을 본 한식이 탄식했다.
'한왕이 단신으로 한중에 들어가는 것은 도리어 그에게 유리한 조건을 주는 결과이다. 그는 가족을 찾고 싶은 간절한 마음에서 더욱 분발할 터이니 범아부의 계획은 이제 그림 속의 떡이 되었고 우리들은 모두 그의 손에 포로가 되고 말 것이다.'
이렇게 해서 한왕은 급히 본영으로 돌아와 여러 장병들을 거느리고 함양성을 나섰다. 한왕 일행이 금우령을 완전히 넘어왔을 때 그동안 따라왔던 장량이 한왕 앞으로 나섰다.

 "신은 대왕을 여기까지 모셔다 드렸으니 이제 그만 본국으로 돌아갈까 합니다."

 한왕이 깜짝 놀랐다.

 "나는 지금까지 지사의 도움으로 여기까지 왔는데 나를 버린다니 이 무슨 말이오?"

 "신이 비록 옛 주인을 찾아가지만 실은 대왕을 위한 세 가지 중대한 계책을 위하여 떠나는 것입니다."

 "세 가지 계책이라니요?"

 "첫째는 패왕을 달래어 수도를 팽성으로 옮기게 하고, 관중은 대왕의 수도를 정할 곳으로 만들자는 것이며, 둘째는 여러 제후를 달래어 초를 배반하고 한으로 돌아오게 하여 패왕으로 하여금 서쪽을 공격할 뜻이 없도록 하자는 것이며, 셋째는 한을 일으키고 초를 멸할 만한 대원수大元帥감을 구하여 대왕께 보내자는 것입니다. 신이 이 세 가지를 완수한 뒤에는 반드시 대왕을 함양에서 뵙게 될 것이며 앞으로 삼 년만 지나면 결코 대왕으로 하여금 동으로 다시 나오시게 할 것이니 대왕은 모든 일을 성급히 서두르지 마시기 바랍니다."

"과연 선생의 말씀과 같이 된다면 내가 어떤 고난인들 참지 못하겠습니까?"

"추천하는 사람에게 신의 친필각서 한 통을 아울러 보내 드리겠으니 대왕은 그 인물을 꼭 써 주시기 바랍니다."

한왕은 눈물을 흘리며 그의 손을 잡았다.

"나는 선생만 믿겠소. 그리고 나의 아버님을 만나시면 잘 보살펴 주시기 바랍니다."

장량은 특별히 소하에게 앞으로 계책을 일러 주고 이어 부탁했다.

"내가 인재를 보내면 공은 소홀히 여기지 말고 꼭 앞장서서 추천해 주시오."

"염려 마십시오. 선생의 각서까지 가지고 오는 인재를 내가 어찌 소홀히 하여 국사를 그르칠 리가 있겠습니까?"

이렇게 장량이 다시 관중으로 떠난 지 하루가 지났다. 갑자기 후군後軍에서 장병들의 고함 소리가 요란하게 들렸다.

한왕은 걸음을 멈추고 뒤를 돌아보니 맹렬한 불길이 하늘에 닿았고 짙은 연기는 삼백 리를 뒤덮고 있었다.

'이는 장량이 나로 하여금 동으로 나오지 못하게 하기 위하여 잔도교를 소각시킨 것이 분명했다. 한데 그게 도대체 무슨 속셈이란 말인가?'

이때 수하가 한왕 앞에 나와 귀에 대고 속삭였다.

"대왕은 고정하십시오. 신이 어제 장량과 작별할 때, 그는 잔도교를 소각시키는 것이 세 가지의 이익이 있다고 했습니다. 즉 첫째는 패왕이 만일 이 소식을 듣는다면 대왕께서 다시는 동으로 나올 뜻이 없다 하여 서쪽을 염려하지 않고 삼진의 방비가 자연 허술해진 다는 것이오, 둘째는 대왕을 따라온 사람들이 모두 돌아갈 생각을 단념하고 대왕을 성의껏 섬길 것이오, 셋째는 각처 제후의 주목을 받지 않고 마음대로 병력을 양성할 수 있다는 것입니다."

한왕은 그제야 장량의 속뜻을 알고 놀랍기만 했다. 여러 날 끝에 포중에 도착한 한왕은, 날짜를 가리어 왕위에 오른 다음 소하를 승상에 임명하고 조참·번쾌·주발·관영 등에도 각기 벼슬과 상금을 내렸다.

그는 국정에 전력을 기울여 인재를 초빙하고 백성을 사랑하며 군량을 저축하고 병력을 양성시켰다. 이러기를 겨우 몇 달이 되어 인심이 순후하고 생활이 풍부해져 길에는 유실된 물건이 있어도 주워가지 않고 밤에는 대문도 잠그지 않았다.

한편, 장량은 잔도교를 끊고 봉령鳳嶺에서 한나절 휴식을 취한 다음 봉주와 익주를 거쳐 보계령에 당도했다.

그리고 항상서 항백을 찾아가 하룻밤을 묵기로 하였다.

그 날 해질 무렵이었다. 장량은 딴 의복으로 갈아입고 성 밖으로 나가 패왕의 동정과 각처 제후의 귀국 여부를 비밀히 염탐해 보았다. 그런데 한왕 희성이, 패왕에게 인사차 좀 늦게 들어왔다는 것과 장량이 한왕을 따라 한중으로 들어갔다는 이유로 참형을 당하여 그 영구가 어제 본국으로 이송되었다는 것이다.

장량은 속으로 한숨만 지을 뿐 아무 소리도 못 하고 급히 항백의 집으로 돌아왔다.

"저는 그만 본국으로 돌아가야 되겠소이다."

"아니, 어찌 오시자마자 바로 떠나시려 합니까?"

"지금 한왕께서 이 같은 참변을 당하셨으니, 제가 빨리 본국으로 돌아가 한왕을 고이 모셔드리고 아울러 저의 가족을 안정시킨 다음 바로 와서 다시 뵙겠습니다."

항백은 더 이상 만류하지 않고 석별의 정을 나누며 당부했다.

"정 그렇다면 제가 한 달 내에 사람을 보내어 선생을 영접하겠으니 그때는 약속을 꼭 지켜 주시오."

"사람을 보내시려면 남의 눈에 뜨이지 않도록 해 주십시오."

장량은 바삐 한韓나라로 달렸다.

그는 한왕의 영구 앞에 엎드려 제전을 드리고 머리로 땅을 치며 통곡했다.

"전하! 앞으로 신의 몸뚱이가 부서지고 뼈가 가루가 되어도 이 원수는 갚고야 말겠습니다."

그는 한왕을 매장하고 집안일을 대충 정리한 다음 서둘러 함양으로 향했다. 앞서 약속대로 과연 항백이 멀리까지 사람을 보내어 그를 영접했다.

"이제 선생은 어디로 가시렵니까?"

"옛 주인이 이미 세상을 떠나셨고 또 미천한 몸이 병이 많기 때문에 저는 앞으로 노자의 학술이나 배울까 합니다."

항백은 그가 출세에 뜻이 없는 것을 알고 그를 몇 달 머물러 있게 하면서 친구의 우정이나 펴리라 마음먹었다. 이로부터 십여 일이 지난 어느 날, 항백은 교외에 나가서 아직 돌아오지 않고 있었다.

장량은 혼자 뜨락을 거닐다가 우연히 후원의 만권서루萬券書樓라는 현판이 붙은 누각에 들어서게 되었다. 원래 항백이 현직 상서령에 있기 때문에 서신을 제외한 표문과 상소문 같은 것은 더러 사본까지 만들어 비치해 놓았던 것이다. 장량은 그 속에서 한 통의 표문을 찾아냈다. 이론이 정연하고 의사가 치밀한 보기 드문 내용이었다.

신이 듣건대, 천하를 통치하고 도모하는 방법은 천하의 대세를 관찰하고 기회를 포착하는 것이 가장 중요하다 합니다. 그럼 대세란 무엇인가? 허실과 강약을 분별하고 이해와 득실을 타진해야만 천하를 통치할 수 있다는 것입니다. 하온대 대왕께서는 이와 반대로 지금까지 선정은커녕 간사한 무리들의 말을 곧이듣고 진나라의 몹쓸 폐습을 계속하여 자영을 죽이고 항졸을 무찌르며 시황묘를 발굴하고 아방궁을 불태웠습니다. 이 어찌 대세와 기회를 무시하고 다만 위세와 폐습으로 천하를 굴복시키려는 정책이 아니겠습니까? 만일 유방이 한번 일어난다면 백성은 물론 여러 제후까지도 모두 그에게 호응할 것인즉, 지금 대왕께서 지니고 있는 위세는 저절로 그의 차지가 되고 말 것입니다. 그리하옵고 유방이 잔도를 끊은 것은 대왕으로 하여금 자기를 의심치 않도록 만든 다음 삼진의 방어가 허술해진 틈을 타서 파촉의 무리를 거느리고 관중을 기습할 계획입니다. 현 정세를 그대로 보고만 있을 수 없어 삼가 몇 말씀 올리는 바이니, 대왕께서는 냉철히 비판하여 혜량하시기 바라옵니다.

장량은 그 표문을 보고 멍하니 천장을 바라보았다.

'이 표문을 올린 사람은 옛날 반계磻溪의 강자아姜子牙와 신야莘野의 이윤伊尹과도 같은 대장 재목이며 천하호걸이다. 내가 만일 이 사람을 잘 설득시켜 한왕漢王 유방에게 추천만 한다면 초를 멸하여 한韓의 원한을 갚을 수 있고 한漢을 도와 왕업을 이룩할 수 있겠다. 그런데, 이 사람을 어떻게 만날 수 있을까?'

그는 그 표문을 도로 제자리에 놓아 두고 누각을 나왔다.

그날 밤 장량은 술이 어느 정도 얼근해지자 넌지시 입을 떼었다.

"후원에 훌륭한 화원과 누각이 있다고 하던데, 한번 구경할 수 있을까요?"

"물론이지요."

항백은 말을 마치고 바로 장량을 안내하여 화원으로 발길을 옮겨 누각까지 갔다. 장량은 앞서 보았던 표문이 놓인 곳으로 다가서며 슬그머니 물었다.

"이 표문은 누구의 것입니까?"

"음, 그 사람이야 말로 노魯나라의 기린이오, 주나라의 봉황인데 때를 만나지 못하고 있지요. 게다가 생활이 곤란하여 때로는 끼니까지 어렵고요."

"아니, 그 사람이 대체 누구기에 이처럼 칭찬이 대단하십니까?"

"그는 회음 사람 한신인데 범아부가 여러 번 패왕에게 추천하였으나 크게 써 주지 않고 기껏 집극랑을 시켰으며, 하루는 패왕이 이 표문을 보고 노발대발하여 당장 그를 잡아다 요절을 내려고 하는 것을 제가 겨우 만류하여 무사하게 되었지요."

'옳아, 그는 바로 홍문연 군막 뒤에서 만난 사람이군. 과연 그는 국상으로는 강자아와 견줄만 하고 대장으로는 손무자孫武子를 압도 할 만한데, 무슨 수로 그와 접근한단 말인가?'

장량은 궁리끝에 한 가지 계략을 떠올렸다.

이튿날 그는 항백에게, 조용한 곳에서 심신이나 수양하겠다는 핑계로 작별을 고했다.

장량은 바로 함양성을 빠져 나와서 도사로 변장하고 다시 성 안으로 들어갔다. 그는 마치 미친 사람처럼 여기저기 쏘다니며 얼토당토 않은 소리를 지껄이는가 하면 허리에는 동전銅錢을 차고 품 안에는 과일을 꾸렸으며 몸에는 도포를 걸쳤고 발에는 미투리를 신고 돌아다녔다.

어느 날 장량은 뒤를 따라다니는 애들 중에서 영리하게 생긴 애 하나를 골라 다음과 같은 동요를 가르쳤다.

지금 누가 건넌방에서 방울을 흔들고 있는데 소리만 들릴 뿐 그 얼굴은 보

이지 않네. 누구나 출세하고 제 고향에 돌아가지 않으면 마치 비단옷 입고 밤길 걷길세.

영리한 그애는 순식간에 그 동요를 부르고 다녔다.
장량은 이어 단단히 당부를 했다.
"애야! 누가 이 노래를 어디서 배웠느냐고 묻거든 꿈속에 어느 신선이 나타나 가르쳐 주더라고 대답해라. 그리고 너의 친구들에게도 모두 가르쳐서 부르고 다니도록 해라. 그러나 내가 이 노래를 가르쳐 주더라고 대답할 경우에는 너에게 큰 변고가 생길 것이니 너는 꼭 이 점을 명심해야 한다."
이때 패왕은 좌천당한 제후들로부터 무슨 여론이 있을까 염려한 나머지 여러 대신들을 외방外方 나그네로 변장시켜 사정을 정탐하고 있었다.

하루는 패왕이 거리에 떠돌고 있는 동요를 듣고는 직접 변복을 하고 나섰다. 더구나 패왕은 애들로부터 그 노래를 어느 신선에게서 배웠노라는 말을 듣자 내심 놀라며 생각에 잠겼다.

'이는 반드시 하늘이 나로 하여금 수도를 팽성으로 옮기라는 암시이다. 그렇지 않아도 내가 이 불타 버린 함양을 버리고 동으로 옮기려던 참인데 뜻밖에 이런 동요까지 나돌았으니 결코 우연한 일이 아니다.'

다음날 패왕은 군신들에게 선언했다.

"지금 하늘에서 동요까지 내렸는데 경들은 어찌 여지껏 알리지 않았는가? 그 동요 가운데 '누가 방울을 흔든다' 는 말은 나를 가리킨 것이오, '소리만 들릴 뿐 그 얼굴이 보이지 않는다' 는 말은 내가 비록 명성은 있으나 아직 널리 알려지지 않았다는 뜻이며, '비단옷 입고 밤길걷기라' 는 말은 내가 지금 천하를 얻었으나 고향에 돌아가지 않았다는 뜻이오. 이 동요가 나의 의사와 아주 부합되고 또 이곳 궁전이 모두 불타 버려서 당장 수리하기도 어려운 노릇이니 아예 수도를 팽성으로 옮기는 것이 좋겠소. 팽성은 본디 양梁과 초의 땅으로서 회하淮河 이북에 있는 구군九郡 천리를 통활할 수도 있지 않소."

간의대부 한생이 나서 아뢰었다.

"대왕! 그 동요는 반드시 사람의 조작이니 절대 믿지 마십시오. 그리고 관중은 예로부터 도읍지로 내려온 곳입니다."

"아무리 관중이 좋다고 하지만 동요는 바로 하늘의 뜻이오."

"전날 범아부도 함양을 떠나서는 안 된다고 여쭙지 않았습니까?"

이미 사태가 굳어져 보이자 한생은 하늘을 쳐다보며 탄식했다. 그러자 패왕은 노발대발하여 불호령을 내렸다.

"이 늙은 역적놈아! 어찌 감히 내 뜻을 거역하느냐?"

즉시 집극랑 한신을 불러 분부했다.

"너는 이 늙은 놈을 당장 함양 시가로 끌고 가서 기름 가마솥에 처넣고 푹 삶아 죽여라!"

이 날 함양 시가에는 장량도 백성들 틈에 끼어 이 광경을 보고 있었다. 형 집행이 끝나고 한신이 돌아가자, 장량은 그의 뒤를 미행하여 그 처소를 확인하고 돌아왔다.

이때 패왕은 다시 계포를 팽성으로 보내어 궁전 수리를 독촉했다. 그러나 한생의 참형이 있은 후부터는 누구 하나 감히 나서서 간하는 자가 없었다.

이튿날 장량은 회음 사람들의 옷차림으로 바꾼 다음, 전날 진나라 궁전 안에서 얻은 보검 한 자루를 지니고 한신의 대문 앞에 당도했다.

한신은 달빛에 환히 비추는 그의 시원스럽고 준수하게 생긴 모습을 내려다보았다. 어디서 꼭 한번 만났던 것만 같았다.

"선생은 누구이며 여기는 무슨 일로 오셨습니까?"

장량은 정색하고 대답했다.

"제가 본디 장군과 한 고향이긴 하지만 장군은 잘 모르실 것입니다. 실은 저에게 조상으로부터 보전해 받은 보검 세 자루가 있는데 여기저기 헤매다가 두 자루는 이미 주인을 만나 팔았고, 남은 한 자루는 장군이 마침 저와 한 고향분이며 또 훌륭한 영웅이시라는 말을 듣고 이처럼 찾아온 것입니다."

그는 목청을 가다듬고 나서 이어 말했다.

"이 보검은 만일 큰 바다 속에 넣어 두면 교룡蛟龍 따위가 구슬프게 울부짓고 깊은 산 속에 차고 다니면 도깨비 떼가 질겁을 해 달아나는 신물神物로서 그 값어치를 논한다면 수만 금이 넘습니다. 그러나 진짜 위인을 만나면 값을 받지 않고 거저 줄 수도 있지요. 아마 장군이 이 보검만 얻는다면 그 위엄이 온 천지를 경동시킬 것입니다."

한신은 그의 보검에 대한 절찬과 자기를 호걸로 알아주는 말에 은근히 입맛이 당겼다.

"제가 초나라에 온 이후 지금까지 저에게 눈도 거들떠보는 사람이 없었는데 오늘 선생이 보검을 가지고 와서 이처럼 추앙까지 해주시니 제가 도리어 부끄럽기 이를 데 없군요. 한데 그 보검을 한 번 구경이나 해 볼까요?"

장량은 얼른 보검을 꺼내어 정중하게 넘겨 주었다.

칼집에는 검가劍歌가 깨알만한 글씨로 새겨져 있었다.

"제 각기의 팔덕이란 무슨 말입니까?"

"천자의 팔덕은 인자하고 효도하며 총명하고 명철하며 강직하고 공경하며 소견이 넓고 학식이 고명한 것을 말합니다."

"승상의 팔덕은 무엇입니까?"

"바로 충직하고 정대하며 너그럽고 인자하며 명철하고 자세하며 사리를 판단할 줄 알고 남을 용납할 줄 아는 것을 말합니다."

"그럼 원수의 팔덕도 있습니까?"

"그렇지요. 즉 청렴하고 인자하며 결단성이 있고 신의가 있으며 지혜스럽고 용감하며 명철하고 충성스러움을 말합니다."

"참으로 신기합니다. 한데, 두 자루는 누구에게 파셨는지요."

"예, 천자검은 유패공에게 팔았지요."

"아, 패공에게는 무슨 특징이 있기에 파셨습니까?"

"패공은 도량이 넓고 인자할 뿐 아니라 상서로운 구름이 언제나 그의 주변을 호위하고, 그 기상은 용봉龍鳳과 같고 오성五이 한 군데에 모여서 천자의 거룩한 복과 덕을 갖추었기에 전날 망탕산에서 만나 보검을 팔았지요."

"그럼 승상검은…?"

"승상검은 패현 소하에게 팔았지요."

"그에게는 또 무슨…?"

"그는 패공과 함께 풍패에서 일어나 창칼은 쓰지 않고 전혀 인의를 숭상하여 신법新法을 제의하여 백성을 구제하고 군량을 수송하여 장병에게 보급하며 또 앞으로는 한漢을 도와 원훈공신이 될 만한 큰 재주가 있기에 관중에서 만나 보검을 팔았지요."

"선생의 보검을 한왕과 소상국에게 팔으신 것은 그 주인을 잘 찾아 주셨습니다. 하지만 나같이 명성도 없고 팔덕도 갖추지 못한 위인에게 파는 것은 옳지 않은 듯싶습니다."

"그렇지가 않습니다. 옛날에 어느 천리마 한 마리가 어쩌다 무식한 사람의 수중에 들어가 갖은 천대를 받다가 다음날 백락伯樂을 만나서 당장 명마로 알려졌다는 말이 있듯이 지금 장군도 아직 알아주는 주인을 만나지 못하였을 뿐, 그 지식과 수양으로 말하면 전날 손빈·오기와 사마양저에 못지않으십니다."

한신은 자신도 모르게 긴 한숨을 내뿜고 말했다.

"선생의 말씀은 저의 속을 환히 들여다보시는 것 같군요. 여러 차례 상소를 올렸으나 패왕이 들어 주지 않으니…. 저도 곧 고향으로 내려가 조용히 세월이나 보낼 작정입니다."

장량은 이 기회를 놓칠 세라 얼른 말을 받았다.

"장군! 그건 잘못 생각입니다. 속담에도 좋은 새는 나무를 가리어 깃들이고 현명한 신하는 주인을 가리어 섬긴다 하였는데 장군 같은 웅재대략雄才大略을 가지고 어찌 회음 땅의 한 늙은 낚시꾼이 되려 하십니까?"

"이제 보니 선생은 보검을 팔러 오신 게 아니라 다른 뜻이 있는 것 같군요. 혹시 선생이 바로 한韓나라 장자방이 아니십니까?"

장량은 이제는 더 이상 신분을 숨길 필요가 없었다. 서둘러 일어나 사과했다.

 "장군! 제가 장군을 숭배해 온 지가 퍽 오래되었으나 무턱대고 찾아 뵈올 수가 없어 잠시 실례했으니 용서해 주십시오. 제가 특별한 뜻이 있어서 왔다는 것을 장군이 이미 짐작하셨으니 더 이상 무엇을 숨기겠습니까? 제가 바로 장량입니다."
 한신은 너털웃음을 터뜨리며 그의 손을 잡고 말했다.
 "선생은 참으로 천하의 호걸이십니다. 저도 이제 이곳을 떠나 한으로 돌아가겠습니다. 무슨 지시하실 말씀이 없으십니까?"
 장량의 기쁨은 이루 말할 수가 없었다.
 "장군이 진정 저의 소견을 받아 주신다면 제가 한 가지 물건을 장군께 드려서 이 다음 증거품을 삼도록 하겠습니다. 장군은 잘 간직해 두시기 바랍니다."

그는 각서 한 통을 한신에게 주며 당부했다.

"제가 한왕과 소하한테 인재를 추천하기로 약속하면서 이 각서로 그 증거품을 삼겠다고 했으니 장군이 이것만 가지고 가시면 반드시 높은 예우를 받으실 것입니다."

"선생께서 이미 잔도교를 끊어 버렸으니 어느 길로 포중엘 들어가야 합니까?"

장량은 다시 지도 한 장을 꺼내어 주며 말했다.

"이 지도에는 그곳 노선이 자세히 그려져 있습니다. 이 다음 장군이 대군을 이끌고 삼진을 공략할 적에도 이 지도를 이용하십시오. 그럼 관중은 물론 한중에서도 장군의 행군을 전혀 알지 못할 것입니다. 그리고 이 지도는 비밀히 간직하여 아무에게도 보이지 마십시오."

"선생은 이제 어디로 가시렵니까?"

"저는 패왕이 수도를 옮긴 뒤에 각 제후를 설득시켜 패왕으로 하여금 한중을 넘겨다보지 못하게 만들겠습니다. 그럼 장군은 안심하고 진을 정복한 다음 천하를 도모할 수 있을 것입니다."

"저도 기회를 보아 곧 이곳을 떠나겠습니다."

한편, 이때 의제는 천도 문제를 놓고 또 범증에게 말했다.

"임금이란 명령을 내리고 신하란 그 명령을 받들어 시행하는 법인데 지금 항우가 나의 약속을 어기고 나에게 빈주로 옮길 것을 강요하고 있소. 이런 항우의 행위가 옳다고 생각하오."

범증은 엎드려 아뢰었다.

"그렇지 않아도 신이 여러 번 간하였으나 패왕은 일체 듣지 않아 신의 처지도 매우 곤란하옵니다."

범증은 의제의 뜻을 패왕에게 사실대로 보고하는 도리밖에 없었다. 패왕은 이 보고를 받고 펄펄 뛰었다.

의제를 시해하다

　　　　패왕은 즉시 구강왕 영포, 형산왕 오예, 임강왕 공오를 불러 비밀히 분부했다.

"그대들은 은밀히 잠복해 있다가 의제의 일행이 강 한복판에 당도하면 그들을 영접하러 나온 척하다가 기회를 보아 모조리 처치해 버리시오."

말하자면 의제가 배를 타고 강을 건너다가 풍랑을 만나 배가 침몰되었다고 허위선포하여 사람들의 여론을 막자는 흉계인 것이다.

"역적 항적아! 너도 이 다음 결코 편안케 죽지는 못할 것이다."

결국 의제는 원한에 사무친 이 한 마디를 남기고 그만 강 속으로 뛰어들었다. 거센 파도에 휩쓸린 그의 시체는 종적이 묘연했다.

영포는 선창 속에 숨어 있는 사람들까지 전부 죽여 버렸다.

한편, 한신은 어느날 밤 도위徒尉 진평을 찾아갔다. 그 속셈을 떠보려는 것이었다.

"패왕이 팽성으로 떠나면 함양은 자연 한왕에게 넘어갈 터인데 도위는 이 점을 어떻게 보십니까?"

진평은 서슴지 않고 대답했다.

"요즘 패왕의 꼴을 보면 머지않아 패망하고 말 것이오. 그러니 장군도 일찌감치 이곳을 떠나 한왕을 도와 큰 재주를 발휘하도록 하십시오."

"하지만 각처 검문소를 통과하기가 어려울 것 같아 망설이고 있는 중이오."

"그건 염려 마시오. 나에게 관인官印이 있으니 내가 당장 통행증을 만들어 드리겠습니다."

이때 패왕은 여공呂公과 종공 두 사람을 남겨 함양을 지키게 하고 모두 팽성으로 옮겨 수도로 정했다.

한편, 한신은 진평의 도움으로 안평관을 무사히 통과하여 산관散關에 당도했다.

전번과 같은 수법으로 다시 산관을 통과하여 얼마쯤 달리다 보니 앞에 세 갈래 길이 나타났다. 그는 이 길이 매우 중요한 지점이라 생각하고 장량이 준 지도를 대조하여 포중 입구를 확인했다.

한신은 말을 서서히 몰며 주위를 관망하다가 나무꾼을 발견하고 그에게 다가갔다. 그리고 진중으로 가는 길을 물었다. 그는 그곳 지형을 자세하게 알려 주었다.

한신은 감사를 드리고 돌아서서 장량이 주던 지도를 펴 보았다. 나무꾼의 말과 조금도 틀림이 없었다.

그러나 세상 일이란 그리 단순한 것만은 아니었다.

'내가 군관들을 죽인 사실이 드러나면 장감의 군사가 반드시 이 길로 추적해 오다가 혹시 저 나무꾼을 만나게 될지도 모른다. 만일 나무꾼으로부터 나의 행방이 알려진다면 이미 지쳐 있는 내가 어찌 잡히지 않기를 바라겠는가? 아예 저 나무꾼마저 없애 그 입을 막는 것이 안전하겠다.'

생각이 여기에 미친 한신은 다시 돌아서서 나무꾼을 불렀다. 그렇게 해서 결국 나무꾼도 죽고 말았다.

한신은 나무꾼의 시체를 묻어 주고 꿇어 앉아 그의 명복을 빌었다.

"그대여! 이 한신이 본디잔인해서가 아니라 어찌할 수 없어 이 같은 못할 짓을 감행했으니 그대는 나를 너무 원망치 말고 고이 잠드시오. 내가 만일 출세한다면 반드시 그대의 무덤을 다시 찾아와 오늘의 은혜에 보답할 것이오."

그는 그곳을 떠나 태백령 밑에 당도했다. 과연 몇 호의 인가와 주점이 있었다.

한신은 성 안으로 들어갔다.

둘레 오십 리가 넘는 시가지는 말끔이 다듬어졌고 풍경이 그야말로 지상에 없는 낙토를 이루고 있었다.

그는 어느 객점을 찾아 행장을 풀고 주인에게 부탁했다.

"이 행장 속에 별다른 물건은 없지만 내가 앞으로 며칠 이곳에서 묵어야 할 것 같으니, 주인이 잘 좀 보관해 주시오."

"손님은 안심하십시오. 우리 한중은 다른 곳과 달라서 길에 유실된 물건도 주워 가는 사람이 없는데 객점 안에 있는 행장이야 무슨 염려가 있겠습니까?"

이튿날 한신은 밖을 이리저리 산책하며 그곳 경치를 구경했다. 남쪽에는 한 검문劍門이 있고 중간에는 잔도교가 있어 외부와의 출입이 막혔으며 뒤에는 큰 강이 둘러 있어 형주荊州와 양양襄陽의 급소가 되었다. 뿐만 아니라 토지가 비옥하고 산물産物이 풍부하며 풍속이 순후하고 백성들이 태평한 그야말로 요지였다.

촉중蜀中 사람들은 자기네 고장을 이렇게 자랑했다. 초현관招賢館이라는 간판이 붙어 있고 게시판에는 아래와 같은 방문이 공고되어 있었다.

1. 병법에 정통하고 묘책에 뛰어난 자는 대원수에 채용함.
2. 용맹이 뛰어나 적장의 목을 풀 베듯 하는 자는 선봉장으로 채용함.
3. 무술이 뛰어나고 그 재주가 맡은 바 임무를 그 이상으로 감당할 만한 자는

산기散旗에 채용함.
4. 천문에 밝고 기상을 잘 아는 자는 일급 참모로 채용함.
5. 지리에 밝고 음양에 통달한 자는 향도관에 채용함.
6. 마음씨가 공평하고 사람됨이 정직한 자는 기록記錄에 채용함.
7. 웅변술에 능하고 미래를 잘 예측할 만한 자는 참모參謀에 채용함.
8. 말재주가 좋아 남의 마음을 감동시킬 수 있는 자는 세객說客에 채용함.
9. 산술算術에 능하여 조금도 착오가 없는 자는 서기書記에 채용함.
10. 시서詩書를 많이 읽어서 고문顧問이 될 만한 자는 박사博士에 채용함.
11. 의술醫術에 정통하여 신기한 재주를 지닌 자는 군의軍醫에 임명함.
12. 동작이 빠르고 비밀을 잘 염탐해 낼 만한 자는 척후斥候에 채용함.
13. 기억력이 좋고 출납出納에 경험이 있는 자는 군수관軍需官에 채용함.

한신은 방문을 보고 주민들에게 물었다.
"지금 초현관을 누가 맡고 있소?"
"등광 하후영이지요. 한왕께서 그에게 초현관을 맡기셨는데 그는 어진 선비를 무척 좋아하는 분입니다."
이때 한신은 생각해 보았다.
'내가 만일 승상부承相府를 직접 통하여 한왕에게 장량의 각서를 내놓는다면 이는 남의 추천에 의한 것밖에 되지 않을 것이다. 우선 등공부터 만나 보고 난 다음 소하를 만나서 나의 품은 실력을 나타내어 그로 하여금 저절로 나를 심복하게 만든 뒤에 각서를 내놓아야만 비겁하지 않다.'
이렇게 생각을 굳힌 한신은 즉시 등공을 찾아갔다.
등공은 그가 보통 인물이 아님을 보고 내심 헤아려 보았다.
'나도 이 사람의 성명을 들은 적이 있다. 한데 초나라 신하로서 여기까지 찾아온 것은 반드시 그만한 이유가 있을 것이다.'

하후영이 한신에게 물었다.

"현사賢士는 어디서 오셨으며 또한 전에 벼슬을 한 경력이 있으십니까?"

"나는 본디 보잘것없는 신하로 패왕을 떠나 밝은 데를 찾아왔습니다."

"잔도교가 끊어졌고 산길이 험악한데 어떻게 해서 이곳에 바로 당도할 수 있었습니까?"

"한번 한漢을 위하여 힘을 다해 보겠다는 마음이라 어렵지 않게 뵙게 되었습니다."

등공이 어느 과목을 생각하느냐고 묻자 한신이 대답하였다.

"그보다는 한 과목이 빠졌습니다. 이를테면 재주가 문무文武를 겸하

고 학식이 천문과 인사人事를 능통하여 나가서는 대장이 되고, 들어와서는 승상이 되며, 앉아서는 천하를 바로잡고, 일어나서는 백전백승하여 초나라를 공파할 수 있는 원수감을 고른다는 과목이 빠졌습니다. 명공께서 직접 물으시니 말씀입니다만 현재 표시된 과목은 모두 한 가지 재주에 불과함으로 저의 실력을 다 발휘할 수 없습니다."

이 말에 등공은 깜짝 놀라며 한신의 손을 잡아 자리에 앉히고 사과했다.

그러나 등공은 의아해하는 얼굴로 물었다.

"현사에게 그만한 재능이 있음에도 초에서 크게 등용하지 않은 건 무슨 이유입니까?"

"물론 이유가 있지요. 옛날 우虞나라는 백리해를 쓰지 않다가 결국 망하였고, 진秦나라는 그를 등용하여 나라가 부강하게 되었습니다. 저 역시 초에 있을 때 여러 번 건의도 해보았으나 패왕이 일체 채택하지 않았습니다."

"한데 한왕이 만일 현사를 등용하신다면 현사에게는 어떠한 방략이 있습니까?"

"한왕께서 만일 저에게 전 장병을 맡기신다면 저는 맨 먼저 삼진을 정복하고 육국을 장악하여 패왕의 오른쪽 날개를 꺾고 범증의 계략을 막고 천하를 도모할 자신이 있습니다만."

이 말에 등공은 좀 놀라는 표정을 지었다.

"그럼 현사는 『육도삼약六韜三略』을 외우고 있습니까?"

"장수가 되려면 천문으로부터 지리에 이르기까지 단 한 가지 일과 한 가지 물건이라도 몰라서는 안 되는 법인데 어찌 그것을 외우지 못하겠습니까?"

"내가 내일 아침 조회에 한왕을 뵙고 현사를 추천하겠습니다."

"명공은 아직 아뢰지 마시고 우선 소 상국蕭相國에게 저를 소개하여 과연 두 분의 의사가 같으면 두 분이 함께 추천해 주시기 바랍니다."

"매우 옳은 생각이오. 내가 오늘밤 소 상국을 만나 보겠습니다."

이리하여 한신은 객점으로 돌아왔고 등공은 소하를 만나 경사를 모두 얘기해 주었다. 그러나 소하는 탐탁잖은 눈치였다.

"나도 그의 이름을 들은 적이 있소. 그러나 그는 남에게 갖은 모욕까지 받고 살아오다가 초에서 겨우 집극랑이 되었소. 한왕께서도 그 사람의 내력을 환히 알고 계시는 이상 그를 크게 쓰지 않을까 염려로군요."

"하지만 그의 뛰어난 재주는 반드시 큰 공을 이룰 것 같소. 서슴지 말고 적극 추천하십시다."

"그럼 내가 일단 만나 보겠습니다."

이튿날 한신은 등공이 보낸 사람을 따라 승상부로 향했다. 그런데 소하는 그에게 앉으라는 말도 없이 대뜸 입을 떼었다.

"등공을 통하여 현사의 이름은 들었소이다."

"저는 귀국에서 어진 인재를 예의로써 대우해 준다는 소문을 듣고 천 리길을 찾아왔습니다만 막상 대하고 보니 소문과는 다르군요. 일단 승상이나 만나 뵙고 다시 고향으로 돌아가야겠습니다."

"어찌 이곳까지 왔다가 뜻도 펴 보지 않고 그런 말씀을 하시오?"

"지금 승상께서 조석을 잊고 인재를 구해야 할 이 시기에 이처럼 걸터앉아서 사람을 대하시는 것을 보고서 제가 무슨 말씀을 하겠습니까? 그러므로 저는 이 나라에 머물고 싶지가 않습니다."

이 말에 소하는 급히 일어나 그에게 사과했다.

"제가 무례하여… 현사는 널리 이해해 주시오."

"지금 승상께서 어진 인재를 구하시는 것이나 제가 이곳까지 찾아 힘을 다 기울여 보겠다는 것은 모두 어느 한 개인을 위해서가 아닙니다."

소하는 두 손을 모으고 사과했다.

"잘 알겠습니다. 현사께서 지금 천하의 대세를 평론하고 천하의 안위를 걱정하며 천하의 치란治亂을 밝히고 천하의 강약을 설명해 주십시오."

"관중은 그 천연적인 지세가 딴 곳에 비해 백 배 이상 험하고 산물 역시 풍부한 곳으로서 역대 제왕들의 도읍지였음에도 불구하고 지금 패왕은 그런 곳을 버렸으니 이는 지세를 잃은 것입니다. 그리고 한왕은 비록 포중으로 좌천되었다 하지만 남몰래 병력을 기르고 계략을 쓰기에는 아주 좋은 곳을 차지한 것입니다. 또한 패왕은 용맹이 비상하여 제후들이 모두 그 위력에 눌려 억지로 복종하는 척하지만 속에선 반항심이 싹트고 있습니다. 반면 한왕은 누구의 주목도 받지 않고 편안히 앉아서 인심을 수습하고 인재를 보강함으로 그 튼튼한 기반은 누구도 당할 수 없는 것입니다. 또한 패왕은 의제를 해치고 무도한 짓을 마구함으로 형주·함양·호남 백성들이 규합하여 그를 토벌하려는 공작이 치열해 가고 있으나 그는 그런 줄도 모르고 자기 혼자만 으대고 있으니 이는 필부지용에 불과할 뿐, 어떻게 천하의 인심을 얻겠습니까? 그리고 한왕은 신법을 제정하여 진의 까다로운 법을 폐지시켰으므로 지금은 비록 이곳에 있으나 한왕의 군사가 한번 움직이기만 한다면 누구나 환영하지 않을 자가 없을 것입니다. 또한 장감 등은 진나라 백성들의 원한이 뼛속에 사무쳤는데도 패왕은 그들을 삼진에 봉하여 한나라 군사를 막도록 하였습니다. 이는 도리어 적국을 도와주는 결과밖에 되지 않는 것입니다. 그리고 한왕은 은근히 환영하고 있는 백성들의 후원을 얻어 단번에 삼진을 정복하고 점차 나아가서 천하를 도모할 수 있을 것입니다. 이같은 대세, 안위와 치란, 강약은 누구나 다 알고 있는 사실인데 승상은 무엇을 걱정하십니까?"

"그럼 당장이라도 초를 칠 수 있겠습니까?"

"그렇지요. 지금 패왕이 함양을 떠났고 제후가 반심을 품었으며 백성들은 어진 임금을 부르짖고 삼진은 방비가 허술하므로 아주 좋은 시기입니다. 만일 이 기회를 놓치고 있다가 혹시 제·위·조·연齊魏趙燕 중에서 지혜 있는 자가 나타나 의경을 거느리고 함양 삼진을 점령하여 요충지를 막아 버린다면 한나라 군사는 늙어 죽도록 이곳에서 나가지 못할 것입니다."

그의 말이 여기에 이르자 소하는 앞으로 다가가 그의 귀에 대고 속삭였다.

"하지만 전날 잔도교를 끊어 버렸으니 당장 어찌할 도리가 없지 않소?"

그는 미소를 지으며 대답했다.

"이는 반드시 어떤 지혜 있는 사람이 승상과 상의하여 딴 데로 출군할 것을 미리 다 생각하고 잔도교를 끊었을 것입니다. 즉 패왕을 속이기 위한 계략에 불과하단 말씀입니다. 사실 이것은 패왕이나 속지 어디 안목 있는 사람이야 속겠습니까?"

소하는 자기 속을 환히 들여다보는 이 말에 경의를 표했다.

"내가 이곳에 들어온 이후 지금까지 이같은 현책은 누구에게도 들어보지 못했는데 오늘에야 비로소 막혔던 가슴이 탁 트이는 것 같군요."

그는 다시 한신을 자기 사택으로 안내하여 서로 술잔을 나누었다. 이튿날 소하는 등공을 만나 한왕 앞에 나아갔다.

"신 등이 초현관에서 한 인재를 만났는데 도략에 정통하고 식견이 높아 원수 자격임에 틀림없으니 대왕께서는 그를 등용하셨으면 합니다."

"누구요? 그만한 인물이라면 마땅히 채용하지요."

소하가 나서 아뢰었다.

"그는 바로 회음 사람 한신입니다. 신 등이 어제 그의 실력을 여러 가지로 시험해 본 바 손·오·양저라도 그에게 미치지 못할까 하옵니다."

"경들의 청이니 일단 한신을 불러오시오."

소하는 즉시 한신을 불러들였다.

한왕은 한신의 이모저모를 살피다가 입을 떼었다.

"여기까지 오느라 수고가 많았소. 그러나 아직 그대의 재능을 보지 못하였으니 우선 창고관리를 맡아 주시겠소?"

한신은 조금도 불쾌한 기색이 없이 물러나오는데 소하와 등공은 몹시 불안해 했다.

이튿날 한신은 오전부터 시무를 보기 시작했다.

그는 종사원들을 불러 놓고 창고의 현 적량積量과 앞으로의 지출에 대하여 전체 결산을 보는데, 한번 수를 놓아서 정확한 숫자를 파악해 버렸다.

며칠이 지난 어느 날 한왕이 걱정하고 있었다.

"내 요즘 밤낮 없이 고향을 생각하고 있으나 아직 좋은 계책을 얻지 못하였으니 어찌하면 좋겠는가?"

그러자 소하가 아뢰었다.

"동으로 돌아갈 수 있으니 먼저 파초의 대원수를 구하소서."

"나도 항상 그 일을 잊지 않고 있소."

"하지만 대왕께서 달리 구하실 게 아니오라 한신을 기용하신다면 반드시 초를 멸하고 천하를 평정할 수 있을 것입니다."

그러나 한왕은 대수롭지 않다는 듯이 말했다.

"한신이 본디 빈천하여 제 한몸도 꾸려나가지 못했던 터에 어찌 대원수가 되어 항우에 대항할 수 있겠소?"

이 말에 소하가 또 한신을 두둔했다. 한신은 산법이 신묘하여 한 점의 실수도 없었다는 일이며, 또 창고의 묵은 곡식을 새 것으로 교체하라 했다는 말을 낱낱이 아뢰었다.

"승상이 그처럼 한신을 극력 추천하니, 내 이제 그를 치속도위治粟

都尉로 승진시키겠소."

이 소식을 들은 한신은 흔쾌히 직함을 받고 임지로 옮겨갔다.

그리고 그는 즉시 수년간 사복을 채우던 창고직이들을 갈아치우고 곡식이 늘고, 주는 일이며 부세賦稅의 경중을 바로잡아 민폐를 일소하였다.

그 처리의 명백함이 실로 추호의 차질이 없는지라 반 달이 채 못되어 백성들은 너나 할 것 없이 그 지공무사함에 탄복하였다.

소하는 다시 한신을 중용하도록 한왕에게 청했다.

"작위나 녹봉이란 함부로 주어서는 안 되는 것인데 한신은 불과 한 달 안에 두 차례나 발탁되지 않았소. 그에게 촌공도 없는 터에 이제 다시 자리를 높여 준다면 그전부터 나를 따라 많은 공로를 세운 대장들이 모두 상벌의 밝지 못함을 원망하고 배반할 것이오."

그러나 소하는 여전히 굽히지 않고 또 아뢰었다.

"예로부터 현명한 군주는 사람을 기용함에 있어서 그 재간과 역량에 따라 썼사옵니다. 한신은 실로 동량지재이온대 대왕께서는 그를 작게만 쓰려 하시므로 신이 이렇게 누누히 추천하는 것이옵니다. 전부터 대왕을 따른 풍패豊沛의 여러 장수들도 그 공로가 적다고는 할 수 없사오나 그 재량은 한신에게 미칠 바 못되옵니다. 어찌 이것으로 그들과 비교하여 경중을 따질 수 있사오리까."

"승상은 잠시 기다리시오. 장량이 나와 작별할 때 나에게 천하를 두루 돌아다니며 파초의 대원수로 삼을 만한 인물을 물색하여 천거하겠노라 하는 각서를 남겨 주고 갔으니, 수 개월 내에 장량이 추천한 사람이 오거던 가서 한신과 재주를 비교하여 그 후에 대원수로 삼도록 하겠소."

그리하여 소하는 하는 수 없이 승상부로 물러나왔다.

　　　한신은 곰곰이 생각하다가 문득 하나의 묘안을 생각해 내었다.

　'내 이대로 나가다간 도저히 한왕에게 중용되지 못할 것이다. 설령 장량의 추천장인 각서를 내보인다 해도 여러 사람을 탄복케 할 수 없으리라.'

　그는 문직이에게 명하였다.

　"내 오늘밤에 멀리 갈 일이 있으니 말을 준비하라."

　그는 날이 채 밝기도 전에 동문으로 말을 몰아 달려나갔다. 문을 지키던 병졸이 이것을 보고 급히 승상부로 달려가서 고하였다. 소하는 이 말을 듣고 크게 놀랬다.

　'이 사람이 이대로 달아나고 만다면 우리들은 모두 포중褒中의 귀신

이 되고 말 것이다.'

소하는 급히 말을 달려 한신을 뒤쫓아 그를 붙들었다. 그리고 한신과 나란히 승상부로 돌아와 밖의 출입을 끊었다.

이때 조정에서는 문무백관이 모두 모여서 소하가 나오지 않아 괴이하게 생각하고 있는 중인데 마침 주발周勃이 들어와서 한왕께 아뢰었다.

"관동에서 온 여러 장수들이 고향을 그리워해 도망치는 자가 많았습니다. 승상 소하도 홀로 달아나 이틀이 넘도록 돌아오지 않나이다."

한왕은 듣고 나서 경악과 분노를 금치 못했다.

"소하는 나와 군신지간이라 하나 실상은 부자와도 다름 없는 터인데, 어찌하여 나를 버리고 달아났단 말이냐!"

그리고 하루가 지난 뒤 소하가 나타났다.

"그대가 나를 따른 후에 잠시도 곁을 떠나지 않다가 이제야 달아남은 무슨 일인고?"

소하는 머리를 조아리며 간곡하게 청했다.

"신이 오래 대왕의 지극하신 은총을 입사와 승상의 지위에 올랐거늘 무엇이 부족하여 변심하여 도망을 치겠나이까. 신이 이틀간 나갔다 옴은 다름 아니오라 달아나는 사람의 뒤를 쫓아가서 불러다 대왕을 위하여 천하를 정하고자 함이오이다."

"달아난 사람이 도대체 누군가?"

"바로 회음의 한신이옵니다."

"아니 여러 장수들이 모두 달아나도 쫓지 않던 그대가 이제 한신만을 쫓아갔다 함은 거짓말이 아니오?"

소하가 지극한 심정으로 다시 청했다.

"제장은 얻기 쉬워도 한신과 같은 국사는 달리 구할 수 없는 법이옵니다. 대왕께서 만일 한중漢中에 영원히 계시겠다면 모르거니와 그렇

한 권으로 읽는 초한지 | 113

지 않고 항우와 패권을 다투어 천하를 도모하실 뜻이 있으시다면 한신이 아니고서는 대사를 성취하시지 못하시리이다. 대왕께서 굳이 한신을 기용치 않으신다면 신은 관을 버리고 고향으로 돌아가 훗날 항우에게 포로가 되는 신세를 면하려 하나이다."

소하의 이 말이 끝나기 무섭게 하후영이 나섰다.

"승상의 말씀은 진실로 국가를 위함이오 일신의 사사로움에서가 아니오니 대왕은 부디 그 충언을 용납하시와 한신을 쓰시옵소서."

그러나 한왕은 머리를 단호하게 가로저었다.

"경들이 간곡히 청하나 한신은 도저히 그런 대임을 감당해 내지 못할 것 같소그려. 만일 그에게 진실로 대장이 될 만한 징표徵表가 있다면 내 기필코 쓰려니와, 다만 그의 부질 없는 변설만 믿고 나라의 안위가 걸린 대원수의 중책을 맡기지는 못하겠소. 그 점을 승상은 깊이 생각하오."

소하는 안타까운 듯이 다시 아뢰었다.

"대왕께서 말씀하시는 바가 사리에 합당한 것 같사오나 신의 뜻과는 상반되옵니다. 이제 현사를 보고도 천거하지 못하고 천거하되 쓰이지 못하옴으로 주야로 마음이 괴롭습니다."

한왕은 그토록 간곡한 승상의 말을 듣고서야 약간 누그러지는 표정이었다.

다시 하루가 지난 다음날 소하는 한신이 내놓은 장량의 각서를 가지고 조정으로 나갔다. 그리하여 한왕께 그 각서를 올리면서 지난 밤의 일을 낱낱이 고하였다.

한왕은 각서를 받고 대경하며 소리쳤다.

"내 눈이 어두워 경의 충의를 거역했거니와 오늘에야 비로소 잘못을 깨달았으니 조속히 한신을 불러들여 대장으로 삼겠소."

한왕은 즉석에서 영을 내렸다.

그러나 이번에는 소하가 머리를 저었다.

"이제 대왕께서 장량의 추천을 보시고서야 신의 간청함이 외람되지 않았음을 아신 것입니다. 그리하오나 이제 한신을 원수로 삼는다 해도 그는 반드시 이곳에 머물러 있지 않으오리다."

"그를 대장에 명하고 후히 대접해 만류하려는 것이오."

소하는 허리를 굽혀 정중히 간하였다.

"만일 한신을 꼭 쓰시려면 원수를 대하는 예를 갖추시옵소서."

"내 당장에 이곳에 불러다가 대면하여 봉하고자 하오."

그러나 소하는 다시 머리를 가로저었다.

"대왕께서 지금 그를 대장으로 배함에 있어서 마치 어린아이를 부르시는 것 같이 하시니 심히 불가하옵니다. 아무리 관록을 중히 내리신다 하여도 신의 생각에는 반드시 한신은 그것을 받지 않고 거절할 듯 싶습니다."

한왕은 답답하다는 듯 얼굴을 찌푸렸다.

"그렇다면 어떠한 예로써 그를 만류할 수 있단 말이오?"

"대왕께서 정히 한신을 붙들어 중용하시고자 하신다면 날을 가리어 높은 단을 쌓고 천지신명께 제사를 지낸 후 황제가 풍후를 배하고 무왕이 여망呂望을 배함과 같이 하시어 대장을 대하는 예를 갖추시옵소서."

소하가 이렇게 청하자 한왕은 고개를 끄덕이며 말했다.

"그렇다면 경이 책임지고 일을 잘 처리케 하오."

이리하여 모든 준비가 전부 끝나고 그날이 되자 한왕은 문무백관을 대동하고 승상부로 가서 친히 한신을 맞았다.

"이제 장군을 파초의 대원수로 봉하노라. 신명을 바쳐 우리의 목표를 이루도록 하시오."

한신은 한왕 앞에 두 번 절하여 사은하였다.

한왕으로부터 대원수의 대임을 받고 하루가 지난 날이었다. 문무백관들이 모두 하례를 드리는데 문 밖에서는 무사들이 전날 한신을 시기하여 반기를 들고 일어났을 때 앞장섰던. 번쾌를 포박하여 놓고 어명을 기다리고 있었다.

이윽고 한왕이 엄중한 선고를 내렸다.

"번쾌는 바로 나의 친척이기는 하지만 망녕되게 그 공을 믿고 의장대 앞에 나와 과인을 우롱했다. 마땅히 법에 따라 삼군의 경계를 삼을 것이다."

한왕의 명이 떨어지자 만조백관들은 감히 입을 여는 이가 없는데 오직 소하가 한왕 앞으로 나서며 아뢰었다.

"번쾌의 죄는 마땅히 참수형에 처할 만하오나 큰 공을 세운 신하이니 죽일 수는 없사옵니다."

소하의 간곡한 간청으로 구사일생 석방된 번쾌는 스스로 대장군의 막하로 찾아가 사과하였다. 이때부터 번쾌는 대장군 한신의 막하에서 명령에 순종하는 용장이 되었다.

평생의 대망인 대장군의 직위에 오른 한신은 한왕의 은혜에 깊이 감격하고 하루바삐 천하를 평정하겠다고 굳게 결심하였다. 그리고 그는 표문을 지어 올려 한왕에게 사은하기를 잊지 않았다.

어느날 한신 대장군이 한왕에게 청했다.

"항우가 도읍을 팽성으로 옮긴 뒤 오래 동안 서쪽을 돌보지 않았으므로 제후들이 모두 흩어졌고 방비함이 없사오니 이때를 타서 대왕께서 급히 출사하시면 신은 인마를 정돈하여 앞서겠나이다."

"과인의 오랜 꿈이었소. 경은 조속히 인마를 조련하시오. 내 몸소 정벌할 것이오."

한왕은 번쾌를 선봉으로 삼고 조참을 군정사郡政司로, 은개殷蓋를 감군監軍으로 정하였다.

강훈을 마친 한신이 원수의 지위로서 여러 대장을 모아 놓고 군중의 법령을 정하니 모두 17개 조였으며, 조목마다 군률을 밝혀 이를 위반하는 자는 참수하겠노라고 명시하였다.
 그리고 그는 27개 조를 옮겨 써서 책 한 권으로 꾸미고 일일이 한신 자신이 원수의 직인을 눌러 먼저 한왕에게 올리고 또 군정사 조참에게 명하여 각 영문마다 내붙이게 하니 한왕은 이것을 보고 탄식하여 마지 않았다.

《 잔도를 이어라 》

어느 날 한신은 번쾌를 불렀다.

"지금 삼군이 잘 훈련되었으니 이제는 날을 가려 한왕의 어가를 모시고 출진할까 하오. 그대는 이미 선봉의 중임을 맡았으니, 앞으로 한 달 이내에 잔도를 완전 보수토록 하시오."

그로부터 한신은 더욱 인마의 훈련에 힘을 기울여 장졸들로 하여금 진법에 숙달토록 하였다. 그리고 날을 받아 한왕을 모셔 열병閱兵케 하였다. 한왕은 백관을 대동하고 나와 사열대 위에 올라서서 진중을 관람하였다.

"장군의 용병은 옛날 손자와 오자라도 감히 따르지 못하겠소그려. 그런데 언제 출진하여 동으로 향하겠소?"

원수 한신은 공손히 대답하였다.

"신이 좋은 날을 정하여 대왕의 어가를 모시고 군사를 이끌고 초를 치고자 하옵니다. 그러니 그 날짜는 이제 여기서 더 하문치 마옵소서."

한왕은 그 뜻을 짐작하고 더 이상 묻지 않았다.

번쾌가 한신의 명을 받고 잔도 수리에 착수했으나 3백 리에 걸친 험로를 한 달 안에 고친다는 것은 불가능한 일이었다.

이때 육가陸賈가 군병을 몰고 찾아왔다.

"대장군의 명이오. 군마가 곧 이곳에 당도할 것이니 잔도의 보수는 불가불 한 달 안에 다 끝내야 한다 하오. 만일 기일을 어기면 가차없이 군법에 처하겠다 합니다."

번쾌는 그만 화를 벌컥 내며 소리쳤다.

"삼백 리나 되는 잔도를 무슨 수로 한 달에 보수하라는 거요."

번쾌가 큰 소리로 불평하자 육가는 몹시 딱하게 여기는 듯한 표정을 지으며 번쾌에게 귀엣말로 한신의 계교를 속삭였다.

이를 듣고 난 번쾌는 속으로 크게 기뻐했다.

"내 한왕에게 아뢰어 인부를 더 청하겠으니 그대들은 힘을 다하여 보수하라."

번쾌를 뒤따라 나온 육가도 소리를 높였다.

"대장군의 명령이 지극히 엄중하니 반드시 기한을 맞추도록 하시오!"

번쾌는 즉시 표문을 지어 한왕에게 인부를 청하였다. 한왕은 표문을 받고 즉시 일천 명의 인부를 증발케 하여 번쾌에게로 보내도록 명했다. 번쾌는 크게 기뻐하며 오십 명씩 일대를 지어 순번을 정하여 주야로 잔도를 수리케 하였다.

그러던 어느 날 밤 몰래 주발, 진무 두 책임자를 불러 귓속말로 앞서 육가가 와서 전했던 한신의 계교를 말했다. 그리고 극비임을 단단히 일렀다. 두 사람은 그날 밤으로 몰래 백여 명을 이끌고 여러 사람의 눈을 피해 산을 넘어 잔도를 빠져 달아나니 진중에서는 한 사람도 눈치 챈 자가 없었다.

이때 대산관大散關에는 초의 대장 장평章平이 길목을 단단히 지키고 있었다.

이때 군졸이 들어와 아뢰었다.

"지금 한왕의 군졸 백여 명이 잔도 보수의 고역에 시달리다 못하여 도망쳐 투항해 왔습니다."

장평은 속히 불러들이도록 했다.

"너희들은 어떤 자이기에 이렇게 항복해온 것이냐?"

투항한 군졸들은 한결 같이 이구동성으로 말했다.

"저희들은 한왕의 명을 받아 잔도를 보수하던 자들이옵니다. 그런데 번쾌가 한 달 안으로 완수하라고 성화이니 워낙 산길이 험하여 일 년이 넘어도 다하기 어려운 공사입니다. 지금 한신을 대장으로 인마를 일으켜 쳐나오려 하고 있으나 군사들은 모두들 원한과 분노를 품고 한 사람도 그에게 심복하는 자가 없습니다. 도저히 견디다 못해 이렇게 장군께 투항하였습니다."

"한왕이 어찌하여 한신을 대장군으로 삼았는가?"

요룡이 나서 대답했다.

"소하가 다만 한신이 병법을 논함을 듣고 누차 천거하여 한왕은 마침내 그를 대장으로 삼았습니다. 그러나 장수와 군졸들이 모두 복종치 않고 도망하는 자가 많습니다."

이 말을 듣고 장평은 한신은 평소 소문대로 아무 두려울 게 없다고 생각하게 되었다.

한편 항우는 도읍을 팽성으로 옮긴 뒤 궁전을 새로 증축하여 주야로 주색에 빠져 국정을 돌보지 않고 있었다. 범증은 안타까움에 수시로 간했으나 항우는 귀도 기울이지 않았다. 그리하여 조정은 신하들과 백성들 사이에 그를 원망하는 자가 나날이 늘어만 갔다.

보다못한 범증이 항우에게 나아가 또다시 진언하였다.

"폐하, 한왕은 반드시 머지않아 군사를 일으킬 것입니다. 더욱 더 한중의 방비를 굳게 하십시오."

그러나 이미 주색에 빠진 항우는 귀도 기울이지 않았다.

 한편 한의 파초 대원수 한신은 드디어 한왕에게 다음날 출진할 것을 주청했다. 그러자 군졸들이 술렁거렸다.

"잔도를 보수하려면 아직 멀었는데도 진군을 서두르니 어찌 생각하고 있는 것일까?"

소하가 급히 원수 한신을 찾아가 물었다.

"잔도 이외에 길이 있음을 승상은 아직도 모르시오?"

"전날 장량한테 언뜻 듣긴 했으나 자세히는 모르겠소. 하지만 지금 번쾌가 잔도를 보수하고 있지 않습니까?"

한신이 소하에게 속삭이듯 말했다.

"그것은 잔도를 보수하는 척하여 사진왕으로 하여금 방비를 소홀하게 하는 것입니다. 그 다음 진창陳倉의 사잇길로 빠져 나가 닷새 안에 산관散關에 당도한다면 삼진을 취하는 건 어렵지 않소. 승상께서는 누설치 마시고 비밀리에 한왕께 아뢰어 성려를 편안히 해드리십시오."

출발에 앞서 한신은 한왕 앞에 나가 아뢰었다.

"신은 대왕보다 이틀 앞서 출발하겠사오니 대왕은 후진의 군사를 거느리고 천천히 나오십시오. 신은 먼저 산관을 빼앗은 후 직접 대왕을 맞이하겠나이다."

 한신은 진창의 사잇길로 접어들어 고운 양각산에 이르러 산의 뒤쪽 계곡을 타고 군병을 나아가게 하였다.

번쾌가 선봉대를 이끌고 앞장서서 길을 열며 나갔다.

태백령에서는 맨 주먹으로 큰 호랑이를 때려누인 장사가 나타나 한신이 불러 보니 그는 바로 진날 한신에게 은혜를 베풀어 주던 신기辛奇, 바로 그 사람이었다.

한신은 몹시 반가와하며 신기의 노모를 대면하고 또 신기의 아내에게는 은 백 냥을 주어 생계의 밑천을 삼게 하였다.

그리고 신기의 가솔을 남정으로 옮기어 보호하게 하는 한편 신기는 즉시 한신의 휘하에 편입시켜 전장으로 떠나게 조치하였다.

한신은 신기에게 명령을 내렸다.

"여기서부터 대산관까지는 이틀 길밖에 남지 않았으니 적이 눈치채기 전에 그대는 즉시 안내자로 선봉장 번쾌를 인도하여 곧장 산관으로 쳐들어가라. 만일 급히 공격해 빼앗을 수 없거던 내가 그곳에 당도할 때까지 기다려라."

그리고 한신은 제2대 하후영을 불러 명했다.

"공은 선진先陣을 따라 행군하되 번쾌가 산관을 치기 시작하면 곧 진을 치고 군사를 휴식케 하여 조금도 움직이지 말고 힘을 기르도록 하오. 번쾌가 산관을 격파한 뒤에는 공을 선진으로 하여 급히 폐구廢

됴의 장감과 싸우게 할 것이오."

한편 산관에서는 대장 장평이 아무 방비도 없이 요룡과 근무에게 진중 일을 맡긴 채 이따금 염탐꾼을 시켜 잔도의 소식을 탐지케 할 뿐이었다. 그러던 어느 날 염탐하러 나갔던 군사가 황급히 돌아와 보고하였다.

"요즈음은 손흥이란 자가 번쾌와 교체되어 잔도를 보수하고 있다 합니다. 그러나 인부는 점차 줄고 남은 자들은 모두 극도로 피로하여 거의 중단 상태라고 합니다."

그때 옆에서 듣고 있던 요룡이 넌지시 말했다.

"한병이 공격해 온다는 것은 모두 헛소문일 겁니다."

장평도 웃음이며 안심하였다.

"그말이 옳다. 내 먼저 한왕이 경솔히 한신을 대장으로 삼았다는 말을 듣고 사람을 볼 줄 모른다 했다."

그런 보고가 있은 지 채 며칠도 안된 어느 날, 황급한 첩보가 또 들어왔다.

"지금 한군이 오십리 밖에까지 당도했다 합니다."

장평은 그만 대경실색했다.

"아니, 한나라 군사가 어느 길로 왔단 말이냐?"

그러자 요룡이 또 나섰다.

"아마도 잘못된 첩보일 것입니다. 설사 사실이라 해도 저희가 맞아 싸울 것입니다."

장평은 스스로 삼천여 기를 이끌고 관문을 닫고 방비에 나섰다.

이때 성 밖에서 번쾌가 장평에게 소리쳤다.

"천병이 왔으니 어서 성문을 열고 항복하라!"

장평이 크게 웃으며 대답했다.

"한왕은 포중이나 잘 다스리지 않고 망녕되게 군사를 내어 명을 재

촉하는 게 아니냐?"

장평이 이렇게 관문을 굳게 닫고 방어하자 번쾌는 군사들에게 철포와 화전을 쏘게 했으나 워낙 관문이 견고하여 좀체로 깨치기 어려웠다.

양쪽 군의 접전이 한창 무르익었을 때 한신의 대부대가 당도하였다. 번쾌와 신기가 한신을 맞아 전황을 보고하자 한신은 머리를 끄덕이며 산으로 올라가 사방을 관망했다.

이윽고 한신은 하산하자마자 즉시 대군을 나누어 배치하고 일제히 화전을 쏘게 하는 한편 십여 개의 풍화포風火砲를 집중해 쏘아대니 삽시간에 산이 무너지고 언덕이 폭파하여 무수한 사상자가 속출하였다.

이런 혼란을 틈타 갑자기 장평을 보호하고 있던 요룡과 근무가 달려들더니 장평의 머리채를 잡아챈 다음 단단히 결박지워 놓고 성문을 활짝 열어 제쳤다.

이 광경을 바라보던 장평의 군사들은 모두들 대경실색하여 갈팡질팡하는데 상종하는 군사 백여 명이 일제히 칼을 빼어들자 누구 하나 장평을 구하려는 자가 없었다.

요퉁과 근무는 큰 소리로 외쳤다.

"한왕은 어진 인군이라 천하의 인심이 모두 그에게로 쏠렸으니 너희들도 속히 투항하여 목숨을 보전케 하라!"

이들은 곧 관문을 활짝 열어 한군을 맞아들였다.

원래 요룡과 근무 두 사람은 앞서 잔도를 보수하다가 한신의 밀계를 받고 거짓 산관으로 항복해 왔던 한의 대장 주발과 진무였다. 한신은 군사를 거느리고 관으로 들어가 오천 명의 군사들을 안심시킨 뒤 장평을 가두도록 명하였다.

이때 당도한 한왕이 무한히 기뻐하였다.

"산관은 삼진三秦의 요새인데 장군이 취했소이다."

한신은 조금도 주저하지 않고 자신 있게 말했다.

"산관은 이미 취했으나 삼진 또한 그 방비함이 소홀할 것입니다. 대왕께서 잠시 이곳에 머물러 계시오면 신이 먼저 폐구로 쳐들어가 장감을 사로잡은 다음, 이어 수일 내로 삼진을 모두 평정하겠나이다. 원컨대 대왕께서는 속히 사자를 소하에게 보내시어 병량을 계속 조달케 하시고 인부를 증발하여 잔도의 보수를 서둘러 제군을 편안케 하소서."

그리고 한신은 즉시 장평을 끌어내어 그의 두 귀를 벤 다음 놓아주어 폐구로 달아나게 하였다. 이것은 장감을 십분 격분케 함이다. 그리고는 곧 영을 내려 하후영을 선봉으로 하여 신기를 제1진, 번쾌를 제2진으로 하여 선봉을 후원케 한 다음, 곧장 폐구를 향하여 진격하였다.

이것이 유명한 한신의 '암도진창도暗度陳倉道'란 작전으로 산관을 공격하기 수일 만에 무난히 함락시키니 한신이 한의 대장군이 된 후 거둔 첫싸움에서의 대승리였다.

 산관이 함락되었다는 비보에 옹왕 장감은 대경실색하였다.

"내 잔도 보수가 아직도 멀었다고 들었는데 대관절 한군이 어디로 왔단 말인가?"

귀를 잘린 장평을 본 장감은 더욱 놀랄 뿐이었다.

"한군이 어떻게 잔도를 넘어왔단 말이냐?"

장평은 땅에 엎드려 통곡하였다. 그리고 한신이 진창의 사잇길로 나왔고 미리 첩자를 잠입시켜 안팎으로 산관을 공략했다는 과정을 고하였다.

이때 한의 대군이 밀려와서 성을 에워싸고 갖은 욕설을 다 퍼부었다. 장감은 크게 노했다.

"한신 따위 비렁뱅이 놈에게 욕을 당하여도 문을 열고 나갈 수 없으

니 내 무슨 면목으로 천하 영웅들을 대하랴. 빨리 문을 열라. 나가서 사생결단을 내리라."

"이는 한신이 우리의 감정을 촉발케 하여 성문을 열고 나오게 하려는 계교입니다. 나서지 마십시오."

이때 또 첩병이 들어와 보고했다.

"한군이 우리가 나가지 않자 모두 오만하여 웃통을 벗고서 욕지거리를 하고 있습니다."

"어쩌다 산관을 뺏더니 교만해졌구나. 그 옛날 무신군 하량이 정도 定陶에서 내게 공격을 당하던 때와 같구나."

그러자 계량은 무슨 생각인지 앞으로 나섰다.

"한신의 군사가 저토록 방비가 없으니 오늘밤 기습으로 섬멸토록 하십시오."

그러자 이번에는 손안이 나서며 극구 반대했다.

"안됩니다. 한신이 우리를 속이는 것이니 야습하다간 그의 계략에 빠지기 쉽습니다."

그러나 장감은 듣지도 않고 군사들을 풀어 양쪽에서 공격하라 명하였다.

이때 한신은 장감이 야습해 올 것을 예측하고 번쾌, 시무 두 사람에게 삼천여 기를 주어 북쪽을 지키게 하고, 하후영과 주발은 삼천여 기로서 남쪽을 방비하게 하였다.

이런 줄도 모르는 장감은 그날 밤이 깊어지자 소리없이 야습을 감행하였다. 먼저 장감이 한의 중군으로 밀고 들어가 보니 한 사람의 그림자조차 발견할 수 없었다.

'아뿔싸! 적의 계교에 빠졌나 보다.'

이때 홀연 일진의 철포소리가 울리면서 진지 뒤로부터 한의 대군이 밀려나오며 화살을 퍼부었다.

"한군의 복병이 있어서 아군은 도처에서 대패하였소. 빨리 본도로 나가 옹왕을 구원하십시오."

한신에게 대패한 장감은 폐구로 들어간 후 사방의 방비를 굳게 하고 구원병이 오기만 기다렸다.
한신은 성을 포위하고 연일 맹공격을 감행하였으나 성벽이 원체 견고하여 끄덕도 하지 않았다. 그것을 보고 숙손통叔孫通과 장창이 한신에게 건의했다.
"이러다 지원군이라도 온다면… 원수께서는 속히 계책을 베푸십시오."
그러나 한신은 자신만만하게 대답했다.

"사흘 내에 반드시 성을 파하게 될 것이오."

한신은 그날 밤 조참을 동반하고 높은 산으로 올라갔다.

"이 성 옆에 백수라는 큰 내가 있으니 내의 상류를 막으시오. 가을 물이 범람하기를 기다렸다 급히 터놓으면 물은 반드시 성내로 흘러 들어갈 것이오. 그럼 성은 이내 허물어질 것이오."

조참이 군사를 이끌고 내의 상류로 떠나가자 한신은 부대를 높은 지대로 옮기어 진을 치게 하였다.

장감은 멀리서 이 광경을 보고 의아했다. 며칠 후 사방에서 큰물이 쏟아져 들어왔다. 그 형세는 바로 산이 무너져 성내로 들어오는 것과 같았다. 장감은 여러 장수들과 천여 명 군사만을 이끌고 북문으로 도망치고 말았다.

한편 삼진 중의 적왕翟王 동예는 한군이 폐구를 공격한다는 소식을 듣고 급히 사마흔에게 연락하여 군사를 이끌고 합세하여 폐구를 구원하기로 하였다.

그러나 미처 출정하기도 전에 폐구가 떨어지고 옹왕은 도림으로 달아났다는 급보가 들어왔다. 동예는 급히 성 밖 오십 리 지점에 나가서 진을 치게 하고, 자신은 스스로 일만여 기로 삼십 리 밖에 나가 후진으로 대비하였다.

한편 한의 대군은 동예의 군사와 대치하였다. 이때 한신이 진 밖으로 나서며 호통을 쳤다.

"천병 앞에 대적할 자 없다. 너희들은 순순히 항복하라!"

동예가 앞으로 나서며 맞받았다.

"옹왕이 비록 너에게 폐구를 잃었으나 나는 너를 반드시 사로잡을 것이다."

그러나 동예도 얼마 버티지 못하고 백기를 들고 말았다.

"내 힘이 부족하여 한왕에게 항복코자 합니다."

한신은 항복한 동예의 결박을 손수 풀어주고 또한 상좌上座로 인도하였다.

"패군 지장이 이토록 융숭한 대접을 받으니 이 은혜 어떻게 다 갚으오리까."

그러자 한신이 대답하였다.

"비록 진의 명장으로 초를 섬겨 왕위에 올랐으나 이제 한으로 귀순해 왔으니 이만 다행함이 없소이다. 우리는 이제 다 한의 신하인데 고하를 분별하여 되겠습니까?"

한신의 극진한 대우를 받은 동예는 그 뜻에 감격하였다.

"내 이 은혜에 보답키 위하여 한 말씀드리겠습니다. 새왕 사마흔이 고노에 있으니 제가 이지李芝를 보내어 이해로써 그를 항복케 하오리다."

한신은 크게 기뻐하고 즉시 동예로 하여금 글을 쓰게 하여 이지를 시켜 새왕 사마흔에게 보내게 하였다.

이지가 새왕 사마흔에게 동예의 서한을 전하자 사마흔은 탁상을 내리쳤다.

"난 아직 싸우지도 않았는데 한낱 비렁뱅이 놈에게 항복하라는 것이냐?"

그리고는 서간을 발기발기 찢어버렸다. 이때 이지를 따라갔던 종자들이 도망쳐 돌아와서 동예에게 경과를 보고하였다.

이윽고 탐마가 돌아와 사마흔이 오만 기로서 공격해 오고 있다고 전했다. 그러자 동예가 나섰다.

"내 직접 사마흔을 사로잡을 것입니다."

그러자 한신이 번쾌를 불러 계책을 일러 주었다.

"사마흔이 심히 무례하여 서한을 찢고 또 이지까지 잡아 가두었소. 내 이제 장군의 친척들을 결박해 백여 명 군사들과 함께 사마흔의 진

으로 가서 항복하게 하면 그는 반드시 의심치 않고 받아들일 것이오. 그때 적왕께서 공격하여 사마흔과 한참 접전할 때 내 그의 뒤에서 불시에 달려들어 그를 잡으면 대사를 쉽게 이루게 될 것입니다."

계책을 들은 동예는 기쁨을 금치 못했다.

"그 계교가 지극히 교묘합니다그려. 다행히 나의 장남 동식童式은 힘이 센 놈이니 그 놈을 묶어 가지고 가신다면 일이 더욱 수월할 뿐만 아니라 사마흔이 추호도 의심치 않으리다."

번쾌는 그날 밤으로 동식을 묶어 가지고 시무와 함께 백여 명 정병들을 이끌고 사마흔의 진문을 찾아가 항복의 뜻을 전했다.

"우리는 본디 초나라 군사로 동예를 따라 항복했는데 이제 고향이 그리워 다시 투항해 왔으니 거둬 주십시오."

그리고는 동식을 사마흔에게 인도하였다. 사마흔은 기뻐하여 투항해 온 군사들에게 상을 주고 한편 동식을 꾸짖었다.

이튿날 새벽 동예가 한의 깃발을 앞세우고 군사를 휘몰아 나가자 유림과 왕수도가 앞을 막고 나섰다.

동예는 냉랭하게 말했다.

"그대들은 모두 물러서라. 내가 사마흔과 직접 면대하여 할말이 있노라."

이때 사마흔이 모습을 나타냈다.

"너는 어찌 천시를 모르느냐. 합심하여 진을 빼앗은 항우를 쳐서 원수를 갚고자 하는데 어찌하여 나의 서한을 찢고 이지를 가뒀으며 지난 밤 또 동식까지 사로잡아 갔느냐?"

사마흔은 소리내어 껄걸 웃음을 터뜨렸다.

"어서 빨리 번쾌를 내보내라!"

그 말이 채 떨어지기도 전에 한 장수가 팔을 뻗쳐 사마흔을 나꿔채더니 말 아래로 내던졌다.

"내가 바로 번쾌다. 항복하는 자는 목숨을 살려 준다!"

큰 소리로 호통을 치니 군사들은 모두 질겁하여 땅에 엎드려 항복했다.

이렇게 손쉽게 사마흔을 사로잡고 역양으로 돌아왔다.

"사마흔이 잘못 초나라를 섬겼습니다. 이제 한으로 귀순하여 왔으니 원컨대 원수께서는 그의 죄를 용서해 주십시오."

한신은 즉시 결박을 풀어주게 하였다.

그리하여 삼진은 수월하게 평정되었고, 한신은 이어 함양咸陽을 공략할 것을 한왕에게 건의하였다.

돌아온 장량

 삼진을 평정한 한왕은 한신에게 진심으로 크게 치하했다.
 "원수가 이미 삼진을 평정하여 함양은 이제 손 안에 든 것이나 다름없소. 다음은 언제 출병할 생각이오?"
 한신은 거침없이 대답하였다.
 "함양을 취하기는 용이하오나 장감이 폐구를 버리고 도림으로 달아나 진을 치고 있으니 우리가 함양으로 향한다면 그는 반드시 폐구를 탈환한 다음 우리의 뒷길을 끊을 것입니다. 해서 신이 도림으로 가서 먼저 장감을 잡아 후환을 없앤 다음 함양을 공략하여 어가를 맞이할 것입니다."
 그리고는 다음날 군사 일만여 기를 거느리고 도림으로 향하였다. 이때 장감은 겨우 힘을 찾아 항우의 구원을 고대하며 폐구를 탈환할 일을 모의하고 있었다.
 마침 그때 한신이 공략해 온다는 전갈을 받았다.
 이어 장감은 한신의 대군과 마주설 수밖에 없었다. 장감은 할 수 없이 마지막 발악으로 분전하다 상처가 파열되어 사로잡히자 스스로 목을 찔러 최후를 마치었다.
 이를 본 여마통·손안 두 장수는 말에서 내려 항복하고 말았다.
 이어 한신은 다시 대군을 이끌고 함양으로 출발하였다. 이때 함양을 지키던 초의 대장 사마이司馬移와 여신呂臣은 서로 옥신각신하다가 마침내 여신의 주장대로 팽성에 급보를 띄워 구원을 청하는 한편 성문을 굳게 닫고 맞서 싸우기로 했다.

한신은 성곽을 둘러보고 한 계책을 생각하였다.

"함양의 성곽은 아주 견고하다. 여마통, 자네는 항복한 군사들을 인솔하고 그 옛날 항우에게서 받은 병부兵符를 가지고 팽성에서 오는 구원병처럼 가장하고 성문을 열게 하시오. 그러면 복병이 쳐들어가 정복할 것이오. 그 공로는 모두 공에게 돌리겠소."

여마통은 난처한 얼굴로 말했다.

"그런데 항우에게서 받은 병부는 날짜가 다른 것이니 어찌하면 좋겠습니까?"

한신은 빙그레 웃으며 이병을 불렀다.

그리고 여마통의 병부를 개조하게 하였는데 과연 그는 감쪽같이 날짜를 모두 같게 고쳐 놓았다.

한신은 여마통에게 항복한 군사 천여 기를 주고 전과 같이 초의 병력으로 꾸며 경위涇渭의 북쪽으로 해서 동남방으로 패릉覇陵의 길로 나가 함양에 이르게 하였다.

그리고는 이어 번쾌·주발·근흡·시무 등에게 일만여의 정병을 주어 여마통의 뒤를 따라 서서히 다가가 성문이 열리는 순간에 급히 쳐들어가 한의 붉은 기를 꽂으라고 당부했다.

"우리들은 항왕의 명으로 범아부의 계교를 받아 가지고 함양을 구원하러 왔으니 속히 문을 여시오!"

"그렇다면 항왕의 증거물이 반드시 있을 것이니 그 증거물을 보여 주시오."

사마이가 소리치자 여마통이 단기로 성문 앞에 이르러 병부를 내어 보였다. 사마이와 여신이 자세히 들여다보니 틀림없는 항왕의 인이 찍혀 있는지라 그들은 급히 문을 열게 하였다.

"후진이 아직 도착하지 않았으니 예서 잠시 기다렸다 같이 들어가겠소."

여마통이 서성거리고 있을 때 해가 저물기도 전에 대대 인마가 뒤따라 달려오고 있었다.

순간 앞에 서 있던 대장 육칠 명이 말을 몰아 수문 군졸을 모조리 죽이고 이어 대군이 조수와 같이 밀고 들어갔다.

사마이, 여신은 미처 손을 써 보지도 못하고 혼란 중에 죽임을 당하였고, 이 서슬에 성을 지키던 군사들은 일제히 무기를 버리고 땅에 엎드려 항복했다.

이어 한왕의 어가가 입성하자 함양의 백성들은 일제히 반갑게 맞이했다.

이날 한신은 다시 계책을 내놓았다.

"이제 함양을 파했다 하나 서위왕 위표魏豹가 평양에 있고 하남왕 신양申陽이 낙양에 있어 둘 다 항우를 따르니 항왕이 만일 군사를 이끌고 와서 그들과 야합한다면 우리는 삼면에 적을 맞는 꼴이 됩니다. 생각건대, 함양의 소식을 들으면 항우는 급거 출동할 것이니 이때에 속히 지모 있는 사람을 구하여 항우에게 가서 초를 위해 이해로써 달래어 항우로 하여금 먼저 제齊나라를 치게 하옵소서. 이제 육국이 모두 초를 배반하고 있으나 제나라가 특히 강성하니 이해로 달랜다면 항우는 반드시 제나라로 향할 것입니다. 그 동안에 신은 평양과 낙양을 쳐 파하고 위표와 신양에게 항복받는다면 관동의 땅은 모두 한에게 돌아옵니다. 그렇게 되면 항우와 패권을 가리어 볼 만할 것입니다."

한왕은 한신의 계책을 듣고 만족해 하였다.

그러자 중대부 육가陸賈가 앞으로 나섰다.

"신이 대왕을 따라 포중에 들어간 후 이제껏 삼 년이 넘도록 낙양에 있는 부모 처자를 만나지 못했사오니 원컨대 낙양에 들어가 그들을 만나 보고 이어 신양과 위표를 이해로써 달래어 한에 귀항토록 하겠습니다."

한왕은 즉시 육가에게 황금 열 근을 주어 떠나게 하였다. 육가가 서둘러 낙양에 도착해 부모님의 처소를 찾았다.

"다신 너를 못 볼 줄 알았구나. 그동안 하남왕이 우리를 동정하여 의복과 음식을 하사해 주어 이와 같이 굶주림을 면하고 살아왔다. 너는 속히 대왕을 찾아 뵙고 은혜에 감사 드려라."

육가는 즉시 의관을 정제하고 궁중에 들어가 하남왕 신양을 찾아보았다.

"육대부陸大夫가 한왕을 따라 서행한 후 오래도록 집에 돌아오지 않기 때문에 나는 더불어 일을 의논할 상대가 없어 주야로 사모하던 터였소."

육가는 재배하고 나서 아뢰었다.

"지난날 제가 한왕을 따라 나섰다가 한왕이 인덕이 있음을 보고 차마 뿌리치고 올 수 없어 지금껏 지냈사옵니다. 한왕이 최근 삼진을 파하고 함양을 취했으므로 잠시 말미를 얻어 돌아왔사온데 부모 처자들이 대왕의 은덕을 크게 입었다 하오니 이 은혜 분신 쇄골하여도 갚을 길 없습니다."

그러자 신양이 겸손하게 물었다.

"한왕의 인물됨은 과연 어떠하오?"

"한왕은 군자시라 백성들이 다투어 복종하고 장수들은 그를 위해 목숨을 버립니다. 이제 한신을 원수로 삼아 삼진을 멸하고 함양까지 공격하매 사방의 군현들이 다투어 귀순하고 있으니 진실로 덕이 있는 분이라, 반드시 천하의 주인 될 이는 이 사람일 것이라 생각하옵니다."

"나도 이미 한왕의 덕을 듣고 한으로 귀순코자 생각했소. 하지만 항우의 위세가 워낙 강대하여 망설이고 있는 중이오."

그러자 육가는 당부하기를 잊지 않았다.

"만일 한군이 들어온다면 대왕께서는 속히 나가 맞이하시고 싸우지 말도록 하십시오."

하지만 처음의 생각대로 그를 설득시켜 투항케 하지는 못하였다. 그러면서 차일피일하다가 한으로 돌아갈 것을 잊고 지내었다. 이때 함양에서는 신양과 위표의 생각을 알기 위해 육가가 돌아오기를 고대하고 있었다. 그런 차에 장량이 남전藍田으로부터 이미 신풍에 와 있다는 사자의 전갈이 들어왔다.

한왕은 실로 크게 기뻐했다.

"장자방이 돌아왔으니 내 무엇을 근심하리오!"

즉시 관영과 조참을 멀리 성 밖까지 출영케 하였는데 한신도 이 소식을 듣고 설구·진패陳沛 두 사람에게 주효를 갖추어 가지고 나가 영접하게 하였다.

이윽고 장량이 조문 앞에 당도했다. 한왕은 승덕문承德門까지 나가 장량을 맞으며 어린 아이처럼 기뻐했다.

장량은 배복하고 그간의 사정을 아뢰었다.

"전일 한중 노상에서 배알하올 때 신이 관중에 들어가 세 가지 일을 약속하지 않았나이까. 그런즉 항왕으로 하여금 도읍을 팽성으로 옮기게 하고 육국을 달래어 초를 배반케 하였으며 또 파초의 대원수를 찾아내어 대왕께 보내 드린 후 함양에서 다시 뵈옵겠다고 하였사온데, 이제 그 약속을 다 수행하였나이다."

한왕은 장량의 손을 잡고 치하하기를 마지않았다.

"과인이 선생의 힘으로 재차 함양으로 돌아올 수 있었으니 그 공로야 말로 금석에 새겨 천추에 전할 일이오."

그 사이에 여러 장수들과 먼저 한신이 달려와 반가워했다.

"오직 선생의 덕에 힘입어 한왕께 중용되어 마침내 소원을 이루었으니 그 성덕은 종신토록 잊지 않을 것입니다."

장량은 겸사하여 한신의 대공을 치하하고 나서 다시 한왕 앞으로 나갔다. 한왕은 모든 신하들을 불러들여 주연을 베풀고 스스로 장량에게 술을 따라 권하였다.

이튿날 군정사를 논의하는 자리에서 한왕이 말했다.

"위표와 신양이 아직 복종치 않는데 육가는 가서 돌아오지 않으니 만일 초의 대병이 쳐온다면 어찌하겠소?"

그때 장량이 나서며 의견을 말했다.

"육가가 낙양으로 간 것은 다만 부모 처자를 만나기 위함인데 어찌 신양을 설득시키겠습니까. 하물며 위표는 본디 허명을 뽑내어 스스로 높은 척하고 있는 자이니 육가가 무슨 수로 그를 달랠 수 있겠나이까.

원컨대 신이 스스로 가서 신양과 위표를 만나 임기응변으로 그들의 마음을 사로잡아 반드시 한으로 귀순케 하오리다. 그 뒤 한 원수께서 대병을 이끌고 동으로 향한다면 천하는 마침내 평정될 것이옵니다."

이렇게 하여 장량은 다시 하남왕을 만나러 떠났다.

장구지계

 이 무렵 팽성의 항우는 매일 환락에 빠져 지낼 때 한군이 포중으로부터 공격해 온다는 보고를 받았다. 하지만 잔도가 모두 불타 버렸는데 한왕이 무슨 수로 나올 수 있을까 하고 귀담아 듣지 않았다.

그런데 급보가 연이어 들어와서 구원병을 논의하고 있는데 어느날 파발마가 와 삼진이 이미 떨어져서 함양은 말할 것도 없고 수천리의 땅이 모두 한으로 돌아갔다고 전했다.

이에 한왕이 더욱 기세를 얻어 한신을 대장군으로 삼고 동으로 향하여 공격해 오고 있다고 전하는 것이었다.

"한신 따위가 무슨 지혜로 나의 삼진을 파하고 함양을 취하여 한왕의 위엄을 떨치게 한단 말이냐. 만약 사실이라면 내 즉시 유방을 사로잡고 한신을 죽여 이 불명예를 씻을 것이다."

"……"

"삼진왕이 모두 늙어 능력이 없고 함양에도 유능한 대장이 없기 때문에 모두 그의 손에 넘어갔거니와 그렇다고 해서 대환이라 하겠느냐?"

그때 또 전갈이 왔다.

"지금 한나라의 장량이 사자를 보내어 표表를 올리고 또 제나라에 격문까지 보내왔습니다."

이에 항우가 급히 표문을 읽어 보니 대충 다음과 같았다.

신 장량이 머리를 조아려서 초 패왕 황제 폐하께 아뢰나이다. 신이 폐하의 하늘 같은 은혜를 입사와 무사히 고향에 돌아온 후 지금은 산수간에 숨어 살고 있사오나 폐하의 성덕을 잊을 수 없사옵니다. 그동안 한왕이 여러 차례 신을 부르고, 제齊와 양梁에서도 또한 무수히 중용한다 했으나 신은 굳이 사양하고 나가지 않았는데 요즈음 제와 양 두 나라에서 한나라에 밀서를 보내어 망녕되게 천하를 도모코자 한다는 뜻을 전해왔습니다. 신은 폐하의 성은을 생각하고 이와 같은 이들의 장난을 그저 보아넘길 수 없사옵기 이렇게 알려드립니다. 신의 요량에는 한왕漢王이 포중을 나왔음은 관중을 얻으려 함일 뿐, 동으로 향할 뜻이 있어서가 아니오니 과히 염려할 게 없다 하겠사오나 이제 제와 양 두 나라가 격서를 육국에 전했음은 실로 묵과할 수 없는 중대사이오니 이야말로 폐하의 큰 후환이 아닐 수 없나이다. 원컨대 폐하는 속히 군사를 동원하시와 제, 양 두 나라를 견제하심이 마땅하다 하겠습니다. 그런 연후에 군사를 돌려 한을 치신다면 가히 일거에 파할 수 있사오리니 폐하는 깊이 통촉하시기 바라옵나이다.

그리고 항우는 제나라의 격문이란 것을 펼쳐 보았다.

제왕 전영田榮과 양왕 진승陳勝은 육국의 제왕 휘하에 글월을 올리노니…. 항우가 포악무도하여 약속을 어기고 의제를 죽였음은 저 걸주桀紂와 다를 것 없는 처사인지라 마땅히 하늘을 대신하여 피멸시켜야 되지 않겠습니까. 부디 이 격문을 보시는 대로 속히 군사를 내어 회동하여 한 뜻으로 항우의 무도함을 소탕함으로써 천하 만민을 기쁘게 합시다.

격문을 읽은 항우는 대로하여 몸을 부들부들 떨었다.

"내 전영과 전승 두 놈을 제왕과 양왕에 봉하여 후대했거늘 저희들이 어찌 나를 모해코자 하는가."

그러자 범증이 반대하고 나섰다.

"폐하, 이는 장량의 계책이옵니다. 장량은 한왕과 가까운 사이여서 한왕이 이제 함양을 취함을 보고 혹시 대왕이 군사를 징발하지 않을까 두려워 꾀로써 대왕으로 하여금 먼저 제와 양을 치게 하려는 속셈이옵니다."

그러나 항우는 머리를 가로저었다.

"그렇지 않소. 장량은 나를 깊이 생각하고 있소. 더욱이 병이 많아 세상에 뜻을 버리고 사는 그가 어찌 한왕을 위하여 나를 버릴 리가 있겠소."

범증은 다시 간곡히 간했다.

"폐하 깊이 믿지 마옵소서. 장량은 간계가 많은 자입니다. 하지만 전영이 모반했다 함은 사실인 듯합니다. 하오니 먼저 제나라를 평정시킨 뒤 한나라를 공략하심이 좋을 듯싶습니다."

항우도 그 말이 옳다 여겨 급히 군사를 정비한 뒤 제나라로 진군했다. 한편 평양平陽으로 가는 도중에서 항우에게 보냈던 사자가 돌아와 자세히 전하는 말을 듣고 장량은 기뻐하였다.

이윽고 장량이 위왕魏王을 찾아가 만나기를 청했다.

"장량이 무슨 일로 이곳을 찾아왔단 말인가?"

이윽고 장량이 들어와 인사를 드렸다.

"귀하는 한왕의 신하인데 무슨 일로 여기를 오셨소?"

"저는 본디 한韓의 신하이온데 지난날 한왕漢王이 잠시 저를 빌려 진秦을 쳐서 멸한 후 저는 지금껏 본국에 돌아와 지냈습니다. 그런데 요즈음 한왕이 포중으로부터 나와 함양을 취한 다음, 사자를 보내어 자주 나를 부르므로, 내 비록 세상에 뜻이 없는 몸이오나 한왕의 인연을 생각해 일차 가서 대면하고 이제 다시 본국으로 돌아가는 길입니다. 내 종종 이 나라를 지날 때마다 대왕의 위명이 육국에 떨치고 대왕의 성덕을 칭송함을 보고 깊이 흠모하던 터에 오늘은 한번 찾아 뵙고 정회나 토로하고 갈까하여 이렇게 들리었습니다."

장량의 말을 듣고 위표는 흐뭇하여 장량을 정중히 대접하였다.

"지금 육국의 땅을 한과 초가 다투고 있으니 선생의 이에 대한 고견은 어떠하시오?"

"천하의 형세를 보면 한이 흥하고 초는 망할 것입니다. 한왕은 이제 삼진을 평정하고 함양까지 취하매 두 달 만에 오천여 리의 땅을 얻었습니다. 제가 밤에 천문을 보니 한왕이 천하를 취하게 될 것으로 보입니다."

장량의 변설은 마치 물흐르는 것같이 막힘이 없었다.

듣고 나자 위왕은 잔을 들어 권하며 말했다.

"선생의 예견을 듣고 보니 한왕은 반드시 천하를 얻게 될 것 같습니다. 원컨대 이 위나라도 한왕에 귀속하겠으니, 그 길을 열어 주십시오."

위왕은 간곡히 청하는지라 장량은 즉석에서 대답했다.

"물론이옵니다. 대왕께서 만일 그리하신다면 한왕은 반드시 대왕을 중히 여기시어 어떤 환난 중에도 서로 돕고 부귀를 같이하실 것입니다."

장량은 함양으로 돌아가 한왕을 보고 일의 전말을 자세히 고하였다. 이어 위왕이 보내온 표문을 읽고 한왕이 답서를 보냈다.

위표는 표문을 읽고 나서 진심으로 한왕의 덕에 감복하여 이로부터 서위의 지배를 벗어나 한으로 귀속하게 되었다.

드디어 낙양에 입성

서위가 한에 흡수되자 장량은 하남왕 신양申陽을 회유하려고 낙양으로 떠났다. 떠나기에 앞서 그는 번쾌와 관영을 불러 밀계를 주고 떠났다.

이때 하남왕 신양은 육가陸賈와 더불어 국사를 논의하고 있었다. 그런데 장량이 찾아왔다는 전갈을 받았다.

"장량이 왜 찾아왔을까?"

"장량은 필시 대왕을 설득시키기 위해 왔을 것입니다. 그러니 항우든 한왕이든 선택하셔야 합니다."

육가의 이 말에 신양은 단호하게 말했다.

"내 이미 항왕을 섬겨왔거늘 이제 어찌 한에 투항하리오."

"그러하시다면 저는 이 자릴 피할 것이니, 대왕께서 장량을 즉시 결박해 팽성으로 보내어 항왕의 환심을 사십시오."

신양은 장량을 불러들이게 했다. 그동안 장량은 문밖에서 기다리는 동안 생각하였다.

'나를 세워 두고 이처럼 오래 모의하고 있으니 필시 육가의 계교로서 나를 해하고자 함이리라.'

하지만 신양의 부름을 받자 태연하게 들어갔다.

"그대는 한왕을 위해 왔는가?"

신양은 장량의 대답을 듣기도 전에 군사들을 시켜 결박하니 장량은 그저 어이없다는 듯 웃고만 있었다.

신양은 즉시 대장 곽미郭靡에게 장량을 팽성으로 호송하라 명했으나 이때 육가가 나섰다.

"곽미 장군 혼자서 항왕을 뵙는 것이 그러하니 저도 동행하여 소식도 탐지하고 범증과 만나고 돌아오겠습니다."

신양은 크게 기뻐하여 예물을 갖추어 속히 떠나게 하였다. 그들 일행이 낙양을 나와 오십여 리 정도 당도했을 때였다.

홀연 징 소리가 요란하게 울리며 한 떼의 군마가 산길로부터 내달아 나와 앞을 막았다.

"너희들은 어디로 가는 누구냐?"

그러자 곽미는 격노하여 버럭 소리쳤다.

"어느 앞이라고 감히 나와 막아서느냐! 나는 낙양의 대장 곽미다. 지금 장량을 포박하여 팽성으로 가는 길이니 어서 썩 비켜라!"

하지만 상대는 다짜고짜 칼을 뽑아들고 달려들었다.

"이놈들아! 한의 대장 번쾌를 모르겠느냐?"

번쾌의 고함에 모두 도망하고 육가와 몇몇 군졸만이 붙잡혔다.

이 소식을 들은 신양은 크게 노했다.

"내 속히 가서 그놈들을 베리라."

신양은 군병 천여 명을 이끌고 그 길목으로 달려갔다. 그러나 그곳에는 이미 한 사람의 그림자도 보이지 않았다.

신양은 더욱 의심이 들어 더 뒤를 쫓으니 해가 이미 저무는데 길가 언덕 밑에서 난데없는 일성이 울리며 횃불을 높이 든 한 장수가 말을 달려나와 앞을 막아섰다.

"나는 한의 대장 번쾌다. 그러나 장자방의 인정으로 너의 목은 자르지는 않겠다!"

신양은 그만 급히 말머리를 돌려 달아나려 했으나 사방에서 군병이 벌 떼같이 덤벼들어 신양과 그의 군졸들을 사로잡고 말았다.

장량은 이때 산중에다 진을 치고 촛불을 밝히고 앉아 있다가 신양이 잡혀 오는 것을 보자 달려나와 그의 결박을 풀어주고 정중하게 말했다.

"한왕은 처음부터 대왕과 힘을 합하여 항우를 쳐서 천하의 해독을 덜고자 대왕께 그 뜻을 전달케 했소. 이제 육가가 대왕의 목숨을 구해 달라 하고 있소. 한왕은 덕이 있는 임금이오. 항우는 강폭한 독부이니 대왕이 만일 이제라도 깨닫고 마음을 고쳐 한에 귀순한다면 부귀를 길이 자손 만대에 누리게 되리다."

그러자 이번에는 육가까지 나서서 권했다.

"대왕께선 자방의 충고를 좇으십시오."

"정세가 이미 이러하거늘 내 어찌 한에 귀순치 않으리오."

그리하여 일행은 그 길로 다시 낙양을 향해 떠났다. 성 위에는 벌써 한의 기가 나부끼고 있었다.

이튿날 장량은 주발·시무 등 장수들의 호위를 받으며 신양과 육가를 동반하고 함양으로 향했다.

대원수 한신은 여러 장수들을 모았다.

"이제 우리는 항우를 쳐야 하오. 그러나 국태공을 비롯하여 주상의 존속들이 모두 풍패豊沛에 계셔 먼저 그분들을 모셔오지 않고서는 일을 꾀하기 어렵소. 무슨 좋을 계책이 없겠소?"

한신이 이렇게 묻자 왕릉王陵이 나섰다.

"그 일을 맡길 만한 두 인물이 있습니다. 제가 이제 그 두 사람을 찾아가 국태공 일족을 모셔 오도록 하겠습니다. 원수께서도 사전에 군사를 보내어 중도에서 대기토록 조치해 주십시오. 그렇게 해야만 무사히 모셔 올 수 있을 것입니다."

"좋소. 만일 공이 이 일을 성사시키면 개국 제일의 공신이 될 것이오."

한왕도 크게 기뻐하였다. 왕릉은 한왕의 서한을 품속에 간직한 다음 행상차림으로 서주徐州로 떠났다.

이때 팽성에서는 항우가 군사를 내어 제와 양 두 나라를 공략할 계획을 세우고 있었다. 그러나 서위왕 위표와 하남왕 신양이 최근 유방에게 항복한 탓으로 인근 일대가 모두 다투어 그들을 따르고 있다는 보고가 들어왔다.

항우는 크게 놀라 범증을 불렀다.

"서위와 하남이 한에 귀속되었다 하니 어찌 된 일이오?"

그러자 범증이 계책을 내놓았다.

"각국의 제후들이 초나라를 배반하고 한으로 귀순하는 이런 때 대왕께서 함양으로 향하신다면 팽성이 위험합니다. 차라리 한왕의 일족을 팽성으로 옮겨다 인질로 삼은 후에 제와 양의 평정을 기다려 유방을 치심이 상책일까 하옵니다."

항우는 즉시 대장 유신에게 급히 패현으로 가서 유방의 일족을 납치해 오라 명하였다. 유신은 즉시 패현으로 내려가 태공太公과 그 일족 백이십여 명을 데리고 풍패를 떠났다.

유신이 서둘러 패현을 벗어나 얼마쯤 갔을 때, 세 사람의 장수가 앞을 막아섰다.

"한왕의 일족을 이리 모셔라!"

"내 한왕의 명으로 태공을 잡아가는데 너희는 누구냐?"

그러나 세 사람의 장수는 대답 없이 유신을 단칼에 베어 버리고 나머지 군졸들을 쫓아 버렸다.

"하마터면 큰일날 뻔했습니다. 이렇게 중도에서 구출하게 되었으니 이는 진실로 태공과 한왕의 홍복이로소이다."

태공이 급히 물었다.

"도대체 장군들은 뉘시온대 이같이 노부를 구해 주십니까?"

"신은 바로 패현의 왕릉이옵고, 이 두 사람은 남양의 주길·주리라는 형제이옵니다. 한왕의 명을 받잡고 은밀히 모시러 온 길인데 이제 천우신조로 길에서 뵈옵게 되었거니와 잠시도 지체할 수 없으니 속히 떠나도록 하소서."

왕릉은 길을 재촉하였다. 한편, 일을 그르친 군졸들이 팽성에 돌아가 항우에게 고했다.

"풍서豊西의 길에서 도적 떼를 만나 유신은 죽고 한왕의 일족 백여 명을 죄다 빼앗겼나이다."

항우는 대로해 펄펄 뛰었다.

"내가 있는 이 팽성 안에 어찌 그런 흉칙한 도적놈들이 있었단 말이냐?"

그러나 태공을 만난 왕릉은 초병이 쫓아올 것을 이미 예상하고 주야로 쉬지 않고 길을 재촉하였다. 왕릉이 태공 일족을 호위하고 동관童關에 이르자 수많은 백성들이 길에 나와 엎드려 분향하였다.

한편 항우는 태공 일족을 뺏어간 자가 왕릉이란 말을 듣고 다시 명을 내렸다.

"왕릉이란 어떤 놈이냐? 그놈을 잡아 올 수 없느냐?"

옆에서 범증이 또 계책을 말했다.

"왕릉은 본디 패현 사람으로 무용이 출중함을 보고 한왕이 기용했습니다. 그러나 그의 아우 왕택王澤이 패현에서 그 어미를 대신 봉양하고 있는 터이니 그들 모자를 잡아다가 서한을 써 보내어 왕릉을 불러오게 한다면 왕릉은 그 어미를 생각하고 반드시 이리 항복해 올 것입니다."

항우는 즉시 왕릉의 모친을 잡아 오라 명하였다.

며칠 후 왕릉의 모친이 잡혀 오자 항우는 친히 풀어주고 정중한 말씨로 청원했다.

"들으니 자제 왕릉이 지금 역적 유방을 돕고 있다 하는데 이는 천도를 거스르는 일입니다. 부인께서는 글월을 보내 자제를 이리로 오게 하십시오. 그러면 내 그를 만호후萬戶侯로 봉하여 부귀를 누리게 하리다."

그러나 왕릉의 모친은 머리를 숙인 채 한마디 대답도 하려 하지 않았다. 범증은 민망한 듯 항왕에게 가만히 속삭였다.

"잠시 저 부인을 여기에 거처하게 하여 은혜를 베풀어 환심부터 사는 게 좋을까 합니다."

범증의 생각이 옳다 생각한 항왕이 그리하도록 명했다.

이후 왕릉의 모친은 극진한 보살핌을 받게 되지만 일체 입을 열지 않고 누구의 회유도 받아들이지 않았다.

한왕은 어느 날 문무 대신들을 모아 놓고 의논했다.
"이제 대군을 일으켜 초적楚賊을 치고자 하는데 경들은 무슨 좋은 계책이 없는가?"
그러자 한신이 나섰다.
"우리의 힘이 강성하기는 하오나 동쪽에는 은왕殷王이 있어 가볍게 대적하기 어렵고 또 신이 천문을 보오니 초를 칠 시기가 아직 아닌 듯싶습니다."
그러나 한왕은 뜻을 굽히지 않았다.
"경의 말이 옳기는 하오. 하지만 우리 군사의 사기가 충천하고 또 병량과 무기가 넉넉하니 경은 다시 묘계를 베풀어 싸우게 하오."
한신은 더 반대할 수 없음을 깨닫고 아뢰었다.
"그러면 우선 동으로 은왕을 쳐서 하내의 땅을 얻은 후에 초를 치는 것이 좋겠습니다."
한왕은 즉석에서 윤허했다.
한신은 즉시 영을 내려 전비를 갖추게 한 다음, 날을 택하여 하내로 향하여 출발하였다. 하내의 은왕 사마앙司馬卬은 이 소식을 전해 듣자 소스라치게 놀랐다.
그는 즉시 군사를 나누어 성을 지키게 한 다음 여러 장수들을 불러 전략을 숙의하였다. 그때 모사 도만달都萬達이 나섰다.
"한신은 범상한 일물이 아니옵니다. 속히 팽성에 사자를 보내어 항왕의 구원을 청함이 상책일까 합니다."
그러나 대장 손인孫寅이 반대하고 나섰다.
"아니오. 한의 군사가 먼 길을 와서 장졸들이 모두 피로했을 터이니 급히 쳐 나간다면 일거에 그들을 격파할 수 있을 것입니다."

사마앙은 두 사람의 말을 듣고 나서 말했다.

"손인의 계책이 옳으니 그대들은 속히 싸울 준비를 하라!"

그리고 한편으로는 대장 왕유王儒에게 팽성으로 가서 구원병을 청해도록 하였다.

이때 한신은 하내성 오십 리 밖에 당도하여 진을 치고 있었다. 이윽고 앞을 바라보니 손인이 인마를 거느리고 나오는 것이 보이자 한신은 진 앞에 나와 소리쳤다.

"이미 한왕의 군사가 왔거늘 네 어찌 역적을 도와 천병을 거역하느냐?"

손인도 지지 않고 소리쳤다.

"한왕이 이미 함양을 빼앗고 또 무엇이 부족하여 남의 땅을 침범하는가? 속히 물러가라!"

그러나 한신과 맞선 사마앙은 끝내 대항할 수 없음을 깨닫고 급히 말머리를 돌려 앞장서서 달아났다.

한신은 군마를 재촉하여 급히 추격케 하였다. 하남의 군사들은 대혼란을 일으키며 앞을 다투어 성 안으로 도망쳐 들어갔다. 그리고는 성문을 굳게 닫고 다시는 나오지 않았다.

한편 사마앙의 서찰을 가지고 팽성으로 달려갔던 왕유는 거기서 다시 제와 양을 치러간 항우를 찾아 제로 향하였다. 이때 진중에서 군사를 지휘하고 있던 항우는 왕유에게서 사마앙의 서한을 받아 보고 질겁을 하였다.

"하내는 우리의 가장 요지이니 만약 이를 잃는다면 팽성도 위태롭게 된다."

항우는 즉시 항장과 계포를 불러 정병 삼만을 주어 왕유와 함께 하내로 떠나게 하였다.

이때 한신은 하내성을 포위하고 주야로 공격하였으나 워낙 성이 견고하고 또 수비를 엄중히 하여 성을 포위한 지 수십 일이 넘도록 격파하지 못하고 있었다.

"이렇게 있다가 만약 적의 구원병이 온다면 우리는 한 사람도 살아 돌아가지 못한다. 이제 내가 한 계교를 마련하였으니 그대로 따라 하면 쉽게 성을 취할 수 있을 것이다."

여러 장수들에게 밀계를 속삭이니 장수들은 그 즉시 기를 내리고 사방의 포위를 풀고 퇴각하기 시작했다.

성내의 군사들이 이 모양을 보고 급히 사마앙에게 보고하자 사마앙은 성루로 뛰어올라가 바라보고 손뼉을 치며 기뻐했다.

"놈들이 항왕이 구원하러 오게 됨을 두려워하고 퇴각하는 것이니 이때에 급히 쳐나간다면 대승을 거두게 되리라."

그는 장수들을 불러 명하였으나 모사 도만담은 앞을 막고 서서 간곡히 만류했다.

"한신은 계략에 능한 자이온즉 거짓 물러가는 척하여 우리로 하여금 성문을 열고 나오게 하려는 유인술이외다. 만일 이제 그의 뒤를 추격한다면 반드시 복병에게 대패를 당하기 쉽사오니 먼저 정탐군을 보내어 적의 허실을 자세히 탐지케 한 다음 그때 추격한다 하여도 늦지 않으니 대왕은 깊이 통촉하소서."

사마앙은 이 말을 옳게 여겨 병졸 수십 명을 변장시킨 다음 적정을 탐지하고 오라 하였다. 이리하여 정탐꾼이 된 군졸들은 은밀히 성문을 나와 한병의 뒤를 쫓아 십여 리를 따라갔다.

그때 길가 주점에 병량과 무기를 짊어진 다수의 한병들이 쉬고 있는 모습이 보였다.

정탐꾼들은 술을 마시러 오는 손님처럼 천연스럽게 들어가서 군사들 틈에 끼어 술을 청해 마시면서 은근히 물었다.

"당신들이 성을 공격하지 않고 갑자기 물러가니 도대체 어찌된 일이오니까?"

그러나 이 군졸들은 이미 한신의 지시를 받고 있는 군졸들이라 태연히 대답했다.

"최근 항왕이 하북으로부터 대군을 거느리고 함양으로 쳐내려 온다는 소식이 들려와 한왕이 군사가 부족하여 막을 수 없으므로 급히 희군케 하시었소. 원수께서는 벌써 육칠십 리나 앞서 가셨습니다만 우리들은 그동안 병을 앓은 데다 이같이 무거운 짐을 지고 가게 되어 뒤떨어진 것이오."

하남의 정탐꾼들은 여러 군데서 동일한 정보를 수집해 가지고 돌아가 이구동성으로 사마앙에게 보고하였다.

사마앙은 뛸 듯이 기뻐했다.

"과연 나의 추측이 맞는구나!"

사마앙은 도만담에게 정병 오천을 주어 성을 지키게 하고 손인과 위형 두 장수에게 각각 일만 기씩 주어 앞서 보낸 다음, 사마앙 자신은 친히 이만오천여 기를 휘몰아 성을 나와 급히 그들의 뒤를 따랐다.

성 밖 오십여 리까지 추격해 왔을 때 갑자기 길 옆 숲속으로부터 한나라의 복병들이 벌 떼같이 달려나왔다.

손인은 대경실색하여 말머리를 돌이키니 한의 대장 주발과 시무가 앞을 막고 덤벼들었다.

십여 합을 어울려 싸우는 동안에 군사들은 뿔뿔이 흩어져 달아나는데 마침 위형의 제이진이 와서 포위를 뚫고 가까스로 그를 구해냈다.

그런 줄도 모르고 사마앙은 군사를 독려하여 나오다가 패잔병들의 급보를 받고서야 대경실색하여 급히 말머리를 돌려 달아날 때였다. 순간 단 일 합에 사마앙을 마상에서 사로잡은 장수가 있었으니 다름 아닌 한의 대장 번쾌였다.

　한편 손인과 위형은 간신히 달아나 이십여 리를 가다가 한의 대군에 포위되자 그들은 어찌할 수 없어 항복하였다.
　도만담은 성 안에서 이 소식을 듣고 생각하였다.
　"은왕과 두 장수가 사로잡힌 이상 차라리 항복하여 인명이나 보존하자."
　이렇게 결심한 도만담이 급히 성문을 열고 항복하니 한신은 쉽게 하내성으로 들어갔다. 그는 백성들을 위무한 다음 군사들을 단속하여 추호도 범치 못하게 하니 하내의 성민들은 모두 기뻐하며 그의 덕을 높이 칭송했다.
　이때 번쾌가 사마앙을 묶어 가지고 오자 한신은 친히 사마앙의 결박을 풀어주고 그를 상좌에 청해 앉혔다.
　사마앙은 배복하고 말했다.
　"나는 망국의 포로인데 어찌 이같이 대우하시나이까?"
　그러자 한신은 정중히 그를 위로했다.
　"한왕이 오로지 인의의 군사를 내시어 어진 이를 구하시는 터에 어찌 망녕되이 살인를 행하겠습니까. 선생이 이제부터 마음을 다하여 한왕을 섬기시면 자손 만대에 이 지위와 영광을 물려주시게 되리다."
　사마앙은 즉시 여러 군현으로 격문을 전하여 빠짐없이 투항招降하게 하니 이로써 하내는 완전히 평정되고 한신은 즉시 사자를 한왕에게 보내어 승전보고를 올리게 하였다.

다시 시작되는 동정의 길

 항장과 계포가 급히 회군하여 항우에게 전황을 전하자 항우는 마치 실성한 사람처럼 펄펄 뛰었다.
"너희들이 떠난지 이미 한 달이 넘었는데, 그동안 무엇을 했기에 하내의 땅이 점령당했단 말이냐? 그 죄는 마땅히 죽음을 면치 못하리라."
 진평이 나서서 극력 만류했다.
"두 대장이 미처 당도하기도 전에 하내가 이미 점령되었다 하니 이는 두 사람의 허물만도 아니옵니다. 신이 이제 범아부와 상의하여 일지군을 이끌고 가서 하내의 땅을 회복하겠사오니 폐하께선 그동안에 제나라와 양나라를 속히 평정하시고 뒤이어 대군을 이끌고 오셔서 저희들을 구원해 주십시오."
 진평의 말을 듣자 항우는 더욱 분통이 터졌다.
"네가 앞서 사마앙이 구원을 청할 때는 한마디 말도 없다가 이제 하내를 뺏기고야 나서니 그동안 귀중한 인마만 허비한 것이 아니냐. 용서할 수 없다!"
 항우는 즉시 명하여 항장과 계포를 쫓아내고 진평의 관직까지 박탈하여 조정에 나오지 못하게 조치하였다.
 진평은 곰곰이 생각했다.
'항우가 본디 덕이 없는데다가 함부로 사람을 욕보이니 차라리 일찍

이 한왕에게 항복하는 것이 상책이 아닌가.'

진평은 이렇게 마음을 정하고 한밤중에 집을 빠져 나가 무양武陽과 낙양을 지나 함양에 당도하였다. 그리고 곧 동향의 친구인 위무지魏無知를 찾아갔다.

진평이 항우를 버리고 도망쳐 온 그동안의 사연을 말했다. 이튿날 위무지는 조정에 나아가 한왕에게 진평이 찾아온 뜻을 전하였다.

"폐하께서 진평과 함께 모든 경책을 논의하신다면 반드시 크게 얻는 바 많을 것이옵니다."

물론 한왕도 크게 기뻐했다.

"옛날 홍문鴻門의 연회에서 짐을 구해 준 바로 그 고마운 진평이 아닌가…"

한왕은 진평을 보자 무한히 반기었다.

"내 지난날 홍문연에서 항우에게 변을 당할 위기에 처했을 때 선생의 도움으로 목숨을 부지한 이후 지금껏 한 번도 선생을 잊은 적이 없었소. 다행히 오늘 다시 이같이 상면케 되니 내 평생의 숙원을 풀게 되었소."

한왕은 즉시 진평을 도위都尉에 배임하고 참승전호군參乘典護軍까지 겸임케 하였다.

어느 날 한왕은 군사들과 앞으로의 일을 의논했다.

"이제 군사도 사십만이 넘었소. 짐은 곧 대군을 이끌고 한신과 함께 역적 항우를 치러 갈까 하는데 경들의 의향은 어떠하오?"

문무백관들은 이구동성으로 아뢰었다.

"폐하의 위엄은 향하는 곳마다 대적할 자 없사옵고 또 이제 군사는 강하고 군량은 충분하니 바야흐로 동정東征의 시기가 되었습니다. 서둘러 진군케 하소서."

그러나 장량만은 반대의 뜻을 말했다.

"우리 군세가 비록 막강하다 하오나 신이 요즘 천문을 본 것에 의하면 심히 불리합니다. 좀 더 때를 기다렸다가 나가심이 옳을까 합니다."

하지만 한왕은 장량의 권고를 귀담아 듣지 않고 전군에게 명하여 급히 전비를 갖추게 하였다.

"이제야 우리도 고향에 돌아가 부모 처자를 만나게 되겠구나."

전비를 갖춘 한왕은 다시 태공과 여후 그리고 두 아들을 동반하고 사십삼만여 명의 군사와 이백여 명의 장수를 거느리고 한신의 병력과 합세하고자 낙양을 향하여 진군을 시작했다.

한왕이 하남으로 오고 있다는 것을 이미 알고 있던 낙양왕 신양은 멀리 성 밖까지 나와 맞이하였다.

한왕의 일행이 낙양성에 당도하자 수많은 백성들이 환영했다. 그 중에 수십 명의 노인들이 나와 한왕에게 뵈옵기를 청하였다.

그 가운데 동공童公이라는 구십 노인 셋이 대표로 한왕 앞에 나오는데 그들은 전년에 항우가 의제를 시해했을 때 강중에 가서 의제의 시체를 찾아내어 침주에 장사 지내 준 자들로서 세상에서는 그들 세 노인을 동삼로童三老라고 불렀다.

"신 등은 대왕께서 군사를 일으켜 초를 치신다는 말씀을 듣고 아뢰올 일이 있어서 나왔습니다."

한왕은 정중한 태도로 대답했다.

"어서 말씀해 보십시오."

"예로부터 덕으로써 하는 자는 번성하고 무력을 행하는 자는 망하는 법인데 항우는 무도하여 그 임금을 시해하니 이는 천하의 역적이라 아니할 수 없나이다. 누구이고 먼저 그 명분을 밝히지 않을 때는 군사를 일으켜도 아무도 따르지 않는 법입니다. 이제 한왕께서 무명의 군사를 내시어 한갓 남의 땅만 취하신다면 비록 항우는 이기신다 할지라도 천하를 귀복케 할 수는 없을 것이옵니다. 그러하오니 마땅히 의제를 먼저 장례한 다음 제후에게 격문을 돌려 항우의 죄를 물어 초를 치게 하신다면 누가 그 명하시는 바에 따르지 않을 리 있겠습니까."

한왕은 그제서야 크게 깨달았다.

"노인장들의 말씀이 지극히 합당합니다. 내 반드시 그 말씀을 따르려 하거니와 혹시 노인들께선 오늘부터 나를 따라 일하실 의향은 없으십니까?"

"신 등은 아무 다른 뜻이 없나이다. 대왕께서 지난날 함양에 계실 때 진의 학정을 폐하고 공약삼장을 약속하시어 백성들을 크게 기쁘게 해 주셨기 때문에 천자가 되시기를 바라고 있습니다. 신 등이 그 일을 생각하고 한 말씀 올릴 뿐이니 괘념치 마옵소서."

한왕은 그 뜻을 가상히 여겨 그들에게 각각 쌀 한 섬과 비단 한 필씩을 하사하니 노인들은 절하고 물러갔다.

이윽고 한왕은 낙양성으로 들어가서 한신을 불러 상의한 다음 즉시 의제의 장례를 치르는 한편 손수 격문을 써서 제후들에게 돌리게 하였다. 이렇게 격문이 돌자 이곳저곳에서 항우에게 원한을 품고 있던 사람들이 앞다투어 낙양성으로 몰려들어 불과 한 달만에 한왕의 군사는 오십육만여에 달하게 되었다.

그런 어느 날 한왕이 한신을 불렀다.

"동삼로의 한마디로 우리편 군사가 육십만이 넘었소. 대원수는 속히 이들을 거느리고 나가 항우를 치시오."

그러나 한신은 머리를 가로저었다.

"예로부터 군사는 흉기요 싸움은 위사危事라 하옵니다. 삼군의 생사와 국가의 안위가 다 여기에 달렸으므로 반드시 먼저 때를 살핀 연후에 그 해의 운수를 점쳐서 군사를 일으키는 것이오니 어찌 군졸의 수만 믿고 가볍게 움직일 수 있사오리까. 신이 천문을 본 바로는 심히 불길한 상이옵니다. 그러하오니 내년에 가서 항우를 치는 것이 옳겠나이다."

이 말을 들은 한왕은 못마땅한 표정을 지었다.

"이제 이미 관중의 땅을 얻었고 군력이 크게 떨치는 이때 도리어 나가지 않으려 하니 어인 까닭이오?"

한신은 정색하고 대답하였다.

"신이 생각키에는 항우가 반드시 머지않아서 군사를 나누어 연과 조를 칠 것이오니 대왕께서 그 틈을 타서 일시에 공략하신다면 대사를 쉽게 성취하실 수 있사오리다."

그러나 한왕은 종내 듣지 않았다.

"짐의 뜻이 이미 결정되었으니 그대들은 더 말하지 말라."

한왕은 이튿날 직접 대군을 거느리고 진군하여 진류陳留 가까이 이르렀을 때 장량이 나서서 말했다.

"신의 옛 주인 한왕韓王이 항우에게 멸망당한 후 그의 손자인 희신 嬉信이 여기서 잔명을 보전하고 있사옵니다. 대왕께서 그를 불쌍히 여기시어 그를 왕을 삼아 진류를 지키게 하신다면 이 또한 한의 신이 되며 신도 옛 주인의 은혜를 갚을 수 있사오리다."

이 말을 들은 한왕은 매우 기뻐하며 허락했다.

"속히 경의 말대로 희신에게 작위를 내려줘야 하겠소."

한왕이 이런 당부를 장량에게 하고 진류로 보냈다. 이후 한왕이 대군을 이끌고 변하에 당도했을 때다. 대군이 앞을 다투어 강을 건너다가 한 사람의 군졸이 실족하여 그만 물에 빠져 죽고 말았다.

그러자 수많은 군사들이 크게 소동을 일으켰다. 한왕은 급히 여생, 육가 두 사람을 불렀다.

"군중에 규율이 없어 군졸들이 이같이 소요하니 짐은 위표魏豹에게 원수의 직을 맡겨 통솔케 하려는데 경들의 생각은 어떠하오?"

그리자 육가가 즉석에서 반대하였다.

"위표는 언행이 가볍고 실행이 적사오니 원수의 중임을 맡기지 마옵소서."

여생도 그 말을 받아 반대했다.

"장량이 평소에 이 사람을 가까이 하지 아니하옵고 또 여러 장수들과도 불화가 많아 대사를 그르치지 않을까 두렵사옵니다."

그러자 진평 역시 나서며 간했다.

"위표는 조그마한 재주는 있으나 큰 그릇은 못 되는 위인이옵니다. 그에게 대사를 맡기지 마옵소서."

그러나 한왕은 무슨 생각에서인지 이들의 말을 듣지 않고 위표에게 대장의 직책을 맡겼다. 이어 한왕은 육가를 불러 지시했다.

"그대는 짐의 서한을 가지고 팽성으로 가서 팽월을 달래어 항복케 하라."

육가가 명을 받고 팽월을 찾아가자 팽월은 크게 기뻐하였다.

"내 한왕의 인덕을 오래 사모하던 터에 이제 간곡한 서신을 받았으니 어찌 따르지 않으리오."

즉시 성문을 열고 육가를 따라 멀리 나가서 한왕을 영접하였다.

"신이 이제 삼만의 군사를 이끌고 대왕께 항복하는 바이오니 원컨대 대왕께서는 위魏의 뒤를 세워 주시고 하루 속히 초를 멸하여 천하 만민을 구하시옵소서."

왕은 좋은 말로 그를 위무한 다음 즉석에서 위의 상국相國을 삼았다. 한왕은 크게 기뻐하여 즉시 주연을 베풀고 모든 군사들을 위로하였다. 그런데 여기 후궁에는 항우의 첩으로 우씨虞氏라는 미인이 있었다. 그녀의 용모는 실로 뛰어났다. 앞서 항우가 제와 양을 정벌하려 갈 때 우자기虞子期라는 사람에게 특히 우미인을 부탁하고 갔던 것인데 뜻하지 않게 팽월이 항왕에게 배신하여 팽성을 내어 주었으므로 우자기는 탈출을 생각하고 있었다.

'내가 오래 한왕의 은혜를 입은 터에 역적을 따라 적에게 항복할 수는 없다.'

우자기는 탈출을 준비토록 한 다음 그 밤으로 몰래 우 미인과 항우의 일족을 모조리 동반하고 팽성을 빠져 나가 곧장 제나라로 도망쳤다. 한의 대장들은 이 소식을 탐지하고 급히 뒤쫓아가서 잡아 오겠다는 것을 한왕은 굳이 만류하였다.

"그대로 놔두어라. 설사 그들을 사로잡아 온다하더라도 초를 쳐 멸하는데 무슨 도움이 되겠는가."

그리고는 주야로 연회를 베풀어 장수들의 노고를 치하했다. 그러나 대장군 위표마저 군졸들과의 반목이 심한데다 술에 취해 함부로 군졸들을 괴롭히자 군졸들의 불평이 점점 높아 가기 시작했다.

한편 우자기는 항우의 일족을 호위하고 제나라로 달려가 항우를 만났다.

"팽월이 반역하여 한왕에게 항복하였기에 신이 몰래 존속 모두를 수호하고 밤을 타서 빠져 나왔습니다."

항우는 분통이 터져 머리칼이 곤두섰다.

"보잘것없는 유방이 함부로 짐의 영토를 어지럽히니 속히 괴멸시켜 이 한을 씻을 것이다."

항우는 용저龍沮와 종리매에게 군사를 이끌고 대신 제를 치게 한 다음, 자신은 스스로 정병 삼만오천을 거느리고 팽성으로 달려가 성 밖 삼십 리 지점인 휴수 강변에 진을 쳤다.

이 소식을 들은 한왕은 즉시 위표에게 전비를 갖추게 하였다. 위표는 각국의 제후들을 모아 놓고 배치를 정했다. 제1대는 은왕 사마왕, 제2대는 낙양왕 신양이며, 제3대는 상산왕 장이요, 제4대는 한왕이 친히 여러 장수들을 거느리고 나가게 하고, 제5대는 대장군 위표가 대군을 이끌고 후진에 대비키로 하였으며 사마흔·동예·유택·세 사람은 팽성에 머물러 태공과 여후, 그리고 두 왕자를 수비하게 하였다.

결전의 날, 항우에 맞서 사마앙이 나섰다. 그러자 사마앙을 본 항우가 크게 꾸짖었다.

"짐이 너를 봉하여 은왕을 삼았거늘 네 어찌 배은하느냐?"

사마앙이 호기롭게 웃으며 대꾸했다.

"하하하… 내 의제의 한을 풀기 위해 무도한 자를 없애려 한다. 그런데 네 도리어 모반 운운하니 가소롭구나."

항우는 대로하여 창을 빗겨들고 달려들어 한 칼에 베어 버렸다. 그러자 신양이 또 달려나와 항우에게 달려들었다.

항우는 신양에게 또 호통을 쳤다.

"네 어찌하여 초를 배반하고 한으로 갔단 말이냐?"

　신양도 큰 소리로 맞섰다.
　"한왕의 어진 덕이 천하에 떨치어 대군이 향하고 있다. 그대도 빨리 투구를 벗고 항복해서 초왕의 지위나 오래 보전케 하라."
　말이 채 떨어지기도 전에 항우는 눈을 부릅뜨고 달려드니 신양도 창을 빗겨잡고 맞아 싸우기 이십여 합에 힘이 다하여 달아나는데 장이가 군사를 몰고 와서 항우의 옆구리를 치고 들어왔다. 그러나 신양마저 말 위에서 떨어져 죽는 신세가 되었다.
　이때 금고 소리가 하늘을 진동하는 속에 한왕이 좌우의 여러 장수들에게 호위되어 백마를 높이 타고 서 있는지라 항우는 한왕을 향해 달려들었다. 그리고 이를 갈며 소리쳤다.
　"내 특히 한왕으로 봉해 주었거늘 무엇이 부족하여 함부로 짐의 영토를 침범한단 말이냐?"

그러자 한왕이 웃으며 대답했다.

"네 스스로 필부의 용맹만 믿고 외람되게 큰 소리를 치고 있으나 이제 무슨 수로 천병을 막아 낼 셈이냐?"

말이 끝나기도 전에 항우는 왼손으로 방천극方天戟을 휘두르고 오른손에는 용천검龍泉劍을 빗겨든 채 말을 몰아 곧장 한왕에게로 덤벼드니 한진에서는 번쾌·시무·주발·근흡·주란 등 다섯 장수가 일제히 내달아 항우를 협공하기 시작하였다.

항우는 조금도 겁내는 빛이 없이 더욱 정신을 가다듬고 다섯 장수를 상대하여 잘 싸우는데 이번에는 초진에서 항장과 계포·환초桓楚, 우자기가 대군을 독려하여 휘몰아오는지라 번쾌 등 다섯 장수와 한병들은 뿔뿔이 흩어져 앞을 다투어 도망치기에 바빴다.

이 모양을 바라보던 대장군 위표가 후진의 새 병력을 내세워 초군을 막았다.

항우는 위표를 발견하자 대갈일성하였다.

"네 이놈아! 의를 저버린 역적이 무슨 면목으로 여기 나오느냐?"

항우는 노여움이 머리끝까지 솟아올라 이를 갈며 창을 빗겨들고 달려드니 위표도 도끼를 휘두르며 맞아 싸웠다. 그러나 몇 십 합 끝에 위표가 항우의 철편에 맞아 그대로 말 위에 쭉 뻗었다.

그러자 여러 장수들이 재빨리 달려가서 구해 내어 간신히 본진으로 도망쳐 들어갔다.

이에 항우는 더욱 군사를 휘몰아 주살하니 한군의 죽는 자가 수를 헤아릴 수 없어 그야말로 피는 흘러 강물을 이루고 시체는 들에 가득히 쌓여 발딛을 곳조차 없을 정도였다.

이때 한왕은 간신히 도망쳐 멀찍이 달아나서야 겨우 숨을 돌리고 군사를 점검해 보니 이 싸움에서 죽은 자가 삼십여 만이나 되는지라 크게 낙심하고 있는데, 유택劉澤이 단기로 팽성으로부터 달려와서 급보를 고하는 것이었다.

"조금 전에 사마흔과 동예가 초에 항복하여 존속이 모두 사로잡힌 몸이 되었나이다."

뜻밖의 소식에 한왕은 대경실색했다.

"짐이 한신과 장량의 간함을 듣지 않다가 오늘 이 지경을 당하게 되었구나! 이제 짐에게 날개가 있어도 빠져 나가지 못하리니 내 명도 이것으로 다하였구나!"

이 말이 떨어지자마자 난데없는 일진강풍이 동남방으로부터 불어와서 모래와 돌을 흩날려 해 저무는 전쟁터를 순식간에 암흑천지로 변하게 하니, 양군은 지척을 분별할 수 없게 되었다.

이 돌연한 천변을 당하게 된 초의 대군은 모두가 당황하여 어찌할 바를 모르고 사면팔방으로 흩어져 달아났다.

한왕은 속으로 괴히 여기며 길을 찾아 도망쳤다. 문득 한 줄기 희미한 백광이 앞길을 비쳐 주는지라 그 빛을 따라서 말을 몰아 이십여 리를 달려나가자 어느 틈에 바람은 자고 사방은 다시 전과 같이 평온해졌다.

한편 한왕을 놓친 항우는 이를 갈았다. 항우는 즉시 정공과 옹치에 명해 한왕을 뒤쫓도록 하였다.

이때 한왕은 부지런히 말을 몰아 앞만 바라보고 달려가는데 홀연히 뒤에서 함성이 진동하며 말발굽 소리가 들려 오는지라 한왕은 크게 놀라 어찌할 바를 모르고 있는데 어느새 초의 대장 정공이 뒤쫓아와서 한왕의 덜미를 잡는 것이었다.

'이제 마지막이로구나.'

"내 들으니 어진 사람은 강함을 꺼리고 약함을 돕느다 합니다. 장군이 만일 나를 불쌍히 여기어 멀리 달아나게 해 준다면 후일 천하를 얻은 후에 반드시 이 은혜를 갚으리다. 그러나 굳이 강포한 자를 위해 이 유방을 죽이려 한다면 내 구태어 사양치 않을 것이니 나를 결박해 가시오."

그러자 정공이 입을 열었다.

"오늘의 이 일은 입금의 영을 좇음이니 신하로서 어찌 거역할 수 있으리까. 그러나 내 오래 대왕에게 뜻을 두고 있었고 차마 사로잡을 수 없으니 대왕은 속히 피해 가십시오. 내 거짓 쫓아가는 것처럼 하여 여러 사람의 의심을 풀도록 할 것입니다."

한왕은 크게 치하하고 동남방을 향해 달려갔고 정공은 뒤에서 공연히 화살을 쏘며 한때 쫓아가는 척하다가 짐짓 말을 돌려 돌아설 때였다. 그때 옹치가 다른 일대의 군사를 이끌고 달려왔다.

"장군, 아직 한왕을 못 찾았소?"

정공은 시치미를 떼고 대답하였다.

"내 이미 한왕을 쫓아 여러 개의 화살을 쏘았으나 맞지 않고 어디론가 달아나 버렸소."

"어찌 한왕을 놓쳤소? 아직 멀리 가지는 않았을 것이오."

한편 한왕은 간신히 사지를 벗어나 꼬박 하루 낮을 쉬지 않고 달렸다. 하지만 너무 지친 그는 길가 풀숲에 주저앉고 말았다. 바로 그때, 정공과 옹치가 함께 군병을 이끌고 추격해 오는 것이 보였다.

'아니다, 여기서 죽어서는 안 된다.'

스스로 격려하며 재빨리 말을 숨긴 다음 길가 우거진 가시덩굴 속에 뛰어들어 몸을 감추었다.

이렇게 구사일생을 한 한왕이 다시 지향 없는 밤길을 더듬어 가다가 한 채의 초가집을 발견하였다.

한왕이 문을 두드렸다.

이윽고 집 안에서 한 노인이 지팡이를 짚고 나와 문을 열어 주었다.

그 노인은 한왕의 몸차림을 보자 예삿사람이 아닌 줄 생각하였던지 정중히 집 안으로 맞아들인 다음 음식을 권했다.

"어느 곳의 왕공님이시온대 이 밤에 여기를 찾아오셨습니까?"

한왕은 정신없이 밥을 먹으며 대답하였다.

"나는 유방이란 사람으로 팽성에서 항우와 싸우다 대패하여 길을 잃고 헤매다가 이곳까지 이르렀습니다."

그러자 노인은 깜짝 놀라 일어나 절하고 엎드렸다.

"신이 진작부터 대왕의 인덕을 사모하기 오래이옵더니 이렇듯 뜻하지 않게 존안을 뵙게 되오매 진실로 기쁘기 이를 데 없나이다."

한왕은 감사하기를 마지않으며 노인의 성명을 물었다.

"소인은 척가戚哥이온대 이 마을 모두가 신의 일족임으로 마을 이름을 척가장戚家庄이라고 합니다. 지금 오대째 이 집에서 거처하나이다."

노인의 대답에 한왕이 또 물었다.

"노인장께서는 몇 형제나 두시었소?"

"신에게는 단지 여식 하나가 있고 금년 열여덟 살입니다. 일찍이 관상대가 이 아이는 후일 반드시 귀히 될 것이라… 하더니 오늘 다행히 대왕께서 신의 집에 왕림하였사은즉 이 아이로 하여금 시봉케 하겠사오니 원컨대 물리치지 마옵소서."

노인은 기어이 딸을 불러내어 한왕을 뵈옵게 하였다.

한왕이 보니 그 소녀의 화용월태야말로 다시 보기 어려운 미인인지라 속으로 크게 기뻐하며 스스로 옥대를 풀어 기념물로 하사하였다.

그리하여 한왕은 그날 밤 척희戚姬와 함께 잠을 잤다. 그리고 이튿날 아침 일찍 일어나 작별하고자 하니 노인은 굳이 만류하였다.

"대왕께서 이제 떠나시면 어느 날 다시 뵈옵게 될지 모르옵니다. 신은 차마 이대로 떠나시게 할 수 없사오니 원컨대 수일간 더 머무르시기 바라옵니다."

척희의 아비인 노인이 간곡히 청하였다.

"이제 한군이 사방으로 흩어져 문무 대신들의 행방조차 알 수 없는 만큼 그렇게 한가로이 지체할 수가 없소이다. 짐이 하루 속히 패군한 군사들을 불러 한곳에 모아 놓고 반드시 또 와서 영애愛를 맞아 갈까 합니다."

노인은 더 만류하지 않고 한왕을 정중히 배웅하였다.

총총히 척가장을 떠난 한왕은 남으로 말을 몰아 십여 리를 달려갔을 때 뜻밖에도 등공 하후영을 만나게 되었다.

"아니 등공이 아니오? 어떻게 팽성에서 빠져 나왔단 말이오?"

하후영은 한왕을 보고 크게 기뻐하며 대답했다.

"사마흔과 동예가 모반하여 존속 여러분을 인질로 항우에게 넘기려 함으로 신이 목숨을 걸고 싸웠으나 구출하지 못하였나이다. 그러나 신이 서문으로 빠져 나올 때 두 분 왕자님만은 구해 모시고 왔사옵니다. 다행히 중도에서 패잔병 천여명 을 모아 그들과 함께 무사히 모시고 왔나이다."

한왕은 통곡하며 말했다.

"이제 경의 용맹으로 내 자식은 구해냈으나 태공과 여후의 생사를 알 길 없고 보니 짐의 마음이 아프기 그지없소."

이 날 한왕은 하후영 일행을 이끌고 변하의 동쪽에다 진을 쳤다.

이때 장량과 진평이 들어와 한왕 앞에 배복했다.

"신 등이 대왕께서 패전하신 소식을 듣고 구출코자 왔나이다."

한왕은 크게 후회하며 사과하였다.

"선생이 그토록 충간함을 듣지 않다가 수다한 인마를 잃고 또 짐의 일족도 적에게 사로잡히게 했구료. 생각건대 필부 위표가 지혜없고 대사를 등한히 여겨 이 지경을 만들었으니 진실로 후회막급일 뿐이오."

장량이 정색하고 대답하였다.

"이왕지사 어찌할 수 없거니와 신에게 한 계책이 있사오니 대왕께선 조금도 상심 마옵소서. 그리고 지금 이곳은 앞에 큰 강이 가로 놓였으므로 적군이 쳐온다면 방비할 수 없사오니 우선 급히 형양성으로 들어가시어 재차 여러 곳의 군사를 모으고 또 한신에게 영을 내려 휴수의 패전을 설욕케 하십시오."

한왕은 즉시 장량의 진언에 따라 형양성으로 들어갔다. 그러자 형양의 수장 한일휴韓日休는 성 밖 멀리까지 나와서 한왕의 일행을 맞아들였다.

한편 초나라 대장 정공은 귀신도 모르게 한왕을 살려 보낸 다음 옹치와 함께 군사를 거두고 돌아가서 항우에게 고했다.

"신 등이 명을 받들고 나가 주야로 한왕의 행방을 찾았사오나 도무지 묘연할 뿐이어서 그대로 돌아왔습니다."

그러자 옆에서 듣고 있던 범증이 나서며 말했다.

"한왕이 이번에 대패한 것은 위표 한 사람을 잘못 썼기 때문입니다. 위표는 원래 재주가 없고 비천한 자인데 한왕이 잘못 그에게 중임을 맡겨 무참한 패배를 당하게 된 것입니다. 그러나 한신이 아직도 함양에 건재하며 병력과 군량이 넉넉하니 반드시 이번 패전의 설욕을 하고자 대군을 이끌고 올 것입니다. 이 한신은 위표와는 다른 인물이니 그를 추호라도 얕잡아 보지 마옵소서."

그러나 범증의 충언을 항우는 일소에 부쳤다.

"범아부는 그 따위 놈을 어찌 그리 두려워한단 말이오? 만일 제가 꾀가 있는 놈이었다면 이번에 한왕을 따라 팽성으로 와서 그처럼 대패하게 하진 않았을 것이오."

이 말을 듣고 범증은 다시 입을 열지 않았다. 그때 사마흔과 동예가 한왕의 일족을 묶어 가지고 대령했다는 통보가 왔다.

항우는 즉시 사마흔과 동예를 보고 꾸짖었다.

"짐이 네놈들을 삼진왕에 봉해 우리의 제일 요지를 지키게 했거늘 앞서 폐구가 포위되어 위태로움을 보고도 구하지 않아 마침내 장감이 죽게 되고 더군다나 네놈들이 적에 항복하여 나의 삼진의 땅을 송두리째 잃게 하지 않았느냐! 이제 한왕이 대패하여 붙을 곳이 없게 되니까 할 수 없이 내게 와서 또 항복하니 네놈들같이 소인배들을 내 거두어 무엇에 쓴단 말이냐!"

항우는 분함을 참지 못하고 그들의 목을 베어 원문 밖에 효수하라 명했다. 항우는 곧 이어 한왕의 일가친척을 끌어낸 뒤 태공에게 호통을 쳤다.

"네 아들 유방이 원래 사상 정장이던 것을 가엾이 여겨 한중왕으로 봉해 주었더니 제 직분을 다하려 하기는커녕 하늘 같은 짐의 은혜를 배반하고 망녕되이 군사를 일으켜 관중 땅을 침범했으니 예로부터 역적은 구족을 멸한다 하는지라 짐은 결코 너희들을 살려 둘 수가 없노라.”

그리고는 다시금 무사에게 명하여 끌어내다 목을 치라 했다. 그러자 범증이 소스라치 듯 급히 막고 나섰다.

"한왕이 지금은 패군했다 하나 한신이 아직도 관중에 있어 그 세력이 큰데 대왕께서 만일 태공과 여후를 죽이신다면 한왕은 한을 품고 기어이 원수를 갚고자 할 것입니다. 그러나 저들을 살려 두어 인질로 붙들고 있는 동안은 한왕과 한신이 급히 쳐들어오지는 못할 것이온즉 대왕은 깊이 살피소서.”

이렇듯 간하자 항우는 그럴 듯하여 한왕의 일족을 가두어 놓게 한 다음, 우자기에게 명하여 지키게 하였다.

이리하여 팽성을 탈환한 항우는 안심하고 군사를 정비하여 다시 제를 공격하였다. 이때 제왕 전광田廣은 오랫동안 초의 대장 용저와 종리매에게 포위되어 성내의 양식은 거의 바닥이 났으므로 결국 성문을 열고 항복하고 말았다.

한편 형양으로 들어간 한왕은 그동안 사방의 군사들을 다시 일으켜 형세가 차츰 강해지자 하루는 장량을 불러 의논했다.

"이제 우리의 군세가 다시금 크게 떨친다고는 하나 이를 통솔할 만한 대장이 없으니 짐은 한신을 불러 대원수를 삼고자 하오.”

한왕의 말을 들은 장량은 영포와 팽월을 추천하였다.

"만일 영포와 팽월을 앞세운다면 한신과 함께 초를 공략케 하여 천하를 얻는 일이 크게 쉬울 것이옵니다.”

"팽월은 이미 우리에게 항복하여 지금 양梁나라에 있으니 응하겠지만 영포는 초를 섬겨 항우와는 깊은 관계가 있는 터이거늘 그가 어찌

짐에게 항복할 리 있겠소?"

"그렇지도 않습니다. 전에 영포는 태공과 태후를 추격하여 사로잡지 못하였으므로 항우의 노여움을 사서 크게 꾸지람을 듣고 내심 원한을 품고 있습니다. 이제 사람을 보내 회유하면 그는 반드시 항복해 올 것이옵니다."

장량이 간하자 한왕은 즉시 수하隨河를 불러 명했다.

"그대가 구강에 가서 영포를 설득시켜 항복케 하라."

수하는 명을 받고 즉시 떠나 수일 후 수하는 구강에 도착했다. 수하의 말을 전해 들은 영포는 즉시 투항키로 하고 몸소 인마를 점검한 다음 수하와 함께 바로 형양을 향하여 떠났다.

장량의 지략

한왕은 영포를 투항시키고, 다시 팽월에게 연락하여 초의 양도를 끊게 조치한 뒤 장량을 불러 의논하였다.

"이제 영포와 팽월이 다 귀복했는데도 오직 한신만이 와 보지 않고 있소. 그를 불러오게 하오."

장량이 대답했다.

"승상 소하가 군량을 운반하고 와서 함양에 머물고 있사오니 신이 가서 만나 보고 소하와 함께 한신을 동반하고 오겠습니다."

이튿날 장량은 총총히 형양을 떠나갔다.

함양에 당도한 장량은 먼저 승상부로 가서 소하를 만났다.

"내 오래도록 한신의 소식을 못 들었는데 그는 아직 무고합니까?"

장량의 물음에 소하가 대답했다.

"한신이 전일 낙양에서 돌아온 후 주야 우울하게 지내고 있습니다. 주상이 자기의 충간을 듣지 않을 뿐 아니라 원수의 인까지 빼앗아 무모한 위표에게 주니 더욱 서운했던 모양입니다. 이후 주상께서 패군하셨단 소식을 듣고는 집안에 틀어박혀 일체 외인과의 접촉을 금하고 있습니다."

그러자 장량이 계교를 말하자 소하는 심히 기뻐하였다.

"그 계책이 매우 기묘합니다그려."

소하는 즉시 심복에게 은밀히 계교를 일러 주고 또 함양성의 사대

문에 크게 방을 써 붙이게 하였다.

'근일 한왕이 관중의 땅을 바쳐 항우에게 항복하려 한다.'

한신은 이 소식을 듣고 내심 의아하게 생각하던 때에 승상부에서 사자가 왔다는 전갈이 왔다.

한신이 즉시 사자를 불러 물었다.

"지금 주상께서 태공과 여후가 초에 사로잡혀 고초를 겪고 있자 항왕에게 관중의 땅을 바쳐 항복할 터이니 태공과 여후를 보내게 하라 하셨습니다. 해서 장량이 한왕의 명을 받고 초의 사자와 함께 승상부로 와서 함양 성내의 가구 수와 인구를 하나도 빠짐없이 조사해 들이라 명하였으므로 저희들이 조사하고 있습니다."

이 말을 들은 한신이 벌컥 화를 냈다.

"나는 대원수거늘 어찌 나까지 조사하려 드느냐?"

"승상께서 누구를 막론하고 조사케 하라 하였습니다. 어쩔 수 없는 일이오니 원수께서는 굽어 살피십시오."

"하면 오늘은 다른 데로 가서 조사하고 이곳은 내일 오라. 내 좀 생각해 볼 일이 있으니…."

그러나 한신의 명을 그 관인은 끝내 듣지 않고 온종일 문앞에 서서 조사해 응해 달라고 애원했다.

이 모양을 바라보던 한신은 내심 당혹했다.

'그렇다면 한왕이 관중 땅을 들어 항우에게 항복한다는 소문이 미상불 헛소문은 아닌가 보구나. 한왕으로 하여금 친히 와서 나를 맞아 가게 하여 남들이 나를 더욱 중히 여기고 여러 장수들의 마음도 복종케 해보려던 생각이었는데 이제 일이 이같이 된다면 내 이대로 있을 수만도 없지 않는가. 빨리 승상부로 가서 장량과 소하를 만나 진부를 알아본 다음 대책을 강구할 일이다.'

그는 스스로 수하 장수들과 함께 보무당당하게 승상부로 향하여 나가니 뒤따르는 군사들의 대오가 심히 늠름하였다. 소하는 한신이 찾아왔다는 말을 듣고 장량과 함께 손뼉을 쳤다.

"마침내 우리의 계교에 떨어졌소이다!"

장량은 일행에 앞서 먼저 형양성으로 들어가 한왕에게 경과를 자세히 고하였다. 그리고는 소하와 한신이 오면 이리이리하라고 한왕에게 일러 주었다.

며칠 후 한신과 소하가 왔노라는 보고가 들어왔다.

한왕은 친히 나가 그들을 맞이하며 장량이 가르쳐 준 대로 먼저 소하의 손을 잡고 말하였다.

"짐이 승상과 작별한 후 포중이 잘 다스려져서 백성들이 생업에 힘쓸 뿐 아니라 짐의 백만 군사들이 수년간 군량에 굶주린 일이 없었음은 모두 승상의 공이오."

한왕은 이어 한신을 가까이 불러 놓고 정중하게 말했다.

"짐이 어리석어 충간을 외면해 대패했으니 이제 원수를 대하기가 심히 부끄럽소이다."

한신은 땅에 엎드려 절하고 아뢰었다.

"신이 근일 병을 얻어 조리하느라 휴수에서 패군하실 때도 와서 구원치 못하였나이다. 그런데 뜻밖에도 장자방이 함양으로 와서 대왕이 초에 항복코자 하신다는 말을 전하니 대왕은 어찌하여 이 같은 희생을 자초하시나이까. 한번 실패는 병가의 상사이오니 다시 힘을 길러 초적을 멸하시려 하지 않고 그들에게 항복하려 하심은 실로 불가하옵니다."

한신이 이토록 직간하자 한왕은 천천히 그 이유를 설명하였다.

"우리가 대패한데다 태공과 짐의 일족이 적에게 생포되었고 또 최근에 연 · 제 양국이 초에 항복함으로써 항우의 위세가 연일 막강하게 융성해졌소. 게다가 항우가 한신을 꼭 생포하겠다고 장담을 하더란 말을 전해 듣고 짐은 하루 빨리 항복하는 것이 옳은 일이라 생각하였소. 그

래서 장량을 보내어 소하와 함께 함양의 호구를 조사케 했던 것이오."

한신은 크게 불쾌한 심기를 숨기지 않았다.

"대왕은 어찌하여 적의 위세만 칭찬하시고 신의 생각은 이처럼 꺾으시나이까. 신이 이제 항우와 자웅을 결하여 맹세코 그놈을 사로잡아 버리겠습니다."

그러자 한왕은 친히 한신의 손을 잡아 일으키고 사례하였다.

"낸들 적에게 항복하는 것이 좋을 리 있겠소. 진실로 부득이한 생각에서였는데 이제 원수가 초를 치겠노라 장담하니 내 마음이 즐겁기 그지없소. 원수의 묘계를 들려 주기 바라오."

한왕이 이처럼 간곡히 권하니 한신도 그제야 대답하였다.

"신이 그동안 함양에 있으면서 미리 초를 위하여 수백 대의 전차를 만들어 놓았습니다. 병서에도 이르기를 평탄한 땅에서는 전차를 쓰는 싸움이 제일이라 했습니다. 신이 이 근처의 지세를 살펴보건대 성 밖에 넓은 들판이 있사오니 이곳에서 그 전차로 적군을 공격한다면 한 놈도 놓치지 않고 사로잡을 수 있겠습니다."

전차에 대한 한신의 설명을 듣고 나서 한왕은 더없이 기뻐했다.

"원수가 이미 그러한 준비를 했거늘 내 무엇을 근심하리오."

그로부터 한신은 멀리 형양성 밖으로 나가 큰 성채를 구축하고 매일 여러 장수와 군졸들을 불러 전차 사용법을 교습시키니 한군은 불과 두 달도 못 되어 완전히 전차를 다루게 되었다.

한편 승상 소하는 함양으로 돌아가 주야로 쉬지 않고 병량을 운송하는 한편 사방의 군사를 모아 형양으로 보내니 한의 병력은 다시 오십여 만에 달하였다.

마침내 한신이 출전을 앞두고 한왕을 찾았다.

"이제 전차전에도 익숙해지고 그 밖의 모든 준비가 갖추어졌사옵니다. 먼저 항우에게 전서를 보내 그의 노여움을 유발시켜 스스로 쳐오기를 기다려서 사로잡음이 좋을까 하나이다."

한왕은 이에 은밀히 당부하였다.

"항우가 왕릉을 아껴 그의 노모를 인질로 해놓고 요즈음 끊임없이 왕릉을 꾀고 있다 하오. 다행히 그 밀사가 아직 돌아가지 않고 객사에 들어 있는 모양이니 원수는 은밀히 그 자에게 뇌물을 준 다음 전서를 가지고 가서 항우에게 전하게 하시오."

"이렇게 들어맞는 인편이 있는 줄을 몰랐습니다."

한신은 즉시 객사로 나가서 초의 사자를 불러 은밀히 속삭였다.

"내 본디 한왕의 신하로서 불행히 서로 헤어졌으나 초로 돌아가고 싶은 마음을 잠시도 잊은 날이 없었소이다. 이제 비밀히 표문을 써서 이 일을 항왕에게 전달코자 하니 칙사는 나를 위해 이 표문을 좀 전해 주시오."

그러면서 황금 이십 냥을 내어 주었다. 초의 사자는 눈이 뒤집힐 지경이었다.

"항왕이 저를 여기 보낸 것은 반드시 왕릉을 부르시기 위함만이 아니라 기실 한 원수의 소식을 탐지키 위함이었습니다. 한데 이제 원수께서 초로 돌아가실 뜻을 보이시니 항왕이 들으시면 얼마나 기뻐하시겠습니까."

한신은 은밀히 전서를 써서 초의 사자에게 내주었다.

"귀하는 즉시 초로 돌아가서 직접 이 글을 항왕께 전하시오."

한신에게 속은 초의 사자가 한신의 서한을 가지고 팽성으로 돌아가 항우에게 서한을 바쳤다.

한의 대장군 동정 대원수 한신이 글월을 서초 패왕 휘하에 올리노니, 내 오래도록 의제를 시역한 원수를 갚고자 군사를 조련하여 이제 삼군을 이끌

고 나와 형양성 밖에 진을 치고 기다리노라. 이번에야말로 기어이 원수의 머리를 베어 마능馬陵의 길 위에 매달아 놓을 것이니 서패왕은 살피시라.

항우는 대로하여 발을 구르며 소리쳤다.
"이놈이 짐을 모욕하다니, 맹세코 이놈을 잡아 죽일 것이다!"
즉시 항우가 출정 명령을 내리자 범증은 항우의 옷소매를 붙들고 한사코 늘어졌다.
"이건 한신이 폐하의 노여움을 촉발케 하여 스스로 쳐 나오게 한 다음 복병으로서 공격하려는 계교이옵니다. 부디 진정하시어…."
"한신이란 놈이 짐의 사자를 속여 전서를 보내왔으니 이러한 모욕이 또 어디 있으리오. 짐의 결심이 이미 굳었으니 그대는 다시 말리지 말라."

범증은 탄식하며 물러나오는 수밖에 없었다.

이때 한신은 항왕이 전서를 보고 수일 내로 공격해 올 것을 예측하였다. 이때 육가와 장량이 한왕의 조서를 가지고 왔다.

"주상께서 다시 장군을 대원수로 봉하셨습니다."

한편 한신의 전서를 받고 대로한 항우는 즉시 삼십만의 정병을 이끌고 진군하여 형양성 오십 리밖에 당도하여 진을 치고, 먼저 계포와 종리매를 시켜 적의 허실을 탐지케 하였다.

이에 앞서 한의 첩자가 재빨리 이 소식을 한신에게 보고하였다.

"항우가 우리의 허실을 탐지하고 있으나 나는 요지부동하고 항우가 스스로 오기를 기다려 일거에 사로잡을 것이니 그대들도 그동안 가르쳐 준 것을 잊지 말고 반드시 계책에 따라 움직이라."

계포와 종리매는 군사를 이끌고 은밀히 한의 진지로 숨어 들어가 이곳저곳을 기웃거려 보았으나 적은 한 사람도 보이지 않았다. 그들은 급히 물러가서 항우에게 이 사실을 보고했다.

항우는 더욱 분을 삭이지 못하고 이를 갈았다.

"이는 한신이 내 스스로 나오기를 기다림이다. 너희들은 힘을 다하여 이 진지를 지키고 있다가 만일 우리가 패하게 되면 속히 와서 구하라."

항우는 환초桓楚·우영于英·항장·우자기 네 장수를 좌우로 따르게 한 다음 스스로 대군을 이끌고 앞으로 나갔다.

이 광경을 본 한의 진영에서도 한신이 앞장서서 말을 타고 내달으며 소리쳤다.

항우는 눈을 부라리며 벽력같이 소리쳤다.

"내 네놈에게 모욕을 당해 한이 골수에 사무쳤기로 맹세코 네 목을 취하러 왔으니 너는 한 걸음도 물러서지 말라!"

그러자 한신은 순간 말을 동쪽을 향해 달리기 시작했다. 항우는 승세를 타서 뒤쫓아가며 소리쳤다.

"저놈을 놓치지 말고 잡아라!"

그러자 계포와 종리매가 급히 뛰따르며 말렸다.

"한신이 우리를 유인하려는 계책이옵니다. 폐하는 섣불리 뒤쫓지 마옵소서."

그러나 항우는 듣지 않았다. 한신은 항우가 급히 쫓아오면 급히 달아나고 천천히 쫓아오면 천천히 달아나 항우를 조롱까지 하니 항우는 한층 더 노해 급히 추격하여 경색하京索河까지 다다랐다. 한신이 다리를 건너 계속 도망하자 항우도 뒤쫓아 다리를 건너가고 초의 제장들도 그 뒤를 따라 대군을 몰고 건너가 다시 이십여 리를 추격하였다.

이때 돌연 후진에서 보고가 들어왔다.

"경색하의 다리가 이미 적의 손에 끊기고 물살이 급하여 우리 군사의 태반이 아직 건너오지 못했습니다."

이 소식을 들은 초의 군사들이 우왕좌왕 소동을 일으키고 있는데 한신은 이미 간 곳이 없었다. 항우는 비로소 적의 계략에 빠졌음을 깨닫고 군사를 꾸짖어 급히 후퇴를 명하였다.

바로 이때, 사방에서 철포 소리가 요란히 울리며 한의 복병이 한꺼번에 들고 일어나 눈 깜짝할 사이에 수천 대의 전차를 밀고 나와 사면으로 초군을 포위하고 화살을 빗발처럼 쏘아 댔다.

이때 계포와 종리매는 본진을 지키고 있었으나 항왕이 적군에게 포위되었다는 전갈을 받고 급히 군사를 이끌고 달려왔다. 그러나 경색하의 다리가 끊겼음을 보자 남계南溪의 소롯길을 끼고 돌아갔다. 그러나 맞은편에서 한 떼의 군마가 달려나와 길을 끊고 종리매와 대적하였다.

이 싸움에서 초군은 남쪽을 향하여 말을 몰고 달아났으나 대장 우영은 난군 중에서 죽고 환초는 등에 화살을 맞고 움직이지도 못했으며 그 밖에 죽은 자들의 수효는 이루 헤아릴 수가 없었다.
 "짐이 적의 간계에 빠졌도다!"
 항우는 크게 낙담하였다. 그리하여 남계의 소롯길로 돌아 계구溪口에 당도한 항우는 팽성으로 돌아가 다시 군비를 정비한 뒤 기어이 이 원수를 갚으리라 결심하였다.
 그러나 이제는 한나라 대군이 또 다시 육박해 오기 시작하였다.
 "폐하, 한신의 꾀가 신출귀몰한데, 이미 우리편 군사들은 대패한 끝이라 장사들이 모두 사기가 꺾이어 싸울 뜻이 없으니 차라리 한시바삐 이곳을 빠져 나가는 게 상책이옵니다."
 그때 난데없는 화살 한 개가 날아와 항우의 가슴에 꽂혔다. 항우는 그제야 대경실색하여 급히 말을 몰아 동쪽을 향해 달렸다.
 나머지 초군은 거의 다 궤멸되고, 항우의 뒤를 따르는 자 겨우 백여 기에 불과하였다.

 항우는 하룻밤 하룻 낮에 이백여 리의 길을 달려 이제는 몸도 말도 지칠 대로 지쳤는데 더더구나 소낙비까지 억수같이 쏟아졌다. 그래도 적군의 추격은 끊이지 않았다. 또다시 달아나는데 느닷없이 맞은편 숲속으로부터 군마가 내달아 나왔다.
 "이제는 빠져 나가지 못하겠구나. 내 비겁하게 달아나느니보다 이곳에서 통렬하게 싸우다 죽으리라."
 항우는 창을 꼰아잡고 달려나갔다. 그러나 그것은 뜻밖에 적군이 아니라 초의 대장 포 장군蒲將軍이 이끄는 구원병이었다.
 "신이 범아부의 지시로 군사 삼만을 이끌고 왔사오니 폐하는 안심하시고 속히 팽성으로 가십시오. 뒤는 신이 감당하겠습니다."
 그런 뒤 포장군은 일진을 쳐 이기고 돌아가서 협하夾河 강가에 당도하여 항왕을 만나 전과를 보고하였다.

"신이 폐하의 홍복을 빌어 한의 대장 두 사람을 죽이고 적군이 달아나는 것을 기회로 군사를 거두어 돌아왔습니다."

항우는 듣고 매우 기뻐하였다.

"짐이 다년간 적장과 대하여 싸우면 이기지 않음이 없었고 치면 반드시 빼앗았거늘 오늘과 같은 참패는 실로 처음이로다. 그대가 범아부의 명을 받고 구하러 오지 않았더라면 짐은 꼼짝없이 그놈에게 사로잡힐 뻔하였도다."

항우는 즉시 팽성으로 돌아가 군사를 점검해 보니 삼십만의 정병 중에 이십여만을 잃은지라 범증을 불러 힘없이 물었다.

"내 정녕 아부의 간함을 듣지 않다가 이런 참패를 당했구료. 이제 어찌하면 좋으리오?"

범증은 낙담하지 않고 대답했다.

"한의 위표가 전일 휴수에서 패전한 책임을 지고 평양으로 추방되어 있는데 후일 한왕이 벌할까 두려워 모반을 꾀하고 있다는 소문이 있습니다. 이제 만일 폐하께서 밀사를 보내어 그를 회유하면 그는 반드시 항복해 올 것입니다. 한신이 이 소식을 들으면 즉시 평양을 치러 갈 터이니, 그때 폐하께서 형양의 허술을 타서 급히 치시면 한왕도 일거에 멸망되고 말 것입니다."

"그야말로 일거양득의 묘계로구료. 하면 누구를 보내면 되겠소?"

그러자 상서령 항백項伯이 나섰다.

"신의 친구에 관상객 허부許負란 자가 있어 위표와는 본디친분이 두터운 사이온데, 지금 그가 평양에 있사오니 신이 즉시 그에게 서신을 보내어 위표를 달래게 함이 어떠하오리까?"

항왕은 물론 범증도 크게 기뻐하였다.

즉시 항백에게 서한을 써서 종자로 하여금 평양으로 가지고 가게 하였다.

'내 평소 항백과 교분이 두터운 터에 그의 친서까지 받았으니 좇지 않을 수 없다…'

허부는 즉시 위표를 찾아갔다. 위표는 허부를 반가이 맞아들였다.

"내 그렇지 않아도 선생을 만났으면 하던 차에 마침 잘 오셨소. 원컨대 선생은 내 관상을 보고 길흉을 점쳐 주시오."

허부는 내심 쾌재를 불렀다.

'이 사람이 이미 나의 계교에 떨어졌다.'

허부는 위표를 밝은 곳으로 앉게 하고 그의 상을 샅샅이 훑어보았다. 그런데 뜻밖에도 아주 불길한 흉상이었다.

허부는 다시 머리를 굴렸다.

'이 사람에게 사실대로 말한다면 필시 노하여 내 말을 믿지 않을 것이다. 그리 되면 항왕의 명을 어기게 되고 항백과의 정분을 저버리게 되리라.'

그는 거짓 웃는 낯으로 속여 말했다.

"대왕은 극히 귀히 되실 상입니다. 제황의 지위에 오르시게 될 것이 틀림없나이다."

위표는 어린애처럼 희희낙락했다.

허부가 돌아가자 위표는 내심 기뻐하면서 즉시 대부 주숙周叔을 불렀다.

"전일 내가 한의 대장군으로 참패했으나 이는 병가의 상사였소. 헌대도 원수의 인을 빼앗고 이런 곳으로 좌천시키니 내 심히 불쾌하오. 한을 배반하고 잠시 초에 항복하여 한왕을 쳐 파한 후 도읍을 함양으로 옮기고 한·초와 함께 천하를 삼분코자 하는데 그대는 속히 그 준비를 하시오."

엉뚱한 명령에 주숙은 그 불가함을 간하였다.

"천하가 한왕의 덕에 감복하고 또 한신의 신묘한 계책은 항우의 용맹으로도 당하지 못하는 터인데 이제 대왕이 외로운 형세에 용맹한 장군 하나 없이 어떻게 그들과 다투어 보시겠습니까. 차라리 이대로 한을 섬기면 자연히 하늘의 도움을 받게 될 것이니 대왕은 깊이 통촉하소서."

"그렇지 않소. 자고로 일의 성패는 하늘에 달려 있소."

위표는 주숙의 간청을 물리치고 항우에게 표를 올려 항복하기를 자원하였다.

한편 뜻밖의 이 소식을 들은 한왕은 어이가 없어 크게 웃었다.

"쥐새끼 같은 무리들의 모반을 내 두려워하리오."

한왕은 한신을 불러 명하였다.

"원수는 십만 정병을 이끌고 속히 위를 치시오!"

"그렇지 않아도 신이 이 일을 주청하려던 참이었습니다. 그런데 항우가 신이 위를 친다 들으면 반드시 형양의 허함을 타서 쳐올 것입니다. 왕릉이 아니면 이 대사를 맡길 만한 자가 없사오니 대왕은 부디 왕릉으로 하여금 적을 막게 하십시오. 그러면 자연히 무사하오리다."

하지만 한왕은 마땅치 않은 표정을 지었다.

"왕릉의 모친이 지금 초에 감금되어 있는데 그런 왕릉이 힘을 다하겠소?"

"그 일은 조금도 염려하지 마옵소서. 왕릉의 모친은 자식을 가르치기를 심히 엄하게 했으므로 이제 왕릉의 뜻은 금석과 같이 견고합니다. 대왕은 꼭 이 사람을 대장으로 삼고 진평을 보좌로 삼아 그를 돕게 하시되 만일 불의의 급변이 생기게 되면 장량을 불러 상의하옵소서."

한신이 다시 이같이 건의하자 한왕은 쾌히 승낙하였다.

"원수는 속히 가서 위를 평정하고 승첩을 올리라!"

　한신은 물러나와 조참·관영과 함께 십만의 군사를 거느리고 평양을 향하여 출발하였다.
　이후 한신이 포파浦坡에 당도해 보니 위병은 재빨리 다리를 끊고 강 저쪽에 진을 치고 기다리고 있었다. 이에 한신은 제장들에게 작전을 지시했다.
　관영이 궁금한 듯이 나서며 물었다.
　"대체 나무독이란 어떠한 것입니까?"
　한신은 즉석에서 그 제조법을 그리며 일일이 설명하였다.
　이윽고 관영은 수백 명의 목공을 불러 이틀 만에 필요한 나무독을 수효대로 다 만들어 냈다.
　관영이 중군에 들어가 한신에게 이 사실을 보고하였다.

"그러면 관영 장군은 일만 명의 군사를 이끌고 백여 척 배를 타되 배마다 많은 정기를 꽂고 강을 연하여 늘어 세우시오. 이는 적으로 하여금 대군이 쳐들어가게 하는 양을 보이게 함이려니 위의 후진이 어지러워지거던 즉시 쳐서 격파하시오."

관영은 명을 받고 서둘러 물러갔다.

한신은 다시 조참을 불러 은밀히 명했다.

"장군은 이만의 군사를 거느리고 나무독을 사용하여 하양下陽으로부터 강을 건너가 안읍安邑을 급습하여 적의 뒤를 치시오. 나는 후진에서 관영과 함께 본도로 공격해서 양쪽으로 협공하리다. 그러면 위표는 기필코 사로잡히게 될 것이오."

한편 위표는 강가에 진을 치고 적군이 오기를 기다리는데 돌연 함성이 일어나 바라보니 저편 기슭에 한의 군사가 백여 척 배를 늘어 세우고 수많은 깃발이 펄럭이는 것이 보였다.

이때 홀연히 안읍으로부터 첩보병이 달려와 보고했다.

"한의 조참이 나무독을 만들어 타고 하양으로부터 강을 건너와 안읍을 빼앗고 존속 일족을 모조리 사로잡은 뒤 이리로 향하여 쳐들어오고 있습니다."

위표는 크게 낙담하여 한번 싸워 보지도 못하고 임진臨晉을 향하여 도망쳤으나 얼마 가지도 못해서 관영·조참 등에게 그대로 사로잡히고 말았다.

한신은 위표를 끌어내어 꾸짖었다.

"주상이 너를 대장으로 삼아 초를 공략할 때 군무를 돌보지 않다가 삼십만의 대군을 죽게 하지 않았느냐? 그래도 주상께서 관대히 그 죄를 용서하시었는데, 네 깊이 그 은혜에 감사하여 충성을 다하려 하지 않고 모반하니 내 마땅히 한칼에 네 머리를 베일 것이되 아직 주상의 명을 받지 못해 기다리고 있는 터이다."

한신은 위표를 함거檻車에 가두고 군사들로 하여금 엄중히 지키게 하였다. 한편 항우는 팽성에서 한신이 위표를 치고 있다는 소식을 듣고 크게 기뻐하였다.

그는 급히 범증을 불러 찬탄을 아끼지 않았다.

"과연 범아부의 예견이 적중하였소이다. 이제 한신이 위표를 치러 나가 형양이 텅 비었을 것이니 짐은 이때를 타서 급히 공략해 유방을 사로잡을까 하오."

그러나 범증은 신중하게 대답했다.

"때를 놓치지 않는 것이 좋습니다만 한신은 원래 꾀가 많은 자라 반드시 방비함이 있으리니 폐하는 십분 조심하십시오."

그러자 용저가 나서며 큰 소리를 쳤다.

"아부는 어찌 그리 적을 두려워하시오. 주상의 강맹하심을 몰라서 그러시오."

즉시 영을 내려 요장 이봉선李奉仙에게 정병 삼천을 주어 선발대로 삼고 자신은 후진이 되어 대군을 이끌고 형양으로 출발하였다.

이 소식을 들은 한왕은 크게 놀라 장량·진평을 불러 방비할 대책을 문의하자 장량이 즉석에서 아뢰었다.

"대왕은 어찌하여 한신의 말대로 왕릉에게 명하여 방어하게 하시지 않습니까?"

한왕은 그때서야 급히 왕릉을 불렀다.

"항우가 스스로 대군을 거느리고 이곳으로 쳐들어온다 하니 그대는 급히 지략을 베풀어 방어하라."

왕릉이 엎드려 대답하였다.

"항우의 무용은 힘으로는 대항하기 어려우니 잠시 기를 내린 다음, 하천을 깊이 파고 성벽을 높이 하여 한 사람도 나가지 않게 하면 자연 그의 예기가 꺾일 것이고 그때에 계교로써 치면 천하 없는 항우라도

어쩔 수 없이 달아날 것이오이다."

한왕은 즉시 대장의 인수를 왕릉에게 주고 진평을 군사軍師로 삼았다. 초군의 선봉인 이봉선이 삼천여 기를 이끌고 한의 진지로 육박해 보니 적은 사대문을 굳게 닫고 한 사람도 나타나지 않았다. 더럭 의심이 생겨 급히 물러가 항우에게 이 사실을 보고했다.

"이는 반드시 폐하를 두려워하여 형양을 버리고 멀리 도망쳤거나 아니면 한신이 돌아오기를 기다리느라 적은 군사로 굳게 지키고 있음이 분명합니다."

잠자코 듣고 있던 항우가 비로소 입을 열었다.

"우리 군사들은 이제 먼 길을 달려오느라고 전원이 다 피로하였으니 오늘밤은 이대로 쉬고 내일 적의 허실을 세밀히 탐지한 후에 공격하도록 하자."

즉시 영을 내려 말은 안장을 벗기고 병졸은 갑옷을 벗게 한 다음 편히 쉬도록 하였다. 이때 왕릉은 성의 사방에 마른 나뭇단을 많이 준비하게 하고 정병 오백 명을 골라 모두 횃불을 켜 들게 하였다.

"내 오늘밤 초군의 진지를 야습하면 그대들은 본진을 지키고 있다가 만일 적군이 공격해 들어오거든 나뭇단에 불을 질러 적군에게 던지게 하라."

그리고 하후영을 불러 분부하였다.

"공은 삼만의 군사를 거느리고 나의 뒤를 따라와 도우시오."

왕릉은 스스로 오천 명의 정병을 선발하여 붉은 수건으로 머리를 동이고 짧은 칼 한 자루씩을 주어 뒤따르게 하였다. 그리고 다시 오백 명 군사들에게는 철포를 가지고 해가 지기를 기다려 초군의 진지를 포격하도록 일렀다. 그리고 먼저 척후병을 보내어 초진의 상황을 정탐케 하였다.

"초의 군사들은 피로하여 모두 잠자리에 들었고 그 밖에는 다른 아무 방비도 하지 않고 있습니다."

왕릉은 크게 기뻐하여 결사대 오천 명과 함께 북을 울리며 초진으로 달려들어갔다.

이와 동시에 오백 명의 포수들은 일제히 철포를 쏘고 오천 명의 용사들은 모두 힘을 뽐내며 깊은 잠에 빠진 초의 진지를 좌충우돌로 공략했다. 이 불시의 기습을 당한 초군의 진지는 삽시간에 대책없는 수라장이 되었다.

항우가 이 소식을 듣고 급히 달려와 보니 마침 한 장수가 난군중을 무인지경처럼 치고달리며 초군을 무수히 살상하고 있었다.

"지금 저 장수가 누구냐?"

"한의 장수 왕릉이라 합니다."

'저 장수의 창 쓰는 법이 지극히 뛰어나니 속히 제거하지 않으면 큰 후환이 되겠구나.'

이렇게 생각한 항우는 급히 말을 몰아 뒤쫓으려 할 때 종리매·계포·용저 등이 앞을 막았다.

"폐하는 부디 추격치 마시옵소서. 한신이 미리 계책을 세워놓고 간 듯합니다."

이때 항우가 왕릉의 창법이 비상함에 감탄하자 종리매가 듣고 대답했다.

"왕릉의 모친이 지금 팽성에 있으니 그 어미를 이리로 데려다 놓고 왕릉을 부르게 하면 효성이 남다른 왕릉은 그 어미를 생각하고 틀림없이 항복해 올 것입니다."

항우는 서둘러 팽성으로 사자를 보내어 왕릉의 모친을 데려오게 하였다. 그러나 이미 대승을 거둔 왕릉은 사기가 충천했다.

"이제 항왕이 비록 물러서긴 했으나 반드시 또 공격해 올 것입니다. 신은 더욱 방비를 굳게 하고 그를 맞아 싸우려 하나이다."

그러자 이번에는 장량과 진평이 나서며 아뢰었다.

"한신이 위표를 이미 평정했다 하니 우리는 성을 굳게 지키고 다만 그가 돌아오기를 기다려 양책을 강구하는 것이 좋겠습니다."

한왕은 즉시 이들의 말을 옳게 여겨 성의 방비를 더욱 엄중히 하게 하였다.

그런데 십여 일이 지난 어느 날 초군 진령이 성 밑에서 외쳤다.

"왕릉 장군을 뵈옵고 한 말씀드릴 일이 있소이다."

왕릉이 성루로 올라서며 말을 받았다.

"내가 왕릉이니 어서 말하라."

"항왕이 장군의 노모를 팽성에서 잡아다 지금 죽이려 하고 있소. 자당께서 죽기 전에 한번 장군을 만나 보고 싶다 하시어 제가 왔습니다."

이 말을 들은 왕릉은 통곡하며 급히 한왕 앞에 나아가 부복했다.

"신의 노모가 이미 칠순이 넘었으나 신은 하루도 봉양치 못 했습니다. 하오니 신은 비록 죽는 한이 있사와도 가서 구하지 않고서는 견디지 못하겠나이다. 이제 신은 비록 몸은 초진으로 가오나 마음만은 항시 대왕의 곁을 떠나지 않사오니 원컨대 윤허하여 주옵소서."

한왕을 대신해 곁에 있던 장량이 나무랬다.

"장군은 크게 부당한 말씀을 하십니다그려. 항왕이 전날 장군에게 수만의 군마를 살해당하여 이를 갈며 장군을 불러다 죽이고자 이런 수작으로 회롱하거늘 장군의 어찌 노모의 유무조차 알아보지도 않고 일개 병졸의 말만 듣고 호랑이 아가리로 들어가려 한단 말이오."

한왕도 장량의 의견을 옳다 하였다.

"자방의 말이 지당하오."

즉시 모사 숙손통叔孫通을 불러 왕릉 모친의 허실을 알아오라 명하니 숙손통은 명을 받고 병졸들을 따라 초진으로 향하였다.

190

"왕릉이 본디 패현 사람으로서 응당 짐을 도와야 하는데도 불구하고 도리어 유방을 도와 행악을 저지르니 짐은 결코 용서할 수 없다. 만일 왕릉이 속히 항복해 오지 않는다면 모자가 다 무사하지 못할 것이다."

항우는 사자로 간 숙손통을 윽박질렀다.

"노모가 여기 있다니 한번 만나게 해 주시겠습니까?"

항우는 즉시 무사들을 명하여 왕릉의 어미를 끌어오게 하였다.

왕릉 모친은 숙손통을 보자 깜짝 놀랐다.

"아니 족하가 어떻게 여길 왔으며 왜 나를 만나려 하시오?"

"효자 왕릉이 노모의 고생하심을 듣고 아직 그 허실을 몰라 직접 와서 구하지 못하고 저에게 가서 소식을 알아오라 하기에 왔으니 원컨대 속히 친서를 써 주십시오. 제가 가지고 돌아가 자제께 보이고 하루바삐 초에 항복하여 이 고생하심을 면케 하오리다."

숙손통의 말을 듣고 난 노모는 펄쩍 뛰며 소리를 높였다.

"그게 무슨 말씀이오? 한왕은 마침내 천하 창생의 부모가 되실 터인

데 내 자식이 다행이 그런 훌륭한 주인을 섬기게 되었음을 이 어미는 더없이 기쁘게 생각하고 있소. 족하는 돌아가시거던 부디 이 어미의 말을 내 자식에게 전하시어 그로 하여금 그르침이 없게 해 주시오."

말을 마친 왕릉모는 곁에 서 있는 군사의 칼을 뺏어 들고 스스로 목을 찔러 숨을 거두고 말았다.

"이놈들아, 뭣들 하고 있는 거냐! 당장 저 노파의 시체를 발기발기 찢어 버려라!"

항우가 불같이 성을 내는데 오직 계포만은 이를 만류했다.

"노파의 죄는 용서하지 못할 것이오나 그 시체를 거두어 고이 보관해 두고 있으면 왕릉이 반드시 장례를 치르고자 항복해 올 것이오이다."

그러자 항우는 비로소 조금 노기를 거두고 왕릉 모의 시체를 거두어 패현으로 보내게 하였다.

이어 숙손통에게 일렀다.

"그대는 빨리 형양으로 돌아가 왕릉이 즉시 항복해 오도록 하라. 만일 응하지 않으면 짐이 직접 성을 쳐 격파한 다음 한왕도 그대로 용서 없이 목을 벨 것이다."

이 말을 듣고 난 숙손통은 항우한테 은밀히 속삭였다.

"오늘 특히 신이 여기 온 것도 왕릉의 일보다는 신이 직접 폐하를 뵙고자 함입니다. 왕릉 또한 폐하를 사모하는 마음이 커 신이 돌아가서 그와 약속을 정하고 수일내로 탈출해 오겠나이다."

항우는 반신반의하면서도 기쁜 얼굴로 물었다.

"그래 한왕은 지금 어느 정도의 장수들을 거느리고 있는가?"

"지금 형양에 있는 군사 이십여만에 대장은 육칠십 명이나 되고 창고에는 군량이 넉넉하여 그 때문에 굳게 지킬 뿐 나오지 않고 있는 것이옵니다. 게다가 한신이 근일 위표를 평정하여 그 기세로써 곧장 팽성으로 들어가 태공과 여후를 빼앗아 오기로 했사오며 또 한 대주代州를 파하고 제와 연을 쳐 복종케 하여 폐하로 하여금 진퇴양난에 처하시게 하려 하고 있나이다. 실상 한왕이 굳게 지키고 나오지 않는 것도 한신이 대군을 이끌고 폐하의 뒤로 돌아오기를 기다려 한꺼번에 양쪽에서 협공하려는 계책이오니 폐하는 부디 명심하시고 이를 방비하소서."

숙손통의 이 말을 듣고 항우가 또 물었다.

"그대는 언제 왕릉과 함께 탈출해 오겠는가?"

"신이 돌아가 기회를 엿보아 즉시 나오려니와 폐하께서는 잊지 마시고 팽성의 수비를 굳게 하시옵소서."

숙손통은 항우와 작별하고 형양으로 돌아왔다. 왕릉 모가 자살한 전말을 자세히 고하자 듣고 있던 왕릉은 애통한 나머지 기절하여 그만 쓰러져 버렸다.

이때 숙손통은 곰곰이 생각을 굴렸다.

'내 만일 항우가 노모의 시체를 거두어 두었음을 사실대로 말하면 왕릉은 필경 마음이 동하여 일심전력 한나라를 섬기지 않을 것이니 차라리 이대로 숨겨 두리라…'

며칠 후 장량이 진평을 불러 상의했다.

"이제 항왕이 숙손통이 속인 것을 알게 되는 날에는 급히 쳐들어올 것이오. 그러니 이에 대비하는 계교가 필요하오. 이러이러하게 대처하면 그는 필시 크게 실망하고 물러갈 것입니다."

"정말 묘계이십니다그려."

두 사람은 즉시 한왕에게 고하였다.

장량은 두 사람의 사형수를 끌어내어 은밀히 목을 자르게 한 다음, 그것을 성문에 높이 매달고 그 밑에 방을 써 붙였다.

'숙손통이 왕릉과 공모하여 항우에게 항복하려다 발각되어 이렇게

사형을 당했노라.'

이 소문은 삽시간에 성내에 퍼졌다. 항우는 이 소식을 듣고 크게 실망하였다.

"일은 이미 틀렸구나!"

항우는 하룻밤 하루 낮 동안에 대군을 차례차례로 후퇴하게 하여 팽성을 향해 일제히 퇴군하였다.

한의 밀정이 이 소식을 한왕한테 고하였다.

"과연 자방의 계교에서 벗어나지 않는구료!"

한편 또 다시 공략에 실패한 항우는 팽성으로 돌아가는 즉시 범증과 사후를 의논하였다.

"최근 한신이 위·대·연·조의 네 나라를 평정하고 곧 제나라까지 넘본다 하니 이대로 둔다면 화근은 더욱 커져서 좀체로 제거하기 어려울 것입니다."

"그래서 다시 군사를 모아 출정해야 할 것 같소."

그러나 이 소식을 재빨리 탐지한 한왕은 급히 장량과 진평을 불러 상의했다.

"이제 한신이 멀리 북방을 치러 나갔고 영포는 구강으로 돌아갔으니 이제 성이 텅 빈 것이나 다름없는 터에 항우가 대군을 몰고 다시 쳐들어온다면 방비가 어렵지 않겠소?"

그러자 진평은 태연히 대답했다.

"신에게 한 계교가 있습니다. 그들로 하여금 군신 간의 사이를 멀게 하여 서로 의심을 품고 죽이게 하면 될 것입니다."

"그렇게 좋은 계교가 있소?"

"항왕이 항상 신뢰하고 있는 충신이란 바로 범증·종리매·용저·주은周殷 등 대여섯 명에 불과하옵니다. 이제 반간계反間計를 써서 초군 장사들에게 뇌물을 주어 범증과 종리매 등이 딴 마음을 품고 있다는 말을 퍼뜨리게 한다면 한왕은 반드시 사실로 알고 범증 등을 마음속으로 멀리하기 시작할 것입니다."

한왕은 즉시 진평의 의견대로 그에 필요한 자금을 내 주었다. 진평 또한 지체하지 않고 정탐꾼들을 시켜 초군 장수들에게 재물을 나누어 주도록 했다.

범증과 종리매 등이 여러 번 큰 공을 세웠지만 항왕이 본디 왕작王爵을 내려 주지 않아 그들은 불만을 품고 한왕과 내통하여 힘을 합쳐서 초를 쳐 멸한 후에 그 땅을 나누려고 한다는 터무니없는 유언비어를 유포시키게 하였다.

항우는 예상대로 이 유언비어를 듣고는 대로하였다.

'짐이 그런 놈들에게 속아 하마터면 큰일날 뻔했구나.'

항우는 그 뒤부터 일체 범증과 종리매 등을 상대로 일을 의논하지 않았다. 이어 항우는 대군을 이끌고 형양에 도착해서 성을 포위하고 며칠간 공격하였다. 그러나 성 안에서는 굳게 지키기만 할 뿐 나와서 싸우려 하지 않았다.

항우가 급히 영을 내렸다.

"틀림없이 빈 성이니 속히 점령하라!"

사태가 이렇게 번지자 장량이 한왕한테 간했다.

"항왕이 성을 치기를 그치지 않으니…. 이제 사자를 보내어 항복하겠노라고 하면 항왕은 반드시 이 뜻을 기쁘게 받아들일 것입니다. 그때 은밀히 진평의 계교를 써서 군신 간을 서로 의심하게 만들면 될 것입니다."

"항우가 거짓 항복을 눈치 챈다면 어찌하겠소?"

"항왕은 이제 성을 공략해 며칠이 넘도록 우리 군사가 약해진 기색을 발견치 못 하여 속으로는 몹시 고민하고 있을 것입니다."

한왕은 장량의 계책대로 사자를 보내 항복할 뜻을 전달했다.

"한왕이 고향 땅을 잊지 못해 동으로 향하여 군마를 이끌고 나오긴 했사오나 그 뜻이 결코 천하를 도모하는 데 있지 않사옵고 한갓 향수를 못 이겨 저지른 일이오니 폐하께서 깊이 통촉하시어 군사를 물려 돌아가신다면 이제부터 형양을 경계로 삼아 동은 초에 속하고 서쪽은 한이 다스려 각자의 경내를 지키고자 합니다."

항우는 말없이 듣고 앉아 있다가 하는 수 없이 다시 범증을 불러 물었다. 그러면서도 속으로는 믿을 수 없는 놈이란 생각을 하고 있었다.

"생각지도 않게 한왕이 지금 화친을 구하고 있는데, 이를 어떻게 생각하시오?"

그러자 범증은 머리를 흔들며 강경하게 반대했다.

"안 될 말씀입니다. 이제 저들이 화친을 구하고 있음은 형양성을 지켜 낼 재간이 없어서 거짓 화친하는 척하고 위기를 벗어나 보려는 간계일 뿐입니다."

범증이 반대하자 항우는 주저주저하며 결정을 내리지 못하였다.

"그대는 잠시 물러가 있으라."

그러나 사자는 물러서지 않고 간곡히 아뢰었다.

"폐하께서 스스로 결정하십시오. 이제 한신이 이미 북방 지역들을 다 평정하고 수일 내로 돌아오겠다 합니다."

그러자 항우가 쉽게 응했다.

"이제 짐이 뜻을 정했으니 그대는 물러가라. 내 곧 사자를 보내어 화해를 성립토록 할 것이다."

사자는 즉시 항왕을 작별하고 총총히 성 안으로 돌아와 한왕에게 보고하였다. 그러자 한왕은 급히 진평을 불러 계교를 시행하라 분부했다. 이때 진평이 한왕의 곁으로 바싹 다가서며 속삭였다.

"만일 초의 사자가 오면 여차여차 하십시오."

그러자 한왕의 표정이 밝아졌다.

"만일 이 계교가 성취되기만 한다면 범증의 목숨은 없어지고야 말겠구려."

마침내 항우는 범증의 충간을 듣지 않고 우자기를 불러들여 명령을 내렸다.

"짐이 이제 그대를 사자로 형양에 보내어 한왕과 수호코자 하니 그대는 가서 성 안의 허실을 자세히 탐지하고 또 한왕으로 하여금 사흘 이내에 성을 나와서 짐과 만나게 하라."

우자기가 명을 받고 즉시 형양성으로 들어갔다.

"주상께서 지난밤에 술을 과음하시어 아직도 기침하지 않으셨으니 사자께서는 잠시 객사로 가셔서 기다리셔야겠습니다."

우자기는 부득이 물러나오려 하는데 뜻밖에도 장량과 진평이 들어와서 그를 보고 매우 반가워하며 특별히 후당으로 인도해 들인 다음 술과 안주를 내어 극진히 대접해 주었다.

"오늘은 또 무슨 좋은 기별이 있기에 이처럼 오셨습니까?"

"나는 범증의 심부름꾼이 아니라 항왕의 사자로 왔습니다."

순간 장량과 진평의 얼굴빛이 싹 달라졌다.

"아니, 우리는 귀하가 범아부가 보내신 줄만 알았더니 항왕의 사자로 오셨다구요? 깜박 착각했소이다그려."

그리고는 급히 사람을 불러 분부하는 것이었다.

"이분을 객사로 모시고 나가서 정중히 대접하라."

그들은 언제 보았더냐는 듯이 안으로 들어가 버리는 것이었다.

우자기는 더욱 의아히 여기면서 객사로 나왔더니 이번에는 심히 부실한 음식을 먹으라 내 놓았다. 잠시 뒤 기별이 왔다.

"한왕이 이제야 일어나셨으니 들어가 뵙도록 하십시오."

우자기는 그 사람의 뒤를 따라가 다시 빈 방에서 대기하게 되었다. 방 안에 혼자 남게 된 우자기는 무심코 실내를 살펴보았다. 한쪽에는

수천 권의 서적이 쌓여 있고 다른 쪽에는 문갑과 기물이 정돈되어 있었다.

　우자기는 문득 책상 위에 수백 통이나 되는 서신이 쌓여 있음을 발견하고 그 편지들을 겉봉만 훑어보기 시작하였다.

　대부분이 여러 곳의 제후들한테서 보내온 항서降書며 전황 보고서인 듯하였다. 그런데 그 중에 유독 한 통만은 성명이 적혀 있지 않은 것이 있으므로 우자기는 의심이 들어 얼핏 그 알맹이를 꺼내어 읽어 보았다.

　아니나 다를까, 그 서신은 범증이 한왕에게 보내는 것이었다.

　　신이 종리매 등과 더불어 빈틈없이 내응할 것이오니 대왕은 속히 초를 쳐
　　멸하신 후 그 땅을 저희들에게 나누어 봉작을 내려 주시기 갈망하나이다.

우자기는 기절초풍하였다.

'범증과 종리매 등이 초를 배반하고 한왕과 내통한다는 소문이 과연 낭설이 아니었구나…'

이렇게 단정하고 급히 그 편지를 접어 품속에 깊이 간직해 넣었다. 이때 옆방에서 벽 틈으로 이 모양을 엿보고 있던 장량과 진평은 서로 얼굴을 바라보고 있었다.

잠시 후 한왕이 우자기를 맞았다.

"서로 오래 싸워서 인명을 더 살상함을 원치 않소. 지금부터 함양의 서쪽은 한에 속하고 동쪽은 초에 붙여 각각 군사를 거둔 다음 서로 자기의 영역을 지키며 길이 화목하게 지내었으면 하니 사자는 나를 위하여 이 뜻을 항왕에게 잘 전해 주시오."

우자기는 시치미를 떼고 대답했다.

"초왕께서 이미 이 뜻을 받아들여 수호의 약속을 분명히 하고자 하시니 대왕은 부디 사흘 안에 초진으로 나오시어 항왕과 회견토록 하십시오."

한왕은 천천히 고개를 끄덕였다.

"내 잘 상의하여 반드시 나가서 항왕을 뵈옵겠으니 귀하는 그리 알고 먼저 돌아가서 내 뜻을 전해 주시오."

우자기는 초진으로 돌아오는 즉시 한왕의 말을 전한 다음, 성 안의 상황과 또 장량과 진평의 거동을 낱낱이 고하고 나서 품속을 더듬어 문제의 그 서한을 꺼내어 바쳤다.

서신을 읽고 난 항우는 고래고래 소리쳤다.

"감히 이럴 수가 있는가. 어서 잡아들여 그 죄를 밝혀라!"

범증이 이 소식을 듣고 급히 들어와 땅에 엎드려 울음을 터뜨렸다.

"신이 오랫동안 폐하를 섬겨 흉중을 털어놓고 일했거늘 어찌 다른 마음이 있다 하시나이까. 이는 반드시 장량과 진평의 무리가 비밀히

음모하여 폐하로 하여금 신을 죽이게 하려는 흉악한 반간계이오니 폐하께서는 깊이 통찰하소서!"

그러나 항우는 이미 이성을 잃은 사람처럼 펄펄 뛰었다.

"그대는 공연히 더 속이려 하지 말라. 우자기는 이미 그 여러 가지 실증을 자세히 탐지하고 온 터에 거짓말을 할 리가 있는가."

범증은 마침내 일이 틀렸음을 깨닫고 큰 소리로 말했다.

"천하사가 이렇게 정해졌습니다. 원컨대 신으로 하여금 고향으로 돌아가서 여생이나 지내게 해 주십시오. 이것이 신의 마지막 소청입니다."

체념한 범증은 눈물을 비 오듯 흘렸다.

이 모양을 굽어보고 있던 항우는 그동안 범증의 충성과 공로를 생각하여 차마 죽이지를 못할 뿐 아니라 자신도 눈물을 흘리면서 그의 소망대로 고향으로 돌아가게 하였다.

항우의 앞을 물러나는 범증은 깊이 탄식하기를 마지않았다.

"내 성심껏 초를 섬겼거늘 이제 군왕의 의심을 받고 물러나게 될 줄이야 어찌 꿈엔들 생각이나 했으리오. 이는 나 개인의 불행이 아니라 실로 초국의 큰 불행이로다."

범증은 지체치 않고 팽성으로 돌아왔으나 너무도 울분이 컸던 탓으로 등에 커다란 종기가 생겨 그 고통을 참을 길이 없어 침식을 전폐하다시피 하고 드러눕고 말았다.

범증은 즉시 하인에게 금백金帛을 가지고 와우산으로 가서 양도사를 보고 자세한 말을 고하도록 하였다.

"내 특히 그를 경계하기를 넌 매양 밀계와 계책을 좋아하니 일후에 반드시 밝은 주인을 택하여 잘 섬기라 했건만 도리어 잔혹한 사람을 섬겨 올바른 길을 저버리고 백성을 괴롭게 했으니 이제 중병을 얻었음은 즉 천벌을 받음이라… 이는 타인이 알아줄 바 못되므로 내 만일 그와 같이 악한 자를 구해 주었다간 나 역시 천벌을 면치 못하리라."

양진인은 패물을 받지 않고 도리어 하인을 꾸짖어 쫓아보냈다.

하인은 쫓겨와 이 사실을 범증에게 말했다. 그러자 범증은 비명을 지르며 땅에 고꾸라져 피를 토하고 절명해 버렸다.

때는 대한大韓 4년 무술戊戌 4월, 범증의 나이 71세였다.

《 진평의 묘계 》

　　범증의 죽음을 몹시 슬퍼하여 항우는 주야로 눈물을 흘리면서 후회하였다.
"범증이 오래 나를 도왔거늘 짐이 장량과 진평의 간계에 떨어져 아까운 사람을 죽게 했구나!"
　그리고는 종리매에게 당부하였다.
"공 또한 이심을 품지 말고 더욱 충성을 다하라."
　종리매는 머리를 조아리며 대답했다.
"범아부가 원래 일편단심으로 나라를 위하여 진력했사옵거늘 어찌 그에게 딴 뜻이 있었겠나이까. 전일 우자기가 가져온 서신이란 모두 적이 꾸민 간계일 뿐이옵니다."
　이 말을 들은 항왕은 더 한층 깊이 뉘우쳤다. 즉시 항백을 군사軍師로 삼아 다시금 군마를 정돈하여 형양을 사방으로 포위하고 공격할 것을 명령하였다.
　급보를 접한 한왕은 긴급 대책을 논의했다.
"한신은 아직도 돌아올 가망이 묘연한데 이 성 안에 항왕을 대적할 만한 장수가 없으니 어찌하리오?"
　그러자 장량이 나서며 우려를 표시했다.
"우리의 가장 두려운 바는 밖으로 구원병이 당도하지 않은 이때 적이 만일 형하滎河의 물을 막아 성중으로 돌려 댄다면 어찌해 볼 도리가 없을 것입니다."

이번에는 진평이 나서며 아뢰었다.

"신에게 한 가지 계책이 있기는 합니다만…."

"그래 대체 어떤 계책이오?"

진평이 한왕 곁으로 다가가 귀엣말로 속삭였다.

"묘책 중 묘책이니, 진평과 상의하여 조속히 시행하시오."

장량과 진평은 즉시 항표降表를 써서 사자를 시켜 초진으로 보냈다. 그 내용은 대충 이러한 것이었다.

> 한왕은 오래 포위를 당하여 안으로 강한 군사가 없고 밖으로는 구원하는 자가 없어 이제는 더 지탱할 수 없으므로 즉시 진중의 땅을 바치고 성에서 나아가 항복을 드리고자 하오니 폐하께서는 이를 불쌍히 여기사 구차한 목숨이나 보전케 해주소서.

항우는 즉시 회서를 써서 사자를 돌려보낸 다음 급히 여러 장수들을 불러들여 명했다.

"유방이 오늘밤 항복한다 하니 그대들은 미리 숨어 있다가 그놈이 항복할 때 발기발기 찢어 죽여 짐의 평생 원한을 풀게 하라."

그리하여 계포와 종리매 등은 즉시 만반의 준비를 갖추고 한왕이 나오기만을 고대하였다. 한편 진평과 장량은 머리를 맞대고 있었다.

"우선 주상부터 멀리 피하시게 해야 하지 않겠소?"

그러자 진평이 대답했다.

"그렇지 않소이다. 항우는 본디 조급한 성격이라 늦게 되면 즉시 또 성을 공격할 것입니다. 더구나 사방에 초병이 철통같이 에워싸고 있는 이때 섣불리 주상을 나가시게 할 수 없으니 내 이제 많은 미녀들을 차례로 먼저 내보낸 뒤에 주상을 나중에 나가게 할까 합니다.

그렇게 하면 사방의 포위망이 자연히 풀리고 그때 후문으로 주상을 모시고 나가면 안전할 것이외다."

두 사람은 즉시 한왕으로 하여금 평민 옷으로 갈아입게 하고, 여러 장수들에게도 몸차림을 가볍게 하여 달아날 준비를 하게 하고 주가周苛와 종공樅公 두 사람을 불러 형양성을 지키라 명하였다.

이윽고 밤이 되자 가짜 인물이 한왕의 곤룡포를 입고 용차거에 앉아 성의 동문을 통하여 서서히 앞으로 나아가 미녀 수백여 명을 선두로 나가게 하니 초진에서 멀리 이 모양을 바라보고 있던 항우가 폭소를 터뜨렸다.

"유방이 본디 주색에 빠져 이런 때에도 계집들을 버리지 못하고 여자를 이끌고 나오니 그러고서도 무슨 큰 일을 한다 하는가?"

한편 진평은 수백 명의 미녀들을 곱게 단장시켜 뒤를 이어 내어보냈는데 과연 그의 예상대로 사방의 초군들이 동문으로 모여들어 서로 앞을 다투어 정신없이 구경하니 대열은 문란해지고 포위망은 자연히 풀리게 되었다. 한왕은 이때를 놓치지 않고 여러 신하들과 장군들을 거느리고 몰래 서문으로 빠져 나가 급히 성고를 향하여 말을 몰아 달리기 시작하였다.

그런 줄을 알 리 없는 항우는 이제나 저제나 기다리고 있는 중에 이미 이경二更을 알리는 북 소리가 울려 퍼졌다.

"유방은 무얼 하느라고 빨리 나오지 않는 것이냐?"

화가 치민 항우가 진지 앞으로 나와 보니 한 채의 수레를 옹위하고 수천 명의 여자들이 서서히 다가오고 있는 것이 아닌가.

"어찌 유방이 이다지도 무례한가. 이미 짐이 나와 있음을 보았을 것임에도 불구하고 마차에서 내리려 하지 않으니 도대체 수레 안에서 취해 뻗었단 말이냐?"

이처럼 대로하니 군사들이 급히 가까이 다가가 보았다.

"한왕은 어찌하여 대답이 없느냐?"

수레 안에서는 그제야 대답이 흘러나왔다.

"나는 한의 대장 기신이오. 내 임금을 대신하여 이곳에 왔소. 이제 한왕은 한신과 영포·팽월 등 그밖의 여러 제후들과 합세해 팽성이 허한 틈을 타서 급히 쳐부수고 항왕의 일족을 사로잡은 뒤에 군사를 광무廣武에 내어 초를 상대로 자웅을 결하고자 지금은 이미 이백여 리 밖에 나가셨을 것이오. 아까 서신을 보내어 항복하려 했음은 전부 우리의 묘계였소."

이 말을 듣고 난 초군 장수들은 그만 어안이 벙벙하여 말들을 못하고 섰는데 반면 항우는 탄식하며 말하였다.

"유방이 달아나기는 매우 쉬운 일이나 기신이 한왕을 대신함은 진실로 어려운 일, 이야말로 충의지사로다. 짐에게 지금 문무에 탁월한 장수가 많다 하지만 저와 같은 장수는 한 사람도 없느니라."
 항우는 기신을 죽이지 않고 투항하기를 권하였다. 하지만 기신은 오히려 항우를 크게 꾸짖어 초군 장수들 앞에서 얼굴을 들지 못하게 몰아세웠다. 그러자 항우는 대노하여 군사들을 꾸짖어 나뭇단을 가져와 수레에다 쌓고 불을 지르게 하였다.
 순식간에 불길은 타올랐지만 그대로 불더미 속에 싸인 기신은 조금도 움직이지 않고 그대로 한 움큼의 재가 되어 버리니 보는 사람마다 소매를 적시지 않는 자가 없었다.

 항우는 기신을 불태워 죽인 후 계포, 용저 두 사람에게 정병 일만 기를 내어주며 한왕을 추격하라 명하였다.
 며칠 후 추격에 실패한 계포와 용저가 하는 수 없이 군마를 그대로 이끌고 되돌아와 항우에게 보고하였다.
 "한왕은 벌써 성고성으로 들어가 버렸고 또 구원군이 사방에서 모여들어 쉽사리 격파할 수 없어 회군하여 돌아왔나이다. 신 등의 생각에는 차라리 형양성부터 공격하고 나서 승세를 몰아 성고로 진격하든가 아니면 이대로 팽성으로 물러가 지키는 것이 상책이 아닐까 하옵니다."
 항우도 그 말에 공감하였다.
 "팽성이 비어 있으니 이때 급히 성고를 쳐부수기는 어려운 일이다. 조속히 형양성이나 공략한 후 일단 팽성으로 돌아가 군마를 정비해 가지고 성고의 유방을 사로잡도록 하자."
 그리하여 초군은 즉시 형양성을 총 공격하기 시작하였다. 하지만 성 안에서는 하의대장 주가周苛와 종공이 군사들을 잘 통솔하여 나무토막과 바윗돌을 사방으로 굴려내려 초군을 한 발자국도 접근하지 못하게 필사적으로 막았다.

항우는 몹시 초조하여 항백과 종리매를 불렀다.

"아직도 이 성 하나를 쳐부수지 못했으니 어찌할까!"

그러자 항백이 나서며 간했다.

"우리 군사들 중에서 결사대 십여 명을 추려 죽기를 무릅쓰고 성루로 쳐 올라가서 여러 곳에 불을 지르기만 한다면 그땐 대군이 한꺼번에 몰려들어가 쉽사리 함락시킬 수 있을 것입니다."

항우는 그 계책이 옳다 하여 즉시 군사들을 시켜 사방으로 성벽을 타고 기어 오르게 명령하고는 한 발자국이라도 물러서는 자가 있으면 항우와 대장들이 뒤에서 즉각 목을 베곤 하였다.

이에 성 안의 군사들은 당황하여 어찌할 바를 몰랐다.

어느새 초의 대장 용저는 재빨리 성루로 기어 올라가 한쪽의 방어진을 격파하고 초의 대병을 성 안으로 불러들이니 초병은 구름처럼 밀려들어가 한의 대장 종공을 포위하여 사로잡았다.

이에 주가는 이미 사태가 기울었음을 깨닫고 난군 속을 헤치고 서문으로 빠져 달아났다.

사로잡은 종공을 달래어 초군을 위해 싸우도록 하라는 항우의 명을 받은 계포는 그러나 끝내 종공의 마음을 돌리지 못했다. 계포는 할 수 없이 돌아가 이 사실을 항우에게 고하였다.

"폐하는 굳이 그의 투항을 강요치 마옵소서."

"그가 승복치 않는다면 죄를 용서할 수는 없으니 속히 참수하라."

이에 무사들이 종공을 이끌고 진문 밖으로 나가 그 목을 베려 하는데 종공은 조금도 두려움이 없이 흔연히 죽음을 받으니 보는 자는 모두 칭송하지 않는 사람이 없었다.

한편 성을 무사히 빠져 나온 주가도 끝내 초군의 포위에서 벗어나지 못하고 사로잡혀 끌려오고 말았다. 항우는 포박되어 온 주가를 향하여 은근한 말로 타일렀다.

"종공은 이미 초에 귀의했으니 너도 속히 투항하라. 그러면 짐이 만호후萬戶侯에 봉해 주리라."

그러나 주가는 정색하며 대답하였다.

"종공과 기신은 나와 같이 모두 한의 대장이오. 그런데 어찌 무도한 초에 투항했을 리가 있겠소. 그런 원숭이 같은 수작으로 이 주 장군을 속이려 드는가?"

듣고 난 항우는 화를 억제하지 못하고 주가를 기름가마에 삶아 죽이게 한 다음 급히 대군을 이끌고 형양으로 입성하여 한의 군사와 백성을 가릴 것 없이 모조리 잡아 죽이라 명하였다.

그러자 항백이 급히 나서며 간곡히 간하였다.

"지금 폐하와 겨루는 자는 한왕일 뿐 백성들은 모두 폐하의 적자赤子로서 처음부터 죄가 없는 터인데, 만일 그들을 몰살시킨다면 천하의 인심을 크게 잃고 말 것입니다."

이때 한왕은 성고에서 장량과 진평을 불러 상의하고 있었다.

"한신과 장이의 구원이 없는 이때 영포와 팽월마저도 소식이 끊어졌으니 이 틈에 항왕이 이곳으로 쳐들어온다면 어찌하겠소?"

이 물음을 받은 장량이 대답했다.

"영포와 팽월이 머지않아 군사를 이끌고 달려올 것입니다. 그 동안 대왕께서는 팽성의 약점을 노려 치신다면 항왕은 필시 팽성의 위태로움을 구하려고 회군할 것이옵니다. 이는 즉 저쪽을 쳐서 이쪽을 구하는 계교이옵니다."

한왕은 즉시 왕릉을 불러 명하였다.

"그대는 오천 정병을 거느리고 곧장 팽성으로 가서 그 허술한 곳을 치되 항왕이 물러갔다는 소식을 듣거든 그대로 군사를 거두고 돌아오라."

왕릉은 즉시 군사 오천을 이끌고 팽성으로 쳐들어갔다.

한편 한왕은 이미 형양에 있는 항우가 공격해 올 것을 예측하고 방비를 서둘러 한신이 만든 전차를 성의 사방에 감추어 놓고 방위진을 친 후 군사들을 엄중히 통솔하여 주야로 방비케 하였다.

이 무렵 항우는 오단吳丹으로 하여금 평양을 지키게 하고 스스로 대군을 이끌고 성고 앞에 진을 쳤다. 그러나 성의 방비가 생각보다 견고해서 공격을 미루고 있었다.

그러기를 며칠…. 양군이 한 차례도 교전을 하지 않은 이때 홀연히 팽성으로부터 급보가 날아왔다.

한의 대장 왕릉이 지름길로 돌아와 팽성을 공격하고 있습니다.

항우가 놀라 벌린 입을 채 다물지 못하고 있을 때 또 급보가 들어왔다.

"팽월이 외황外黃의 열일곱 고을을 빼앗아 초군의 양도를 끊고 지금 영포는 대군을 이끌고 성고를 구하려고 이미 남계구南溪口에 이르렀나이다."

항우는 그만 대경실색하여 급히 황백과 종리매를 불렀다.

"이제 성고의 방비가 견고해 점령이 어려운데 영포·팽월·왕릉 등이 각각 세 군데서 위기를 조성하고 있다 하니 이 일을 어찌하면 좋은가?"

그러자 황백이 신중하게 대답하였다.

"우선 오늘밤 비밀리에 이곳에서 퇴군하되 군사를 나누어 한편으로 외황을 구하여 팽월을 베는 한편 영포를 남계에서 막으며 왕릉을 쳐서 팽성을 구한다면 위급을 면할 수 있을까 하나이다."

그러자 항우는 즉시 우선 대장 조구에게 군사 일만을 맡겼다.

"그대는 성고의 서쪽에 매복하고 있다가 짐이 오늘밤 이곳에서 물러

가면 한왕은 짐이 다시 쳐올까 두려워하여 성을 버리고 달아날 것이 니, 그때 급히 성고를 빼앗은 후 굳게 지키고 있으라. 만일 한왕이 다시 공격해 와도 경솔히 나와서 싸우려 하지 말고 짐이 다시 올 때까지 기다리고 있으라."

항우는 즉시 전군을 휘동하여 그날 밤으로 퇴각하였다.

이 소식을 들은 한왕은 급히 대책을 세웠다.

"항왕이 한번 싸워 보지도 않고 갑자기 물러간다 하니 이 무슨 연유인가?"

"이는 즉 영포가 남계구까지 와 있고 팽월이 외황을 취했으며 왕릉이 팽성을 공격하고 있는 까닭이오이다. 이때에 대왕은 속히 이 성을 버리고 한신에게로 가시어 그와 함께 다시 형양을 쳐서 빼앗은 후 시기를 엿보아 초를 멸하게 하소서."

장량이 또 계책을 말했다.

"그러하오나 대왕은 가볍게 나가지 마옵소서. 적이 만일 복병으로써 우리 군사의 중간을 끊고 친다면 대패하기 쉬우니 우선 이를 방비해야 합니다."

한왕은 이 말을 듣고 즉시 주발과 시무 두 대장에게 정병 오천을 나누어 주며 성고의 서쪽으로 나가서 적의 복병을 막게 한 다음, 한왕은 군신과 제장에게 옹위되어 대군을 뒤따르게 하고 성고성을 서둘러 떠났다.

세 치 혀의 효력

 며칠 후 항우는 외황에서 다시 군사를 나누어 종리매에게 정병 일만 기를 주어 형양으로 가게 하고, 자기는 삼군을 점검하여 성고를 구하려 떠나갔다.
 이때 한왕은 조나라로부터 군사를 거느리고 성고에 이르렀다. 그리고 먼저 왕릉에게 명해 성을 치게 했으나 연 사흘간을 공격해도 조구는 다만 굳게 지킬 뿐 나오려 하지 않았다.
 한왕은 곰곰이 생각해 보았다.
 '조구는 초의 대사마大司馬로서 천성이 조급하고 자존심이 강한 자이니 갖은 욕설로 그를 모욕하면 반드시 대로하여 성문을 열고 나올 것이다.'
 한왕은 군사들을 시켜 조구를 향해 욕설과 악담을 퍼붓게 하였다. 그랬더니 과연 조구는 참다 못하여 성문을 열고 공격해 나오는 것이었다.
 이에 한병들은 한번 싸워 보지도 않고 거짓 패하여 달아나는 척 무기와 깃발·북 등 모두 버리고 범수汜水를 건너 도망쳤다. 조구는 놓칠 세라 일만 기의 초군을 휘몰아 범수를 건너 추격해 왔다. 대군이 절반쯤 강을 건넜을 때 홀연히 크게 함성이 일어나며 강의 양편 기슭으로부터 한의 군사가 구름과 같이 내달아 나와 주발·주창·관영·여마통의 네 장수가 군사들을 휘몰아 초군을 포위하여 맹렬히 치니 초군

은 삽시간에 태반의 군사를 잃고 말았다.

조구는 스스로 칼을 입에 물고 범수에 몸을 던졌다.

한왕은 즉시 군사를 거두어 성중으로 들어갔을 때 마침 보고가 들어왔다.

지금 구강왕 영포가 진류陳留의 태수 진동陳同과 함께 이만여 군사를 거느리고 구원하러 왔다는 것이다.

한왕은 크게 기뻐하여 즉시 영포에게 명하였다.

"장군은 이제 진동과 함께 이곳을 지키시오. 나는 초군이 당도하기 전에 급히 형양을 공격할 것이오."

한왕은 이튿날 군사를 몰아 즉시 형양으로 떠나갔다. 그러나 한왕이 형양성에 도착하자 성을 지키고 있던 오단은 뜻밖에도 스스로 성밖으로 나와 항복하고 말았다.

한왕은 매우 기뻐하여 성 안으로 들어가 백성들을 위로하였다.

그런데 이때 탐마가 달려와 급보를 전했다.

"초의 대장 종리매가 일만 기를 이끌고 성밖 삼십 리 지점에 이르러 진을 구축하였나이다."

한왕은 즉시 왕릉·주발·관영·주창 네 장수에게 명하였다.

"적장 종리매가 멀리 와서 인마가 모두 피로하여 아직 방비가 견고하지 못할 터이니 그대들은 각각 삼천 기씩 거느리고 급히 가서 그들을 물리치라."

이때 종리매는 먼 길을 달려와서 아직 진을 구축하지 못하고 잠시 휴식을 취하고 있는데 난데없는 철포 소리가 사방에서 울리며 함성이 크게 일어나는 것이었다. 깜짝 놀란 그가 급히 앞으로 나서보니 좌측은 왕릉이요, 우측은 주발이며, 관영과 주창은 앞뒤로 내달아 대군을 휘몰아 포위하고 들어오는 것이 아닌가.

너무도 뜻밖에 당하는 일이라 종리매는 한번 싸워 보지도 못하고 진지를 버리고 달아나니, 대장이 도망치는 것을 본 초군들은 일제히 앞을 다투어 사방팔방으로 흩어져 도망치기에 바빴다.

한편, 외황을 떠난 항우는 조구가 대패한 끝에 자살했고 성고를 한왕에게 뺏겨 영포와 진동이 지키고 있다는 소식을 들었다.

또 종리매가 형양성 밖에서 기습을 당하여 무수한 인마를 잃고 도망쳐 돌아왔다는 비보까지 듣자 그만 기운이 꺾여 광무廣武로 물러와 진을 치는 수밖에 없었다.

그 무렵 제왕濟王 전광田廣은 한신이 불원간 제로 쳐들어올 것이라는 소문을 듣고 불안한 마음을 금치 못하였다. 그리하여 팽성으로 구원을 청하는 한편, 군신들을 모아 놓고 대비책을 숙의하기에 바빴다.

형양에서 이 소문을 들은 역식기는 곰곰이 생각해 보았다.

'제왕이 전전긍긍하고 있는 이때에 내 한번 가서 그를 달래어 귀항케 한다면 앉아서 제의 칠십여 성을 얻게 될 것이니, 그리되면 나의 공이 한신의 위에 오를 것이다.'

그는 즉시 한왕 앞에 나아가 주청하였다.

"제濟의 전씨 일족은 본디 강대하여 좀체로 항복하려 하지 않는데다 항우가 만일 구원병을 이끌고 와서 돕게 된다면 쉽사리 파하기 어려울 것입니다. 신이 원하옵건대 대왕의 조칙을 받들고 가서 세 치 혀를 놀려 제왕을 이해로써 달래어 한으로 항복해 오도록 하겠사오니 대왕은 윤허해 주시옵소서."

한왕은 물론 흔쾌히 허락하였다.

역생은 즉시 종자를 끌고 형양을 떠나 밤을 낮삼아 제나라로 가서 제왕에게 알현하기를 청하였다.

제왕은 즉시 그를 불러들여 인견하는 데 역생의 태도가 거만스럽게 보이자 제왕은 몹시 노하여 언성을 높였다.

"네 이제 내 앞에서 어찌 그리 무례한가. 내 나라에는 현자도 없는 줄 아는가?"

그러자 역생은 정색하고 대답하였다.

"이제 한왕은 군사가 백만으로서 그 위엄이 사해에 떨치고, 한신 또한 대군을 이끌고 쳐들어오려 하니, 제나라는 마치 도마 위의 고기 신세가 되었습니다. 대왕 또한 왕위를 보존하기 어렵게 되었습니다. 이때에 내가 여기 찾아온 것은 첫째로 백성의 생명을 구하고, 둘째로 대왕으로 하여금 오래 제왕의 지위를 보전토록 하고자 함이올시다. 그러고 보니 나는 곧 제나라의 구세주이자 상국上國의 사신으로서 아무것도 대왕께 구하는 바가 없는 터에 어찌 몸을 굽혀 예로써 뵙지 않는다 책하시나이까. 이제 대왕이 만일 제나라를 온전히 보존케 할 자신이 있으시다면 속히 나를 죽여 신하의 예를 바로 잡으시고, 만일 백성을 구하여 사직을 길이 보존하실 의향이시라면 나의 말을 따르십시오."

그러자 제왕은 더욱 언성을 높여 꾸짖었다.

"내 나라 국토가 수천 리에 국부민강國富民强하여 문신은 내치에 힘쓰고 무장은 외적을 막아 나라 안이 평안하기 반석과 같은데 어찌하여 망녕되이 위태롭다 하느냐?"

역생은 탄식하며 대답하였다.

"대왕은 어찌하여 나를 속이려 하십니까. 대왕은 스스로 항왕과 비교하여 누가 무용이 뛰어나다고 생각하십니까. 항왕과 같은 분도 관중을 잃고 팽성으로 달아나 한을 대적하지 못하며 또 다섯 나라가 모두 배반하여 한으로 귀항한 이때 제나라는 겨우 천여 리의 땅을 가지고 승승장구하는 한을 막고자 하시니 이는 커다란 오산이 아닐 수 없습니다."

제왕이 대꾸할 바를 모르고 있자 역생이 또 말을 이었다.

"대왕께선 마땅히 천하의 대세가 돌아감을 살펴 태도를 분명히 하는 것이 상책이옵니다. 내가 여기 왔음은 오로지 제를 위함이지 한나라를 위해서가 아님을 대왕은 통촉하옵소서."

그제야 제왕은 크게 탄복하여 자리에서 일어나 사례했다.

"선생이 여기 오심은 진실로 제나라를 위함이거늘 과인이 우매하여 미처 깨닫지 못했소이다. 원컨대, 내 이제 선생의 말씀대로 한시바삐 한으로 귀복할까 합니다."

"그러시면 대왕은 먼저 항표降表를 써서 사자에게 주어 한왕께 바치게 하십시오. 저는 잠시 여기 지체하여 한왕께서 오시기를 기다려 대왕과 함께 맞아들이고자 합니다."

그러나 제왕은 또 걱정을 내놓았다.

"한신이 이제 대군을 조나라에 주둔시키고 있으니 만일 불시로 쳐들어온다면 어떻게 막겠소?"

"제가 한왕의 조칙을 받들고 왔는데 한신이 제 어찌 감히 방자할 수 있겠습니까."

그리고는 즉석에서 서신을 써서 부하를 주며 조나라로 가서 한신에게 전하고 군사를 물리게 하라 하였다.

며칠 후, 한신은 역생의 서신을 받고 크게 기뻐해 마지않았다.

"역대부가 이미 제를 항복받았으니 나는 이제 군사를 거두어 형양으로 돌아가서 한왕과 합세하여 초를 쳐 멸할 것이다."

사자에게 답서를 주며 아울러 당부하기를 잊지 않았다.

"그대는 속히 돌아가서 역대부와 제왕에게 이 말을 전하고 한군이 서주에 이르거든 제왕으로 하여금 급히 군사를 이끌고 나와서 영접토록 하며 힘을 합쳐 초를 멸하게 하라고 전하라."

사자는 즉시 답서를 받아 가지고 제나라로 돌아갔다.

제왕과 역생은 한신의 답서를 받아보고 나서 무한이 기뻐하여 주야로 술을 마시고 즐기며 아무 방비도 하지 않았다.

한신은 장이와 함께 군사를 거두어 형양으로 돌아갈 길을 의논하는데 이때 누군가 한신에게 간청하는 것이었다.

"만일 역생의 말을 따르신다면 원수는 일생의 대사를 그르칠 것입니다. 저의 계책대로 하시면 칠십여 성을 손쉽게 얻을 수 있습니다. 그래야만 그 공로가 온전히 원수께로 돌아올 것입니다."

갑작스런 반론에 한신은 깜짝 놀라 바라보았다. 그는 바로 연의 모사 괴철字는 文通이었다.

괴철은 간곡하게 말을 이었다.

"원수께서 수십만 대군을 거느리시고 일 년이 넘도록 겨우 조나라 오십여 성을 빼앗은데 불과하거늘, 이제 역생은 일개 유생으로서 세치의 혀를 놀려 일언지하에 제의 칠십여 성을 항복받았으니 원수의 위덕으로써 도리어 한 사람의 썩은 선비에 미치지 못하고 부질없이 군사를 거두어 형양으로 돌아가신다면 무슨 면목으로 한왕을 뵙겠습니까. 그러므로 저의 우견愚見으로는 이제 제의 방비 없는 틈을 타서 삼군을 정비하여 급히 친다면 반드시 단숨에 파할 수 있을 것입니다."

그러나 한신은 머리를 가로저으며 반대하였다.

"그 말이 옳지 않소. 역생이 제에 간 것은 개인의 사사로움에서가 아니라 한왕의 명조를 받들고 간 터인데 이제 만일 내가 군사를 풀어 친다면 이는 명백히 왕명에 위배되는 행위일 뿐 아니라 역생의 입장을 극히 난처하게 만들어 주는 결과밖에 안 되리라."

"그렇지 않소이다. 한왕이 처음 원수에게 명하시어 제를 치게 하셨는데 그 대세가 이미 정해졌거늘 어찌 또 역생을 보내어 설복케 하실 리 있었겠습니까. 이는 필시 역생이 원수의 공을 빼앗고자 교묘한 언사로 한왕을 충동했기 때문이니 결코 한왕의 본심이라 할 수 없습니다. 그럼에도 불구하고 원수께서 흔연히 군사를 거두어 돌아가신다면 사람마다 모두 원수의 무능함을 비방하고 한왕 또한 일개 유생을 중히 여겨 원수를 홀대할 것이며, 초를 파하고 난 후에도 원수에게는 하등의 영광이 없을 것이니 원컨대 이 점을 통찰하십시오."

이 말을 받아 장이도 한마디 거들고 나섰다.

"문통의 말씀이 이치에 지극히 합당합니다. 원수가 이미 제나라를 치는 권한을 전담하시는 터에 구태어 왕명에 구애받으실 필요는 없지 않겠습니까?"

한신은 그제야 옳다고 생각하고 형양으로 돌아갈 생각을 버리고 장이와 함께 인마를 정돈하여 즉시 조나라를 떠나 북으로 나아가 제나라로 진격하니 지나는 곳마다 군현이 크게 소란하여 백성들이 아우성을 치며 도망치는 것이었다.

한신이 대군을 이끌고 공격해 온다는 소식을 들은 제왕은 크게 격노

하였다.

"썩은 선비가 신의도 모르면서 망녕되이 여기 와서 나를 속이고 업신여겼도다!"

제왕은 가마솥에 기름을 끓이게 한 다음 역생을 결박하여 기름 가마에 처박아 삶아 죽였다.

한신이 대군을 몰아 성을 포위하고 공격을 멈추지 않자 제왕은 즉시 인마를 정비하여 밤을 타서 공격할 결심을 했다. 먼저 성루에 올라가 적진을 관망하니 한군들은 손에 횃불을 들고 밝기를 대낮같이 하고 있는데 조금도 문란한 데가 없었다.

성루에서 한신의 군대를 살펴본 전횡은 간신히 제왕을 수호하여 곧장 고밀현高密縣으로 달아났다.

이튿날 한신은 군사를 이끌고 성으로 들어가서 백성들을 위무하고 잠시 군마를 휴식케 한 후 제왕의 뒤를 추격하여 즉시 고밀현으로 출발하였다. 한편, 제왕은 고밀현에서 황급히 진을 치고 한편 자사를 팽성으로 보내어 구원병을 청하였다. 항우는 즉시 용저와 주란을 불러 명령했다.

"이제 제왕이 한신에게 공격받아 위기에 빠져 있으니 그대들은 속히 달려가 한신을 격파하고 제왕을 구하라. 부득이 일이 뜻과 같이 안 될 때는 급히 구원을 청하라. 그러면 짐이 스스로 대군을 이끌고 가서 도울 것이다."

한신이 고밀성을 포위하고 공격하기 며칠이 지난 어느 날, 팽성으로부터 구원군이 가까이 당도하였다는 소식을 탐지하고 급히 군사를 십 리 밖으로 물리어 포진한 다음 장수들을 불러 신신당부하였다.

한신은 여러 장수들에게 은밀히 계책을 얘기했다.

"이러이러하면 용저를 사로잡을 것이다."

장수들은 모두 계교를 전달받은 뒤 물러갔다.

용저는 고밀에서 삼십 리 떨어진 곳에 이르러 진을 친 후 주란에게 말했다.

"내 들으니 한신은 일찍이 제 한몸도 부양치 못해 끼니를 편모에게 구하고 또 저잣거리에서 남의 사타구니를 뚫고 나가 여러 사람의 조롱을 받으며, 원래 조그만 용력勇力도 없이 함부로 설치니 족히 두려울 바가 못 되는가 생각하오."

그러자 주란은 머리를 흔들며 대답했다.

"그렇지 않소이다. 한신이 삼진을 격파한 이후 도처에 감히 그를 대적하는 자 없어 앞서 항왕도 그의 차전車戰에 대패하여 팽성으로 달아나지 않았습니까. 원래 그는 지모가 깊고 흉계가 많으니 장군은 마땅

히 잘 방비하시어 경솔히 대적하려 하지 마십시오. 그가 비록 지난날 밥을 얻어먹고 남의 사타구니 밑을 기어 나갔음은 스스로 오늘의 대공을 세울 것을 예측했기 때문이외다. 만일 그가 그때 치욕을 참지 않았던들 부질없는 개죽음을 당하여 지금과 같이 이름을 천하에 떨치게 할 수 없었으리니 이로 보아도 그의 지능이 얼마나 심원한가를 알 수 있지 않습니까?"

"사실 공의 말씀과 같이 한신이 향하는 곳에 전필승 공취필戰必勝攻取必했다고는 하나 그것은 아직껏 그가 강적을 만나지 못했기 때문이었소. 내 명백히 그에게 전서를 써 보내어 내일은 쾌히 자웅을 결할까 하오."

그리고는 사자를 한진으로 보내어 전서를 한신에게 전하게 하였다. 전서를 본 한신은 대로하여 초의 사자를 목을 쳐 죽이라고 명했다. 그러자 제장들이 말려 목숨만은 살리게 했으나 한신은 무사들에게 명하여 곤장 삼십 대를 때리게 하고 또 그의 이마에다 명일 결전明日決戰이라고 붉은 물감으로 새겨 넣게 한 다음 쫓으니 초나라 사자는 간신히 목숨을 건지고 돌아가 용저 앞에 나아가서 통곡하며 기절해 버렸다.

용저는 그의 이마에 새겨진 문자를 읽어 보고 크게 노하였다. 대노한 용저가 말 위에 뛰어오르는지라 주란이 급히 나서며 그의 앞을 막고 나섰다. 그러나 용저는 이튿날 새벽에 군사들을 배불리 먹게 하고 삼군의 대오를 정비하여 출진하는데 스스로 진두에 나서서 용맹을 뽑내며 앞으로 나갔다.

이 모양을 바라보고 있던 한신은 급히 말을 타고 진문 앞으로 나가 그를 맞으니 용저는 눈을 부릅뜨고 고래고래 소리쳤다.

"네 원래 초의 신하로서 어찌하여 의를 저버리고 도리어 한적을 도와 여러 나라를 소란케 하느냐. 네 진실로 무용이 있다면 쾌히 나와서 나와 승부를 결하고, 그렇지 못하면 속히 항복하여 구차로운 목숨이나 건져라."

그러자 한신은 앙천대소하였다.

"너는 이미 죽은 목숨이어늘 아직도 깨닫지 못하고 함부로 주둥이를 놀리느냐!"

그러자 용저는 대로하여 칼을 휘두르며 달려들었다. 한신도 창을 꼰아잡고 맞아 싸와 서로 일진 일퇴하여 갖가지 비술을 다하여 이십여 합을 싸우는데 용저의 검술이 조금도 어지러운 데가 없을 뿐 아니라 더욱 정신을 가다듬고 덤벼드니 한신은 이윽고 말머리를 돌려 동남쪽을 향하고 거짓 패하여 달아났다.

용저는 크게 웃으며 빈정거렸다.

"내 원래 네놈이 겁쟁이인 줄은 알았다. 이제야 너를 사로잡지 않고 또 어느 때를 기다리겠느냐!"

용저가 급히 추격하니 뒤에 섰던 주란도 말을 몰아 따라왔다. 이윽고 유수가에 당도하여 보니, 웬일인지 그 큰 강물이 겨우 사람의 허리까지밖에 차지 않아서 한병들은 서로 다투어 강을 건너 이미 저쪽 기슭으로 올라가고 있었다. 주란은 문득 깨닫는 바 있어 급히 용저의 말 고삐를 잡고 제지하였다.

"장군은 더 이상 앞으로 나가려 하지 마십시오. 유수는 원래 큰 강으로서 배나 뗏목이 아니면 건너갈 수 없는 터에 이제 이처럼 강물이 얕아졌으니 이는 필시 한신이 계교를 써서 강의 상류를 막고 있다가 우리편 군사가 절반쯤 건너기를 기다려 강물을 터 놓으려는 흉계이오니 진군은 아니됩니다. 깊이 살피십시오."

그러나 용저는 듣지 않고 기세등등하였다.

"한신이 지금 대패하여 달아나는 터에 제가 무슨 계교를 베풀 겨를이 있으리오. 더구나 강물로 말하면 지금이 동짓달 한겨울철이므로 수

량이 줄어서 이처럼 얕은 것이니 조금도 두려워 할 바가 못되오."

용저는 더욱 기고만장하여 대군을 휘몰아 강 속으로 뛰어들었다.

그리하여 강심에 이르렀을 때, 문득 전면을 바라보니 그곳에 큰 나무를 세워 놓고 나무 위에 커다란 등롱燈籠을 매달았으므로 괴이히 여겨 그는 그 등롱 밑으로 다가가서 자세히 보았다.

'용저가 이곳에서 참수됨을 조상하는 등불을 밝히노라.'

용저는 대로하여 장수들을 돌아보며 소리쳤다.

"이는 한신이 우리 대군의 추격함이 너무 급하므로 이 따위 가증스러운 꾀를 써서 잠시 우리의 군심을 현혹시키게 한 다음 도망치려는 수작이다."

이때 주란은 용저의 앞을 막고 서서 간곡히 만류했다.

"장군은 가볍게 나가지 마십시오. 이미 밤도 깊었는데 한신이 어떻게 갑자기 이런 것을 만들어 세울 수 있었겠습니까. 이는 반드시 한신이 미리 계교를 써서 이 근처에 복병을 매복시켜 놓고 우리 군사가 여기 이르기를 기다려 이 등롱을 표적으로 일제히 포위하고 치려는 수작이 아닌가 싶습니다. 그러니 빨리 저 등롱을 깨뜨리면 적군은 표적을 잃고 자연히 어지러워질 것입니다."

그러자 용저가 급히 칼을 빼어 등롱을 쳐 떨어뜨렸다.

그러자 기다리고 있었다는 듯 함성이 크게 일어나며 강 양편에서 한의 대군이 구름같이 몰려나오는데 홀연히 강 상류로부터 큰 물결이 노호하며 내려닥치는지라 초군은 삽시간에 우왕좌왕하다가 눈 깜짝할 사이에 격량에 휩쓸려 몰살당하고 말았다.

이때 용저는 강 하류에 있다가 물결이 밀려오는 것을 보자 급히 말을 돌려 달아나려는데 그의 말은 원래 천리마였으므로 단지 한 번 뛰어 껑충 북안北岸으로 상륙하여 곧장 앞으로 내달아갔다. 홀연 일성 포성이 크게 울리며 한의 대장 조참과 하후영 등이 내달아 군사들을 휘동하여 사방으로 겹겹이 포위했다.

용저는 마침 어둠을 타서 빠져 나가려고 이리 닫고 저리 치고 하는데, 원체 문란한 형세로써 철통같은 포위망을 뚫을 수 없어 마침내 조참의 칼을 받고 두 동강이 되어 죽고 말았다.

한신은 처음 용저의 위인이 만용되고 성품이 열화 같음을 알았으므로 그를 유인하여 강 속으로 끌어들였다. 그리고 먼저 궁수들에게 명하여 수만 개의 모래 주머니를 만들어 강물을 막게 한 다음, 하류에 등롱을 달아 그것이 떨어지는 것을 신호로 강물을 터놓게 하였던 것인데 그 계략이 초군을 몰살시키고 용저를 죽일 수 있었던 것이다.

한편 제왕은 고밀성에서 용저의 구원군이 전멸당했다는 소식을 듣고 몹시 두려워하여 급히 조카인 전광田光과 이튿날 새벽에 인마를 점검하여 동문을 열고 빠져 나갔다.

그런데 천만 뜻밖에 한 떼의 군마가 앞을 막아서며 한 장수가 제장들을 헤치고 중군으로 뚫고 들어와 손쉽게 제왕을 사로잡는지라, 전광과 전횡은 대경실색하여 감히 내달아 막으려 하지도 못 하고 간신히 포위를 벗어나 곧바로 해도로 도망쳐 달아났다.

그런데 그 한의 대장은 바로 하후영으로서 초의 장수 주란을 뒤쫓다가 놓치고 돌아오는 길에 제왕이 패해 달아남을 보자 길을 막고 사로잡은 것이었다.

제왕이 된 한신

　　제나라를 평정한 한신은 제왕의 궁전으로 들어가 보니 고루 거각에는 금은 주옥으로 장식하여 그 화려함이 비길 데 없을 정도였다.

　입가에 웃음을 띠고 있는 한신을 보고 이미 한신의 뜻을 짐작한 괴철이 입을 열었다.

　"제나라는 여러 나라 중에 가장 광대하고 중요한 곳인데, 이제 원수께서 이를 다 평정하시어 위엄이 크게 떨쳐 사방의 군현이 다투어 항복치 않는 자 없으니, 원수께서는 이때에 당연히 한왕에게 표문을 올려 임시로 제왕의 인수를 받으시어 이곳을 근본으로 삼도록 하십시오."

　괴철의 이러한 말에는 앞으로의 할일에 대한 암시가 숨어 있었다. 이때 한왕으로부터 전갈이 도착했다.

> 　짐이 초를 상대하여 자웅을 결하고자 하니 장군은 속히 퇴군하여 신묘한 계책으로 짐을 도와 승전케 하라.

　이런 내용의 글이었다.

　그러자 한신 앞에 괴철이 또 나서며 의미심장하게 간했다.

　"장군은 먼저 표문을 보내 한왕으로부터 임시로 제왕齊王의 인수를

받아 왕위에 오르신 연후에 군사를 내도록 하십시오. 만일 이때를 놓치게 되면 나중에 후회막급이 되시오리다."

괴철의 간곡한 권유에 한신도 머리를 끄덕였다.

"그 말씀이 정히 내 뜻과 일치하오."

한신은 많은 패물을 내어 사자에게 주고 표문을 써서 주숙에게 맡겨 사자를 따라 형양으로 가서 한왕에게 바치라 명하였다.

표문을 받아 본 한왕이 발끈 성을 냈다.

"이 자가 어찌 이리도 무례한가. 스스로 제왕이 되고자 한단 말이아니냐?"

그러나 장량과 진평은 한왕의 노여움을 막고 나섰다.

"이제 폐하께서 만일 한신의 소원을 거절하신다면 우리에게 심히 불리한 결과가 나타나게 되오리다. 차라리 쾌히 제왕으로 봉해 주시면 힘껏 폐하를 위해서 싸울 것입니다."

한왕은 하는 수 없이 손수 칙서를 써서 한신을 동제왕東齊王으로 봉한 다음, 장량에게 제왕의 인수를 주어 주숙과 함께 임지로 가서 한신에게 전하게 하였다.

한신은 칙서를 받고 또 장량에게서 제왕의 인수를 받고 나서 몹시 기뻐하였다. 그런 뒤 장량은 한신에게 작별 인사를 하면서 부탁의 말을 했다.

"한왕께서 근일 형양에 둔병하고 조석으로 태공이 초에 오래 갇혀 있음을 슬퍼하시는데 요즈음 또 항왕이 성을 공격하리라는 소문을 들으시고 몹시 불안해하고 계시니 대왕은 속히 군사를 일으켜 초를 쳐서 태공을 구해 한왕의 마음을 기쁘게 해 드리시오."

"내 급히 여러 군현으로 격문을 돌려 열흘 이내에 반드시 군사를 일으켜 출발할 것이니 자방께서 이 말씀을 주상께 아뢰십시오."

한신이 이렇게 장량을 돌려보내고 나서 날을 가려 제왕의 지위에 올라 백관의 예를 받으며 즉위하였다.

그 무렵 용저의 패군은 팽성으로 도망쳐 한신이 용저를 죽이고 주란을 쫓아 초군을 대패시키고 제왕을 사로잡아 제나라 칠십여 성을 완전히 빼앗은 후, 대군을 임치에 두고 수일 안에 한왕과 합세하여 쳐들어올 것이라는 보고를 하였다.

항우는 크게 낙담하여 급히 항백과 종리매를 불렀다.

"한신을 대수롭지 않게만 여겼더니 이번에 용저의 죽음을 보니 진실로 등한히 할 인물이 아닌가 싶소. 게다가 한왕 역시 대군을 형양과 성고에 주둔시켜 그 형세가 심히 떨치고 있소."

항백과 종리매가 이구동성으로 대답했다.

"지금 대부 무섭武涉으로 말씀하오면 지혜는 소진蘇秦보다 낫고 언변은 자공子貢을 능가할 정도이니 폐하께서 이 사람을 사자로 삼아 보내신다면 기필코 한신을 설득시켜 항복하도록 할 수 있사오리다."

항우는 크게 기뻐하며 급히 무섭을 불러 명했다.

"기필코 한신을 회유해 짐에게 귀복시키게 하라."

무섭은 흔연히 응낙하고 임치로 한신을 찾아 떠났다.

한편 임치에 있던 한신은 무섭이 찾아왔다는 말을 듣고 곰곰이 생각해 보았다.

'이 자는 특히 변설에 능해 필시 나를 달래고자 왔음이 틀림없을 것이다.'

이렇게 단정하고 즉시 그를 불러 대면하는데 무섭이 많은 패물을 올리면서 한신의 즉위를 축하하자 한신은 즉석에서 사양했다.

"내 그 옛날 대부와 함께 초를 섬길 때는 다 같이 일국의 신하였으나 지금은 각각 그 주인을 달리하고 있는 터요. 그런데 내 어찌 패물을 받을 수 있으리요."

그러자 무섭이 간곡히 말했다.

"항왕이 나를 여기 보내심은 대왕과 우의를 맺음으로써 한왕과 천하를 삼분하여 정족鼎足의 형세를 이루고 각자의 영역을 지키게 하고자 함이외다. 그리되면 대왕은 신기묘산이 본디 항왕과 한왕보다 월등하여 왕위와 부귀를 누리실 수 있을 것입니다."

"대부의 말씀이 일리가 없는 바 아니오. 하지만 한왕이 나를 신의와 화목으로써 대하시거늘 내 이를 배반하고 초나라로 간다면 이는 심히 옳지 못함이라, 이제 나의 마음은 철석 같아서 앞으로도 변치 않을 것이니 원컨대 대부는 돌아가셔서 나를 위하여 항왕께 깊이 사례하시오."

무섭은 이상 더 한신을 움직일 수 없음을 깨닫고 드디어 작별하고 팽성으로 돌아가 버렸다.

이때 한신의 곁에 있다가 천하의 대권이 벌써 한신에게로 돌아온 것을 간파한 괴철은 가만히 한신에게 속삭였다.

"신이 보건대 그 빛남이 봉후보다 월등 지나시옵니다."

"무엇 때문에 그런 말을 하시오?"

"초와 한이 서로 다투기 수년에 모두 피폐하여 있음으로 하늘이 대왕께 기회를 내리심입니다. 기회를 놓치지 마시고 강한 제나라에 웅거하시어 연과 초의 두 나라를 복종케 하시고 서쪽으로 향하신다면 천하가 그림자처럼 따르리이다. 하늘이 주심을 받지 않으면 도리어 괴로움을 얻게 되고 시기를 만나 행하지 않으면 도리어 재앙을 면치 못하게 된다 하였사오니 대왕은 깊이 살피소서."

"그러나 한왕이 나를 심히 형제와 같이 대하는데 내 어찌 차마 권욕을 탐하여 의를 저버릴 수 있겠소?"

"아닙니다. 예로부터 들짐승이 다 없어지면 사냥개를 삶게 된다는 말이 있지 않습니까? 원컨대 대왕은 재삼 숙고하소서."

그러던 어느 날 괴철은 또 한신 앞에 나와 독촉했다.

"대왕은 이제 결심을 하셨나이까? 한번 놓치게 되면 다시 얻을 수 없는 것이 기회인데 이제야말로 대왕께 그 기회가 왔습니다."

"나로 하여금 어찌 그를 배반하랴 하시오."

그때 갑자기 소리를 지르며 뛰쳐나오는 자가 있었다. 그는 대중대부 大中大夫 육가陸賈였다.

"대왕은 부디 괴철의 말을 듣지 마옵소서. 무릇 사리를 올바르게 판단할 줄 아는 자는 먼저 그 실속을 보고 나서 다음에 외형을 관망하는 것이니 이제 진실로 초는 승리하는 듯하오나 그것은 외형적인 승리에 불과하며 한은 약한 것 같지만 실상 외형으로 약할 뿐 실속은 강한 것인데 원수께서는 어찌하여 강약과 성쇠를 바르게 판단하려 아니하십니까."

이렇게 사리를 따져 말하자 괴철은 크게 민망스러워 스스로 얼굴을 붉혔다. 이후 괴철은 미친 척하며 그날부터 한신 앞에서 물러나와 시중으로 떠돌아다니면서 혹은 괴상하게 웃기도 하고 혹은 되는대로 노래를 부르기도 하며 미친 사람 노릇을 하고 다녔다.

한신은 괴철의 그러한 심중을 충분히 이해하면서도 다시는 그를 불러 대면하려 하지 않고 급히 대군을 일으켜 형양으로 가서 한왕을 도와 초를 멸할 준비를 갖추기에 바빴다.

한왕은 이때 영양에 머물러 있으면서 밤낮으로 팽성에 인질로 잡혀 있는 태공을 생각하기에 침식이 불안하였다. 가족들은 모두 무고하게 있는지…. 어떻게 하면 항우로부터 가족들을 안전하게 구출할 수 있을까 하고 그의 생각은 점점 초조해졌다.

그는 장량과 진평을 불렀다.

"태공께서 일족과 함께 팽성에 붙들려 계신지 이미 오래이므로 짐의 마음이 실로 아프기 그지없소!"

장량이 먼저 입을 열었다.

"그대로 돌아오시게 할 방법은 전혀 없사옵니다. 다만 지금 대군을 일으켜 공격한 다음 항왕으로 하여금 세력이 다하고 마음을 괴롭게 만든 다음 사신을 보내어 화평 교섭을 하면 혹시 태공께서 환국하시게 되지 않을까 생각하옵니다."

장량이 이렇게 의견을 아뢰고 있을 때 근신이 들어왔다.

"지금 막 소상국이 북번의 인마와 한 사람의 번장(番將)을 대동하고 관중으로부터 달려왔습니다."

"허어, 먼 곳으로부터 왔구나! 속히 불러들이어라."

한왕은 만면에 희색을 띠었다.

"번장은 어디서 온 사람인고?"

"번장의 성은 누樊이고 이름은 번煩이며 북학연인입니다. 충성을 다하여 초를 멸하고 싶다고 하옵니다. 신이 조사해 보고 동반하여 왔사옵니다. 이 사람은 말 타기와 활 쏘기가 능숙해 만인 상대의 무용이 있사옵니다."

한왕은 소하의 말을 듣고 누번을 내려다 보았다.

키는 십 척이오, 얼굴은 사자와 같이 용맹스러워 보이고 눈에는 광채가 영특하게 빛나고 있었다.

한왕은 기쁜 마음으로 근신을 불러 어의 일습과 황금 백 냥을 누번에게 하사하도록 영을 내렸다. 그리고 누번을 그날부터 본부 진영에서 거처하게 하였다.

한편, 초패왕 항우는 무섭을 사신으로 제나라에 보내어 한신의 호감을 사 보려고 하였으나 도리어 한신으로부터 거절당하자 자기의 부하 맹장 용저를 전사시켰던 원한이 다시금 북받쳐 올랐다.

그래서 그는 분을 풀고자 십만의 대군을 거느리고 급히 한왕을 공격하려고 영양으로 몰려갔다. 그러자 한군의 탐색병은 항우의 대부대가 가까이 쳐들어온 것을 즉시 상부에 보고하였다.

한왕은 신하들을 모아 회의를 열었다.

"초 패왕이 갑자기 대군으로 침공해 왔으니 어찌하면 좋은가?"

"신이 데리고 온 번장 누번으로 하여금 패왕을 대적케 하시옵고, 다른 대장들로 하여금 누번을 도와서 방어하게 하옵소서. 이처럼 방비하면 그 사이에 한신 원수도 도착할 것이 아니옵니까."

소하가 이같이 의견을 아뢰었다.

"그럴 수밖에 없소이다. 그럼 누번을 선봉으로 하고 왕릉과 주발로 하여금 좌우에서 돕도록 하시오."

항우는 이때 영양성 삼십 리 밖에 진영을 설치하고 즉시 사신을 한왕에게 보냈다. 한왕은 소하 · 장량 · 진평 등 여러 신하들과 회의를 끝

마친 뒤에 항우의 전서를 받았다.

천하의 인심이 흉흉하고 편안한 날이 없으니 이것은 우리 둘이 서로 상대하여 싸우는 까닭이라 오늘은 우리 서로 직접 만나 자웅을 겨루어 천하 만민을 편안하게 하여 주기 바란다.

"나는 힘으로써 우열을 겨루지 않는다."
한왕이 이같이 말하고 항우의 전서를 찢어 내던지고 사신을 그대로 돌려보냈다.
다음날 초군이 몰려오자 한군 진영으로부터 누번이 칼을 휘두르며 달려나왔고, 초나라 진영에서는 계포·이번·장월·항앙 네 사람의

장수가 창을 높이 들고 달려왔다.

누번은 초나라의 응원대장들이 달려나왔지만 조금도 두려워하지 않고 우레 같은 고함을 지르며 종횡무진으로 용감하게 싸웠다.

한군 진영에서는 왕릉과 주발이 이 격전을 관전하고 있다가 군사를 거느리고 급히 응원을 나왔다.

뜻밖의 한군 습격으로 초나라 군사들은 일대 혼란을 일으키며 서로 앞을 다투어 도주하기 시작하였다.

항우는 이때까지 본진에서 바라보고만 있다가 이런 패배에 그만 분통이 터졌다. 이때 누번은 항우를 향하여 또 시위를 겨누었다. 그러자 항우는 눈을 부릅뜨고 벽력같이 소리를 질렀다.

그러자 누번은 그 소리에 놀라 넋을 잃고 눈앞이 캄캄해져서 손에 들었던 화살을 쏠 수도 없었다. 누번이 타고 있는 말도 어찌나 놀랐던지 십여 간이나 물러섰다.

이때 한왕이 본진에서 쌍방의 장수들이 접전하는 모양을 관전하고 있다가 물었다.

"저기 누번을 추격하는 적장이 누구냐?"

"바로 초 패왕이옵니다!"

한왕은 어찌할 바를 몰라 급히 진영의 후방으로 몸을 숨기려고 말머리를 돌이켰다.

항우가 뒤를 쫓아옴으로 형세가 매우 위급하게 되었다.

한군의 여러 대장들이 항우를 가로막고 치열한 접전을 시작했다.

이러는 동안에 한왕은 후방의 진영을 향해 황급히 도망하였다.

종리매는 미리부터 한군의 본진과 후진 사이의 한왕이 돌아갈 도로의 좌우 언덕과 수풀 속에 수백 명의 사수를 숨겨 두었다가 한왕이 지나가거든 일제히 화살을 쏘아 한왕을 암살시키려 기다리고 있었다. 이런 사실을 모르는 한왕은 이 길로 달아나고 있는 것이었다.

드디어 한왕의 모습이 나타나자 일성 포성이 터지더니 돌연 길 좌우에서 수천 개의 화살이 빗발같이 쏟아졌다. 화살 한 개가 한왕의 가슴 한복판에 꽂혔다.

한왕은 급히 화살촉을 뽑아 던졌다.

한군의 형세가 이처럼 지극히 위태로울 지경에 이르렀을 때 별안간 동남방으로부터 초나라의 파발이 달려와 항우에게 알렸다.

"아뢰옵니다. 한신의 대부대가 벌써 성고까지 왔사오며 팽월이 또 아군의 양도를 단절해 버렸사옵니다."

이런 보고가 알려지자 진중은 혼란에 빠졌다.

"침착해라!"

항우가 호령했다. 그러나 혼란을 일으키기 시작한 군졸들은 이미 항우의 제지를 듣지 않고 사병들까지 질서가 문란해지자 항우는 본진으로 회군해야겠다고 생각하고 장졸들을 거느리고 본진으로 돌아가 버렸다.

다행이 후진까지 도착한 한왕은 침상에 드러누워 버렸다. 가슴에 맞은 상처는 생각보다 깊었다.

이때 장량이 들어왔다.

"초나라 군사가 지금 완전히 전의를 잃고 본진으로 후퇴하였고 한신은 이미 대군을 끌고 성고까지 나와 기다리고 있사옵니다. 대왕께서는 속히 성고로 납시어 한신과 회동하시고 초 패왕을 공격하셔야 하겠사옵니다. 고통이 심하시오나 참으시고 속히 일어나시어 삼군의 사기를 고무하시기 바라옵니다. 지극히 중대한 때이오니 누워 계실 수가 없사옵니다."

한왕은 고통을 참고 즉시 장량·진평과 함께 여러 장수들이 모여있는 장막으로 찾아갔다. 장수들은 한왕의 태평해 보이는 얼굴을 보고 모두들 기뻐하였다.

"지금 초나라 군사들이 팽월로 인하여 양도가 단절된 터라 더 이상은 오래 주둔하고 있지 못할 것이오. 근일 중에 반드시 도망할 것이니 여러분은 천천히 출발하여 성고로 들어가서 원수와 회동하여 초패왕을 격파하기 바라오."

한편 본진으로 돌아간 항우는 급히 여러 장수들을 모아 놓고 회의를 열었다.

"지금 팽월이 아군의 양도를 단절하여 우리의 군량미 수송길이 막혔고 또 한신이 성고에 머물면서 한왕을 후원하게 되니 영양성을 공략하기는 사실상 곤란하게 되었소. 이제 잠시 광무산 아래로 후퇴하였다가 군량미를 수송해 놓고 나서 그 후에 다시 진격하는 것이 어떠하겠소?"

"지당하옵니다. 오늘밤 몰래 퇴각하는 것이 좋겠습니다. 폐하께서는 친히 후진을 인솔하시고 만일 적이 추격하여 오거든 방비하시기 바라옵니다. 신 등은 제군을 독려하여 큰길을 버리고 남쪽의 작은 길로 해서 산등을 넘어가 한신의 간계奸計를 피하려 하옵니다. 만일 적이 앞길을 차단할 경우에는 앞과 뒤가 서로 만나기 곤란할 것이옵니다."

종리매가 이같이 의견을 내놓았다.

"좋다! 그 말대로 하자!"

항우는 즉시 결정짓고 부하들에게 퇴각준비를 명했다.

항우는 광무산 아래 진영을 구축한 뒤 항백과 종리매를 불렀다.

"지금 한왕이 성고에 들어가서 제후들과 군사를 모아 짐에게 도전을 꾀하고 있다. 지금 우리 군사는 양식이 얼마 남지 않아 오래 싸울 수 없으니 이에 대해서 무슨 계책이 없는가?"

항우가 이렇게 묻자 항백이 대답하였다.

"지금 팽성에 한의 태공을 붙들어 두고 있지 않습니까! 폐하께서는 태공으로 하여금 한왕에게 편지를 보내시어 퇴군하도록 하시옵소서. 그리하여 한왕이 퇴군하면 태공을 성고로 돌려보내시고 만일 퇴군하지 않으면 태공을 죽여 버림으로써 유방이 불효자라는 오명을 천하에 알리도록 하시옵소서. 폐하께옵서 이같이 하시기만 하면 이는 백만의 용병에 못지않을 것이옵니다."

"옳소! 과연 좋은 생각이오."

항우는 군사를 시켜 팽성에 가서 태공을 붙들어 오라고 영을 내렸다. 한편 항우는 친히 대군을 인솔하고 달려가 먼저 계포로 하여금 한왕과 만나서 할 말이 있다고 고함치게 하였다.

한군 진영에서 이 소리를 듣고 뛰어나간 사람은 한신이었다.

"너는 원래 초나라 신하로서 짐이 앞서 너에게 무섭을 사신으로 보냈건만 짐의 뜻을 받지 않고 오늘은 또 그전 같이 간계를 사용하려고 나왔느냐? 너와 내가 단 둘이 겨뤄 승부를 결정하자!"

그러자 한신의 대꾸가 일품이었다.

"폐하는 당대의 제왕이며 천하의 주인이시니 의당 구중궁궐 속에서 대장을 시키어 외적을 방어하심이 옳을 것입니다. 어찌해서 이렇게 친히 무장을 하고 나 같은 무지렁이와 더불어 싸우려고 하십니까? 도리어 망신하시는 것이 아니오니까?"

"하하하… 네가 회피하는 말을 교묘히 한다마는 네가 나와 싸워서 십 합만 교전을 한다면 나는 창을 던지고 군사를 거두며 천하를 모두 한왕에게 양도하겠다."

항우의 이 말을 듣고 한신은 껄껄 웃었다.

"용맹은 스스로 자랑하는 것이 아니며 강한 것은 오래 가지 않습니다. 만일 폐하께서 오늘 저에게 지신다면, 다시는 영웅이라는 이름을 잃어버리게 됩니다. 그후에는 아무리 후회하실지라도 도리가 없습니다. 그러니 폐하께서는 깊이 진중에 앉아 계시고 적당한 대장을 이 사

람한테 보내십시오!"

이같이 비꼬듯 말하였다. 항우는 이 소리를 듣고 화가 치밀어 창을 꼰아들고 달려들었다.

그러나 한신은 대항하지 않고 동남쪽을 향하여 달아났다.

"이놈아! 내 오늘은 너를 사로잡은 후에 철천지 한을 풀겠다!"

항우는 이같이 부르짖으면서 한신을 추격했다. 항백·항장·주란·주은·우자기·종리매·환초·정공·옹치 등 여러 장수들도 항우의 뒤를 이어 삼군을 휘동하여 숨쉴 틈도 주지 않고 추격하였다.

어느덧 들판을 지나서 광무산 속으로 들어섰다.

이때에 종리매가 급히 항우 앞으로 달려와 아뢰었다.

"폐하, 이 산은 수목이 울창하고 산세가 험준하여 다른 길이라고는 없습니다. 만일 적이 매복해 있다가 산구山口를 막아 버린다면 아군은 큰 낭패이옵니다. 그러니 잠시 이곳에 진을 치고 후진이 오는 것을 기다리시옵소서."

이때 선진으로부터 한신이 어느 쪽으로 달아났는지 멀리 달아나서 행방을 알 수 없고 전면에는 깎아지른 듯이 산이 험준해서 도저히 나아갈 길이 없다는 보고가 들어왔다.

"그러면 여기서 잠시 후진을 기다려 천천히 퇴각하자!"

이때 맨 뒤에 있던 병졸이 달려와 놀라운 보고를 올렸다.

"후진이 이곳으로 오는 도중에 한군 대장 번쾌와 관영에게 가로막히어 태반이 죽고 나오지 못하고 있다 하옵니다."

"뭐라고?"

항우는 눈을 부릅뜨고 이를 갈았다. 동시에 철포 소리가 한바탕 터지더니 사방팔방으로부터 꽹가리 소리와 고함 소리가 천지를 뒤엎을 듯이 일어나면서 한군이 개미 떼처럼 쏟아져 나왔다. 광무산의 입구는 완전히 봉쇄되고 말았다.

"앞에는 험준한 산에 가로막혔고 뒤에는 적의 대군이 길을 맞았으니, 폐하께서는 속히 이곳에서 벗어나 후진을 구원하소서."

종리매가 급하게 항우에게 아뢰었다.

"아니오. 저렇게 많은 적군이 산의 입구를 막고 있으니 돌파하기가 쉽지 않을 것이오. 차라리 한신을 추격하여 앞산을 넘기만 하면 필시 도망할 길이 있을 것이오."

항우가 반대하자 항백이 또 말했다.

"그러하오나 앞산은 깎아지른 토산이라 길이 없으니 이 많은 군사가 어찌 넘어가겠습니까?"

항우가 작전을 세우기도 전에 북쪽으로부터 번쾌·관영·주장·주발이, 서쪽으로부터 근흡·노관·여마통·양희 그리고 좌편으로부터 장이·장창·우편에서 하후영과 왕릉 등 한군 대장들이 물밀 듯이 쳐들어오면서 한왕이 중군을 거느리고 엄호하여 나타났다.

초나라의 군사들은 싸우기도 전에 혼란에 빠졌다. 이때 항우 앞에 선뜻 나서는 적장이 하나 있었다.

구강왕 영포였다. 항우는 영포를 보자 눈이 뒤집혀 호통을 쳤다.

"이놈! 나라를 배반한 역적, 네가 무슨 면목으로 내 앞에 나타났느냐?"

영포도 지지 않고 소리쳤다.

"네 이놈, 전날 나로 하여금 의제를 죽이게 하여 그 누명을 내게 뒤집어씌워 천하 제후로 하여금 나를 원망케 만든 놈이 바로 너다! 내가 오늘 의제를 위해 너를 죽이고 내 분을 풀겠다!"

이때에 계포와 환초가 항우 앞으로 나서며 영포를 가로막았다.

"폐하, 잠시 뒤로 피하소서. 신이 이 역적을 죽이겠사옵니다."

항우는 창을 거두고 뒤에 있는 조그만 언덕 위로 가서 숨을 돌리었다. 이때 산꼭대기에서는 널따란 마루 위에 앉아 한신이 생황을 불고는

여유 있는 태도로 유쾌한 듯이 술을 마시고 있는 모양이 보였다.

항우의 분통은 극에 달했다.

"저놈이 짐을 업신여기기를 이같이 한단 말인가. 내 당장 저놈의 목을 자를 것이다!"

항우는 이 꼴을 보자 자기가 친히 산꼭대기로 달려가려 했다. 바로 이때 사방에서 한군이 바닷물처럼 밀려들어오고 높은 산꼭대기에서는 철포와 화살이 우박처럼 쏟아져 만산 초목은 온통 불바다가 되어 버렸다.

초나라 군사들은 찔리고 베이고 사로잡히고⋯ 도대체 몇 만 명이 없어졌는지 그 수효조차 알 길이 없었다. 주위에 남아 있는 병력은 불과 일백 수십 기騎밖에 안 되었다.

이때 도망가려는 항우의 앞을 가로막으며 나타난 대장이 누번이었다. 항우는 누번을 보자 맞서 겨우 칠팔 합 접전 끝에 누번을 찔러 마상에서 떨어뜨렸다.

그러자 다시 항우의 좌우에서 한군 대장 왕릉과 시무 두 장수가 나타났다.

"항우야! 속히 항복하라!"

항우는 다가서는 적을 모조리 죽이면서 광무산의 남쪽 모퉁이를 오른쪽으로 달렸다. 밤은 달빛조차 흐리었다. 비록 앞이 잘 보이지는 아니하나 골짜기에서 물이 졸졸졸 흐르는 소리로 미루어 골짜기는 상당히 깊은 것 같았다. 뒤에서는 한군이 추격해 오고 앞은 깊은 골짜기에 가로막혔으니 지척을 분간할 수 없는 어두운 밤중에 이 일을 어찌하면 좋은가?

'내 운명도 이제는 다 되었나 보다!'

이때에 돌연히 후방에서 무서운 기세로 누군가 말을 달려 쫓아 왔다.

"폐하, 안심하옵소서. 주은과 환초이옵니다. 폐하께서 위급하시다

는 연락을 받고 본부의 군사 오천을 인솔해 오는 길이옵니다."

"오, 이제는 살았다!"

용기를 얻은 항우는 주은과 환초가 몰고 온 군사와 합세하여 한군을 막았다.

날이 밝았다. 동녘이 밝은 뒤 사방을 돌아보니 산봉우리는 물론 골짜기 골짜기마다 모두 한군의 깃발이 펄럭거리고 있었다. 사면팔방 어느 한 곳이고 한군이 없는 곳이 없었다. 항우는 이 광경을 훑어보고 길게 한숨을 쉬었다.

"짐이 회계 땅에서 의병을 일으킨 이후 오늘까지 접전하기를 삼백여 번, 그러나 한신이란 놈같이 저토록 군사를 잘 사용하는 놈은 처음 보았다!"

　항우가 감탄하였다. 순간, 왕방울 같은 눈을 부릅뜨며 분연히 앞으로 나가는 항우의 모습은 저승에서 나온 사자처럼 험하고 무서워 보였다. 환초와 주은 두 장수는 후진을 거두어 급히 항우의 뒤를 따랐다.
　그곳으로부터 약 오 리쯤 벗어났을 때 별안간 산골짜기에서 꽹가리 소리가 요란하게 울리며 고함 소리가 천지를 진동하더니 두 장수가 뛰어나왔다.
　"우리는 한나라 대장 주발과 주창이다. 초적楚賊 항우는 속히 목을 내밀어라!"
　항우는 이 소리를 듣고서 묵묵히 달려들어 싸웠다. 항우의 창 다루는 법은 신출귀몰하였다. 불과 이삼 합 겨루어 보다가 주발과 주창은 뒤를 보이며 달아나 버렸다.
　항우는 그들을 추격하지 않고 다만 광무산 북쪽을 향하여 달리었다. 가까스로 포위망을 벗어나서 오 리쯤 달려왔을 때 또다시 적장 근흡과 노관을 만났다. 항우는 근흡과 노관을 물리친 뒤 계속하여 달리었다.
　천신만고하여 한군의 포위를 벗어났을 때 맞은편 큰길로부터 계포와 종리매가 달려와서 초 패왕을 구해 가지고 초나라 진영의 본진으로 돌아갔다.
　이번 싸움에서도 한신은 대승을 거두었다. 그는 항우가 탈출해 본진으로 돌아간 것을 알고 즉시 군사를 거두어 진중으로 돌아왔다.
　한왕은 자리에서 일어나 한신을 맞아들였다.
　"원수의 묘책으로써 이토록 대승을 얻었소이다. 항왕이 금후에는 한군이 가까이 온다는 말만 들어도 간담이 서늘해질 것이오!"
　"황송하옵니다. 어제 오늘 오직 대왕의 성덕을 입어 다행히 이기기는 하였사오나 패왕을 놓쳐 송구하옵니다. 지금 이같은 군사들의 패기 충천한 사기로 계속 적을 공격하여 패왕으로 하여금 팽성으로 돌아가지 못하게 하여야 하옵니다."

"원수가 뜻하는 대로 계책을 진행하시오."
"예, 그리하겠습니다."
한신은 이같이 한왕의 대답을 듣고 부하 장수들을 모아 삼군을 점검하라 하였다. 그리고 그는 수일 안에 또다시 총공격을 단행할 것을 작정하였다.
이때에 항우는 본진으로 돌아와서 군사를 점검하는데 전사자가 무려 삼만여 명이나 되었다. 그리고 계포·우자기·주은·환초 등 여러 장수도 크게 상하여 당장에는 힘을 쓸 수 없는 형편이 되고 말았다. 그들을 치료받으며 그럭저럭 사흘이 지났다.
이때 초나라 탐색병의 보고가 들어왔다.
"한신이 군사 오십만을 이끌고 또다시 침공하려 하옵니다. 그리고 소하가 영양으로부터 성고까지 군량을 수송하는 우마차를 이끌고 있다고 하옵니다."
항우는 대경실색하여 급히 항백과 종리매를 불렀다
"지금 한신이 또다시 침공하려 한다니…. 군사는 이미 많이 상한 데다가 군량미마저 풍족하지 못하니…."
"신의 생각으로는 한왕의 부친 태공이 지금 이곳에 있지 않사옵니까? 명일 쌍방이 대진하게 될 때 태공을 도마 위에 앉히고 마차 위에 실어 놓으시옵소서. 그렇게 되면 한왕은 비감한 마음이 생겨서 반드시 퇴각할 것이옵니다. 그후에 태공을 돌려보내시옵소서. 그리고 만일 그가 퇴각하지 아니하거든 태공을 삶아 죽여 버리시옵소서. 한왕은 반드시 화평을 약속하고야 말 것이옵니다. 만일 그렇게 하지 않고 다시 결전을 단행하신다면 또 한신의 간사한 계교에 빠지기 쉬울 것이오니 폐하께서는 깊이 통찰하시옵소서."
종리매가 이렇게 의견을 아뢰었다.
"태공을 죽이는 것쯤이야 쉬운 일이지만 다만 천하 만민들이 짐을

조소하고 욕할 것이 난처하구나!"

며칠 후 항우는 다시 대군을 인솔하여 한군 진문 앞으로 나갔다. 그리고 한군 진영에서 잘 내려다보이는 곳에 커다란 가마솥을 걸어 놓고는 기름을 끓이고, 태공을 도마 위에 올려앉혔다.

"한군을 속히 퇴각시키지 아니하면 태공을 기름가마에 삶아서 죽일 것이다."

이렇게 외치도록 시키었다. 이때 한군 진영으로부터 진문이 열리면서 한왕이 말을 타고 달려나왔다.

그는 진문 앞에서 항우를 바라보면서 큰 소리로 호령하였다.

"이놈아! 내가 전일 너와 더불어 한왕을 섬길 때, 그때 나와 너는 형제가 되었다. 그러니까 내 아버지는 또 네 아버지다! 만일 네가 지금 태공을 기름에 삶으려거든 그 물을 한 사발 내게 보내라!"

이같이 호령하는 한왕의 얼굴은 조금도 두려워하는 기색도 슬퍼하는 기색도 보이지 않았다.

항우는 한왕의 태도에 분개하여 무섭게 외쳤다.

"저런 개만도 못한 놈! 저런 죽일 놈이 어디 있단 말이냐. 이놈들아, 태공을 속히 기름가마에 처넣어라!"

이같이 영을 내리면서 가마솥 가장자리에 돌러 서 있는 군졸들을 재촉하였다.

이때 항백이 급히 말리며 항우에게 간하였다.

"불가합니다! 한왕이 지금 폐하와 천하를 쟁탈하면서 태공이 구금된 지가 삼 년이나 되었지만 돌아보지 아니하는 것은 바로 천하를 중히 아는 까닭이옵니다. 지금 폐하께서 태공을 죽이신다 할지라도 그것은 진실로 승부와는 무관하옵니다. 도리어 천하 백성들이 폐하를 가리켜 다른 사람의 부친을 살해한 악인이라 욕이나 할 것이옵니다. 한군을 퇴각시킬 방법에는 얼마든지 더 좋은 방법이 있을 것이옵니다. 그러하오니 즉시 본진으로 돌아가시어 다시 계책을 세우시기 바라옵니다."

항백의 간언에 항우는 말없이 잠시 생각하였다.

"중부의 말이 옳소이다!"

태공은 이리하여 겨우 죽음을 면하였다. 그리고 항우는 군사들을 인솔해 자기 본진으로 돌아가 버렸다.

《 거짓으로 맺은 휴전 》

항우가 태공을 죽이지 않고 돌아가는 것을 본 한왕은 본진으로 돌아와 대성통곡하였다.
"아! 오늘은 무사하시었습니다만은 필경엔… 어찌하오리까! 아, 천하의 죄인이로다!"
항우로 하여금 태공을 죽이지 못하도록 꾸민 장량의 계책이 들어맞기는 하였다. 항우에게 태공을 삶아 죽이거든 국물이나 한 사발 보내라는 기막히게 놀라운 말까지 하였다. 그러나 이것이 모두 아들된 자로서는 도저히 입에 담을 수 없는 행동이라 자책감에 사로잡혀 그는 지금 엎드려 우는 것이었다.
이에 장량이 권하였다.
"지금 신이 생각하옵기는 대왕께오서는 변객을 항왕에게 보내어 화평하자고 하실 도리밖에 태공을 구출할 방도가 없사옵니다. 지금 초나라 군사들도 진중에 양식이 부족하고 군사들 또한 모두 피로하여 있는 때인 만큼 항왕이 반드시 화평에 응하고 태공을 환국시킬 것 같사옵니다."
장량이 이같이 한왕에게 아뢰자 선뜻 나서는 자가 있었다.
"신을 보내 주십시오. 신이 초 패왕에게 가서 잘 설득하여 태공과 일족을 환국하시도록 하겠습니다!"
장량과 진평이 깜짝 놀라 돌아보니 이 사람은 낙양 땅에 사는 후공

後公이었다.

"항왕은 천성이 강포하고 조급하고, 고집이 센 인물이라 만일 말 한 마디만 실수했다가는 그 자리에서 본인도 목숨을 잃을 것은 물론이요, 태공께서도 더욱 환국하시기 어려울 것이외다. 좀 더 깊이 생각해 보고 그 같은 말을 아뢰시기 바라오."

장량이 조심스럽게 후공에게 말했다. 후공은 어려서부터 호걸다운 사나이였다. 그는 한왕이 관중 지방을 수복하고 낙양에 들어왔을 때 동삼로董三老 노인들과 함께 한왕을 뵈었을 때 왕의 눈에 들었기 때문에 마침내 왕을 모시고 있게 된 사람이었다.

"말씀대로 항왕을 두려워하기만 한다면 태공께서는 언제 환국하시게 되고 또한 주상께서는 언제나 안심하시겠습니까? 그리고 저 같은 사람은 어느 때 나라를 위해서 일해 보겠습니까?"

반문하는 후공의 태도는 매우 늠름하여 믿음직스러웠다.

"그래! 후공이 스스로 자청하는 것을 보니 반드시 성공할 것으로 믿는다. 짐이 서찰을 써 줄 것이니 다녀오시오."

며칠 후 항우는 한왕으로부터 사신이 왔다는 보고를 받자 이것은 필시 한왕이 화평을 구하기 위해서 사신을 보낸 것이라 생각하고서 자기 처소의 좌우에 대장들을 도열하여 세우고 대장들의 뒤에는 힘이 센 무사들을 세우는 한편 자신도 칼을 차고 중앙에 좌정한 후에 후공을 불러들였다.

이어 후공이 들어왔다. 후공은 항우가 왕방울 같은 눈을 부릅뜨고서 호랑이처럼 중앙에 올라앉아 있는 것을 보고 그는 돌연 껄껄거리며 앙천대소했다. 그리고는 천천히 항우 앞으로 걸어갔다.

"너는 한왕의 사신으로 와서 짐을 보고 어찌하여 무례하게 조소를 한단 말이냐?"

항우가 화가 나 큰 소리로 호령했지만 후공은 여전히 여유만만한 태

도로 빙그레 웃었다.

"폐하는 만승천자, 만백성의 부모이옵니다. 그런 폐하께서 한낱 선비에 불과한 이 사람을 만남에 이같이 수많은 무사를 좌우에 도열시키고 또한 몸소 칼을 차시고 위엄을 과장하시니 이것이 당치 않은 일이 아니겠습니까? 위엄을 보이지 아니한다고 누가 감히 폐하를 경멸하겠사옵니까?"

항우는 후공의 말을 듣자 곧 노기를 풀고 자기 허리의 칼을 풀고 좌우에 도열시켰던 장수와 군사들까지 밖으로 내보내었다.

"너는 지금 무슨 연유로 찾아왔느냐?"

"한왕께서 한과 초 양국의 화평을 위해서 폐하께 서신을 올리라 하였사옵니다."

항우가 그 서신을 받아 보았다.

한왕은 초 패왕 휘하에 글을 올리노라. 내 듣건대 하늘이 임금을 세우는 것은 백성을 위함이라 하거늘 칼과 창 등 방패를 앞세워 매일 서로 다투어 천하에 하루도 편안한 날이 없으니 무엇으로 그 임금이 될 수 있으리요. 왕과 내가 싸우기를 삼년, 시체는 산같이 쌓이고 백골은 광야에 널리었소. 죽은 이의 부모된 자는 참을 수 없는 형편이라 내 이제 왕과 더불어 화평을 구하고자 하노니 홍구鴻溝 지방을 경계선으로 하여 홍구의 서쪽을 한의 땅으로, 홍구의 동쪽은 초나라의 땅으로 각각 정하고서 휴전하기를 바라오. 이리하면 두 사람이 부귀를 보전하고, 형제의 정을 지키고, 또한 회왕과의 약속을 저버리지 않게 되는 반면 백성과 군사가 모두 편안함을 얻는 것이 될 것이니 이 어찌 창생을 위하여 복됨이 아니리요. 왕은 깊이 통찰하기를 바라오.

항우는 한왕의 서찰을 읽고는 한왕의 제의에 합의키로 하였다.
"짐이 이 서신을 보니 도리에 합당한 말이다. 속히 사신을 보내어 화평을 체결하겠으니 너는 먼저 돌아가라. 짐은 명일 한왕과 직접 만나서 서약서를 교환하고 영구히 각각 강토를 보전하여 평화롭게 지내려 한다."
"폐하, 그럼 물러가옵니다."
진영으로 돌아온 후공은 즉시 한왕에게 항우의 말을 고하였다.
한왕은 크게 만족하였다.
그런 며칠 후 초나라의 사신이 왔다.
"명일 항왕과 내가 만나서 지난날 형제의 정을 회복하려다. 그러므로 피차 군대를 거느리지 말아야 할 것이오, 또 갑옷을 입지 말아야 할 것이며, 무기를 휴대하지 말아야 할 것이다. 그러니까 그대는 다시 후공과 동반하여 패왕께 돌아가서 명일 두 사람이 상견할 때는 반드시 태공과 나의 일가족을 전부 돌려보내는 것으로써 화목하겠다는 실증을 보이기 바란다고 아뢰어라."

한왕은 항우의 사신에게 이같이 일러 보냈다.

"지당한 분부이시옵니다. 이 사람은 후공과 함께 돌아가 패왕께 그대로 아뢰겠습니다."

그리하여 두 번째 후공이 나타나자 항우가 물었다.

"무슨 까닭으로 또 여기를 왔느냐?"

"한왕께서 폐하의 덕을 깊이 생각하시고 재차 신으로 하여금 이 뜻을 아뢰라 하시므로 왔사옵니다. 명일 폐하께서 한왕과 상견하실 때 피차 갑옷을 입지 않고 군대를 거느리지도 말고 다만 서로 조용히 형제의 정을 완전히 회복하십사 함이 한왕의 첫째 조건이옵니다. 둘째는 태공과 일족을 돌려보내 주시어 한왕으로 하여금 부자와 부부가 만날 수 있게 하여 주시는 것이옵니다. 이것이 인애의 극치이옵니다. 그것이 폐하께서 타인의 부친을 살해하지 않으셨으니 이는 효도를 넓히신 것이요, 타인의 처를 더럽히지 않으셨으니 이는 정결을 숭상하신 것이오니 오직 억류하였다가 모두 귀환시키심은 의를 명백히 하신 까닭이옵니다. 그런 즉 만일 더욱더 억류해 두시고 환국하지 못하게 하시오면 지금은 비록 화평을 이룬다 할지라도 후일에 반드시 그 때문에 변괴가 생길까 두려운 바이옵니다."

후공이 이같이 조리 있게 말하자 항우는 대단히 기뻐하였다.

"명일 짐은 태공과 여후를 물론 모두 돌려보내겠다. 너는 속히 돌아가서 한왕에게 이대로 전해라."

그는 후공이 혹시나 태공을 돌려보내지 아니할까 의심하는 것이 유쾌했던 모양이다. 그래서 그는 이렇게 분명하게 태공과 그 일족을 귀환시키겠다고 말하였지만 아직도 후공은 항우에게 뒤를 다짐하는 것이었다.

"신의 목숨은 오직 폐하의 일언에 걸려 있사옵니다. 지금 신이 돌아가서 폐하의 말씀대로 고하면 한왕께서는 폐하의 말씀을 금석맹약으로 믿으실 것인즉 만일 조금이라도 어긋나는 사태가 일어난다면 신의 목은 당장에 그 자리에서 없어질 것이옵니다."

"대장부의 말 한마디는 철에 새긴 글씨와 같은 것인데 어찌 거짓이 있겠느냐?"

후공은 기쁜 얼굴로 물러나와 한군 진영으로 돌아갔다.

후공이 물러간 뒤 계포와 종리매가 항우에게 간하였다.

"폐하께서 지금 한과 화평을 체결하신다 하오나 한왕이 만일 약속을 어기는 날이면 폐하께서는 어떻게 이것을 방비하시겠나이까? 부디 화평을 하지 마옵소서."

두 사람이 번갈아가며 이렇게 열성으로 화평을 반대했지만 항우는 그들의 말을 듣지 않았다.

"아니다! 짐이 태공 일족을 더 이상 오래 억류하여 두면 천하 제후가 짐을 가리켜 한을 격파할 수 없으니 태공을 볼모로 잡아 두고 있다고 말할 것이다. 그리고 짐을 경멸할 것이다. 더구나 지금 벌써 화평하기로 약속하여 후공을 돌려보낸 이상 또 화평하지 않겠노라고 한다는 것은 대장부의 언행이 아니다!"

곁에 있던 항백까지 동의하고 나섰다.

"진실로 그러하옵니다. …태공이 오랫동안 초나라에 있었으나 조금도 해를 받지 아니하였고 도리어 은혜를 베풀어 보양하여 왔으니 폐하의 덕은 이미 천하가 아는 바이옵니다. 이제 흔쾌히 석방하여 귀환시키면 한왕은 더욱 더 폐하의 성덕에 감명하고 두 번 다시 모반하지 못할 것이옵니다."

항백의 말을 듣자 항우는 한층 자신이 생겨 드디어 결심을 굳혔다.

이튿날 항우는 모든 부하들을 소집하여 갑옷을 벗고 평복으로 자기를 수행하라 한 후, 태공과 여후를 그 뒤에 따라오게 하여 초나라 진영과 한군 진영과의 중간 지점이 되는 홍구까지 나왔다.

한왕은 이때 벌써 문관과 무장을 좌우에 세우고 나와 항우를 기다리고 있었다.

항우가 한왕의 정면에서 삼십 간 가량 떨어진 곳에 말을 세우자 한왕의 문관이 미리 준비해 가지고 온 서약서를 비단보에 싸 가지고 있다가 그것을 항우에게 두 손으로 바쳤다.

항우는 한왕의 서약서를 받아 그것을 항백에게 주고 자기도 준비해온 서약서를 계포로 하여금 한왕에게 전달시켰다. 계포가 두 손으로 바치는 문서를 한왕이 받자 항우가 큰 소리 외쳤다.

"짐은 이제부터 대왕과 경계를 지키고 피차에 다툼이 없이 군사를 거두어 동쪽으로 돌아갈 것이오."

이렇게 말한 후 좌우를 보고 태공과 여후 등 한왕의 일족을 인도하라고 분부하였다. 삼 년간 볼모가 되어 적에게 구금되어 있던 한왕의 일가 친척이 하나씩하나씩 모두 인도되어 넘어오는 것을 보자 한왕은 내심 무한히 기뻤다.

그는 만면에 희색을 띠고 항우를 보며 말했다.

"태공께서 오랫동안 초나라에 계시었으나 지금 이토록 건강하신 모습으로 돌아오시니 이는 오로지 대왕의 은혜요. 이렇게 환국하심을 허락하시니 이는 죽은 사람을 살리고 뼈 위에 살을 입히시는 일이외다. 진심으로 감사하오."

항왕에게 겸손하게 예를 다하였다.

한왕이 이같이 진심에서 우러나오는 말과 예를 갖추어 감사하는 것을 보고 항왕도 만족하였다.

항왕은 본진으로 돌아온 그 날로 광무 땅으로부터 군사를 철수하여 팽성으로 돌아갔다.

한왕 역시 홍구에서 본진으로 돌아갔다.

이때 한신·영포·팽월 등 세 사람이 한왕 앞에 나와 각기 임지로 돌아가기를 청원하였다.

한왕도 이제는 전쟁이 끝났으니 모두들 자기 나라로 돌아가는 것이 좋겠다고 생각하여 허락하였다.

그리고 한왕 자신도 태공이 돌아가 있는 영양으로 가고자 했다. 그러자 장량이 만류하고 나섰다.

"불가하옵니다. 한의 모든 장수와 장병들이 수삼 년 동안 대왕을 모시고 천신만고한 것은 모두 동방의 고향에 돌아가 부모 처자와 고향 산천을 보고자 함이옵니다. 그런데 지금 초나라와 화평하시고 서쪽으로 돌아가신다면 그들은 마음이 흔들려 의욕이 없어질 것이고 이렇게 되면 모든 신하들은 고향이 그리워져 한 사람 한 사람 고향으로 도망할 것입니다. 그렇게 되면 그때 대왕께서는 누구와 더불어 천하를 지키시겠사옵니까?"

이런 연유를 들어 장량이 휴전서약을 파기하고 다시 군사 행동을 단행할 것을 간곡히 권고했으나 한왕은 듣지 않았다.

"그러나 서로 서약서를 교환하고 굳게 맹세했는데 만일 이것을 배반하면 천하에 신용을 잃을 것이 아니오?"

"아니옵니다. 작은 약속 때문에 대의를 잃어버린다는 것은 옳지 않습니다. 옛날의 탕湯과 무武가 천하를 가졌을 때 이것이 군신의 의리에만 구애되었던들 어떻게 걸桀과 주紂를 정벌할 수 있었겠사옵니까? 대왕께서도 홍구의 약속을 지키시고 이것에 구애되어 통일성업을 이루시지 못한다면 천하는 항우가 가져갈 것이 분명합니다. 이보다 더 공허한 일이 어디 있사옵니까."

장량이 이처럼 간하자 진평·육가·수하 세 사람도 이구동성으로

동의하고 나섰다.

"자방의 말씀이 과연 옳은 말씀이옵니다. 신 등이 오랫동안 온갖 고생을 겪어 가면서 대왕을 모시고 있었던 것도 오로지 대왕을 모시고 열국의 제후로 하여금 우러러보게 하여 신 등도 성조의 공신이라는 이름을 원하고자 함이었사옵니다. 원하옵건대 대왕께서는 자방의 말과 같이 속히 결심을 내리시옵소서."

한왕도 이렇게 여러 사람의 의사가 장량의 뜻과 일치하는 것을 보자 마음이 돌아서지 않을 수 없었다.

한왕은 급기야 장량의 의견대로 약속을 깨기로 결심했다. 한왕은 한신·영포·팽월 등에게 사신을 보내도록 명했다. 그리하여 이 날부터 한군 진영에서는 명목상은 휴전 중이지만 군대 동원으로 분주하기 시작하였다.

한편, 팽성으로 돌아온 항우는 막료 대장들을 모두 집에 돌아가 편히 쉬게 하였다. 그리고 자신도 삼 년 이상 전쟁하느라고 피로한 몸과 마음을 정양시키었다.

그는 날마다 누각에 올라가 사랑하는 우희를 데리고 술을 마시며 마음껏 즐겼다. 우희는 항우의 곁에서 비파를 뜯으며 고운 목소리로 노래를 불렀다.

"서로 싸우지 않는 것이 이렇게 편하구나…"

항우는 오랜만에 우희의 노래를 들으면서 이같이 만족하였다.

이렇게 평안한 세월을 보내고 있을 때 대장 주란이 올리는 표문이 도착하였다.

> 자고로 성제명왕聖帝明王은 편안한 때에 위태함을 잊지 아니하고 화평스러운 때에도 전쟁을 잊지 아니하셨으니 이는 경비하는 마음을 간직함이옵니다. 이제 한왕 유방이 비록 화평을 맹약하였사오나 그의 신하들 중에는 꾀가 많고 지혜가 뛰어난 인물들이 많사오니 언제 어떻게 형세가 바뀔지 추측기 어렵사옵니다. 폐하께서는 이에 긴장을 풀지 마시고 날마다 군사를 조련하시는 한편 학문을 넓히시고 무기를 확보하심이 옳은 줄 아옵니다.

항우는 표문을 읽고 나서 또 한번 읽고는 입맛을 쩍쩍 다셨다. 그는 한참 동안 생각에 잠기다가 표문을 가져온 근신을 보고 엄숙하게 분부했다.

"유방이 이미 화평을 맹약한 터이지만 뜻밖에 주란이 이 같은 표문을 올리니 이 말에도 일리가 있다. 어서 종리매를 불러라."

근신이 곧 종리매를 불러들였다.

"짐이 한왕과 화평을 서약하고 군사조련을 폐지하였더니 주란이 지금 표문을 올리고서 이것을 잘못하는 일이라 하였소. 주란의 의견에 일리가 있으니 전과 같이 항상 삼군을 조련시키고 있다가 어느 때고 한군을 방어하도록 하시오."

"지당하신 분부이옵니다."

종리매는 명령을 받고 물러났다. 그는 애초부터 화평 반대를 하던 터이라 지금 이 같은 명령을 내린 것을 내심 기쁘게 생각한 것이다. 이로부터 몇 달 후 영양으로부터 파발이 달려왔다.

"한왕이 약속을 깨고 사방의 군사를 다시 모으는 한편 대군을 고릉固陵에 주둔시키고 초와 승부를 겨누고자 하옵니다. 지난날 홍구에서 화평한 것은 다만 태공과 여후를 환국시키게 하려는 계책에 불과하옵니다."

항우는 한왕이 속인 것에 대해 노발대발했다.

"이놈, 유방이란 놈이 나를 이같이 업신여긴단 말이냐!"

"폐하, 잠시 고정하시옵소서. 파발의 정보를 아직 그대로 믿을 수만은 없사옵니다. 폐하께서 경솔히 출동하신다면 천하 사람들에게 폐하께서 먼저 약속을 깼다고 믿을 수 있사옵니다. 그러니 대왕께선 삼군을 정돈하시고 용의주도하게 대비하셨다가 적이 가까이 쳐들어오면 그때 비로소 그 죄를 천하에 선포하고서 정벌하시옵소서. 이리하면 명목이 떳떳하고 백성들이 믿고 따라올 것이옵니다."

"그래, 공의 말이 옳다!"

항우는 계속 한군의 동정을 정탐해 들이라 영을 내렸다. 한편, 한왕은 장량·진평 등과 작전을 의논하고 있었다.

"짐이 그대들의 충언대로 초나라를 정벌하기로 하였지만 홍구에서 화평을 약속한 후 한신·영포·팽월이 다 각기 제 임지로 돌아가 버렸고 그 후 다시 오라고 하였으나 속히 달려오지 아니할 것 같으니 병력이 부족한 것을 어찌하면 좋겠소?"

한왕이 두 사람을 보고 이렇게 물었다.

"대왕께서는 먼저 홍구의 약속을 깬다는 뜻의 서신을 항왕에게 보내신 다음 한신·영포·팽월에게 격문을 보내시옵소서. 전일 홍구에서 화평을 약속하고 휴전한 것은 태공과 일족의 환국을 위한 일시적인 것이었고, 지금 태공께서 돌아와 계시는 마당에 초적을 그대로 좌시할 수 없다 하시옵소서. 본래 휴전이라 함은 잠시 전쟁을 쉰다는 뜻이지 영구히 화평을 하자는 뜻이 아니옵니다. 그러니까 한신·영포·팽월 등에게 속히 군사를 인솔하여 항왕을 격멸하라 이르면 이번에야말로 한번 전쟁에 흥망을 결정지을 것이옵니다."

장량이 먼저 이같이 아뢰었다.

한왕은 즉시 장량의 말대로 항우에게 편지를 써서 육가를 통해 보냈다. 육가는 이틀 만에 팽성에 도착하였다.

보고를 받은 항우가 육가를 불러들였다.

"네가 무슨 일로 짐에게 왔느냐?"

육가는 항우 앞에 서서 공손히 대답하였다.

"전일 한왕이 폐하를 기만하고 거짓으로 화평을 서약하여 태공을 환국케 하였사옵니다. 그 후로 한 달도 못 되었지만 한왕은 본심을 드러내어 홍구의 약속을 파기하여 여러 신하의 간언을 뿌리치고 군사를 고릉에 모으며 폐하와 더불어 결전하려고 신으로 하여금 전서를 폐하께 올리라 하옵니다. 신이 폐하의 천위를 두려워하지 아니함이 아니오나 한왕의 명령인지라 부득이 이같이 서신을 가지고 와서 폐하께 실정을 상주하옵니다."

항우는 급히 육가가 가지고 온 전서를 펴 보았다.

한왕 유방은 초 패왕 휘하에 글을 보내노라. 전일 태공과 여후가 초나

라에 억류되어 비록 보양은 잘하였다 할지나 오래도록 환국하지 못했을 뿐만 아니라 전장의 진두에서 도마에 올려놓아 나로 하여금 분노에 떨게 하기를 한두 번이 아니었으니 내 어찌 이를 보고 그대로 있을 수 있으랴. 그런 연유로 홍구를 경계로 하여 화평을 서약하였으나 이는 태공과 여후를 환국시키게 함에 불과하였다. 무릇 자식된 자로서 어버이를 위하여는 못 할 것이 어디 있겠는가. 지금 태공과 여후가 안전하므로 다시 왕과 더불어 고릉 땅에서 결전을 단행코자 하는 터이니 왕은 나를 너무 두려워하지 말고 속히 군사를 거느리고 나와 나의 뜻을 어기지 말라.

전서를 다 읽은 항우는 한왕의 편지를 갈기갈기 찢어 내던지며 성난 목소리로 호령하였다.

"이놈! 짐은 이미 네놈이 약속을 배반하리라는 것을 짐작하고 있었다. 사자는 돌아가 유방으로 하여금 목을 깨끗이 닦고 짐의 칼을 기다리라 일러라. 짐이 이번에는 기어이 죽이겠다!"

"폐하께서 말씀하신 대로 돌아가 한왕에게 고하겠습니다."

육가는 한왕에게 돌아가 항우의 말을 자세히 보고했다.

"신이 생각하옵건대 항왕은 수일 내로 대군을 이끌고 공격할 것 같사옵니다. 그러하오니 속히 한신·영포·팽월에게 재촉하는 사신을 보내시옵소서."

이같이 자기 의견을 피력하였다.

한왕은 그의 보고를 듣자 후회하였다.

'잘못했다! 한신과 영포가 도착한 뒤에 전서를 보낼 것을…'

한왕은 후회하면서 장량과 진평을 불렀다.

"일이 이렇게 되었으니 항왕이 곧 침공해 올 것인데 한신은 아직 도착하지 못하였으니 짐이 이것을 어떻게 방비해야 좋겠소?"

"과히 심려하시지 마옵소서. 우선 여러 대장들로 하여금 방비하라 하시고 급히 파발을 한신과 영포, 팽월에게 보내시고 때를 기다리시기 바랍니다."

한편 항우는 이미 정병 삼십만을 거느리고 서주로부터 출발하여 고릉으로 진격 중이었다.

《 제후들의 출전 》

항왕은 고릉에서 삼십여 리 떨어진 곳에 진을 쳤다. 휴전 약속을 어기고 결전을 하겠다는 편지는 한왕이 먼저 보냈지만 실제로 군사를 거느리고 와서 휴전을 위약한 사람은 항왕이었다.

항왕은 살기등등하여 반드시 한왕을 죽여 버리고야 말겠다는 집념에 불타고 있었다.

한왕은 초나라 군사가 삼십 리 밖에 와서 진을 치고 있다는 보고를 받자 즉시 참모들을 소집하여 회의를 열었다.

"지금 초나라의 인마가 당도하여 그 형세가 매우 강성할 것이니 우리 아군을 움직이지 말고 적의 형세가 한숨 잦아든 후에 나아가서 공격하는 것이 어떨까 하오."

한왕은 먼저 자기 의견을 말하였다.

"옳은 계책이옵니다. 사방에 있는 군사들로 하여금 긴밀히 연락을 하게 하시고 성 바깥을 비추는 봉화불을 될수록 많이 세우도록 하신 후 잠시 적의 동정을 살피게 하심이 좋을까 합니다."

진평이 이같이 한왕의 주장에 찬성하였다. 다른 신하들도 모두 그같이 하는 것이 옳다고 건의하였다.

이후 이런 대치 상태로 열흘이 지났다. 그러자 항왕은 슬그머니 조바심이 났다.

'웬일일까! 싸워 보자던 놈이 그림자도 비치지 않으니 무슨 까닭일까?"

항왕도 참모들과 회의를 열었다.

"한왕이 먼저 전서를 보내 놓고는 이제 와서 도리어 성문을 굳게 닫고 나오지 아니하는 것은 무슨 까닭이오?"

"이는 아군의 사기가 떨어지기를 기다려서 작전을 하려는 것으로 추측되옵니다."

이 말을 듣고 주란이 반대 의견을 내었다.

"그렇지 않사옵니다. 신의 소견은 두 장군과는 반대이옵니다. 한왕은 지금 한신의 군사가 아직 도착되지 않고 성 안의 적은 병력으로는 방비할 수 없으니까 성 안에서 나오지 못하고 있는 것이옵니다. 그러하오니 폐하께서는 명일 즉시 공략하시옵소서."

주란의 주장을 듣고 항우는 결심하였다.

"그렇다, 경의 말이 옳다!"

이튿날 항우는 각 부대를 동원하여 기세 좋게 한군을 침공하기 시작하였다. 그러자 한군 진영에서 성문을 열고 왕릉과 번쾌·관영·노관 네 장수가 쏜살같이 내달아 나왔다.

그 뒤를 이어서 한군 진영에서 근흡과 주창·고기·여마통 등 십여 명의 장수가 또 일제히 쏟아져 나왔다.

초나라 진영에서도 뒤질세라 계포·종리매·환초·우자기 등 여러 장수가 달려나왔다. 이리하여 두 나라의 군사들은 서로 꽹가리를 두들기며 고함을 지르면서 싸우기를 해가 지도록 계속하였다.

한왕은 멀찍이 떨어진 진영에서 바라보다가 불리하다 싶자 북을 울려 군사를 거두어 성 안으로 들어가서 사방의 성문을 더욱 굳게 닫아 버리고 말았다.

한왕은 성중에 돌아와 막료들과 마주앉았다.

"오늘 보니 초의 형세가 강대하오. 더욱이 이 성은 부실해 오랫동안 방어하기가 힘들 것이오. 무슨 계책이 없겠소?"

"신이 생각하옵기는 초나라 군사는 오늘 하루종일 싸움으로 피로했을 것이므로 밤의 방비가 허술할 것으로 생각하옵니다. 하오니 대왕께서는 오늘밤 고릉을 떠나시어 성고로 들어가시옵소서. 항왕은 반드시 멀리 추격해 오지 못할 것입니다."

장량이 이같이 아뢰자 진평도 이에 찬동하였다.

한왕은 드디어 두 사람의 말에 따라 급히 삼군에 퇴각명령을 내리었다. 그리고 성 위에 높이 세운 사닥다리 위로 올라가서 적진의 형세를 정탐하라고 명했다.

곧 보고가 올라왔다. 북문 밖에 있는 적진의 병력이 극히 적은 수라는 보고였다.

"그러면 북문으로 대군이 나가도록 하라."

이리하여 한왕은 마침내 한 사람의 피해자도 내지 않고 무사히 전군이 북문을 통과하였다. 한군은 흡사 바람처럼 고릉성을 빠져 나갔던 것이다.

며칠 후에 한왕은 무사히 성고에 입성하였다.

항우는 한왕이 성을 빠져 나가던 날 밤, 한군의 복병이 있을 것을 경계하여 추격하지 않고 이튿날 막료 대장들을 거느리고 한왕을 추격하기 시작했다.

"너희들은 일각을 지체하지 말고 반드시 유방을 추격하여 사로잡아야 한다!"

항우는 성화같이 독촉하면서 한왕의 뒤를 추격하였다. 그러나 한왕은 이미 성고에 입성하고 사대문을 굳게 닫고 있는 뒤였다.

이틀 밤낮을 항우가 맹렬히 공격하자 마침내 성고도 점점 위태로운 지경에 이르렀다. 이제 며칠 동안만 더 맹렬히 공격하면 성은 함락될 것 같았다.

이때 계포와 종리매가 항왕에게 아뢰었다.

"지금 진중에 군량미가 하루 분밖에 남지 아니하였습니다. 그동안 축적해 두었던 여러 곳의 군량미 창고가 화재로 인하여 모조리 타버리고 없어졌다 하옵니다. 그것은 한군의 장창과 장도가 군사를 끌고 들어와서 소각시켰다 하옵니다. 또한 한신이 대군을 거느리고 성고를 도우려고 벌써 출동했다는 정보도 들어왔사옵니다."

항우는 대경실색하여 소리쳤다.

"그래? 유주에 있던 놈들은 대체 무엇을 하고 있었단 말이냐?"

계포와 종리매는 그 말에 아무 대답도 못했다.

"만일 한신이 아군을 포위하여 공격하고 또 한왕이 성에서 나와 안팎으로 협공한다면 아군은 진퇴양난이 아니옵니까?"

항우는 입을 꽉 다물고 한동안 생각에 잠겼다.

"항상 군량미 수송이 충족하지 못해 근심이었는데 또 축적미마저 모두 소진되었다면 사태는 위급하다! 속히 퇴각해야겠다!"

이렇게 하여 반나절 동안 만에 대군을 인솔하여 퇴각하고 말았다.

한왕은 막료들의 보고를 받고 친히 성 위에 올라가 초나라 군사들이 퇴각하는 광경을 멀리 바라보고 기뻐하였다.

"과연 장자방의 계책대로 들어맞았구나!"

그러나 항우가 퇴각한 지 며칠이 지나도 한신과 영포·팽월 세 사람에게서는 아무런 동정이 보이지 않자 한왕은 마음이 무거워졌다.

한왕은 다시 장량과 진평을 불러 답답함을 호소했다.

"한신과 영포, 팽월에게서 아무 소식이 없으니 무슨 까닭이오?"

사실은 한왕이 고릉에서 패왕에게 전서를 보낼 때 이들에게도 격문을 보냈으니까 그들은 한왕과 항우가 다시 싸운다는 사실을 알기는 벌써 보름 전일 것이다. 그러나 보름이 지나도 아무 동정도 보이지 않는 것은 한왕의 마음을 괴롭게 하기에 충분하였다.

장량이 의견을 말했다.

"신이 생각하옵기는 한신을 왕작에 봉하였다 하지만 아직 토지를 떼어 주지 않았고, 팽월은 누차 대공을 세웠으되 아직 봉작조차 하교하시지 아니하셨고, 영포 또한 초를 버리고 한에 왔으나 아직껏 아무런 봉작의 처분이 없으니까 그러한 것 같사옵니다. 대왕께서 즉시 그들에게 토지를 주어 각각 군·읍을 장악하게 하시면 그들은 대왕께서 부르시지 않더라도 달려와서 진충보국할 것이옵니다. 대왕께서 먼저 이들에게 많은 것을 하사하시고 후에 그들에게 진충보국할 것을 바라시옵소서."

장량의 말을 듣고 한왕은 벌떡 자리에서 일어섰다.

"과연 내 폐부를 찌르는 말씀이외다! 이제 짐이 한신을 삼제왕三齊

王, 영포를 회남왕淮南王, 팽월을 대량왕大梁王에 봉하고 각기 그 나라의 토산물과 미곡과 금은, 주단 등을 전부 그들의 소유물로 인정하여 주겠소이다. 각각 인부印符를 전하여 주고 격문도 전해 주시기 바라오."

이튿날 장량은 세 나라의 인부를 가지고 출발하여 수일 후에 다시 제나라에 도착하였다. 한신은 장량이 도착하였다는 보고를 받고 급히 나아가 맞아들인 후 편전으로 모시어 상객의 자리에 좌정하게 하였으나 장량은 이것을 극구 사양했다.

"지금 원수는 큰 나라의 임금으로서 국내의 칠십여 성을 다스리고 계시니 전날과는 같지 않습니다. 내 어찌 주인의 자리에 앉을 수 있습니까?"

한신은 웃으면서 겸손하게 말했다.

"천만의 말씀이십니다. 장자방의 공이 아니었다면 내 어찌 오늘날 이같이 되었겠습니까! 항차 선생은 한왕의 군사軍師, 나 역시 스승님으로 모시는 예를 베풀지라도 아직 부족하겠거늘 어찌 왕의 지위라 격상하시옵니까."

이렇게 말하고 굳이 장량을 상석에 앉히었다.

"한왕께서 지금 이 사람을 사신으로 하여 원수를 삼제왕三齊王에 봉하시고 이 나라의 칠십여 성을 모두 원수에게 양여하시었소. 원수는 삼제왕의 인부를 새로 받아 주십시오."

한신은 급히 자리에서 일어서서 두 번 절하고 한왕의 은혜에 감사의 뜻을 표한 후 인부를 받았다.

두 사람은 서로 치하하며 잔을 기울였다. 그리고 나서 장량은 또 한왕의 격문을 꺼내 한신에게 주었다.

"지금 초 패왕은 형세가 고립되어 있고 힘이 약해졌습니다. 이 까닭에 주상께서는 홍구의 약속을 어기고 다시 초나라와 전쟁을 시작하시었고, 이 사람도 계책을 써서 초나라에 축적된 군량미를 소각시키었더니 패왕이 견디지 못하고 팽성으로 퇴각해 버렸습니다. 이때 원수가 속히 군사를 휘동하여 초나라를 징벌한다면 한나라가 천하 통일은 두말할 여지가 없습니다. 이렇게 되면 원수는 개국원훈開國元勳이 될 것입니다. 만일 한과 초, 두 나라가 서로 다투고 형세 미정으로 지낸다면 원수가 제나라 땅에 있을지라도 두 틈에 끼어서 하루도 편할 날이 없을 것입니다. 원수는 형세를 통찰하시고 속히 출정하십시오."

한신은 한왕의 격문을 받고 입을 열었다.

"전일 광무산에서 초적을 멸망시킬 수 있었는데 주상께서는 태공이 초나라에 억류된 것만 심려하시어 일단 화평을 약속하고 천하를 양분하신 것이 아닙니까? 그리고서 홍구를 경계선으로 하여 서쪽을 한나라 땅으로, 동쪽을 초패왕 땅으로 분할해 버리고, 이 사람에게는 토지를 분여하지 아니하였으니 내 심사가 좋을 수 있습니까! 그동안 두 번이나 나를 부르시었지만 군사를 거느리고 나가지 아니하였던 것입니다. 그런데 지금 자방의 말씀을 들으니 진실로 이 사람이 잘못 생각한 듯합니다. 이미 한왕께 대은을 입은 몸이니 속히 초나라를 멸망시키고 한의 통일을 이루어야 하겠습니다!"

장량은 급히 자리에서 일어나 한신에게 예를 올렸다.

"크게 염려 마십시오. 내가 속히 대군을 이끌고 곧 성고로 들어가겠습니다. 군사께서는 속히 영포와 팽월에게 가시어 이 뜻을 말씀하여 주십시오."

장량은 한신과 작별하고 제나라를 떠나 회남 땅으로 갔다.

며칠 뒤 영포도 장량을 맞아들였다.

장량은 영포에게 회남왕의 인부와 한왕의 조서를 내 놓았다.

"한왕께서 장군을 회남왕에 봉하시고 구강九江으로부터 이남 지방의 각 군현을 모두 장군에게 양도하셨습니다."

영포는 서쪽을 향해 공손히 예를 올리고 한왕의 은혜에 감사하기를 잊지 않았다.

장량이 또 입을 열었다.

"이제부터 장군께선 회남왕이 되시었습니다. 그러나 초 패왕이 아직도 멸망하지 않고 있으니 장군의 심정도 편안하시지 못할 것입니다. 사실 초 패왕은 장군의 큰 원수가 아닙니까. 지금 한신 원수가 군사를 휘동하여 성고로 떠났습니다. 장군도 속히 초적을 멸망시켜 대공을 세운 후 부귀를 누리십시오."

"그렇고말고요! 내일 즉시 출동하겠습니다."

영포도 흔쾌하게 대답했다.

영포와 작별한 장량은 다시 팽월을 찾아갔다.

장량은 대량왕의 인부와 한왕의 조서를 꺼내어 팽월에게 주었다.

"한왕께서 장군을 대량왕으로 봉하시었소. 이것은 장군이 한나라를 위해 대공을 세우신 까닭으로 당연히 내리셔야 할 것이었는데, 시기가 조금 지연된 것이라고 주상께서 말씀하시었습니다."

팽월은 장량으로부터 인부와 조서를 받아 공손히 탁자 위에 놓고는 향을 피우고 나서 한왕의 조서를 두 손으로 받들어 읽었다.

토지를 분할하여 나라를 세우고 백성을 다스려 그 임금을 섬기게 하는 것은 이는 자고로 천하를 다스리는 법인지라 짐이 이제 그대를 대량왕에 봉하노니 대량 지방의 오십 군郡은 이제부터 그대가 통치할 것이로다. 그대 그동안 누차 화살과 철포를 무릅쓰면서도 초나라의 군량미 수송 도로를 단절하므로써 한나라를 위하여 세운 바 공이 지대하니 이제 왕작의 높은 지위와 후한 녹으로써 대우하노니 이것을 자손에게 전할지어다. 그리고 자손 만대에 이르도록 깊이 깊이 새기어 잊어버리지 않도록 하여 처음에 가졌던 마음을 변치 말지어다.

팽월은 한왕의 조서를 보고 나서 재배하였다.

그는 몹시 기뻐했다. 그는 자기가 대량 지방 오십 군의 임금이 정식으로 된 것을 진심으로 만족하게 생각하였다.

"이제 주상께옵서 장군에게 은상을 베푸시었으니 장군도 본부의 인마를 인솔하시고 속히 성고로 출진하시어 한신 원수와 함께 초나라를 멸망시키기 바랍니다. 지금 이때를 지체하여서는 아니될 것 같습니다."

"염려 마십시오. 곧 성고로 출동하겠습니다."

팽월도 역시 단호하게 약속하였다.

이때에 한신은 삼제왕에 즉위하고 나서 한왕의 격문을 여러 고을에 반포하여 거리 거리에 방문을 붙이고 십오만 명의 장정을 새로 소집하여 수일 안에 성고를 향해 출동하려고 준비 중이었다.

이 소식을 들은 괴철이 한신이 있는 궁전으로 찾아왔다. 그는 일찍이 한신이 제나라를 징벌하였을 때 한신에게 권하여 한왕으로부터 제왕의 왕위를 가져오게 하였고, 다음엔 한신으로 하여금 한왕을 배반케 하려다가 뜻대로 되지 않자 일부러 미친 척하면서 지내온 사람이다.

이 사람이 지금 한신이 한왕을 도와 성고로 출동한다는 소문을 듣고 찾아온 것이다.

한신이 반갑게 괴철을 맞아들인 뒤 한신이 먼저 입을 열었다.

"선생의 고견을 듣고도 차마 그럴 수 없었소이다. 그 후로 선생은 내 곁을 떠나서 오랫동안 만나지 못했었는데 오늘 뜻밖에 이같이 찾아오시니 필시 고견이 있을 것입니다. 들려 주시기 바랍니다."

"대왕께서 지금 목전에 화근을 당하고 계신 것을 그냥 보고만 있을 수가 없어서 찾아왔습니다."

"내가 목전에 화근을 당하고 있다고요?"

한신은 뜻밖의 말을 듣자 다급하게 물었다.

"한왕이 고릉 땅에서 포위당한 채 위태한 때에 두세 차례 구원을 청하였으나 대왕이 나아가 구원하지 아니하자, 한왕은 마지못해서 지금 대왕을 삼제왕에 봉한 것입니다. 그것은 대왕의 대공훈이 있는 것을 생각한 것이 아니고 대왕에게 낚싯밥을 던지어 대왕으로 하여금 스스로 군사를 대동하여 초를 멸하게 한 다음 한의 통일을 완성하자는…. 그 같은 목적에 지나지 아니합니다. 이같이 하여 천하가 통일되면 그 후에는 대왕이 스스로 제왕이 되겠다고 자원한 것과 또는 영양·성고·고릉에서 한왕이 위급했을 때 구원하지 아니했다는 죄목으로 한왕은 반드시 대왕을 죽이려 할 것입니다."

"그럴 수가 있나!"

괴철은 간곡하게 거듭 말했다.

"대왕께서 지금 이 사람의 말을 허술히 듣고 계시지만, 오늘날 한과 초 두 나라가 아직 형세 미정으로 있을 때, 천하를 삼분하여 가지고 계시는 것이 영구히 무사할 것인가 아닌가를 판단하여 보시기 바랍니다. 만일 이 사람의 말을 외면하시고 초를 멸하신다면 반드시 큰 화근이 생겨날 것입니다."

그러나 한신은 끝내 괴철의 권유를 받아들이지 않았다.

괴철은 한신이 자기의 권유를 뿌리치자 또다시 미친 사람을 빙자하여 노래를 부르면서 거렁뱅이 생활을 하고 다녔다.

"초나라 있으니 그대 무거우나 항우가 망하면 그대도 소용없으리. 위기를 당해서 그제야 후회하나 때는 이미 늦음이라. 물 속에 든 고기는 한번 손쓰면 움켜잡으련만 아까울싸 내 말을 그대는 어이 아니 듣는가. 내 노래를 그대는 듣는가, 그대 듣지 않는다면 내 노래를 강물에 띄우네."

괴철은 이 같은 노래를 지어 부르면서 저잣거리로 돌아다녔다.

한신도 이런 소문은 들었으나 괴철이 일부러 미친 척하고 다니는 것쯤 문제를 삼지 않고 삼군의 출동 준비를 마친 후 즉시 떠나 며칠 후 성고에 도착하였다.

이어 영포와 팽월도 회남 지방과 대량 지방의 군사를 휘몰아 성고로 들어오고 그 외에 여러 지방의 제후들도 모여들어 성고로부터 영양까지 팔백 리 사이는 온통 한군의 부대로 뒤덮여 버렸다. 한왕은 여러 지방의 군사가 이같이 새까맣게 모여드는 것을 보고 대단히 기뻐하면서 대원수의 인장을 한신에게 주고 여러 지방의 삼군은 모두 한신의 명령을 따르도록 명령을 내리었다.

한신은 대원수의 조직을 받들어 각처에서 온 군사를 점검하기 시작하였다. 한신은 점검하기를 마치고 이것을 자세히 기록하여 책을 만들어 한왕에게 바쳤다.

한왕은 그 책을 받고 대단히 기뻐했다. 그는 내용을 훑어본 뒤에 소하·진평·하후영을 불러 명하였다.

"이제 경들은 군량 수송을 책임 맡아 삼군을 배부르게 하고, 병자에게는 의약을 주어 속히 치료하도록 하고, 죽는 자가 있거든 관을 만들어 주어 후히 장사 지내게 하오."

세 사람은 왕의 명령을 받고 물러갔다.

이 날부터 성고로부터 영양까지 팔백 리 사이의 이백여 곳에 진을 치고 있는 한군의 사기는 더욱 하늘을 찌를 듯하였다.

각 제후들이 몰려든 며칠 후 한왕은 한신을 불렀다.

"지금 군사들의 출동 준비가 다 된 것 같은데 원수는 어떠한 계책을 생각하고 있소?"

"이제야 겨우 인마의 조련이 끝났사옵니다. 신이 명일 모든 대장들에게 각기 위치를 배정하여 주어 그들이 각각 자유롭게 된 후에 어가를 모시고 출발할까 합니다."

한신은 이같이 보고하였다.

"그러면 지금 패왕에게 전서를 보내면 항우가 반드시 쳐들어올 것이니 우리는 가만히 앉아 있다가 그때를 기다려 초적을 맞아 격멸하면 대승할 수 있을 것이 아니오?"

한왕은 이렇게 의견을 내었다.

"불가하옵니다. 한왕이 번번이 실패한 것은 군량미가 원활히 수송되지 못한 까닭이었습니다. 지금 천하 제후를 이곳에 모아 놓고 전서를 보낸다고 해서 항왕이 섣불리 달려오지는 아니합니다. 주상께서 친히 팽성 가까이 가시어서 항왕의 분을 돋우셔야 그제야 참을 수 없어서 뛰쳐나올 것이옵니다. 그때 신이 대군으로 포위하여 버리면 항왕이 어찌 살아날 수 있겠사옵니까? 그렇게 하심이 좋은 방책인가

하옵니다."

"과연 원수의 계책이 합당하오!"

한왕은 소와 양과 술을 한신에게 내리었다. 한신은 이 같은 하사품을 각 부대에 골고루 분배한 다음 각군의 대장들을 소집하여 크게 잔치를 열었다.

모두들 신명이 나서 좋아하였다.

한편 초나라 첩자들은 초 패왕 항우에게 돌아가서 성고와 영양 사이 팔백 리에 걸쳐 백만의 한군 부대가 이백여 곳에 진을 치고 있다는 사실을 알렸다.

또한 밤에는 횃불이 백야와 같고 낮에는 기치가 삼엄해서 일광이 무색하여 전일의 한군과 같지 않을 뿐더러 진류陳留와 고창에서 군량미가 주야로 수송되어 오고 한신은 매일 군사 훈련에 진력하여 불일간 양무 지방의 큰길로 해서 서주로 들어와 가지고 폐하와 더불어 자웅을 결판지으려 한다는 자세한 보고까지 올렸다.

"아아!"

그는 한마디 부르짖더니 탁자 위에 엎드려 큰 소리로 통곡하기 시작했다. 이렇게 한참 울던 항우가 눈물을 씻고 말했다.

"범증 범아부가 전일 짐에게 유방을 일찍 제거하라 한 것을 듣지 않고 설마 하고 그대로 두었소. 이제 한왕이 백만 대군을 동원하여 불일간 이리로 공격해 온다 하니 짐이 지금 삼십 만도 못 되는 군사를 가지고 어떻게 이 적을 대항한단 말이오! 아아, 슬프다! 아아 아깝다. 범아부의 죽음이…."

항우가 다시 통곡하자 여러 장수들이 항우를 위로하였다.

"폐하! 강동은 옛날 폐하께서 군사를 일으켰던 땅으로 오랫동안 인심이 폐하께 추종하는 지방이옵니다. 속히 파발을 보내시어 장정을 소집하오면 수만 명의 군사를 모으실 것이옵니다. 지금 주은周殷이 서륙

을 지키면서 그곳에도 수만 명의 군사가 주둔하고 있사옵니다."

이같이 항왕의 심정을 위로하였다. 항왕은 그들의 말을 듣다가 단호하게 말했다.

"주은이 서륙 땅에 있으면서 영포와 사이가 좋았는데 영포가 이미 한왕에게 항복하였으니 주은이 어찌 제가 홀로 남아 있겠는가? 주은을 불러와 그놈이 들어오거든 즉시 죽여 없애라! 우선 눈앞의 화근을 제거해야겠다!"

항우는 금시 평상시와 같이 힘있는 어조로 명했다.

"지당하신 말씀이외다."

항백은 항우의 말을 듣자 탄복하고 즉시 주은에게 보내는 격문을 써가지고 이령李零을 보냈다.

"그대가 이것을 주은에게 갖다 주고 속히 데려오라!"

그런 후 항우를 위시하여 여러 신하들이 모두 기분을 안정시키고 이령이 돌아오기만 기다렸다. 그러나 며칠 후 이령이 혼자 돌아왔다. 그의 말에 의하면 주은이 서륙 땅을 떠날 수 없다 하며 초나라를 배반하려는 기색이 농후하고 돌아오는 길에 희계 땅에 들러서 태수의 직에 있는 오단吳丹에게 초패왕의 격문을 전하였더니 오단은 희계에서 팔만 명의 군사를 소집하여 불일간 출동하겠다고 하는 보고였다.

"주은 따위는 문제도 안 된다! 속히 한왕을 치도록 하자!"

이렇게 서둘러 군사를 모은 항우의 군사는 도합 오십만 명에 달하였다. 한편 한신은 구리산의 지리를 세밀하게 조사하여 한눈에 알아볼 수 있는 지도를 만들었다.

한신은 지도를 펴 놓고 즉시 광무군 이좌거李左車를 찾았다.

"이 지도를 보시오. 왼쪽으로 험준한 산악이 뻗어 있고 오른쪽에 강물과 연못이 있으니 천하에 둘도 없는 전장터입니다."

"대장들을 이곳에 매복시켰다가 적을 치려고 하는데 어떤 계책으로

항왕을 꾀어 나오게 할 수 있을지요."

한신의 물음에 이좌거가 대답하였다.

"항왕한테는 항백과 종리매가 있어 우리의 계책에 빠지지 않을 것입니다. 한 장수가 거짓으로 적에게 항복하고 들어가서 교묘한 말로써 항왕의 마음을 현혹시킨 뒤에 끌어내야 합니다. 항왕은 본디 지혜가 없어 아첨 받기를 좋아하는 위인이니까 잘만 꾀어 낸다면 얼씨구나 하고 쫓아나올 것입니다. 그리하여 만일 항왕이 구리산까지 쫓아나오기만 한다면 그때엔 원수의 함정에 빠져 초나라는 그 순간에 망하고 말 것입니다."

한신은 고개를 끄떡이었다.

"그렇습니다. 하지만 선생이 아니고서는 감당할 만한 사람이 없습니다. 선생은 본디 조나라의 신하였으니까 항왕을 만나 말씀을 잘하시면 항왕이 반드시 속아넘어갈 것입니다. 이렇게 되면 초나라를 멸망시킨 공훈은 완전히 선생의 공훈이 될 것입니다."

이좌거도 기뻐하였다.

"감사합니다. 이 사람이 오랫동안 원수의 말씀대로 공을 세워 보겠으니 원수께서는 속히 만반의 준비를 다하시기 바랍니다."

이좌거는 처소로 돌아가면서 조나라로부터 데리고 온 하인 중 두 사람만 데리고 그 날로 떠났다.

며칠 후에 팽성에 도착한 이좌거는 객주에서 하룻밤을 지낸 후에 이튿날 대사마大司馬의 공청으로 항백을 찾아갔다.

항백은 공청에 앉아 있다가 이좌거가 찾아왔다는 보고를 받자 깜짝 놀랐다.

'웬일일까? 이좌거는 본디 조나라의 모사였는데…. 반드시 무슨 곡절이 있을 것이다.'

이좌거가 인사를 마치자 항백이 물었다.

"선생은 본디 조나라의 신하였고 최근에는 제나라에서 한신의 손님으로 있다는 말을 들었는데 어찌 이 사람을 찾아오셨소?"

항백의 질문에 이좌거가 입을 열었다.

"장군께서 괴이하게 생각하시는 것도 무리가 아닙니다. 전일 조왕은 이 사람의 간언을 듣지 않고 진여陳餘에게 속아 망했습니다. 이 사람은 몸 둘 곳이 없어서 한신의 휘하에 있게 되었습니다. 그러나 한신이 제왕이 된 후로는 아주 딴판으로 오만하기 짝이 없고 만사를 독단으로 처결하며 수하 어느 누구의 말도 듣지 않자 부하들 가운데서는 벌써 절반 가량이나 한신을 떠나 도망쳐 버리었습니다. 지금 다행히 초 패왕 폐하께옵서 한과 전쟁을 하고 계시니 이 사람이 비록 재주가 부족합니다마는 휘하에 받아 주신다면 폐하를 위해서 견마의 노를 아끼지 않겠습니다. 한신의 계교는 이 사람이 전부 추측하여 알고 있습니다."

이 말을 듣자 항백은 쉽게 신용하지 않았다.

"지금 초나라와 한이 서로 싸우는 때 피차 누구를 믿겠소?"

이좌거는 항백의 말을 듣자 정색하였다.

"이 사람은 일개 유생에 불과합니다. 항상 장군 곁에서 계책을 말씀드려 그 계책을 쓰고 안 쓰는 것은 장군께 달려 있습니다. 더구나 초나라의 내정을 정탐하는 일이라면 한신이 자기 부하 첩자를 시켜서 항상 정탐하고 있는데 어찌해서 나 같은 사람을 시켜서 정탐시키겠습니까?"

이런 과정을 거쳐 항백은 이튿날 이좌거를 데리고 조정에 들어갔다. 그는 먼저 항우 앞에 가서 이좌거가 항복하여 온 사실을 보고하였다.

"사실은 짐의 곁에 모사가 한 사람 필요했는데 마침 잘 되었소. 어서 불러들이시오."

항우는 만족한 표정이었다.

"짐이 그 전부터 광무군의 명성만은 알고 있었소. 이렇게 우연히 찾아오게 되었으니 이제는 짐의 소망이 이루어졌소."

항우는 매우 기뻐하였다.

"신이 조나라에 있을 때 조왕이 신을 쓰지 않았고 그 후 한신의 모사가 되었사오나 한신 역시 쓰지 않으므로 몸 둘 곳이 없어서 폐하께 찾아온 것이옵니다. 진실로 어린아이가 부모를 사모하는 것 같이 폐하를 모시고 싶었사오니 폐하께서 신을 버리지 아니하신다면 신은 폐하를 위해서 목숨을 바쳐도 여한이 없겠사옵니다."

이좌거는 진심인 척 아뢰었다.

이렇게 하여 이날부터 이좌거는 항우의 휘하 모사가 되었다.

이때 한왕은 한신이 오래도록 군마를 훈련시키고 출동준비를 하였지만 서둘러 출동하지 않자 답답증이 생겼다. 한왕은 한신을 불러 따지듯 물었다.

"대군을 조련한 지가 벌써 오래되었는데 이렇게 오래 가다가 군량이라도 부족해지면 어찌하려고 출동하지 아니하오?"

"그렇잖아도 금일 어가를 모시고서 출전하려고 생각하옵던 차였습니다."

"그러면 선봉에서 대군을 선도할 대장 두 사람이 있어야 할 것 같소. 원수의 장막에 이에 합당한 인물이 있소?"

"예? 그런 인물이 있사옵니다. 신이 지난번 조나라를 격파하였을 때 그곳에 머무르면서 용감한 무사를 모집하였사온대 그때 두 장수를 얻었사옵니다. 만일 이 두 사람을 선봉으로 삼으신다면 반드시 주상을 위하여 대공을 세울 것으로 믿사옵니다."

"그 같은 인물이 있단 말이오? 속히 부르시오!"

한왕이 부르라 명하자 곧 두 장수가 한왕 앞에 들어왔다.

한왕은 두 사람을 보고 성명을 물었다.

"신의 성은 공孔, 이름은 희熙, 선조는 본디 요현蓼縣 사람이옵니다."

"신의 성은 진陳, 이름은 하賀이옵고, 선조는 비현費縣 사람이오나 그후에 동제東薺로 이사하였사옵니다."

"그러면 금일 공희를 요후蓼侯로, 진하를 비후費侯로 봉하여 줄 것이다. 두 사람은 선봉장이 되어 대군을 인도하여 가는 곳마다 백성을 보호하고 항복하여 귀순하여 오는 자가 있거든 이것을 안무하여 구관으로 하여금 그 지방을 다스리게 하여 백성들로 하여금 놀람이 없게 하라!"

드디어 한왕은 한신과 함께 일백십이 만의 대군을 통솔하여 성고로부터 출동하였다.

불길한 전조

　　대한大漢 5년 기해己亥, 기원전 202년 초가을 어느 청명한 날 한왕은 백만 대군을 거느리고 성고에서 출진하였다. 기치와 창검이 온통 수백 리 길을 뒤덮었다. 선봉대장 진하와 공희는 행군의 선두에서 이르는 곳마다 어느 부락을 막론하고 조금도 백성들에게 폐를 끼치지 않자 모든 부락의 백성들은 안심하고 평상시와 같이 일에 전념하였다.

　　그러면서 때로는 음식을 장만해 와 군사들을 위로하기도 하였다. 행군하는 도중에서 잠시 휴식하는 때에 부락민들이 이같이 환영하여 주자 한왕의 군사들은 저희들끼리 밥을 지어 먹는 시간을 허비하지 않아 지체함이 없이 행군할 수 있었다.

　　이렇게 하여 한군은 마침내 구리산에 당도할 수가 있었다.

　　한신은 패군의 성내를 순찰하다가 언덕 위에 높은 정자가 하나 있는 것을 발견하였다. 그는 그 정자를 보자 패군 성내에 진영을 설치시켰다.

　　'됐다.! 여기다가 시詩를 한 수 적어 붙이자!'

　　그는 이렇게 생각하고 커다란 널빤지에다 시를 한 수 써서 붙이고 진영으로 돌아갔다. 초나라의 첩자들은 정자에 붙어 있는 널빤지의 이상한 시가 걸려 있는 것을 발견하고 수상히 여겨 그것을 적어 팽성으로 돌아가 항우에게 보고하였다.

항우는 한신이 패군에 들어와서 정자에 써 붙인 시를 받아 읽어보았다.

> 천하 제후가 의리로써 모였으니
> 도덕이 아니고는 천하를 거두지 못하리.
> 인심은 모두 초나라를 배반하니
> 하늘이 천하를 유씨에게 바치는도다.
> 수일 내 해하 땅에서 그대 멸망하리니
> 내 패루沛樓에 올라 너를 조상한다.
> 칼날이 번뜩 무섭게 빛날 때
> 항우의 머리 땅에 떨어지도다.

이 글은 바로 항왕을 모욕하는 내용이었다.

"이놈! 한신이란 놈이…. 내 이놈을 죽이지 않고서는 돌아오지 않을 것이다."

분을 참지 못한 항왕은 즉시 삼군에 출동명령을 내렸다.

갑자기 출동명령이 내리자 계포와 종리매가 달려와 항왕에게 간하였다.

"폐하! 고정하시옵소서. 이것은 한신이 우리를 유인하고자 하는 술책이옵니다. 이 시를 붙여 놓고 폐하의 분노를 자아내려고 한 짓이옵니다. 만일 경솔히 출정하시었다가는 혹시 그 꾀에 빠질까 두렵사옵니다."

"아니다! 너희들은 모른다. 짐이 이번에 가랑이 밑으로 기어다닌 놈을 그대로 놔둔다면 천하 제후들이 짐을 하잘 것 없는 위인으로 여길 것이다."

항왕은 두 장수의 말을 단호히 거절하였다.

"폐하께서는 한군과 대적하지 마옵소서. 한군은 그 세력이 강대하고 그 위에 한신의 꾀가 있으니 어찌 경솔히 대적하겠습니까?"

항우는 아무 말도 못했다. 과연 어떠한 조치를 취해야 할 것인가? 그는 잠시 생각해 보았으나 아무런 방침도 세우지 못했다.

이튿날 항왕은 여러 신하들을 모았다.

"어제 주란 대장이 짐에게 간하여 유방과 싸우지 말라 하니 다른 장수들의 소견은 어떠한가?"

이때 이좌거가 항우 앞으로 나와 아뢰었다.

"폐하께서 친히 나가시어 적을 정벌치 아니하면 한군이 초나라를 업신 여겨 대번에 이곳으로 침공할 것이옵니다. 아군이 승리한다면 한군은 도망할 것이고 만일 아군이 승리하지 못한다면 후퇴하여 다시 팽성으로 돌아와 이곳을 근본으로 하여 각처에서 구원병을 모으면 됩니다. 그리고 한군이 오래도록 이곳에 머물러 있으면 군량이 부족해져서 저절로 약해질 것이옵니다. 폐하께서 그때 때를 타 한군을 치시면 크게 승리하실 것이옵니다."

이좌거의 의견에 항왕도 동의하였다.

"그렇다! 그 말이 짐의 뜻에 합당하다."

항왕은 즉시 삼군에 출동명령을 내렸다. 항왕은 그리고는 사랑하는 우희를 수레에 앉히고 자기는 오추마를 타고 팽성을 떠났다.

항왕이 옥루교에 다다르자 돌연 항왕의 오추마가 걸음을 멈추고서 히힝-히힝-히힝- 하고 울부짖으며 그 자리에 선 채 움직이려 하지 않았다.

이를 본 항백과 주란은 서로 근심스러운 얼굴로 바라보았다.

"웬일일까요? 불길한 전조가 아닐까요?"

"글쎄! 참으로 이상한 일이오. 갑자기 강풍이 불어 깃대가 꺾이고 용마가 울음을 울고…. 이것은 모두 불길한 징조인 것 같소."

 항백과 주란은 급히 서관西關까지 달려와 항왕을 따라섰다. 그리고 그곳에 조그마한 정자가 길가에 있는 것을 보고 항백과 주란은 항왕에게 잠시 휴식을 취한 뒤 출발하자고 아뢰었다.
 항왕도 그들의 말에 반대하지 않고 말 위에서 내려 정자로 올라갔다. 이때 항백과 주란이 항왕 앞에서 간하였다.
 "폐하께서 아침에 팽성을 출발하실 때 태풍이 일어나 중군의 깃대가 부러지고 옥루교를 건너실 때엔 오추마가 길게 울었사옵니다. 두 번씩이나 괴변이 있었사오니 이것은 병가에서 심히 꺼리는 일이옵니다. 그러하오니 부디 지금 다시 팽성으로 돌아가시어 적의 동정을 탐지하신 뒤에 다시 출동하시어도 시기가 늦지는 아니할까 하옵니다."
 두 사람이 이렇게 간하자 항왕이 소리쳤다.

"무슨 소리! 옛날에 주紂는 갑자에 망했고 주 무왕은 갑자에 흥했다. 갑자기 불길하다면 무왕은 흥하지 못했을 게 아니냐? 무릇 태풍이 깃대를 꺾고 말이 운다는 것은 조금도 괴상한 일이 아니고 다만 우연히 그럴 수 있는 일이 아닌가?"

이때 이좌거가 급히 항왕에게 다가섰다.

"아뢰옵니다. 신이 데리고 있는 밀사에게 패군 성내의 소식을 정탐하라 했었사온대 한왕은 벌써 성고로 돌아갔고 한신도 회군할 것 같다고 하옵니다. 신이 생각건대 한군은 수효가 많고 군량이 부족해서 폐하의 대군이 닥치는 날이면 결코 지탱할 수 없을 것이니 아예 물러가는 모양 같사옵니다. 이 틈을 타서 폐하께서 급히 정벌하시면 한신을 패군에서 무찔러 버릴 것 같사옵니다."

"오오, 그러면 속히 진군하자!"

항왕은 마침내 마음을 결정하고 다시 행군을 시작했다. 항백도 주란도 계포도 종리매도 어찌해야 할지 갈피를 잡지 못했다.

항왕은 패군으로부터 오십 리 떨어진 곳에 진지를 구축한 후 적의 내정을 정탐하여 오도록 분부하였다.

이튿날 그들의 보고에는 한왕은 패군의 성 밖 육십여 리쯤 떨어져 있는 서봉파에 진을 치고는 종일 술만 마시고 있으며, 그리고 진영 사이에는 인마가 잠시도 끊일 사이가 없고 한신은 구리산 동쪽에 큰 진영을 설치하고 있는데 사방에 진문을 열어 두고 사람이 오고가고 하는 것을 금지하지는 않으나 계속해서 군마를 조련시키고 있는 것으로 보아 한신이 회군할 것 같지 않다는 것이었다.

이같은 보고를 받자 항왕은 급히 이좌거를 찾았다.

"이좌거는 어디 있느냐?"

그러나 아무도 이좌거를 보았다는 사람이 없었다.

항왕의 분부를 받은 신하가 들어와 아뢰었다.

"폐하, 그 사람은 어제저녁 자기 하인을 데리고 진문 밖으로 나갔는데 여지껏 돌아오지 않았다 하옵니다. 그가 어디로 갔는지 아무도 아는 사람이 없사옵니다."

항왕는 이 보고를 듣고는 발을 굴렀다.

"뭣이라고? 그렇다면 이놈이 한신이 보낸 첩자였구나!"

항우는 분해하다가 항백을 불러 호령했다.

"신이 죄인이옵니다. 신이 세상에서 이좌거의 이름이 유명한 것만 믿고 그만 그놈한테 깜박 속았사옵니다."

이때에 주란이 항왕한테 아뢰었다.

"항사마께선 오직 충심으로 국가를 위해서 인재를 택하였사옵니다. 이번에 이좌거의 정체를 명백히 밝히지 못하고 폐하께 천거한 것은 일시 뜻하지 않은 실책일까 하오나 결코 문죄하실 바는 아니옵니다. 지금 삼십만 대군이 이곳에 당도하여 갑자기 물러가지도 못하는 실정이니 다만 적을 쳐부수는 것만 생각하시어야 하옵니다. 부질없이 지나간 일에 대해서 후회하지 마시옵소서."

항왕도 주란의 말에 고개를 끄덕였다.

"그래! 그만두자. 계포와 주란이 선견지명이 있어서 누차 간하는 것을 짐이 듣지 않았으니 누구를 책망하랴!"

이튿날 항왕은 장사들을 모아 놓고 명하였다.

"짐은 접전하기를 수백 번 지금까지 단 한번도 져 본 일이 없소. 그러나 이번의 한군은 가볍게 볼 상대가 아니오. 모두들 진충보국해서 싸워야 할 것이오."

한편 한신은 장수들에게 매복할 곳과 적을 유인할 곳, 그리고 수시로 임기응변하면서 적을 섬멸시킬 방법을 자세히 지시하고 있었다. 이때 이좌거가 돌아왔다는 전갈이 왔다.

한신은 급히 이좌거를 맞아들였다.

"얼마나 고생하셨습니까? 과연 결과는 어떤지요?"

이좌거는 자기가 팽성에서 먼저 항백을 만나 그를 속인 뒤 항우를 만나서 그의 신하가 된 것과 계포와 주란이 항우를 간하는 것을 꾀어서 지금 패군까지 끌고 나온 경과를 자세히 보고하였다.

한신은 크게 기뻐하며 무릎을 쳤다.

"만일 선생이 아니시라면 어떻게 항황을 여기까지 끌어내었겠습니까! 하지만 적을 깊숙이 한가운데로 끌어들이지 않고서는 계획대로 섬멸시킬 수가 없는데…. 선생의 계책을 말씀해 주시오."

한신은 이좌거의 생각을 물었다.

"글쎄요. 별로 신통치 않지만 어떻게 생각하실는지…."

"어서 말씀하십시오!"

"전에 원수께서 항황과 접전하실 때 거짓 지는 척하고 적을 유인해 복병이 한꺼번에 쏟아져 나와 적을 친 때가 수차 있었습니다. 그러나 이번에는 이 계책이 통하지 않을 것입니다. 해서 명일 합전때에는 반드시 주상께서 먼저 나아가 항황에게 욕을 퍼부어 그를 분노케 한 후 서쪽으로 도망해 오시면 항황은 반드시 추격해 올 것입니다. 그러면 중도에서 이 사람이 또 나아가 항황을 조소하고 치욕을 주면 그는 저한테 원한이 있어 참지 못하고 즉시 이 사람을 추격해 올 것입니다. 이렇게 해야 항황을 깊숙이 끌어올 수가 있을 것입니다. 그 다음엔 원수의 계획대로 되겠지요."

이좌거의 의견에 한신은 손뼉을 치면서 껄껄 웃었다.

"좋습니다! 그러면 우선 이 계책을 주상께 아뢰십시다."

한신은 이좌거를 동반하고 한왕의 처소로 찾아갔다. 한왕은 항우를 꾀어 낸 공로를 칭찬하여 마지않았다.

이좌거의 계략대로 한왕이 먼저 항우를 대면하여 그의 감정이 폭발하도록 하지 않으면 항우를 깊은 곳까지 끌어들이기 어렵다는 전략과

전술을 아뢰었다.

"알았소. 그러면 원수의 말대로 짐이 먼저 앞에서 항왕과 상면하리다. 그러나 짐의 전후 좌우에서 용맹한 장수들이 짐을 수호하여 주어야 하겠소."

이날 밤 한왕과 한신과 이좌거는 명일 접전할 절차를 오랫동안 서로 의논하였다.

이튿날 채 새벽이 밝기도 전에 대원수 한신은 중군에 단정히 좌정하고 모든 대장들을 소집하여 각기 정예군을 맡겨 배치를 마쳤다.

이때에 왕릉이 한신 앞으로 나섰다.

"원수께선 지금 저희들에게 구리산 속에 들어가 매복하고 있으라 하시었지만 구리산은 패군으로부터 일백팔십 리이며 또한 초나라의 군사가 도중 각처에 진을 치고 있으니 저희들이 어느 길로 진군해 가서 매복할 수 있겠습니까?"

한신이 그 말에 대답하였다.

"구리산은 서주의 성 밖에서 북쪽으로 구리 밖이오. 항왕이 이좌거한테 속아 지금 패군까지 나와서는 내심 몹시 후회하고 있소. 그러니 오늘 나와 싸우다가 패하면 반드시 팽성으로 도망해 들어갈 것인즉 내가 그대들을 구리산에 매복시키고 또 진희와 육가 등 네 장수로 하여금 비밀리 팽성을 점령하도록 한 것이오. 항왕은 접전에 패하여 돌아가다가 팽성을 빼앗긴 것을 보고는 나아갈 곳도 물러갈 곳도 없어 진퇴양난이 될 것이므로 반드시 강동 지방으로 도피하려 할 것이오. 그래서 내가 양무와 여승 등 네 장수에게 오강에 매복토록 했소."

한신이 이같이 설명하자 그제야 여러 장수들이 무릎을 쳤다.

"원수의 묘책은 실로 귀신도 알지 못하겠습니다!"

이어 한신은 번쾌에게 누구보다도 막중한 중책을 맡겼다.

"내가 대군을 구리산에 매복시켜 놓고 항왕을 유인해 끌고 와 싸울

때 피차 서로 혼전이 되는 터라 서로를 잘 분간하지 못할 것이오. 그래서 내가 중군에 높게 기를 세워 좌편, 우편을 가리키게 하고, 진격하라 할 때에는 앞으로, 물러가라 할 때에는 뒤로 깃발로서 신호를 하여 백만의 군사가 모두 이 깃발 하나로써 진퇴하도록 하려고 하오. 그러니 오늘의 승부와 삼군의 생사는 오직 이 깃발을 움직이는 사람에게 달렸으니 이것을 장군이 맡아 해야 할 것이오."

"예, 반드시 잘해 내겠습니다!"

번쾌도 큰 목소리로 자신에 차 대답했다.

"그러면 장군은 곧 군사 삼천을 인솔하고 구리산 꼭대기에 올라가 적군이 내왕하는 것을 잘 살펴 수시로 임기응변으로 깃발 하나로써 우리의 전삼군을 지휘하여 주시오!"

"그런데 어두운 밤중에는 어찌하옵니까?"

"그땐 내가 대비해 둔 게 있으니 염려 마시오. 밤에는 커다란 등롱을 깃발 대신 사용할 것이오!"

한편 항왕도 모든 장수를 모아 놓고 전략을 지시하고 있었다.

"짐이 적의 정보를 받아보니 과연 한군은 형세가 놀랄 만하오. 오늘 짐이 이십만을 거느리고 앞서서 나갈 것이니 종리매와 주란 장군은 짐의 좌우에서 짐을 돕고 나머지 삼십만은 각각 여섯 대장이 분담하여 짐의 뒤를 따르고, 우자기는 혼자 이곳에 남아 본진을 지키기 바라오."

모든 장수들은 항왕의 명령을 반대하지 않았다. 항왕은 대열을 정비한 후 즉시 출군하여 한군 진영을 향해서 돌진하였다. 이어 항왕과 한왕이 서로 마주보고 섰다. 항왕이 고함치며 나무라자 한왕 유방이 답했다.

"너는 언제든지 혈기가 넘쳐 호언장담하지만 이 한왕은 조금도 두려워하지 않는다. 무릇 군사를 통솔하여 승부를 결정하는 것은 오직 두

뇌에 달린 것이지, 그 사람의 뚝심에 달린 것은 아니다! 그러니 오늘 내가 너와 싸우는 데 있어서도 힘으로 싸우는 것이 아니라는 것을 알아 두란 말이다!"

항왕은 한왕이 이같이 자기를 경멸하면서 상대할 가치도 없다는 듯이 말하자 화가 치밀어 창을 겨누며 달려들었다.

그러자 한왕의 곁에서 공회와 진하가 나와 항왕과 맞섰다.

"이놈들! 네까짓 놈들이 감히… 내 창맛이나 보아라!"

이리 치고 저리 치고 일진일퇴하는 바람에 땅바닥에서는 먼지가 자욱하게 일어 사람의 모양조차 알아보지 못할 만큼 어지러웠다.

항왕은 두 장수를 상대로 이삼 합 접전을 벌이다가 맞은편 언덕 위에 한왕이 말 위에 앉아 있는 것이 눈에 띄자 근흡과 시무를 그대로 내버

리고 이를 갈면서 한왕에게로 달려들었다.

한참 쫓아가는데 한 장수가 일개 부대를 몰고 달려나와 항왕을 가로막았다. 하후영이었다. 하후영은 사력을 다해서 항우를 대적하다가 불과 이삼 합 접전 끝에 동북 쪽으로 달아나 버렸다. 항우는 계속 하후영을 추격하면서 삼군을 독려하여 북을 치고 꽹과리를 두들기면서 따라오게 하였다.

거의 오 리 가량 추격하다 보니 좌우 두 갈래로 갈린 길이 나타났다. 그러자 하후영의 부대는 두 갈래 길에서 조금도 대오가 흐트러지지 않고 양쪽으로 달아나 버렸다. 이것을 보던 계포가 급히 항왕에게 간했다.

"폐하! 한군이 비록 도망합니다마는 이렇게 질서 있게 달아나는 것을 보니 반드시 작전상 후퇴하는 것이 분명합니다. 무슨 계책이 있는지 모릅니다."

"따는 그렇다! 여기서 잠깐 두고 보자!"

항왕도 즉시 이에 수긍하고 말고삐를 늦추고 발을 멈추었다.

이때 돌연 어디서 나타났는지 이좌거가 눈앞에 나타났다. 이좌거는 말을 타고 항왕 앞에 서서 한바탕 호기롭게 웃어젖히더니 항왕에게 소리쳤다.

"폐하! 신이 지난날 폐하를 찾아가서 폐하께 대단히 큰 은혜를 입었습니다. 그런데 폐하는 오늘 벌써 한신의 꾀에 깊이 빠졌습니다. 기왕 일이 이렇게 된 이상 속히 갑옷을 벗고서 항복하신다면 신이 한왕께 아뢰어 목숨이나 부지하게 해 드리겠습니다. 생각이 어떠십니까?"

"이 죽일 놈! 짐이 네 꾀에 속은 것을 생각하면 그저 네놈을 발기발기 찢어 죽여도 시원치 않다!"

항우는 눈이 뒤집혀 이좌거 앞으로 달려들었다.

그러자 이좌거는 얼른 돌아서 달아나기 시작했다. 항우는 부리나케 그 뒤를 쫓아갔다. 항우는 눈앞에서 곧장 쏜살같이 달아나고 있는 이 좌거를 추격하여 벌써 십여 리 이상 달렸다.

그러자 별안간 이좌거는 온데간데없이 사라져 그림자조차 보이지 않았다. 그리고 사방에서 한군이 벌 떼처럼 쏟아져 나오는 것이 아닌가.

'아뿔싸! 함정에 빠졌으니 속히 퇴각할 수밖에 없다!'

이때 철포 소리가 탕 탕– 터지면서 한신의 대부대가 초의 군사를 포위하기 시작했다.

계포와 종리매는 항우를 구원하여 포위망을 벗어나려고 좌충우돌하면서 겨우 한쪽 구석을 뚫고 빠져나오려 했지만 근흡과 시무·공희 세 장수가 달려들었다.

항우는 이제 그들과 싸우고 싶은 생각도 없었다. 겨우 포위망을 헤치고 난 그는 많은 부하 군졸들이 부지기수로 희생되는 것을 돌아볼 경황도 없이 본진을 향해서 달렸다.

이때 주란이 본부 진영의 군사를 거느리고 나타났다.

한군은 새로 몰려오는 초나라 군사들에게 다시 쫓겨 황급히 좌우로 흩어졌다.

항우는 이에 다시 기운을 얻어 패잔병을 모아 가면서 해가 거의 저물 때에야 간신히 본진으로 돌아올 수가 있었다.

이때 우자기가 소견을 아뢰었다.

"폐하! 확실치는 않사오나 한신이 비밀리에 군사를 보내어 폐하의 일족을 생포해 갔다는 풍문을 들었사옵니다. 만일 그게 사실이라면 폐하께서 팽성으로 환행하신다 해도 허사이오니 지금 이곳에 이만의 군사가 있고, 오늘 합전해서 도망해 돌아와 있는 자가 오만 명은 되옵니다. 그러니까 오늘밤 몰래 형·초호·호양 지방으로 도피하여 군사를 더 양성하면서 여러 지방의 장정을 모으면 다시 지난날의 형세를 회복하실 수 있을 것입니다."

"아니다! 팽성을 적이 점령했다는 것은 분명히 낭설일 것이다. 짐은 먼저 팽성으로 돌아가 일족을 동반하여 산동의 노군魯郡으로 가겠다. 그리고 거기서 세력을 다시 회복할 것이다."

항왕이 이같이 우자기의 의견을 물리치고 산동의 노군으로 가겠다는 말을 하자 우회는 그 말에 찬성하였다.

"폐하, 생각하신 대로 하시옵소서."

항왕은 즉시 여러 대장들을 불러 명령을 내렸다. 대장들은 명령을 받고 나와서 삼군에 즉시 퇴각 준비를 시켰다.

그리해서 초나라 군사는 그날 밤 야음을 틈타 모든 병기와 군량을 운반하여 동쪽 큰길로 해서 퇴각하였다.

밤새도록 퇴각하여 그들은 소현 땅에 다다랐다. 여기서 팽성까지는 불과 오십 리밖에 안 되었다.

"여기서 잠시 쉬어가자."

말을 멈추게 한 후 잠시 이마의 땀을 씻었다. 그때 길에 한나라 깃발을 날리면서 개미 떼같이 많은 군사가 행군하여 오고, 멀리 동쪽 산 위에는 수없이 많은 한나라 기가 꽂혔고 수없이 많은 군사가 집결되어 있는 것이 보였다.

"여봐라! 여기가 어디인데 이렇게도 많은 한군이 몰려와 있단 말이냐? 천하 제후가 모두 군사를 끌고 이곳에 왔단 말이냐?"

항왕의 이 같은 한탄은 절망의 목소리였다.

"정면에서는 한군이 길을 가로막았으며 뒤에서는 저같이 추격병이 쫓아오고 있사오니 이는 필시 천하 제후가 한왕과 합세하려는 것이옵니다. 팽성도 벌써 적의 수중에 함락되었사옵니다."

항왕은 보고를 받고 또 이를 악물었다.

"이제는 할 수 없다. 강동으로 가자!"

한참 달려가자 별안간 철포 소리가 터지면서 구리산 꼭대기에 있는 커다란 깃발이 한번 움직이는 것과 동시에 사방팔방으로부터 한군의 복병이 물밀 듯이 한꺼번에 뛰쳐나왔다. 서북으로부터 왕릉, 북쪽으로부터 노관, 동북으로부터 조참, 동쪽으로부터 영포, 동남으로부터 주발, 서남으로부터 장이, 서쪽으로부터 장도, 이같이 많은 장수들이 일제히 항왕을 포위하기 시작했다.

하지만 항왕은 조금도 주저함이 없이 그들과 더불어 이십여 합 접전을 거치는 동안 적들은 의외로 싸움을 포기하고 도망해 버렸다.

이때 성녀산 동쪽 골짜기에서 진희와 부관, 오예 세 장수가 또 부대를 거느리고 나와 항왕과 대적하였다. 그러나 그들도 항왕과 더불어 불과 십 합도 접전을 하기도 전에 모조리 달아나 버렸다. 그 바람에 이제는 감히 한군 진영으로부터 달려나오는 장수가 한 사람도 없었다.

이날 하룻 동안 항왕이 상대해서 접전한 한군 대장은 무려 육십 명이나 되었다. 하지만 항왕은 한번도 땅바닥에 창 끝을 대어 보지 않았다. 그가 타고 있는 오추마도 역시 한 번도 뒤로 물러가 본 적이 없었다.

종리매가 항왕에게 주청했다.

"폐하! 오늘 비록 적을 물리쳤으나 한군은 아직도 그 형세가 강대하옵니다. 혹시 밤에 야습하여 올지도 알 수 없사오니 미리 대책을 분부하시옵기 바라옵니다."

"암! 그래야지!"

항왕은 항백·계포·종리매·우자기·주란 등이 서로 협력하여 진지를 엄중히 방비케 하고 남아 있는 팔천의 군사를 중군의 좌우에 배치하라고 명령하였다. 그리고 그는 장막 속에서 우희와 더불어 술을 마시었다.

사면초가

　　　　이때 한신은 구리산 열 곳에 복병을 배치하고 항왕을 잡으려 했으나 결국 실패한 뒤 이좌거를 불러 의논하고 있었다.
"내 생각엔 내일은 싸우지 말고 전차로 구리산 주위를 에워싸고 적의 군량미 수송을 막을까 합니다. 그렇게 하면 안으론 군량이 없고 밖으론 구원병이 없으므로 쉽게 승리할 것이 아니겠습니까?"
한신은 이렇게 이좌거의 의견을 떠보았다.
"아닙니다. 아군이 근심하는 것은 계포·주란·종리매 몇몇 장수들과 항왕의 군사 팔천입니다. 원수께서 무슨 묘책을 써서라도 적장들의 마음이 풀어지게 하고, 팔천의 적군을 흩어지게 해야 합니다. 만일 그렇지 않으면 항왕이 비록 군량미가 떨어져도 팔천의 군사와 여러 장수들이 죽기로 대항할 것입니다."
이좌거의 의견은 이러하였다.
"과연 선생의 말씀이 옳습니다."
이어 한신과 이좌거는 장량을 찾았다.
"밤이 야심한데 죄송합니다. 항왕의 부하에 계포, 종리매, 주란 같은 대장들과 팔천의 군졸들이 워낙 뭉쳐 있어 쉽게 격파되지 아니합니다. 선생의 고견을 듣고 싶습니다."
장량은 한신의 물음에 즉시 대답했다.

"그게 뭐 어려울 게 있습니까? 항왕의 장수들의 마음을 어지럽게 하고, 팔천 군사만 흩어 버리면 항왕이 혼자서 어떻게 부지하겠습니까? 이렇게만 되면 앞으로 열흘 이내에 항왕은 우리에게 사로잡히고 천하는 저절로 평정될 것입니다."

"그런데 그렇게 할 계책이 생각나지 않습니다."

장량은 지난 얘기를 하듯 말을 이었다.

"내가 어렸을 때 하비라는 곳에서 기인을 만나 퉁소를 배운 적이 있습니다. 이분이 퉁소를 어찌나 잘 부는지 듣는 사람마다 정신을 놓을 만큼 대단했습니다. 그때 내가 그분한테 퉁소 부는 법을 배워터득을 하였지요…."

"아! 그러십니까?"

한신과 이좌거가 탄복하자 장량이 말을 계속하였다.

"공작과 백학이 뜰 아래에 와서 배회할 만큼 퉁소 소리가 능히 사람의 마음을 감동케 하여 기쁨이 있는 사람이 들으면 더욱 즐겁고, 근심이 있는 사람이 들으면 더욱 슬프고, 나그네가 객창에서 들으면 고향 생각이 간절해지며, 허전한 방에 앉아 있는 젊은 여인이 듣고는 멀리 국경에 원정 가 있는 사내 생각에 눈물로 옷깃을 적시는 것이랍니다. 지금 가을철이 되어 바람은 소슬하고 초목은 단풍이 들어 나그네는 고향 생각이 간절할 때입니다. 이런 때 계명산에 올라가 한 곡조 처량하게 불면 그 애절한 가락에 초나라 군사들은 창자를 쥐어짜고 견디지 못할 것입니다. 그러니까 원수께서는 애써 활을 쏘고 창을 휘두를 필요가 없습니다."

이 말을 듣고 한신은 너무도 기뻐 장량의 손을 덥석 잡았다.

"선생이 그같이 신묘한 재주를 가지신 줄을 몰랐습니다."

이튿날 한신은 군사를 움직이지 않고 사방에 전차만 배치하고 군량 수송을 넉넉하게 하는 한편, 번쾌로 하여금 산꼭대기에서 징과 북을 치며 의병을 꾸미게 하였다.

또 관영으로 하여금 초나라 진영의 좌우에 매복하고 있다가 만일 항우가 전차를 부수고 도망하면 그 앞을 막아 항우를 때려잡으라 지시하였다.

관영은 한신의 지시를 받고 즉시 성녀산 아래에 있는 항왕의 진영 근처로 이동하였다.

이렇게 배치를 마친 이후 사흘이 지났다.

이때 항백과 계포가 항왕의 군막으로 찾아와 보고했다.

"진중의 군량미와 말을 먹일 마초가 떨어졌사옵니다. 군졸들의 사기가 많이 떨어졌습니다. 폐하께서는 어떻게든지 이곳을 벗어나서 형주와 양양, 아니면 강동으로 가시어 훗날을 기약하시기를 바라옵니다."

두 사람의 말을 듣고 항왕이 놀랐다.

"아니, 군중에 양식이 떨어졌다고…. 하면 사방을 철통같이 포위하고 있는데 어떻게 벗어날 수 있겠는가?"

"폐하께서는 먼저 팔천 명의 군졸을 거느리시고 선봉이 되시어 포위를 헤치고 나가시옵소서! 그 뒤에 신 등이 후진을 보호하면서 따를 것입니다."

계포는 이렇게 의견을 아뢰었다.

"좋다! 내일 짐이 선봉이 되어 적을 헤치고 나갈 것이다."

항백과 계포는 부하 수장들에게 내일 퇴각할 것을 지시하였다.

퇴각 지시가 있은 뒤에도 각 부대의 군졸들이 이 구석 저 구석에 모여 앉아서 피차에 신세 한탄을 하고 있었다.

"기가 막히네! 퇴각하면 어디로 간단 말인가?"

"그거 참! 날씨는 추워오고 양식도 떨어지고, 적은 사방에서 포위하고 있고…."

"내일 퇴각할 때 과연 생명을 보전할 수 있으려나?"

"차라리 여기서 도망해 버린다면 몰라도 그렇지 않고서야 내일로 목숨은 끊어지고 말 거야!"

이렇게 신세타령을 하고 있을 때, 갑자기 하늘 위에서 내려오는 것 같은 퉁소 소리가 한 곡조 길게 바람결을 타고 들려 왔다.

높고 맑은 그 퉁소 소리는 사람의 창자를 끊는 듯하였다.

초나라 군사들은 모두 다 귀를 귀울이고 들었다. 퉁소 소리와 함께 노랫소리도 처량하게 들려왔다.

'구월 단풍 깊은 가을, 서릿바람 불어오고, 하늘 높고 물 맑은데 외기러기 울고 간다. 칼을 짚고 땅에 서너 집 떠난 지 십 년일세.

어머님은 안녕하고 마누라는 무고하며, 사래 긴 밭 누가 갈며, 이웃집의 익은 술은 그 뉘라서 마시는가. 사립문에 나와 서신 백발노인 저 모습은 우리 조부 분명하다.

인생이 무엇이기에 부모 처자 내버리고 고향 산천 등지고서 죽을 땅을 헤매느뇨. 칼 가지고 덤벼들면 중한 목숨 이슬일세. 뼈와 살은 썩어 가고 혼백조차 사라지니 이 아니 슬픈가. 적막한 이 산 속에 밝은 저 달 바라보며 가슴 위에 손을 얹고 가만히 생각하니 부질없는 이 싸움 허망하기 짝이 없다. 어화, 천하 동지들아, 한왕은 유덕하여 항군降軍을 불살한다. 초 패왕의 군사들아, 너희들은 들어 보라, 양식은 떨어지고 진영은 비었는데 너희들만 남아 있어 빈 진영만 지키느냐. 지킨들 무엇하리, 미구에 깨어지고 옥석이 구분할제, 그때엔 어이하리.

슬프고나, 슬프고나, 서릿바람 불어올 제 초 패왕은 망했구나, 무도함이 멸망함은 하늘의 가르치심, 그대들은 생각하라, 이 아니 영검하리. 구천九天에 사무치는 이 노래 들었거든 어서 오라, 어서 오라, 초 패왕은 망했으니 옥석 구분하지 말라.'

　바람결에 들려 오는 노랫소리는 참으로 비장하였다.
　한 곡조는 높고 한 곡조는 낮고, 한 소리는 길고 한 소리는 짧고, 오음五音과 육률六律은 서로 조화되어서 오동 잎새에 이슬이 떨어지는 듯 갈대밭에 바람이 부는 듯, 소나무 밑에서 학이 눈물짓고, 연못가의 개구리도 통곡할 것 같았다. 더구나 이 날 밤은 달빛이 밝고 싸늘하며 쌀쌀한 바람은 품속을 헤치고 들어오는 것같이 처량한 달밤인지라 노랫소리와 퉁소 소리를 들은 초나라 군사들은 대장이거나 군졸이거나 누구를 막론하고 모두들 저절로 솟아나오는 눈물을 억제하지 못하였다.
　이것은 사흘 전에 장량이 한신에게 약속을 한 뒤에 장량 자신이 수십 명 목청 좋은 병졸을 선발하여 사흘 동안 이 노래를 가르쳐 주었던 것이다.

 장량은 그들에게 이 노래를 충분히 연습시킨 뒤 자기는 퉁소를 가지고 계명산과 구리산 사이를 수십 번 오르내리면서 이와 같이 퉁소를 불며 이에 따라서 그들로 하여금 노래를 부르게 하였던 것이다.

 초나라 군사들은 맑고 높고 부드러운 이 소리가 혹은 달래는 것 같고 혹은 원망하는 것 같고 혹은 비통하게 흐느끼는 것 같아 모두들 가슴이 쪼개지는 것처럼 슬픔을 감출 수가 없었다.

 "여보게, 이거 참을 수 없네! 아무리 눈물을 닦아도 샘솟듯이 나오네!"

 "정말 못 견디겠네! 정녕 이대로는 못 배기겠네!"

 "아, 내 신세야!"

 "차라리 항복하세나! 한왕은 덕이 있으니까 우리를 죽이지 않을 거야. 여기 있다가 굶어 죽는 것보다야 낫지 않겠나."

 이 구석 저 구석에 흩어져 있던 초나라 군사들은 저희들끼리 이같이 의논이 일치되어 여기 저기서 보따리를 둘러메고 떼지어 진영을 탈출하기 시작했다.

 그리하여 불과 한식경에 팔천 중에서 육칠천 명이 도망쳐 버리고 말았다.

 그동안 여러 대장들은 방책을 찾지 못해 난감해하다가 급히 중군으로 들어갔다. 때는 이미 삼경이라 항우와 우희는 단꿈에 빠져 있었다.

 "폐하!"

 "폐하, 황공하옵니다. 급히 아뢰올 말씀이 있아옵니다."

 그러나 아무 대답도 나오지 않았다. 대장들은 한동안 밖에 섰다가 돌아섰다. 종리매가 다른 장수들을 둘러보며 말했다.

 "지금 우리 군사들은 뿔뿔이 달아났고 남아 있는 것이 겨우 우리들뿐이오. 이대로 앉아서 죽을 수는 없지 않겠소? 여러분은 어떻게 생각하시오?"

"좋소! 우리도 탈출합시다."

계포가 종리매의 말에 즉시 찬성했다.

"그렇다면 지체 말고 속히 행동합시다!"

종리매가 이같이 결심하자 여러 장수들도 장막 밖으로 뛰쳐나갔다. 그들은 각각 행장을 수습해 가지고 제각기 탈주병들이 달아나고 있는 행렬 가운데 슬쩍 숨어 들었다.

초 패왕 항우의 숙부이며 대사마의 지위에 있는 항백은 계포와 종리매가 주동이 되고 여러 대장이 이에 찬동하여 진영을 탈출할 때까지 아무 말도 않고 모든 것을 모르는 척하고 있었다. 그대로의 깊은 생각에 빠졌던 까닭이었다.

'어찌할 것인가? 진영은 텅 비었고 백만의 적은 포위하고 있고… 아서라! 내가 전일 홍안천에서 장량의 목숨을 구해 주었을 때 한왕의 자식과 내 딸년의 혼약을 약속한 인연이 있으니 지금 나는 장량을 찾아가서 한왕을 만나 보고 인연을 맺은 뒤, 왕후에 봉하여지면 종묘의 제사는 계속할 수 있을 것이다. 이렇게 되면 초가楚家의 뒤를 계승할 수 있을 것이 아닌가…'

항백은 자기의 취할 바 행동을 곰곰이 생각하다가 마침내 이렇게 결정했다.

'속히 행동하자! 패왕이 잠을 깨기 전에 탈출하자!'

그는 즉시 한군 진영을 향하여 도망쳤다. 이때까지 도망가지 않고 남아 있는 장수로는 주란과 환초 두 사람뿐이었다.

두 장수는 항백이 탈주하는 것도 보았다.

"어찌할 것인가?"

"설마, 하늘이 무너져도 솟아날 구멍이 있다는데…."

"그렇지! 당연한 말이오! 지금까지 폐하의 은혜를 받아 오다가 오늘

와서 폐하를 버리고 도망갈 수야 없소!"

주란과 환초는 마침내 의견이 일치되어 즉시 남아 있는 군졸들을 집합시켰다. 팔천 명이 다 없어지고 겨우 팔백 명이 남아 있었다.

넓고 넓은 성녀산 아래 벌판에 설치한 초 패왕의 진영에 장수라곤 단 두 사람뿐이었다.

주란과 환초는 기울어져 가는 달빛 아래 각처에 숨어 있던 군졸들을 긁어모으다시피 중군 장막 앞에 있는 광장으로 집결시킨 뒤, 두 사람은 항왕의 침소 장막 밖에 칼을 짚고 서 있었다.

한편 — 이날 밤 한신은 장량과 미리 연락하고 있었던 터라 일이 이와 같이 될 것을 짐작하고 있었다. 그래서 장량이 퉁소를 불기 시작하기 전에 미리 관영에게 명령을 내렸던 것이다.

'오늘밤에 초나라 진영에서 탈출하여 나오는 대장이나 군졸은 그 누구를 막론하고 우리의 방위선을 넘어들어오도록 막지 말고 모두 허용하여 주고 무사히 아군 진지 내부로 들어오게 하라.'

한신의 명령이 이와 같았던 고로 성녀산 좌우에 매복해 있던 관영의 부대에서는 초나라 군사가 넘어오는 대로 모조리 받아들였다.

계포 · 종리매 · 항백 등도 무사히 넘어온 것은 물론이다.

이렇게 항왕을 버리고 도망간 초나라 군사들은 적의 진지 내부에 안전하게 도착했고 고향에서 부르던 노래를 불렀다. 한 명이 고향 노래를 부르니까 순식간에 여러 명이 따라서 불렀다.

한편, 항왕은 사방에서 초나라 노래가 흘러들어오는 소리에 소스라쳐 잠을 깨었다. 그는 일어나 앉아 귀를 기울였다.

분명히 사면초가四面楚歌다.

고향에서 듣던 그리운 노래였다.

"한왕이 벌써 초나라를 다 가져갔단 말이냐? 어찌하여 사면에서 초나라 노래가 들린단 말이냐?"

항왕은 장막 밖에 칼을 짚고 서 있는 환초와 주란을 보고 이같이 물었다. 주란과 환초의 눈에서는 눈물이 비 오듯 쏟아졌다.

"폐하! 한신이란 놈이 계책을 써서 산꼭대기에서 퉁소를 불었기 때문에 아군의 군졸들이 모두 다 비감한 생각이 나서 계포와 종리매를 위시해서 팔천 명이 한꺼번에 도망해 버렸사옵니다. 폐하! 한 시간이라도 속히 이곳을 탈출하시옵소서. 남은 군졸 팔백으로 어떻게 한군을 대처하시겠나이까! 폐하!"

두 사람은 목멘 소리로 이같이 아뢰는 것이었다.

항왕의 두 눈에서도 눈물이 샘솟듯이 흘렀다.

항왕은 바닥에 주저앉아 통곡했다.

"오! 하늘이 나를 버리시나이까! 이 초나라를 멸하시나이까!"

주란과 환초도 이 모습을 보고 소리내어 울었다.

이때 잠이 깬 우희가 항왕의 울음소리를 듣고 건너왔다.

"폐하! 무슨 일로 이다지 슬퍼하시나이까?"

"슬프구나! 수하의 장졸들이 모두 도망쳐 버리고 말았다. 내 그대를 버리고 적의 포위망을 헤치고 나가려 하니 가슴이 찢어지는구나! 천군만마 가운데 내 그대와 더불어 잠시도 조석을 떠나지 않았거늘, 아! 지금 와서 이별해야 하겠으니 이 무슨 운명이란 말이냐!"

항왕은 기운이 막혀 땅바닥에 그만 거꾸러져 버렸다.

그는 한 손으로 우희를 부여안고, 한 손을 뻗어 술병을 잡았다. 그리고 술을 연거푸 꿀꺽꿀꺽 마셨다.

'우虞야! 우야!'를 부르며 흐느꼈다.

이미 오경을 알리는 소리가 울렸다. 주란과 환초는 오경을 치는 북소리를 듣고 장막 밖에서 큰 소리로 외쳤다.

"지금 밤이 밝으려 하옵니다. 폐하! 어서 속히 출동하시옵소서!"

그러나 항우는 일어나지 못했다. 항우는 하염없이 흐르는 눈물을 씻

고 우희를 보고 비감하게 말했다.

"우야! 이제 나는 가야 한다! 적이 난입하기 전에 여기서 벗어나야 한다. 그대는 목숨을 보존하라! 내 만일 운명이 다하지 않는다면 우리 두 사람이 다시 만날 것이다!"

우희는 흐느끼어 울면서 목멘 소리로 항왕에게 물었다.

"폐하! 신첩을 어느 곳에 두고 가시겠나이까?"

항왕은 잠깐 생각하더니 괴로운 듯 말했다.

"우야! 유방이 너를 죽이지 못할 것이다. 조금도 근심치 말라."

우희는 항우의 앞에 엎드려 읍소했다.

"그러면 분부하시는 대로 따르겠습니다. 폐하의 그 보검만 첩에게 주시면 첩이 남복으로 가장하고 폐하의 뒤를 따르려 하옵니다."

"좋다, 그러면 이 칼을 줄 것이니 따라올 수 있는 데까지 따라오거라."

항우는 허리에서 칼을 풀어 우희에게 쥐어 주고 장막 밖을 향하여 걸음을 옮기기 시작했다.

그 순간 등 뒤에서 우희의 목소리가 들렸다.

"신첩이 폐하를 모시고 온갖 은총을 입었사오나 만분지 일도 보답하지 못하였습니다. 이제부터 폐하께서는 신첩으로 인해 근심하시지 마시옵소서! 폐하! 하직하옵니다!"

항왕은 이 소리를 듣고 휙 돌아섰다. 그러나 벌써 우희는 항왕이 주고 간 그 칼로 자기의 목을 찔러 버린 뒤였다.

항왕은 우희의 시체를 내려다보며 눈물을 펑펑 흘렸다.

이제는 거리낄 것이 없다.

그는 팔백 명을 두 대로 나누었다. 그리고 그는 자신이 선봉이 되어 한군의 포위망을 뚫고 나가기 시작했다.

이때 성녀산 좌우에 매복하고 있던 한군 대장 관영이 항왕의 앞을 가로막았다. 항왕은 지금 우희가 자결한 뒤에 눈앞에 보이는 것이 없었다.

무서운 것도 겁나는 것도 아무것도 없었다.

"이놈아!"

벽력같이 고함을 지르면서 항왕은 관영에게로 달려들었다.

그리하여 두 사람은 십여 합을 접전하였다. 그러나 관영이 항왕을 당할 수는 없었다.

마침내 관영은 몸을 돌려 달아나고 말았다. 항왕은 관영을 추격하지 않았다. 한편 번쾌는 구리산 꼭대기에서 항왕이 탈주하는 것을 발견하고 깃발로 신호를 보냈다.

신호에 따라서 한군 대장 조참·육가·주종·왕릉·이봉 등 다섯 장수가 사방으로부터 뛰쳐나와 항왕의 후진을 인솔하여 나오는 주란과 환초를 포위한 후 맹공격을 하기 시작했다.

순식간에 초나라 군사는 모두 쓰러지고 겨우 이십여 명이 살아남았다.

"하늘이시여! 이제는 힘이 없습니다. 적의 칼에 죽는 것보다는 차라리 자결하겠나이다!"

주란과 환초는 하늘을 우러러보면서 길게 탄식하고는 칼로 제 목을 스스로 찔러 버리고 말았다.

이때 항왕은 후진이 철저하게 전멸된 것도 모르고 선봉 부대에 살아남아 있는 백여 명을 인솔하여 급히 달아나고 있었다.

그들 앞에 다행히 배가 한 척 매어 있었다.

"옳다, 됐다!"

항왕은 부하들과 함께 그 배를 타고 무사히 강을 건넜다.

영웅의 최후

　　항왕 일행이 음릉陰陵이라는 곳에 이르렀을 때 길이 끊어져 버리고, 여러 갈래 산골짜기로 들어가는 소로밖에 없었다.
　"어느 쪽으로 가야 하나?"
　항왕은 여러 갈래의 길을 둘러보면서 속으로 중얼거렸다. 어느 쪽으로 가야 할는지 판단이 서지 않았다. 이때 별안간 꽹가리 치는 소리와 고함 소리가 천지를 진동시켰다.
　그는 너무 놀라 사방을 휘둘러 보았다. 저 앞에 보이는 논두렁에 한 사람의 농군이 서 있는 것을 발견했다.
　"여보시오, 농군! 강동으로 가려면 어느 길로 가야 하오?"
　항왕이 큰 소리로 길을 물었다.
　농군은 멀찍이 서서 항왕을 바라보았다.
　광채가 나는 비단 도포 자락과 게다가 금빛나는 갑옷을 입고 말 위에 앉아 있는 항왕의 모양을 본 그 농군은 이상하게 생각하였다.
　'저 사람은 보통 사람이 아니다. 저게 누굴까?'
　농군은 이렇게 생각하고 주저주저하면서 대답하지 못했다.
　항왕은 농군이 대답하지 않자 마음이 급해졌다.
　"여봐라, 무서워하지 말고 속히 대답해라. 나는 초 패왕이다! 지금 한군에게 쫓겨 강동으로 가는 길인데 길을 알지 못하니 어느 쪽으로 가야만 하겠느냐! 속히 가르쳐 다오!"

항왕이 대답을 재촉하자 농군은 생각했다.

'저것이 초 패왕이라…. 제가 팽성에다 도읍하고 임금이 된 후 사람을 죽이기를 파리 목숨같이 죽이고 착한 일이라곤 하나도 해본 적이 없고…. 내가 저놈한테 바른 길을 가르쳐 주어서 저것을 도와준다면 하늘이 결코 나를 용서하지 않을 것이다.'

농군은 이렇게 생각하고는 일부러 다른 길을 가르쳐 주었다.

"황송합니다. 제일 왼쪽으로 뻗친 저 길로 가십시오! 그 길로 가셔야 강동으로 가십니다."

항왕은 농군이 가리키는 길로 말을 달렸다.

약 일마장 가량 달려 왔을 때 넓고 넓은 개흙 바닥에 오추마가 첨벙 빠졌다.

진흙은 오추마의 뱃바닥까지 치밀어 올라왔다. 말은 네 굽을 허우적거리면서 개흙 바닥에서 벗어나려고 애를 썼다.

간신히 길을 빠져 나온 항왕은 숨도 쉬지 않고 달리었다. 한참 가노라니까 뜻밖에 한군 대장 양회가 일지군을 인솔하고 그의 앞길을 가로막았다.

항왕은 말을 멈추고 양회를 보고 사정하였다.

"너는 수년간 내 부하로 있지 않았느냐? 그러니 전날의 의리를 생각하여 나와 함께 강동으로 가자! 후일 내가 너를 만호후萬戶侯에 봉해 주마!"

"대왕이 충신의 간언을 듣지 않고 대역무도했던 때문에 오늘날 이같이 되신 것입니다. 지금 강동으로 가셔도 큰 일은 못하실 것이니 그만두고 내가 그동안 한왕에게 중용되어 신임을 받고 대왕을 추격하여 여기까지 왔으나 옛날 의리를 생각해서 차마 대왕을 죽이지는 못하겠으니 속히 갑옷을 벗으시고 한왕께 항복하십시오! 그렇다면 다행히 목숨

을 부지하고 잘하면 왕작의 지위를 보전할 수 있으리다!"

양회의 말을 듣고 항왕은 분을 참지 못했다.

그는 창을 겨누고 양회에게 달려들었다.

두 사람은 이십여 합 접전을 계속하다가 항왕은 창을 왼편 겨드랑이 밑에 끼고 오른손으로 철편을 들어 양회의 등을 부서지라고 후려갈겼다. 마침 그때에 한군 대장 양무·양익·여마통 등이 일제히 쫓아와서 항왕을 공격했다. 항왕은 사태가 불리해지자, 이제는 더 싸울 용기가 없어져 동쪽 수풀을 향해 도망치기 시작하였다. 살아남은 이십팔 명의 부하가 그의 뒤를 따랐다. 숲속에는 길도 없었다.

이쪽 저쪽으로 헤매면서 항왕은 길을 찾았다.

해는 이미 서산으로 넘어가 어두웠다. 항왕을 따라서 이 산 속까지 도망해 온 부하들은 항왕에게 권했다.

"폐하, 이 근처 민가에서 잠시 휴식하시고 내일 날이 밝은 뒤에 길을 찾아서 나가시는 게 어떠하시겠습니까?"

항왕도 그들의 말을 듣고서 고개를 끄덕였다.

"좋다, 그렇게 하자."

불빛이 비치는 곳까지 와 보니 그곳은 오래된 사원이었다. 안에서는 불빛이 새어 나왔고, 언덕 아래에서는 물 흐르는 소리가 들렸다. 항왕은 물소리를 듣고 오추마를 끌고 언덕 아래로 갔다. 그는 말에게 냇물을 먹이려 했지만 기괴암석이 첩첩이 쌓여 말은 입을 집어 넣을 수가 없었다.

항왕은 허리를 굽혀 많은 바윗돌을 집어치웠다. 그러자 비로소 맑은 물이 샘솟듯이 올라오더니 순식간에 커다란 맑은 샘물이 되어 버렸다.

이곳은 흥교원興敎院이라는 곳으로서 오강烏江으로부터 칠십오 리 되는 곳이었다.

항왕은 오추마에게 물을 배부르게 마시게 한 후 홍교원 문 안으로 들어갔다. 큰 방에는 숯불을 피워 놓고 팔구 명의 노인들이 주위에 둘러앉아 있는 모양이 보였다.

부하 군졸 한 사람이 앞으로 썩 나섰다.

"이 절간에 사람이 없습니까?"

인기척에 놀란 한 노인이 대답했다.

"예, 요사이 한과 초 두 나라에 난리가 일어났기 때문에 모두 도망해 버렸답니다! 혹시나 난중에 이 절간이 허물어질까 봐서 우리같이 늙어 빠져 아무 짝에도 소용없는 사람들을 대신 두고 갔답니다…. 그런데 노형들은 어디서 오는 사람들이오?"

"우리들은 초나라 군사들입니다. 지금 초패왕 폐하께옵서 한군에게 쫓겨 밤중에 길을 잃어버리셨기 때문에 이리로 오셨습니다. 노인께서는 우리 폐하께 저녁 수라를 올려 주시고 하루 저녁 여기서 쉬고 가시도록 마련해 주십시오."

군졸로부터 이 말을 듣고 있던 그 노인은 얼른 문 밖으로 나와서 항왕 앞에 꿇어 엎드렸다.

"황송하옵니다. 산야에 묻힌 촌백성이라 폐하를 몰라 뵈었습니다."

항왕은 노인들을 안심시키고 방으로 들어가 자리에 앉았다.

"쌀은 있는가?"

"폐하! 폐하께서는 초나라의 임금님이시옵니다. 더구나 이곳은 초나라의 땅이옵고 천민들은 모두가 폐하의 백성이옵니다. 어찌 폐하께 올릴 양식이 없겠사옵니까?"

잠시 후 밥과 반찬이 들어왔다. 항왕은 이날 밤 이 절간에서 잤다. 밤중에 붉은 해가 강물 위에 떠오르자 한왕이 오색 구름을 타고 달려오더니 그 해를 얼싸안고 달아났다.

항왕이 급히 쫓아가서 그 해를 빼앗으려 했으나 한왕이 발길로 탁 차버리는 바람에 그는 뒤로 넘어지고 한왕은 서쪽으로 달아나 버렸다.

한 권으로 읽는 초한지 | 305

항왕은 깜짝 놀랐다. 깨고 보니 꿈이었다. 항왕은 한숨을 길게 쉬었다. 이 순간 갑자기 꽹가리 소리와 고함치는 소리, 북치는 소리가 사방에서 요란스럽게 들렸다. 항왕이 벌떡 일어났다. 더 생각할 것도 없이 한군의 추격 부대가 가까이 다가오고 있으리라 —

그는 갑옷을 입고 창을 들고 오추마를 타고 숲속으로 뛰었다. 날이 밝기 시작했다. 사방이 환한데 산골짜기 이쪽도 저쪽도 한군으로 가득했다.

항왕이 채찍을 높이 들어 오추마를 후려쳤다.

일직선 형태로 항왕이 달아나고 있는 것을 본 한군 대장 관영이 이들을 가로막았다.

"이놈, 항우야! 속히 네 모가지를 늘여라!"

관영이 호령하면서 달려들었다. 이때 양무·여승·시무·근흡 네 사람의 한나라 대장이 또 달려들었다.

항우는 더는 싸우고 싶지 않았다. 그는 관영을 상대하지 않고 그 자리를 벗어나 곧바로 한군의 포위망을 뚫고 나갔다.

항우의 부릅뜬 얼굴이 어찌나 무섭던지 한나라 군졸들은 제풀에 길을 비켜 주었다. 그리고 아무도 뒤를 추격하지 못했다.

쏜살같이 달려나온 항우는 단숨에 오강까지 왔다. 벌써 오십 리를 달려온 것이다. 바로 뒤에서 쫓아오는 한군은 보이지 않았으나 이쪽 저쪽 산모퉁이에서 먼지가 일어나고 있는 것은 분명히 한군이 추격해 오는 것이 분명했다.

'어찌해야 될 것인가…. 나에게 날개가 있다 한들 여기서 벗어날 수 있을 것인가?

산과 들에 널려 있는 것이 모두 다 적군이라면 이제는 자기의 운명도 다한 것이다. 그는 뒤따라 온 부하들을 돌아보았다. 그래도 모두 다 씩씩해 보였다.

"내가 지금 적을 죽이고 길을 열 터이니 너희들은 산 밑에서 세 곳으로 갈라져 나를 기다려라! 어김없이 이같이 해야 한다!"

"폐하께서 분부하시는 대로 하겠습니다!"

군졸들은 일제히 대답했다.

항우는 벽력같이 고함을 지르면서 한군을 향하여 돌진하여 장수 한 사람을 찔러 죽였다. 그러자 한군은 폭풍을 만난 덤불처럼 흩어졌다. 항우는 이 길로 달려나왔다. 그는 동산 밑으로 달렸다. 부하들은 빠짐없이 그곳에 모두 모여 있었다.

"오오, 잘들 왔다!"

항우는 부하들을 둘러보고 저으기 안심하는 듯하였다. 그리고 그는 그들과 함께 잠시 숨을 돌렸다. 그러나 얼마 지나지 않아 다시 한군이 삼면에서 포위하고 들어왔다. 항우는 다시 오추마를 타고 쫓아 나갔다.

한병 대장 이우李祐와 도위 왕항王恒이 항우에게 힘없이 쓰러졌다. 그리고 군졸도 수백 명이 죽어 갔다. 항우의 부하는 단 두 사람만이 죽었다.

이제 항왕 앞에는 이십육 명만이 남은 셈이다.

항우는 다시 달려 마침내 오강의 북쪽 언덕에 도착하였다.

마침 오강의 정장亭長이 배를 한 척 준비해 가지고 있다가 항우가 오추마를 달려 도착하는 것을 보더니 그 앞으로 가서 공손히 인사를 올렸다.

"폐하! 폐하께서 행림하실 줄을 예측하고 있었사옵니다. 강동 지방은 비록 작은 지방이오나 옥야 천리라 폐하께서 다시 군사를 양성하시오면 수십만은 넉넉하옵니다. 이곳에는 신이 가지고 있는 배 한 척밖에 없는 곳이라 한병이 쫓아온들 무슨 재주로 강을 건너 오겠사옵니까!"

정장은 항우를 맞아 안타까운 듯 아뢰었다.

"하늘이 나를 버리셨다. 내 무사히 강동으로 건너 간다한들, 강동에서 따라온 팔천의 군사를 지금은 한 명도 데리고 돌아가지 못하는 처지니 모두들 나를 얼마나 원망하겠느냐!"

항우의 음성은 참으로 비통했다.

"폐하! 승패는 병가의 상사이옵니다. 한왕도 전날 팽성에서 폐하께 대패하여 삼십만을 잃지 않았습니까? 그때에도 한왕은 실망하지 않고 단신 산을 넘고 강을 건너 우물 속에 숨기도 하면서 목숨을 부지하여 마침내 오늘날에 이르지 아니하였사옵니까? 지금 폐하께서 패하신 것이 전일 한왕의 경우와 같사옵니다."

그러나 항우는 오만 가지 생각이 가슴에서 들끓고 있었다. 자기의 백부 항량과 함께 의병을 일으켜 진나라를 정벌한 이후 오늘날 한왕에게 쫓기어 오강에 이르기까지 지나온 팔 년 동안의 세월이 주마등같이 그의 눈앞으로 지나갔다.

과연 이런 처지에서도 살아야 할 것인가?

"고마운 말이다! 그러나 내 마음이 진정 부끄럽도다."

항우의 목소리는 더 한층 침통하였다.

한참 동안 두 사람은 말없이 서 있었다. 항우는 정장이 자기를 버려두고 떠나지 못하는 것을 보고 기특한 생각이 들었다.

"내 지금 그대의 뜻에 보답할 것이 아무것도 없구나. 이 말은 오추마라는 말이다. 하루에 천 리를 달리는 말이지. 수백 번 전장에 나갔지만 이 말을 따르는 놈은 한 마리도 없었다. 지금 여기에 버린다면 한왕의 것이 될 것이고, 그렇다고 죽여 버리지도 못 하겠구나! 내 이 말을 그대에게 주겠으니 그대가 오추마를 갖고 가거라."

정장은 공손히 절하고서 말고삐를 받은 뒤 돌아섰다.

말고삐를 잡은 정장이 몇 발짝 떨어져 갔을 때 오추마는 또 뒤를 돌아보았다. 이때 항우의 눈이 저를 바라보고 있음을 알았음인지 오추마는 별안간 슬프게 한 울음 울고는 땅바닥에 네 굽을 뻗고 주저앉았다. 그러자 정장과 함께 가던 여러 사람이 달려들어 간신히 오추마를 끌어다 배 위에 실었다.

그리고는 몇 사람이 노를 저어 배가 강 한가운데 들어섰을 때였다. 이때까지 배에 가만히 섰던 오추마가 갑자기 히힝, 히힝, 히힝! 이렇게 세 번 울음소리를 지르더니 껑충 강물 속으로 뛰어들어 금세 물결에 휩쓸려 갔다.

오추마가 스스로 물에 빠져 죽어 버린 것이다. 때맞추어 갑자기 고함 소리가 들려와 뒤를 보니 한군 추격 부대가 벌 떼같이 몰려오고 있었다. 항우는 이제 오추마도 버린 채 힘있게 버티고 서서 스물여섯의

　군졸과 함께 적과 대적할 태세를 갖추었다. 항우는 한동안 정신없이 적을 찌르고 치고 이리 뛰고 저리 뛰었다. 그러는 동안에 그의 손에 죽은 한병이 수백 명에 이르렀다.

　항우도 전신에 칼을 맞은 상처가 이십여 군데나 되었다.

　그는 가쁜 숨을 크게 내쉬고 무수히 넘어진 한군 시체 너머를 돌아보았다. 거기엔 전부터 잘 알고 있는 한의 대장 여마통이 자기를 향하여 달려오고 있었다.

　항우는 그를 바라보며 소리쳤다.

　"너는 옛날 그 여마통이 아니더냐?"

　여마통은 그 소리에 놀라 말을 세웠다. 그리고 여마통은 똑바로 항우를 보지 못하고 떨리는 목소리로 말했다.

"예! 신은 대왕께서 아껴 주시든 여마통이옵니다. 무슨 부탁하실 말씀이라도 있사옵니까?"

항우는 입을 꽉 다물었다가 한마디했다.

"내 듣자하니 한왕이 삼군에 명령하기를 패왕의 목을 베어 오는 자에게는 천금의 상을 주고 만호후에 봉한다고 했다더라! 내 너와 오래 전부터 알아오던 터이니 내 목을 너에게 주겠다. 내 목을 가져가 상금이나 타거라!"

이렇게 말하고는 주저없이 한 칼로 자기의 목을 잘라 버렸다.

그의 머리와 몸은 두 동강이 되어 땅 위에 뒹굴었다. 너무도 순간에 생긴 일이었다. 조금 전 그는 오추마를 정장에게 줄 때부터 이같이 자결해 버릴 것을 결심했던 모양이었다.

때는 대한大漢 5년 기해 십이월 겨울이었다.

기원전 232년 항우의 나이 불과 32세였다.

통일천하

　　순식간에 이 광경을 목도한 여마통은 잠시 형언할 수 없는 감정에 빠져 있었다. 얼마의 시간이 흐른 뒤 그는 항우의 머리를 집어 들고 돌아섰다.

　항우의 얼굴은 비록 눈은 감았을망정 안색이 평상시와 조금도 다름이 없이 평온하였다.

　여마통이 바친 항왕의 목을 바라보고 있던 한왕 유방이 이윽고 눈물을 흘렸다.

　"내가 지난날 대왕과 의형제를 맺고 그 후에 천하를 놓고 싸우느라 피차 원수가 되었소그려. 그러나 대왕이 태공과 여후를 삼 년 동안이나 잘 보호하여 준 것은 만고에 드문 일이외다. 그런 대왕이 이같이 세상을 떠나다니…."

　한왕의 넋두리에 모든 신하들도 같이 옷소매를 적시었다.

　이튿날 한왕은 여마통을 중수후中水侯, 왕예를 두연후杜衍侯, 양희를 적천후赤泉侯, 양무를 오방후吳防侯, 여승을 날양후涅陽侯에 봉하고, 각각 천금의 상을 내렸다.

　그리고 오강에는 항우의 사당을 세워 일 년에 네 차례씩 제사를 올리게 하라는 명을 내렸다. 그리고 장량의 간청에 의해 항백에게도 사양후에 봉하고 성을 유씨라 부르게 하였다.

　아아… 항우와는 동종同宗의 지친도 아닌 주란과 환초는 항우를 위해 목숨을 바쳤건만, 항우의 삼촌 되는 항백은 초나라를 버리고 한왕에게 항복하고 자기의 성까지 유씨로 행세하게 되고야 말았으니 인간 세상의 일이 이렇게도 기묘할 수 있으랴!

이때 산동 지방에 있는 노국魯國이 아직까지 한왕에게 항복하는 표문을 올리지 않았지만 한왕은 그것을 문제 삼지 않았다. 원체 노국은 조그마한 나라였던 까닭이다. 그러나 장량은 한왕과는 생각이 달랐다.

"원래 노국은 문제도 안 되는 작은 지방인데 그 땅이 그렇게도 이해관계가 있단 말씀이오?"

한왕은 장량을 보고 물었다.

"그러하옵니다. 노국은 본디 예의지국이옵니다. 말하자면 항우의 근본이 되는 지방이옵니다. 만일 그대로 내버려두시면 노국 사람들이 항우에 대한 복수를 하려고 의병을 일으켜 동오東吳의 호걸들을 모아 형초荊楚를 점령하고 호양湖襄을 공격할 것이오니 그때 대왕께서 어찌 쉽사리 평정하시겠나이까?"

장량의 설명에 한왕은 비로소 깨달았다.

"알았소이다. 하마터면 대사를 그르칠 뻔하였소이다. 속히 군사를 보내 노국의 항복을 받으십시다."

며칠 후 한왕은 노국에 도착하였다. 정말 산동 백성들은 성문을 철통같이 수비하고 성 위의 기치도 정돈되어 있었다. 한병은 사방을 에워싸고 이틀 동안 맹렬한 공격을 가하였다.

그러나 성 안에서는 아무 반응도 보이지 않고 도리어 노랫소리와 거문고 뜯는 소리만 울려 나왔다. 그러자 또 장량이 간하였다.

"지금 노국에서는 노공을 위해 절개를 생각하는 까닭일 것이옵니다. 그러니 대왕께서는 성 밑에다 항우의 목을 내놓고 저들에게 보여주시고 대의를 가르치시면 그제서야 심복할 것이옵니다. 힘으로써 이기고자 하시지 마시옵소서!"

한왕은 장량의 말대로 급히 항우의 목을 내다가 성 밑에 내놓아 보였다. 성중의 부로들은 성 위에서 이를 보고 항우의 목을 확인하자 일제히 통곡하였다.

항우가 이미 죽고 초나라가 망해 버렸으니, 한왕에게 돌아가는 것이 당연하다고 그들은 생각하였다. 그들은 이런 생각을 서로 의논하고 난 뒤 마침내 성문을 활짝 열었다.

한왕은 입성하여 백성들을 위로하였다. 그리고 항우의 시체를 관 속에 입관시킨 후 곡성 성 밖에 묘를 쓰게 하였다. 뿐만 아니라 묘 앞에 사당을 세워 일 년에 네 번씩 제사를 지내도록 분부하였다.

이렇게 하여 천하는 완전히 통일되었다.

하늘 밑에서부터 바다 끝까지 이제는 빠진 곳 없이 완전히 통일 천하가 이룩되었다. 제왕齊王 한신을 비롯해서 회남왕 영호, 대량왕 팽월, 그 밖의 모든 제후와 문무 장수들이 한왕 앞에 나가서 통일의 위업과 승전에 대해 크게 치하의 말씀을 올렸다.

그리고 이 자리에서 각 제왕들도 자기 임지로 돌아가 이제부터 평안한 백성들의 생활을 위해 노력하겠다는 뜻을 아뢰었다.

"그리하오. 제후들은 각각 본부의 인마를 거느리고 모두 분국으로 돌아가기 바라오. 그 외에 문무 장수들은 낙양으로 가서 있으면 각각 그 공로에 따라서 논공행상을 할 것이오."

한왕은 이렇게 분부하였다. 하지만 문득 한신에 대해서만은 꺼림칙한 생각이 들었다.

제나라는 본디 나라가 거대하다. 칠십여 성이나 되는 넓은 지방에 인구도 많고 무엇보다 산물이 풍부하다. 그런 곳에 한신을 제후로 둔다는 것은 후일 큰 화근이 될 것 같은 생각이 그의 머리를 괴롭히고 있었다.

'한신을 제왕으로 둘 것이 아니라 초왕楚王으로 옮겨 놓아야 하겠다. 초나라는 한복판에 끼어 있어 비록 수십 만의 군사가 있다 해도 쉽사리 큰 일을 저지르지는 못할 것이니….'

한왕은 이같이 생각하고 다시 한신을 불렀다.

"원수의 힘으로 짐이 천하를 통일한 것은 참으로 영세불망의 일이라고 생각하오. 그러나 장군의 공이 높고 위엄이 무거운 고로, 소인이 시기하고 질투하여 장군으로 하여금 그 지위를 오래 보전하지 못하게 할는지 알 수 없는 일이오. 그러하니 장군은 원수의 인장을 바치고 초왕의 신분으로 초나라를 다스려 주시기 바라오."

한신은 뜻밖의 명령이라 어찌할 바를 몰랐다. 그러나 한왕의 명령인지라 원수의 인장을 내놓을 수밖에 없었다.

"황송하오나 대왕께서 신을 제왕에 봉하신지 이미 수년이 지났사온데, 지금 다른 곳으로 갑자기 옮긴다 하심은 합당한 조치가 아닌가 하옵니다."

한왕은 한신이 꺼리는 눈치를 알았다. 하지만 한신이 제왕의 인을 내놓게 하지 않고서는 안심이 되지 않았다.

"장군은 잘못 생각하셨소. 전일 한과 초나라가 서로 싸우는 동안에 인심은 어지러웠고, 더구나 제나라 지방은 전부터 인심이 쉽게 평정이 되지 않은 지방이라 장군을 제왕에 봉해 다스리게 한 것이었소. 그러나 지금은 천하가 완전 통일되지 않았소? 그리고 장군도 회음 사람이고 초나라로 말하자면 장군의 부모의 땅이요. 그뿐 아니라 초나라를 멸망시킨 것은 완전히 장군의 힘이외다! 그러니 장군이 초왕이 되는 것은 가장 적합한 조치가 아니겠소?"

한왕의 말에 한신도 뭐라고 더는 할 말이 없었다.

한왕은 대신 초왕의 인을 한신에게 내주었다. 한신은 그것을 받고 물러나와 며칠 뒤 초나라로 떠났다.

이렇게 조치를 끝낸 한왕은 제후들을 각각 본국으로 보낸 후에 자기는 낙양으로 갔다.

　해가 바뀌어 대한 6년 정월—
　새해 정월이 되어서 제후들은 한왕에게 문안을 드리기 위해 모두 찾아왔다. 그 제후 중 조왕 장이와 초왕 한신이 한왕 앞에 나와 아뢰었다.
　"이제는 천하가 통일되고 백성이 태평하오니 대왕께서는 속히 황제의 위位에 오르시어 백성들의 마음을 편케 하여 주시옵기 바라옵나이다."
　그러나 한왕은 대답하지 않았다.
　"황제란 어질고 현명한 사람만이 오를 수 있는 막중한 자리가 아니오? 내 본디 재주가 없고 덕이 크게 부족한데 어찌 제위에 오른단 말이요!"
　"아니옵니다. 천하가 완전 통일되고 공신들을 왕후에 봉하시고도 대왕께서 황제의 위를 받지 않으시면 무엇으로써 천하에 신의를 보이시겠나이까?"
　끝내는 많은 신하들까지 이같이 아뢰자 한왕도 이 말에는 더는 대답할 말이 없었다.
　"정녕 그리하는 것이 옳은 길이라면 내 어찌 사양하겠소."
　드디어 한왕은 자기가 황제의 위에 오르는 것을 허락하였다.
　그때부터 낙양 성중에는 사직이 세워지고, 한왕의 부인 여씨는 황후가 되고, 큰아들 유영은 태자가 되고, 각국의 감옥에서는 죄수들이 석방되었다.
　이 해 오월에 황제는 남궁으로 나가 크게 연회를 베풀었다.
　모든 신하들이 천하가 통일된 후에 처음으로 열린 이 연회에 참석하여 흥겹게 즐기고 있었다.

이때 술이 얼큰히 오른 황제 유방이 입을 열었다.

"여기 있는 여러 장수들에게 짐이 묻는 것이니 반드시 솔직히 아뢰기를 바라오. 짐은 본디 패현의 사상 땅 정장亭長에 불과하였는데 오늘 천하를 얻게 되었소. 그러나 항우는 무게가 오천 근이나 되는 솥을 들만큼 기운과 무용이 절륜하였는데도 천하를 잃어버렸으니 이 무슨 까닭이라 생각하오?"

이 같은 황제의 질문을 받자 고기高起와 왕릉 두 사람이 일어나 대답하였다.

"항왕의 성격은 배고픈 사람에게 밥을 주고 추운 사람에게 솜옷을 주듯 불쌍한 사람에게 동정할 줄만 아는 인정에 불과하였고, 어질고 착하고 유능하고 공 있는 사람을 꺼리고 시기하고 부하에게 공을 세워 주지 않고 이익도 나누지 않아 마침내 천하를 잃어버린 것이옵니다. 하오나 폐하께서는 성과 땅을 빼앗은 후엔 공이 있는 자에게 반드시 상을 주시고 은혜를 베푸시고, 천하와 함께 이익을 공동으로 하시었사옵니다. 이런 까닭으로 폐하께서는 천하를 얻으신 것으로 생각하옵니다."

황제는 두 신하의 말을 듣고 빙그레 웃으며 술잔을 기울였다. 만족한 듯했으나 그래도 두 신하의 말에 무엇인가 부족함을 느끼는 표정이 엿보였다.

황제는 다시 두 신하에게 물었다.

"모르는 말이오. 방 안에 들어앉아서 계책을 꾸며 천리 밖의 승부를 결정짓는 일은 짐이 장량을 당하지 못하고, 대군을 지휘하여 싸우면 반드시 이기고, 공격하면 반드시 점령하는 데 있어서는 짐이 한신을 따르지 못하오. 이 사람들은 참으로 인걸이오. 짐이 천하를 얻은 것은 사람들을 잘 쓴 까닭이고, 항우는 범증 한 사람도 잘 쓰지 못해 천하를

잃어버린 것이 아니겠소!"

"폐하의 말씀, 과연 지당하신 말씀이옵나이다!"

황제는 여러 신하들이 진심으로 자기 말에 탄복하는 것을 보고서야 비로소 만족하였다.

한신은 황제가 대단히 즐거워하는 모양을 보고 이때다 싶어 황제한테 간청했다.

"아뢰옵니다. 전일에 신이 초를 배반하고 포중으로 들어갈 때 산속에서 길을 잃고 한 사람의 나무꾼을 만나 길을 물은 후 그 뒷일이 탄로날까 봐 그 나무꾼을 죽이고 위험을 벗어나 마침내 폐하를 모시게 되었사옵니다. 그리고는 그 길로 고운산·양각산까지 와서 의사義士 신기를 만나고 나중에 신기는 신을 따라서 초를 징벌하였사온데 지난번 광무산 대전 때 한나라를 위해서 용전분투하다가 전사하였사오나 아직까지 상을 내리지 못하였사옵니다. 원하옵건대 나무꾼의 사당을 세워서 제사를 지내게 하여 주시옵고, 신기에게 관작을 내리시고 그 자손들을 등용하여 주시오면 신은 폐하의 성은에 백골난망하옵겠사옵니다."

황제는 몹시 놀란 표정을 지었다.

"지금 이 자리에서 경이 말하지 아니했던들 나무꾼이 길을 가르쳐 준 의리와 신기가 진중에서 전사한 공을 짐이 어찌 알 수 있겠소. 하마터면 고마운 두 사람에게 대의를 저버릴 뻔하였소!"

이튿날 황제는 조칙을 내렸다.

한신에게 길을 가르쳐 준 나무꾼의 사당을 세우고 일 년 사시에 제사를 지낼 것과 신기에게는 건충후建忠侯를 추봉하고 그의 자손에게는 관록을 내리라는 특별 분부였다.

장량은 이 조칙이 내린 것을 보고 황제 앞에 나아가 자기의 고국 한왕韓王의 손자 희신姬信을 한왕에 봉하고 양척에 도읍을 정하도록 하여 한왕의 종묘를 세우게 하여 달라고 아뢰었다. 황제는 이것도 기꺼이 윤허하였다.

"과연 그대의 모친은 현명하시었도다! 일찍부터 짐이 천하를 통일할 것을 미리 알고서 아들로 하여금 불의의 길로 떨어지지 않게 하였으니 진실로 가상한 일이로다!"

황제는 즉시 조칙을 내리었다. 패현에 왕릉 모친의 사당을 세우고 매월 향촉을 밝히라고 칙명을 내렸다.

황제는 왕릉 모친에 관한 조칙을 내린 후 이어서 형산왕 오예吳芮를 장사왕長沙王으로 옮기게 하여 임상 땅에 도읍을 정하게 하는 동시에 회남왕 영포, 대량왕 팽월, 연왕 장도, 이 사람들은 그대로 그 땅의 임금으로 두고, 유가劉賈를 비롯해서 유씨 일족을 모두 왕작에 봉하고, 소하와 장량 같은 공신 이십여 명은 열후列侯에 봉하는 조칙을 내리었다.

천하가 통일된 후 논공행상도 모두 끝나 황제는 청명한 어느 날 높은 누각에 올라가서 궁실 밖에 있는 풍경을 구경하고 있었다.

이때 황제의 눈에 여러 대장들이 모여 앉아 무엇인가 수군거리고 있는 모양이 보였다.

'무슨 밀담들을 저렇게 하고 있는 것일까?'

즉시 장량을 불러 물었다.

"폐하께서 천하를 얻으신 것은 문과 무 모든 신하들이 모두 다 충성을 바쳐서 일심 협력했던 까닭이옵니다. 그런데 폐하께서는 가까운 사람은 봉작을 주시고 미운 자들에게는 죽음을 주신 터라 저 사람들이 불평을 품고 있는 것이옵니다."

"그렇다면 이 일을 어찌하면 좋겠소이까?"

"폐하께서 평소에 가장 미워하시고, 또 모든 신하들도 그런 줄로 알고 있는 사람이 누구이옵니까?"

황제는 서슴없이 대답하였다.

"미워한 놈은 옹치고, 가장 아낀 사람은 정공丁公이오."

"폐하께서 지난날 수수 합전 때 참패하여 도피하실 때 옹치는 항우의 명령을 소중히 생각하여 폐하를 끝까지 추격하였으니 이 사람은 충신이옵고, 반대로 정공은 항우의 명령을 배반하고 폐하를 도와 드렸사오니 이것은 불충이옵니다. 정공을 사형하시옵소서! 그러면 동요하던 인심은 안정될 것이옵니다."

황제는 즉시 미워하던 옹치를 불러 십만후十萬後에 봉하고 사랑하던 정공은 사형에 처하는 결단을 내렸다.

어느 날 황제는 항우의 부하였던 계포와 종리매가 어디 숨어 있는지 종적이 묘연한 것을 깨닫고 마침내 칙명을 내리었다.

'계포와 종리매를 생포해 오는 자에게는 황금 천 냥을 줄 것이며, 만일 숨긴 자는 비록 왕후장상일지라도 엄중 처단할 것이다.'

이 같은 훈령을 널리 천하에 포고하여 방으로 써 붙이게 하였다. 이때 계포는 함양 성 중에 살고 있는 주장周長이라는 친구의 집에 숨어 있었다.

주장은 계포와 어렸을 때부터 친구였다.

하루는 주장이 거리에 나갔다가 황제의 칙명을 써 붙인 방을 보았다. 그는 집에 돌아와 계포와 의논했다.

"황제께서 지금 장군을 찾고 있는 모양이네. 만일 여기 있다가 탄로나면 우리 집안은 끝장이네. 내가 죽는 게 두려워하는 것은 아니지만 장군에게도 유익할 것이 없네. 그러니 이 일을 장차 어찌하면 좋겠는가?"

계포는 주장의 말을 듣고 말했다.

"걱정 마시게! 내가 자네한테 와서 그동안 폐를 끼친 것만 해도 감사하지. 내 스스로 내 몸을 보호할 것이네!"

그리고는 즉시 칼을 뽑아 자기의 머리칼을 싹둑 잘라 버렸다. 그리고는 머리를 박박 깎은 후 그 집에서 나가 버렸다.

계포는 그 길로 노국으로 갔다. 그리고는 주씨의 집에 종이 되어 그날부터 종노릇을 충실히 했다.

주씨 노인은 계포를 두고 보니 외양은 종놈의 모양이나 평소의 행동이 범상한 인물이 아닌 것을 발견하였다.

'옳거니, 저자가 필시 나라에서 찾고 있는 계포다!'

이렇게 직감하였다. 외양과 체구와 모든 동작이 당당한 장군감인데 머리만 발가숭이가 되었다는 것은 말 못할 사정이 있어서 일부러 한 일이라고 간파하였던 것이다.

주씨는 그가 계포인 것을 깨달았지만 시치미를 떼고 며칠을 더 지내다 급기야 입을 열었다.

"내 보아하니 자네는 초나라 대장 계포가 분명하네. 그러니 내 너를 묶어 황제께 바쳐야겠네. 그러지 않고서는 내 집안이 망하고 만다. 그러니 숨기지 말고 바른대로 말하게."

주씨의 말에 계포도 솔직하게 말했다.

"그렇습니다. 제가 바로 계포입니다. 어른께서 그동안 저를 잘 거두어 주셨습니다. 어른께서 저를 결박해 황제께 가시면 반드시 상금을 타실 것이니 그것으로나 은혜를 보답하렵니다…"

계포의 솔직함을 보고 주씨는 태도를 바꾸어 말했다.

"내가 한 말은 일부러 해본 말이오. 어찌 사람을 죽이고 상을 받는단 말이오! 내가 젊어서 사귀던 친구 가운데 등공 하후영이란 사람이 있소. 이 사람이 지금 낙양에서 황제를 모시고 있는 터이니 내가 이 사람에게 당신을 부탁해서 목숨을 구해 줄 것이오."

며칠 후 두 사람은 낙양에 도착하였다.

주씨는 즉시 하후영을 찾았다. 하후영은 주씨 노인을 반가이 맞아 술상을 내온 뒤 마주 앉았다.

"그런데, 계포가 무슨 죄가 있어 나라에서 찾는 것인가?"

주씨가 넌지시 물었다.

"계포가 전날 항우 밑에 있을 때 우리 황제를 곤란에 빠뜨렸기 때문입니다."

"그게 무슨 죄란 말이오? 계포를 죽이려고 찾는다면 계포는 반드시 북쪽 오랑캐나 남쪽 월越로 도망갈 것이네. 결국 조정으로 보면 한 사람의 훌륭한 장수를 잃는 것이며, 그 반대로 다른 나라에는 도움을 주는 것이 아니겠나? 그러니 등공이 황제께서 계포의 죄를 용서토록 해 주시게. 그러면 천하의 호걸들이 모두 다 황제를 모셔 신하 되기를 소원할 것이 아닌가."

주씨는 진심으로 간곡하게 권고하였다.

"선생의 말씀이 당연합니다!"

이튿날 하후영은 입궐하여 황제 앞에 나아가 아뢰었다.

"신이 아뢰올 말씀이 있사옵니다. 폐하께옵서 계포를 체포케 하셨는데, 계포에게 무슨 죄가 있사옵니까?"

"계포의 죄는 명백하다! 짐을 모욕한 죄다!"

그 말을 듣고 하후영이 또 간하였다.

"신하 된 사람으로는 자기 임금을 위해 충성을 다하는 것이 아니옵니까? 계포는 그때 초나라와 항우가 있음만 알았지 폐하가 계신 것은 몰랐사옵니다. 이것은 계포의 충성이며 죄가 아니옵니다! 한나라의 모든 신하가 계포같이 한다면 폐하께서는 천하를 다스리심에 근심이 없을 것이옵니다. 폐하께서 만일 계포를 용서하시고 등용하신다면 사방에서 계포 같은 장수가 폐하께 달려올 것이 아니오리까. 대해와 같은 황제께서 어찌 한 사람의 계포를 용납하실 수 없사옵니까…."

그러자 황제는 즉시 자신의 좁은 생각을 깨달았다.

"과연 그 말이 옳다! 계포와 종리매의 죄를 용서하고 짐에게 오면 관직에 등용할 것이다."

하후영의 주선으로 계포는 황제 앞에 인도되었다. 이 자리에서 계포는 낭중 벼슬자리를 받고 물러나왔다. 그러나 종리매가 아직도 어디 숨어 있는지 알 수 없는 것이 또한 걱정이었다.

황제는 모든 신하들에게 분부하였다.

"종리매는 가장 용맹스러운 대장이며 지혜는 범증 못지 않은 인물이다. 만일 이대로 버려 두면 후일 화근이 될 것이니 속히 이놈을 잡아서 짐의 마음을 편안케 하라!"

모든 신하들은 낙양 곳곳에 방을 써 붙이고 종리매를 찾았다. 이때 방을 보고 있던 사람들 속에서 베옷에 짚신을 신은 텁수룩한 사람이 큰 소리로 떠들어 댔다.

"종리매 한 사람이 무슨 큰 일이란 말이냐. 정말 큰 일이 있는데, 내가 이것을 황제에게 고하고 싶지만 누가 나를 황제에게 데리고 가는 사람이 없구나…."

"네 이름이 무엇이냐?"

이 말을 들은 성에서 나온 관리가 물었다.

"내 이름은 누경이다. 한나라를 위해서 영원불멸의 기초를 세우고 천하를 반석처럼 튼튼하게 하려는데 다만 내가 황제께 나아가 이 말을 권할 수가 없구나."

관리는 급히 성중으로 돌아가 황제에게 이 같은 사실을 보고하였다. 황제는 그 사람을 불러오라 명하였다.

누경이 궁에 인도되어 황제에게 인사를 드렸다.

"네가 짐에게 고할 무슨 명론탁설이라도 있느냐?"

황제가 누경에게 물었다.

"전일 항우가 범증의 간함을 듣지 아니하고 관중 지방을 버리고 팽성에 도읍하는 것을 한생이 또 간하다가 항우가 삶아 죽였사옵니다. 이때 초나라는 벌써 천하를 상실한 것이옵니다. 지금 폐하께서 낙양에 도읍을 정하신 것은 물론 팽성보다야 낫지만 불가한 일이옵니다. 신이 아뢰고자 하는 큰일은 이것이옵니다. 폐하께서는 다만 주나라와 같이 융성하게 되고자 생각하시어 낙양에 도읍을 정하신 것이 아니옵니까?"

"물론 그러하다."

"폐하, 재고하시옵소서. 폐하께서 천하를 얻으신 것과 주나라가 천

하를 통일한 것과는 같지 않사옵니다. 주나라는 후직後稷 때부터 수백 년 동안 덕을 쌓고 무왕에 이르러 주紂를 징벌하여 천하를 통일하였사옵니다. 그리하여 성왕成王 칠 년에 동도東都를 이룩하시니 이 땅이 곧 지금의 낙양이옵니다. 그런데 폐하께서는 패현 땅에서 궐기하여 포중에 좌천하시었다가 삼진을 평정한 후에 항우와 더불어 영양과 성고 간에서 육년 동안 대소 칠십여 회의 전쟁을 하느라 천하 백성들은 간담이 썩었사옵니다. 주나라가 천하를 통일한 것과는 다릅니다. 그러니까 완벽하게 천하를 장악하시려면 천하의 지형 중에서 명당과 같이 중요한 땅에 도읍을 정하시어야 하옵니다. 과거의 진나라가 도읍하던 함양 땅은 실로 천하의 인후이옵니다. 폐하께서 낙양에 도읍하신 후 후일 세력이 약해질 때, 만일 다른 제후가 함양을 차지하여 일어난다

면 진 시황과 항우같이 강대해질 우려가 있사오니 이것이 천하 대사이 옵니다. 곧 함양으로 도읍을 옮기소서. 이것이 만세의 기초이옵니다."

황제는 누경의 말을 듣고서 신하들의 의견을 타진했다.

"그대들의 의견은 어떠한가?"

이때 신하들은 고향이 산동 지방 사람들인지라 낙양에서 떠나기가 싫은 사람들이었다.

"낙양에서 천도하옵는 것은 불가하옵니다. 낙양은 천하의 중앙일 뿐 아니라 요새지옵니다."

황제는 장량에게도 소견을 물었다.

"낙양은 물론 천하의 중앙이고 요새지라 할 수 있사오나 사면으로 적을 받아야 할 위험이 있는 곳이므로 힘을 사용할 곳이 못 되옵니다. 관중 지방은 좌로 고함股函, 우로 농촉의 험준한 산이 막고 있고, 들판이 천 리이며 삼면이 막히고 한쪽으로만 제후를 막고 있음으로 실로 천부의 요지이옵니다. 신의 생각으로는 누경의 말이 실로 옳은가 하옵니다."

장량이 이같이 아뢰자 황제는 마침내 이에 동의하여 누경에게 봉춘군奉春君의 호를 내리고 성을 유씨라 하였다.

이렇게 도읍을 함양으로 옮기는 대 역사가 완전히 끝난 뒤부터 천하는 태평하였다.

그러나 이때까지도 종리매는 나타나지 않고 있었다.

"종리매가 아직까지 나오지 않고 숨어 있다. 아직도 종리매의 소식을 들은 일이 없는가?"

그러자 계포가 황제 앞으로 나와 아뢰었다.

"신이 지난날 종리매와 함께 지낼 때, 자네는 어느 곳으로 도망하겠는가 물었더니 종리매는 숨기지 않고 하는 말이 자기와 한신과는 십여 년 전부터 아는 사이일 뿐더러 한신이 초를 배반하기 전에 항우의 노염을 사서 목숨이 위태했을 때 구원해 준 일도 있으니까 한신을 찾아가겠노라고 대답하였사옵니다. 과연 한신에게 가서 있는지 알 수 없사옵니다."

황제는 계포로부터 의외의 말을 듣고 진평을 불렀다.

"한신이 종리매를 감추고 있는 모양이오. 짐이 이놈들을 속히 잡아서 후환을 제거해야겠는데 무슨 계책이 없겠는가?"

진평이 아뢰었다.

"그러하오나 이 같은 일은 너무 급하게 서둘러도 아니되옵고 또 너무 때가 늦어도 불가하옵니다. 폐하께서 지금 믿을 만한 사신을 한신에게 은밀히 보내시옵소서. 그래서 과연 그곳에 종리매가 있거든 여차여차하게 말을 하도록 하면 한신이 부득이 종리매를 죽일 것이옵니다."

"좋소!"

황제는 즉시 진평의 말대로 수하를 가까이 불렀다.

"네가 칙명을 내세워 빈주彬州에 가서 의제義帝의 능을 수축하게 되었다는 핑계로 먼저 초나라에 가서 한신을 만나라. 그리고 종리매를 한신이 숨겨 두고 있는가 알아보거라. 과연 그곳에 종리매가 숨어 있거든 한신에게 여차여차 말을 해서 한신으로 하여금 종리매를 죽이도록 하라. 이 일만 성공하면 네게 큰 상을 내리리라."

순례길

어느 날 한신은 찾아온 수하를 맞아들였다.
"웬일인가? 대부가 별안간 찾아오니 무슨 연고라도?"
"이번에 의제의 능을 수축하라는 칙명을 받들고 빈주로 가는 길이온데, 지난날 은혜를 생각해 한번 찾아 뵈려고 왔사옵니다."
수하는 술을 마시며 깊은 생각에 잠기는 듯했다. 그리고는 한신 앞으로 가까이 앉으면서 속삭였다.
"제가 이번에 여기 온 것은 참으로 중대 사건이 생겨 그 사건을 고해 드리려고 온 것입니다."
한신은 깜짝 놀랐다.
"중대 사건이라니…. 무슨 일이 생겼나?"
"계포까지 나서서 종리매가 지금 초왕한테 숨어 있다고 아뢰었답니다. 그래서 지금 초왕이 종리매를 숨기고 내놓지 않는 줄로 모든 사람이 믿고 있습니다. 다만 소 상국 한 사람만이 그럴 리가 없다고 황제께 재삼 아뢰었습니다. 그러나 폐하께서는 의심을 풀지 못하고 계시옵니다. 제가 오랫동안 대왕의 은혜를 받아온 터라 비밀을 말씀드리는 것입니다. 그러니까 속히 방책을 세워 여러 사람의 입을 막으셔야 합니다. 만일 차일피일하다가는 폐하께서 대왕의 문책을 피할 수가 없을 것입니다."
수하의 말을 듣고 한신은 낭패한 기색을 얼굴에 보였다.

"어떻게 하면 황제의 의심을 풀 수 있겠는가?"

"다른 방법이 없습니다. 종리매의 머리를 헌상하십시오. 그러면 저절로 무사하게 될 것이 아니겠습니까?"

수하는 이렇게 대답하였다.

"하지만 내가 종리매를 어찌 죽일 수가 있겠나!"

한신은 결심을 못 하고 이렇게 중얼거렸다.

"대왕께서 친구 간 의리를 중하게 생각하시고 나라의 법은 가볍게 생각하신다면 미구에 닥칠 화를 어찌하시려고요?"

한신은 이 말을 듣고 대답했다.

"대부의 말이 옳소! 종리매의 머리를 폐하께 헌상하겠소!"

수하가 돌아간 뒤에 후원으로 나간 한신은 누각에 들어가 종리매를 보고 수하에게서 들은 이야기를 모두 하였다. 종리매는 이야기를 듣고 조심스럽게 물었다.

"그래, 대왕은 어떻게 하시겠소?"

한신이 무겁게 입을 열었다.

"국법을 지켜야 하지 않겠소? 내, 그대를 죽여 함양으로 보내야 하겠소이다."

그러자 종리매가 길게 탄식했다.

"어허, 대왕은 잘못 생각하시었소! 내가 살아 있으면 황제가 대왕을 해치지 못할 것이나 내가 죽으면 그 다음에 죽을 사람은 대왕이오! 이 것을 모르십니까?"

한신은 이 말을 듣자 가슴이 뜨끔해졌다.

황제의 심리를 꿰뚫어 보고 하는 말 같았다. 하지만 국법을 지킬 생각이라면 종리매의 머리를 황제에게 바쳐야 한다.

그렇게 종리매의 목을 바친다면 황제는 그 후부터 두고두고 자기를 의심하다가 어느 때 무슨 트집을 잡아 자기를 죽이려 할는지 알 수 없

었다.

"좀 더 두고 봅시다."

한신은 이렇게 한마디 하고 종리매가 있는 누각에서 나왔다.

수하는 며칠을 두고 한신의 처분을 기다렸다. 그러나 한신으로부터 아무런 언급도 없었다. 그리고 또 며칠이 지났다.

수하는 단념하고 즉시 황제에게 밀서를 적어 하인에게 주어 함양으로 보고한 후 빈주로 떠나 버렸다.

황제는 초나라에서 수하가 올린 밀서를 받고 머리가 무거웠다.

'한신은 도저히 믿을 수 없는 인물이다!'

그때 누군가가 찾아왔다는 전갈이 왔다.

"모르는 사람이 폐하를 뵙고 은밀한 일을 아뢰고자 합니다."

황제는 놀라는 표정으로 급히 명했다.

"어서 불러들여라."

잠시 후에 밀고하러 온 자가 황제 앞에 엎드렸다.

"소신은 초나라 백성이옵니다. 초왕 한신이 최근 백성의 토지를 빼앗아 그 땅에 부모의 산소를 쓰고, 날마다 병마를 이끌고 각 지방을 돌며 어지럽게 할 뿐만 아니라 옛날 초나라 대장이던 종리매를 숨겨 두고 폐하께 내놓지 아니하옵니다. 이에는 반드시 음모하는 일이 있을 것이옵니다. 소신이 알고 있는 사실이오니 속히 이를 제거하시어 초나라 백성들을 구원하여 주시옵소서."

황제는 격노하여 소리쳤다.

"어찌 한신이 이럴 수가 있단 말이냐! 종리매를 숨기고 있다는 것은 언젠가 모반하려는 생각이 아니겠는가?"

여러 신하들이 황제의 흥분에 맞장구를 치자 이를 보고 진평이 황제에게 간하였다.

"한신은 오직 계략으로 사로잡아야 합니다. 힘으로는 실패하옵니

다. 신에게 계책이 있사옵니다. 군사를 움직이지 않고 창과 방패를 쓰지 않고 일시에 한신을 사로잡도록 하겠습니다."

"그 같은 계책이 뭐란 말이요?"

"한신은 꾀가 많사옵니다. 폐하께서는 서둘러 사냥을 떠나시되 운몽雲夢으로 행차하시옵소서. 폐하께서 운몽으로 가시면 한신이 나와서 봉영하지 않을 수 없사옵니다. 그때 무사들을 시키어 한신을 사로잡아 버리면 그만이옵니다."

진평이 이같이 아뢰는 말을 듣고서 황제는 크게 만족했다.

"경의 계책이 과연 합당하오!"

황제는 즉시 동쪽에 있는 제후들에게 조칙을 내리었다.

'짐이 금년 십이월에 운몽으로 순렵하여 제후들과 만난 뒤 나라의

풍습과 민속을 살피고자 한다. 그리고 차후론 해마다 이같은 순렵을 행할 것이며, 만일 불참하는 자는 엄히 다스릴 것이오.'

그리고 며칠이 지나지 않아 십이월이 되었다.

황제는 문무 대신들을 거느리고 함양을 떠났다.

황제의 어가가 진채陳蔡까지 도달하였을 때 벌써 영포와 팽월 등 동쪽의 제후들은 그곳에 와서 어가를 봉영했다.

이 무렵 한신은 황제가 운몽으로 순렵하러 오겠다는 조서를 받고 신하들을 모아 의논하였다.

"황제께서 내가 종리매를 숨겨 두고 있다 하여 나를 해치려고 순렵을 핑계로 삼고 있다. 해서 나도 종리매를 죽여 죄를 면하려 생각했지만 오래 전의 친구라 차마 죽이지 못했다. 이 일을 어떻게 했으면 좋겠는가?"

한신은 이같이 여러 신하의 의견을 물었다. 그러나 아무도 의견을 말하지 않았다.

"아무래도 종리매를 죽여 죄를 씻는 것이 좋지 않겠는가?"

한신이 이같이 말하자 그제서야 모두들 찬동하였다.

한신은 즉시 종리매를 불렀다.

"지금 황제께서 순렵을 핑계로 운몽에 나오시는데 이것은 내가 그대를 감추어 두고 있다는 것을 알고 혹시 내가 반심을 품고 있는가 해서 오시는 것이오. 그러니 나는 그대 때문에 황제를 배반하는 반신이 될 뿐 아니라 또 그대에게도 이로움이 없소. 이런 까닭으로 내가 그대를 죽여 황제께 바치고 죄를 면해야겠소! 참으로 부득이한 일이니 그대는 나를 원망하시 마시오."

한신의 말을 듣고 종리매는 빙그레 웃으며 말했다.

"대왕! 후회하지 마시오! 오늘 대왕이 나를 죽이면 명일 대왕이 죽음을 당하오! 이 말은 전에도 대왕한테 드린 말이외다."

"그러나 내가 충심을 보이는 데야 황제께서 나를 해칠 리가 있소? 설혹 황제께서 그래도 의심하신다 해도 내가 반심이 없었다는 표적은 보여야 하지 않겠소?"

한신의 말에 종리매는 한참을 노려보다가 큰소리로 외쳤다.

"이놈! 의리없이 나를 이렇게 버리느냐! 머지않은 날 네가 죽음을 당하는 꼴을 못보고 죽는 것이 한이다!"

종리매는 이렇게 독설을 한마디 퍼붓고는 곧 칼을 뽑아 자기의 목을 스스로 찔러 버렸다.

한신은 종리매의 목을 가지고 운몽으로 향하는 도중에서 황제의 어가를 만났다. 한신이 황제가 타고 있는 수레 앞으로 종리매의 머리를 들고 나가자 황제는 추상같이 호령했다.

"한신을 결박하라!"

황제의 명령이 떨어지자 순식간에 한신은 결박되고 말았다.

한신이 몸을 일으키며 소리쳤다.

"신이 무슨 죄가 있기에 이리 하시나이까?"

"네가 지금 와서 무슨 변명이냐!"

"신은 폐하의 개국공신이옵니다. 죄도 없이 지금 결박당하오니 어찌 억울하지 않사옵니까!"

황제는 가소롭다는 듯이 말했다.

"죄가 없다고? 그럼 들어 보라! 넌 임의로 백성의 전답을 빼앗아 부모의 묘를 써 백성의 원한이 골수에 사무쳤으니 그 죄가 하나요, 지금 천하가 무사하고 백성이 안락할 때에 무단히 병마를 인솔하고 군현을 어지럽게 하여 많은 사람을 불안하게 하니 그 죄가 둘이요, 항우의 심복인 종리매를 너는 짐이 찾음에도 불구하고 감추어 두고 조석으로 일을 상의하였으니 그 죄가 셋이다. 이런 음모가 이미 탄로되었으므로 짐이 결박을 지우는 것이다. 이젠 알겠느냐?"

황제의 말이 끝나자 한신은 얼굴을 들고 말하였다.

"신이 그 일에 대한 곡절을 아뢰겠사옵니다. 폐하께서는 잠시 신으로 하여금 명백한 사실을 아뢸 수 있게 하여 주시옵소서."

그러자 한신에게 말하라 허락하였다.

"그러면 어서 말해 보라!"

"신이 옛날에 일개 필부로 지낼 때 집이 가난하여 부모의 장지가 없었던 터라 타인의 토지에 매장하였사옵니다. 지금 폐하께서 신을 초왕에 봉하시어 영광이 일신에 넘쳐 이 같은 부귀를 작고한 부모에게도 보이고자 새로이 분묘를 축조하고 담을 쌓았습니다. 이 땅은 바로 백성의 토지와 이웃해 있는 땅이라 백성들이 모르고 나쁘게 말하는 것이옵니다. 신이 어찌 무단히 백성의 땅을 빼앗겠사옵니까. 또 병마를 거느리고 군현을 순찰한 것은 폐하께서 처음으로 천하를 얻으신 후 초나라의 잔당들이 아직도 배회하므로 그것들이 어느 때 반란을 일으킬지 알 수 없사와 그래서 신은 때때로 군현을 순찰하며 잔적을 토벌하였사옵니다. 어찌 주민들을 괴롭히고자 함이 있겠사옵니까. 그리고 종리매로 말씀하오면 신이 전일 초나라에 있을 때 항우에게 누차 죽을 뻔한 것을 이 사람이 모면시켜 준 일이 있사옵니다. 신이 그 덕을 배반할 수 없어서 잠시 숨겨 두고 있다가 폐하께 아뢰어 나라에 등용하도록 하려고 생각하던 중이었사온대 폐하께서 먼저 다른 사람들의 참소를 들으시고 신을 의심하였사옵니다. 신이 그런 사태를 알고 부득이 이번에 종리매를 죽여 나온 것입니다. 그 외엔 다른 마음이 없사옵니다. 원하옵건데 억울함만은 풀어주시옵소서."

한신이 이렇게 간절히 아뢰었지만 황제의 얼굴에는 여전히 노기가 풀리지 않았다.

"짐이 전날 너에게 제나라를 정벌하라 하였을 때 속히 평정하지 못하기에 따로 역이기로 하여금 제왕을 설복시켰음에도 불구하고 너는 조칙을 어기고 제나라를 공격하여 마침내 역이기를 참살당하게 하였다. 그후 방자스럽게도 스스로 제왕이 되겠다고 하지 아니하였느냐? 짐이 성고 땅에 포위당해 있을 때도 구원을 오라 하였지만 너는 앉아서 승부만 구경하고 있지 않았는가? 근래에 와서 초왕으로 봉한 것을 너는 부족하게 여기고 비밀히 모반하려 했으니 네 죄는 이같이 많고도 많다! 짐은 이 죄를 법으로 다스리리라. 네 죄가 없단 말이 웬 말이냐!"

한신은 이 소리를 듣자 장탄식을 토했다.

"아아! 높이 나는 새가 없어졌으니 큰 활이 소용없고, 토끼를 다 잡았으니 사냥개를 잡는다 하고, 적국을 격파했으니 신이 죽는다고 하더니 과연 이 말이 나를 두고 한 말이로다! 천하를 평정했다고 해서 내가 죽을 차례가 되었다니 아예 슬퍼하지도 말자!"

한신이 혼잣말처럼 이렇게 탄식하는 소리를 황제가 들었다. 의심과 불안과 미움이 크기는 했지만 결박되어 있는 한신의 모습과 지금 그의 진정인 듯한 탄식 소리를 듣고는 황제의 마음이 풀어질 수밖에 없었다.

'어찌할까? 우선 함양으로 돌아가서 천천히 생각해 보자.'

황제는 결심을 미루고 환궁하기로 하였다.

"초왕의 인을 바치어라!"

황제는 우선 왕인만 빼앗았다. 한신이 품속에 들어 있는 인장을 내놓았다.

"한신을 수레에 실어라!"

그리고 황제는 자기가 타고 있는 수레에 잇대어서 한신의 수레를 붙이게 하고 어가를 출발시켰다. 날이 저물어 어가가 운몽으로부터 삼십 리쯤 떨어진 곳에 이르렀을 때, 황제는 수레에서 내려 하얀 용마로 바꿔 타고 갔다.

갑자기 말을 타보고 싶었던 것이었다.

　조금 가노라니까 큰 숲이 막아섰다. 깊은 겨울인지라 나뭇가지는 앙상하지만 아람드리 나무가 총총하게 들어서 있어 앞이 잘 보이지 않았다. 이때 별안간 용마가 큰 소리로 길게 울면서 네 굽을 땅에 박은 듯이 움직이지를 않았다.
　황제는 갑작스런 일에 놀랐다.
　'이 앞에 필시 무슨 변고가 있을 것이다.'
　황제는 급히 번쾌를 불러 앞에 무엇이 있는가 살펴보라 명령하였다. 그리고 잠시 기다리는 사이 번쾌가 몇 사람을 붙들어 가지고 숲속에서 나왔다.
　잡혀온 장정들의 손에는 활과 화살이 들려 있었다.
　"웬 놈들인데 숲속에 숨어 있느냐?"
　황제는 장정들을 내려다보면서 이렇게 물었다.
　"저희들은 회음 땅 사람입니다. 죄없는 우리 초왕을 폐하가 잡아가시기에 초왕을 구하려고 숨어 있었습니다."
　"이놈들, 거짓말 마라! 한신이 아니라 짐을 쏠 작정이었지? 다행히 용마가 미리 알았기에 변을 면했다! 이놈들을 당장 죽여라!"
　황제가 추상같이 명하였다.
　한신은 두 눈에 눈물을 머금었다. 활을 가지고 나무 뒤에 숨어 있다가 마침내 뜻을 이루지 못하고 죽은 사나이는 십수년 전 저잣거리에서 자기를 가랑이 밑으로 기어 나가게 했던 자로서 자기가 초왕으로 부임한 후 불러내어 중위中尉의 벼슬을 시킨 그놈이 분명했다. 황제는 자기를 겨누던 자들을 처치하고 다시 수레에 올랐다.
　"척양과 낙양을 거쳐서 함양으로 환궁하겠다."
　황제가 이같이 명하자 신하들은 분부대로 어가를 모시었다. 제후들을 각각 돌려보내고 황제는 예정대로 환궁하였다.
　여러 신하들은 조정에 나와 황제에게 배례하고 좌우에 정렬하여 시립하였다. 이때 대부 전긍田肯이 간곡히 아뢰었다.

"한신은 폐하를 위해서 심력을 다해 불멸의 공훈을 세웠사옵니다. 관중 지방은 지세가 유리하여 천하에서 으뜸이옵고 제나라 지방은 천하에서 둘째가는 지방이옵니다. 그리고 이 두 지방을 먼저 얻으신 것은 모두 한신의 공이옵니다. 그러므로 한신을 제왕으로 봉하셔도 좋을 터인데, 지금 오히려 그에게 죄를 물으시니 어찌 된 일이옵니까? 다시 통촉하소서!"

황제는 전긍의 말에 이렇게 대답하였다.

"한신이 오랫동안 이심을 품고 있었음을 짐은 알고 있었소. 대부의 말도 일리는 있으나 미구에 변이 생길 것이므로 미리 조처한 것뿐이오."

"폐하! 폐하께옵서 그토록 한신을 의심하옵시면 그에게 병권을 주지 마옵시고 함양에 거주토록 하오시면 자연히 무사할 것이 아니옵니까?"

"그래요, 대부의 말에도 일리가 있소!"

황제는 무슨 생각에서인지 전긍의 간청에 따랐다.

한신을 그대로 살려 두기도 걱정스럽고 그렇다고 무자비하게 죽여 버리는 것도 의리와 체면에 걸리는 점이 적지 않았다. 그래서 환궁하면서 며칠을 곰곰이 생각해 보았으나 좋은 방책이 생기지 아니하던 터라 황제는 전긍의 의견으로 큰 문제를 해결한 셈이었다.

그는 마음을 짓누르고 있던 무거운 짐을 벗어 버린 듯한 홀가분함을 느꼈다.

"경들은 모두 물러가오."

십여 일이 지난 후 황제가 한신을 조정으로 불러들였다.

한신이 공손히 인사를 올리자 황제는 온화한 음성으로 말하였다.

"장군이 초를 배반하고 짐에게 왔을 때 짐이 축단을 쌓고서 대원수

에 봉하였으니 장군을 대접하기를 소홀히 한 것이 없었소. 그 후에 제왕에 봉하였고 다시 초왕에 봉하였으니, 짐이 장군의 공에 보답한 셈이오. 그런데 장군은 적장인 종리매를 감추어 주고 의심을 자초해서 이번에 고초를 당한 것이오."

황제는 잠시 말을 멈추고 한신의 얼굴을 바라보았다.

한신은 말없이 머리를 수그리고 있었다.

"짐은 장군을 이번 중죄로서 처단하려 하였소. 그러나 장군은 이 나라 개국의 원훈이라 차마 목숨을 거둘 수 없어 잠시 그 죄를 용서하고 회음후淮陰侯에 봉하오. 그러니 지금부터 마음을 고치고 충성을 다해 나라에 보답하면 전일의 잘못은 씻어질 것이며 다시 왕작의 지위에 오르게 될 것이외다. 짐은 장군이 초를 멸한 대공을 잊어버리지 않을 것이오."

한신은 황제의 이 말에 더욱 머리를 조아렸다.

"황공하옵니다!"

"오늘부터 사저에 나가 편히 쉬기 바라오."

"폐하, 황공하옵니다."

한신은 물러나와 지난날 자기가 지내던 사택으로 돌아갔다. 그는 왕작의 지위에서 떨어져서 사대부와 같은 열에 서게 된 것을 치욕으로 생각했다. 그는 자리를 깔고 칭병을 하고 드러누워 버린 후 두문불출하였다.

천하가 통일되고 후환이 모두 없어졌다. 한신도 병권을 박탈당하고 있으므로 황제는 마음을 놓았다. 그런데 뜻밖에 하루는 북쪽에서 파발이 달려와 중대한 보고를 올렸다.

> 북쪽 흉노왕 묵돌이 군사를 일으켜 한韓나라를 공격하자 한나라 임금 희신姬信이 대적해서 싸우지 않고 도리어 나라의 인마를 몰고 이들과 합세해 모반을 한 까닭으로 벌써 태원太原과 백토白土 등 여러 지방이 놈들에게 빼앗기고 또 만구신曼丘臣과 왕황王黃 등이 옛날 조趙나라의 대장이었던 조리趙利를 앞세워 임금이라 하여 삼십만의 병력으로 각 지방을 약탈하므로 온 백성들이 동요하는 중입니다.

라는 날벼락 같은 보고였다.

황제는 태평세월로만 알고 있다가 그만 대경실색하고 말았다. 서둘러 소하로 하여금 관중 지방을 지키게 명한 황제는 먼저 태원과 백등산 근처로 첩자를 파견하였다. 동시에 번쾌와 조참·근흡·노관 등 이십여 명의 장수들과 함께 정병 삼십만을 인솔하여 친히 출정하기로 결정하였다.

이 무렵 한나라 임금 희신은 진양에 주둔하고 있었고, 흉노왕 묵돌은 대곡에 주둔하고 있었다. 그들은 한나라 황제가 친히 대군을 이끌고 출정하기 앞서 탐색대가 출발했다는 정보까지 알았다.

그들은 황제를 골탕먹일 작전을 세우고 발 빠른 병졸들은 뽑아 산모퉁이 뒤쪽에 숨겨 두고 나이를 많이 먹은 말라빠진 병졸들과 비쩍 마른 소와 말을 전방 진영에 배치시켰다.

황제는 벌써 조성趙城에 들어와 진을 치고 첩자들의 정보를 기다리고 있었다. 며칠 후 유경이 돌아와 황제에게 적의 동태를 보고했다.

"적은 흉물스런 계책이 있는 것 같사옵니다. 이제 피차가 대치하여 격전을 할 터인데 보통 때면 위엄을 떨치고 강한 것을 표시해야 하는데도 적의 진영은 쇠약한 인마를 모아 놓고 있사오니 이것은 겉으로는 약한 것을 보이고 안으로는 강한 것을 숨기고 있는 증거인가 하옵니다. 그래서 가볍게 진군하다가는 적의 계교에 빠지기 쉽사옵니다. 먼저 대장을 보내시어 한번 싸움을 시켜 허실을 분명히 확인하신 뒤에 진격하시옵소서."

"싸움을 하기도 전에 아군의 사기를 떨어뜨리는가?"

황제는 꾸짖고 유경을 결박하여 가두게 한 후 삼군을 점검하여 출동하라는 명령을 내렸다. 조성을 지나 평성까지 와서 황제는 먼저 번쾌를 불러 적의 상황을 정찰하라고 명하였다.

며칠 후 번쾌의 보고를 받고 황제는 유쾌한 듯이 웃었다.

"그러면 그렇지! 짐이 묵돌의 진영을 당장 괴멸시켜 버리겠다!"

이같이 호언장담한 황제는 급히 삼군을 인솔하여 대곡성을 공략하였다. 성 안에 들어간 황제는 중군에 좌정한 후 각 부대의 배치를 지휘하였다.

이렇게 바쁜 날이 저물어 가고 밤이 되었다.

이때 별안간 성 밖에서 철포 소리가 요란하게 터지면서 오랑캐의 군사들이 사방에서 쳐들어왔다.

"오랑캐들이 이 성을 완전히 포위하였사옵니다."

'아뿔싸! 짐이 유경의 말을 흘린 것이 잘못이로다!'

황제는 탄식하며 즉시 진평을 불렀다.

"무슨 좋은 계교가 없겠소?"

황제가 다급하게 묻자 진평이 아뢰었다.

"오랑캐 묵돌이 자기의 아내 연씨를 황후라고 하옵는데 그 황후와 묵돌의 정이 유독 깊을 뿐만 아니라 대부분 정사를 연씨가 처리한다고 합니다. 그런데 지금 신의 부하에 이주李周라는 자가 있사온대 이 사람이 미인도美人圖를 썩 잘 그립니다. 해서 신이 훌륭한 미인도를 그려 이 그림을 몰래 연씨에게 보낼까 하옵니다."

"미인도를 보낸다? 그럼 그것이 어찌 된단 말이오?"

황제는 어이 없는 표정으로 물었다.

"미인의 그림을 연씨에게 보내는 것이 묵돌의 군사를 물리치는 묘계가 되옵니다. 금은 주옥과 함께 미인도를 가지고 적진에 가서 파수꾼들을 매수한 후 그림을 바치고 말하기를, 묵돌의 군사가 성을 맹렬히 공격하므로 한의 황제가 화평하기를 바라니 황후께서 묵돌에게 간청하여 포위망을 풀도록 해달라고 부탁합니다. 이리하면 연씨는 미인도를 보고 '한의 황제가 이런 미인을 보낸다면 묵돌이 필시 이 여자를 사랑하여 내게는 정이 없어지리라' 이렇게 생각하고 미인들을 한나라 황제가 보내오기 전에 묵돌로 하여금 군사를 거두어 후퇴하게 할 것이옵니다. 그 틈을 타서 폐하께서 이곳을 벗어날 수 있사옵니다."

황제는 그제야 진평의 꾀를 알아들었다.

"과연 묘책이로다! 그림 속히 그림을 부탁하시오."

진평은 미인도와 함께 금과 은을 많이 주어 심복을 침투시켰다. 그림을 가지고 떠난 진평의 부하는 오랑캐의 진영에 도착해 뇌물을 주고 묵돌의 부인 연씨에게 면회를 청하였다. 뇌물을 받아 먹은 파수꾼들은 그를 연씨에게 인도하였다.

연씨가 물었다.

"금은 주옥의 선사품은 내가 잘 받겠소. 그런데 이 여인도는 무엇이오?"

"예, 한나라 황제께서는 지금 묵돌 대왕의 공격을 받고 형세가 위태롭기 짝이 없사옵니다. 그래서 목돌 대왕께 화평을 청하고자 미인을 보내 드릴 생각인데 먼저 그림을 가져다 보여 드리는 것이올시다. 이 그림과 같은 미인들을 대왕께 많이 보내 드릴 것이니 황후께서 먼저 보시고 대왕께 잘 말씀하시어 군사를 뒤로 물리게 하여 주옵소서."

연씨는 그 말을 듣고서 속으로 생각했다.

'한나라 황제가 이런 어여쁜 계집들을 보내오면 묵돌은 이들을 몹시 사랑하게 될 것이고 나는 돌아다보지 않을 것이다. 차라리 이 계집들을 보내오기 전에 군사를 물려 황제가 돌아가도록 해야겠다.'

연씨는 이렇게 작정하고 사신을 보고 말했다.

"사신은 돌아가 황제에게 이렇게 전하시오. 절대로 미인을 보낼 필요가 없다고. 그리고 내가 내일로 묵돌이 군사를 물리도록 할 터이니 염려 마시라 하시오. 그 대신 내 말대로 하지 않으면 당장에 성을 공격할 것이오!"

이튿날 한나라 임금 회신은 묵돌이 한의 황제를 포위한 것을 풀고 물러가기로 했다는 정보를 받고 급히 달려왔다.

"대왕은 어찌하여 한왕을 돌려보내려고 하시오? 내 듣자 하니 한왕이 대왕께 그림과 같은 미인을 보내어 화평을 청하겠다고 하나 대왕은 그들에게 속지 마시오. 모두가 거짓입니다."

"그 말도 옳은 말이외다."

묵돌은 회신이 시키는 대로 성 아래에서 소리치게 하였다.

"한의 황제가 뛰어난 미인을 보낼 터이니 화평을 하자고 청해 왔으나 먼저 미인이 있는지 없는지를 알아야겠으니 미인이 있거든 분명하게 보여라! 미인을 보이면 포위망을 풀고 너희들의 황제를 돌려보내고 만일 거짓이면 당장에 성을 처부수어 버리겠다!"

황제는 크게 당황하여 즉시 진평을 불렀다.

"이걸 어떻게 하면 좋소?"

진평은 그 말을 듣고는 빙그레 웃었다.

"폐하, 과히 심려 마옵소서. 신이 이주에게 미인도를 부탁할 때부터 미리 이럴 줄 알고 목조인형 여러 개를 조각시키고 얼굴에 오색 단장을 시켜 화려한 비단옷을 입혀 놓았습니다. 오늘밤 사다리에 등잔불을 걸어 놓고 성 위에 이 인형들을 진열해 놓으면 적은 진짜 미인인 줄 알고 군사를 거둘 것이옵니다. 이때 속히 이곳을 벗어나시오면 충분할까 하옵니다."

그리고 즉시 군사들로 하여금 성 아래에 있는 오랑캐 군사들에게 '오늘밤 성 위의 사닥다리 밑에서 미인들을 보여 주마, 미인이 여러 사람 있으니까 대왕이 친히 보고 마음대로 고르라' 하고 대답하도록 시켰다.

이튿날 묵돌은 즉시 성을 포위하고 있는 부하들에게 퇴각명령을 내렸다. 황제는 성에서 묵돌의 군사가 물러갔다는 소식을 듣자 때를 놓치지 않고 즉시 퇴각하면서 번쾌와 조참·주발·왕릉 네 장수에게 삼만의 군사를 주어 오랑캐가 추격하여 오거든 방비하라 한 후 조나라를 향해 줄행랑을 쳤다.

번쾌와 왕릉은 오랑캐들을 따돌리고 곧 무사히 조성趙城에 입성하였다.

황제는 성에 도착하자 즉시 옥중에 있는 유경을 풀어주었다.

"짐이 불명하여 경의 간언을 듣지 않아 큰 봉변을 당했소."

이튿날 군사를 거느리고 조성을 출발한 황제는 육십여 리 가량 지나서 곡역현曲逆縣에 당도하였다.

황제가 진평을 수레 앞으로 가까이 불렀다.

"경이 짐을 도와서 그동안 큰 공을 여러 번 세웠소이다. 황금으로 항우와 범증 사이에 반간계反間計를 성공시킨 것이 그 하나요, 초나라 사신이 위조 편지를 훔쳐 가도록 만든 것이 둘이요, 밤에 여자 이천을 내보냄으로써 영양성의 포위를 해체시키어 짐으로 하여금 탈출케 만든 것이 그 셋이요, 짐으로 하여금 한신을 제왕에 봉하도록 한 것이 그 넷이오, 운몽으로 수렵을 간다고 핑계하고 한신을 사로잡게 만든 것이 그 다섯이요, 그리고 이번에 백등성에서 위급을 벗어나게 해 준 것이 그 여섯 번째의 일이외다. 이 같은 신묘한 계책이 아니었다면 짐은 어려울 뻔하였소. 그래서 짐은 경에게 이 지방을 주고 경을 곡역후曲逆侯로 봉하겠소. 그러니 경은 후일 이곳에 와서 노후의 일생을 정양하기 바라오."

진평은 황제 앞에 머리 숙여 은혜에 감사하였다.

《 구름에 달가듯이 》

　　황제는 대군을 통솔하여 함양으로 환궁하였다.
　　함양에서는 이때 소하가 미앙궁을 조성하고 있었다. 궁궐은 이미 완성되었다. 대궐의 무수한 복도는 옥과 황금으로 장식되어 화려하고 장엄하기 말로 표현할 수가 없었다.
　　"궁이 이미 완성되었으니 짐이 어찌 홀로 즐길 수 있으랴. 태상황을 모시고 연회를 베풀도록 마련하기 바라오."
　　소하는 황제가 마음 속으로 기꺼워하는 것을 알고 즉시 큰 연회를 준비시켰다. 연회는 미앙궁 뜰에서 열리게 되었다. 근신이 함양궁에 가서 태상황의 어가를 모시고 미앙궁으로 들어왔다.
　　이때 황제는 옥으로 깎은 술잔을 들고 태상황에게 올렸다.
　　밤이 어두워진 뒤에 잔치는 끝나고 태상황은 함양궁으로 돌아갔다. 진실로 고금에 없던 잔치였다.
　　이튿날 황제는 문득 한신의 일을 생각하였다.
　　"한신이 최근 신병을 칭하고 조정에 나오지도 아니하나 짐이 한신의 공로를 잊어버릴 수 없다. 지금 그를 불러오라!"
　　한신이 궁중에 들어와 황제에게 인사를 올리었다.
　　"짐이 문득 경을 사모하는 생각이 일어나 불렀소. 다행히 나와 주어 반갑소."
　　한신은 정중하게 아뢰었다.

"지난날 신이 초를 격파할 때 한 열흘 동안 음식을 먹지 않고도 배고픈 줄을 몰랐는데 아마 그래서 얻은 병인 것 같사옵니다."

황제는 진실로 걱정스러운 얼굴로 말했다.

"그렇다면 진작 의술로 치료해야 할 것이 아니오. 공연히 대단치 않게 생각하여 시기를 놓치면 안 되오."

"대단한 병은 아닌 것 같사옵니다. 신이 지금 아무 일도 없이 놀고 있는 까닭에 옛날의 고질병이 재발한 모양이옵니다."

두 사람은 이런 대화를 하다가 여러 대장들을 화제로 각각 그 인물들의 역량과 재능과 장단점을 토론하기 시작했다.

황제는 한신이 여러 장수들을 평하는 말에 응대하면서 누구는 어떠하고 누구는 지혜가 얼마나 되며 누구는 그릇이 작고 누구는 그릇이 크다는 것을 농삼아 평하였다.

"하면, 짐과 같은 인물은 군사를 몇 명이나 거느릴 수 있는 재목이라 생각하오?"

한신이 주저없이 대답했다.

"폐하께서는 그저 십만 가량 거느리실 수 있는 인물이라 하겠사옵니다."

흥미있다는 듯이 또 물었다.

"그렇다면 짐과 경을 비교할 때 어느 쪽이 더 많은 군사를 거느릴 능력이 있겠소?"

"신은 군사가 많으면 많을수록 더욱더 잘 쓰옵지요."

"그렇다면 어째서 경이 나한테 사로잡혀 왔는가?"

"폐하께옵서는 군사를 잘 쓰지는 못하오나 장수들을 잘 쓰시옵니다. 이 때문에 신이 사로잡힌 것이옵니다."

황제는 그 말을 듣고서야 크게 웃었다.

한편 한나라 희신이 오랑캐 묵돌과 합세하여 모반한 사실을 알게 된

후부터 장량도 대문을 닫아 걸고 출입을 하지 않았다. 그는 황제가 진평과 번쾌와 함께 삼십만 대군을 통솔하여 태원과 백등을 향해 출정 나갈 때부터 지금까지 두문불출하는 지가 벌써 한 달이 넘었다. 그가 이와 같이 세상이 싫어진 직접 원인은 한나라 임금 희신의 모반이 큰 원인이었다.

희신은 장량의 오대조 할아버지 때부터 섬기던 한나라 왕실의 후손이라 자기가 부조 때의 은혜를 갚기 위하여 황제에게 권하여 한나라 임금을 시키도록 한 것이었다.

장량으로 하여금 또 두문불출하고 집에 들어앉아 있게 한 원인은 희신의 모반사건 외에도 한신이 운몽에서 황제에게 사로잡혀 온 사건이었다.

한신은 초 패왕의 집극랑으로 있는 것을 자기가 인물로 발견해 초를 배반하고 한왕의 측근이 되게 추천한 인물이다.

'먼저 나를 알고 둘째로 남을 알고 끝으로 때를 알라.'

장량은 십칠 년 전 진 시황 이십구 년에 박랑사 벌판에서 창해공으로 하여금 철퇴로 시황을 때려죽이려 하다가 실패하고 하비 땅에 숨어 있을 때 자기에게 책을 주며 이렇게 가르치던 노인의 말이 지금도 귓속에 쟁쟁하다.

'그렇다! 때를 알아야 한다!'

장량은 한 달 이상 집에 무료하게 앉아 있기가 예사였다.

이렇게 세월을 보내고 있을 때 하루는 황제의 근신이 찾아와 황제가 찾는다는 전갈을 알렸다. 장량이 들어와 인사를 하자 황제는 진심으로 물었다.

"근자에는 신병이 좀 어떠하시오? 짐이 가끔 물어 보면 신병이 아직도 불편한 모양이기에 선생이 나올 때까지 기다려 왔소이다."

장량이 공손히 아뢰었다.

"폐하의 성념에 오직 황송할 따름이옵니다."

"어서 앉으시오. 짐이 자방의 힘으로 마침내 천하의 주인이 되었소이다. 짐이 어찌 이같은 자방을 잊을 수가 있겠소이까!"

황제의 말을 장량이 가로막았다.

"과분하신 말씀이시옵니다. 이 모두 하늘이 도우신 것이옵고 신이 재주가 있는 까닭은 아니었사옵니다."

장량의 말을 들으면서 황제는 잠시 입을 다물었다.

'이처럼 벼슬에 마음이 없으니 더 권해 무엇하랴…'

"그럼 편히 마음을 쉬고 병을 치료하시오. 그리고 앞으로는 한 달에 한 번씩이라도 조정에 나와 주시기 바라오."

"예, 황송하옵니다."

장량은 황제께 감사하고 대궐에서 물러나왔다.

'내가 지금 와서 왕이 될 것이냐, 작위를 받을 것이냐?'

장량은 집으로 돌아오면서 속으로 뇌까렸다. 그때 둘째 아들 벽강이 궁금한 듯이 물었다.

"폐하께서 무슨 분부가 계시었습니까?"

벽강은 볼멘 소리로 지껄였다.

"아버님께서는 그동안 황제의 스승으로서 수없이 큰 공을 세우시지 않았습니까? 당연히 누구보다도 부귀를 누리고 자손만대에 작록을 전하더라도 과분한 일이 아니실 터인데 이게 무엇입니까? 폐하께서도 아버지의 공훈을 너무 몰라 주시는 것이 아닙니까?"

장량은 아들의 말을 듣고 크게 꾸짖었다.

"그게 어디 당한 소리냐? 세상에서 부귀를 탐하고 공명을 세우고 일신이 영화롭게 된 자는 그 부귀 때문에 눈이 어두워진다. 지위가 극도에 달하면 천하가 이것을 시기한다. 높은 데 있으면 반드시 떨어질 위험이 있는 법이요, 가득히 차면 반드시 넘쳐흐를 수 있느니라. 너희들

도 농사를 지으며 가정을 지키고 나라에 충성하는 백성이 되는 것이 부귀영화보다 얼마나 소중한 일이겠느냐."

장량의 훈계를 듣고 벽강이 꿇어앉았다.

"아버님의 말씀을 깊이 깨달았습니다!"

며칠 후 대궐의 근신이 찾아와 황제의 칙명을 전달했다.
"함양 성문 밖 북쪽에 물 좋고 숲이 우거진 경치 좋은 별장이 있으니 장량은 그리로 거처를 옮겨 살기를 바라오."

황제의 뜻이었다. 그리고 이후론 한 달에 한 번씩 조정에 출사하라는 하교도 잊지 않았다.

장량은 황제의 뜻에 감사해하고 두 아들과 거처를 옮겼다.

새로 이사 간 집은 정원이 넓고 수목이 우거지고 골짜기에서 흐르는 샘물도 있었다. 그리고 그 샘물이 흐르는 곁에 조그마한 정자가 있었다.

장량은 그 팔각 정자가 무척 마음에 들었다.

그는 아들에게 현판을 가져오라 이르자 아들 불의와 벽강이 현판을 가져왔다. 장량은 방원각方圓閣이란 이름의 현판을 걸었다.

둥근 것은 가득한 것이고 둥근 것은 또 때로는 텅 비어 있을 수도 있다. 비어 있지 않고는 들어갈 것이 없고 가득하지 않고는 이길 수가 없다. 가득해야 할 때 가득할 줄 알고, 비어 있어야 할 때 모든 것이 들어올 수 있도록 비어 있어야 하며, 모질 때 서리같이 모질 줄 알고 둥글 때 한없이 둥글 줄 알아야 한다는 뜻이리라.

집을 옮긴 며칠 후 장량은 집을 떠났다. 별로 작정한 곳도 없이 여행을 하고 싶었던 것이다. 그는 정처 없이 마음 내키는 대로 수레를 몰고 갔다.

그러던 어느 날 천곡성天谷城을 지나가게 되었다.

천곡성은 항우의 시신을 장사한 곡성 부근이었다. 적막한 겨울의 광야는 석양에 넘어가는 햇빛을 받아 더욱 감회가 새로웠다.

그때 문득 밭 가운데에 있는 깎아 세운 듯이 크고 누런빛이 나는 돌을 발견하였다. 높이는 한 길 가까이 되고 둥글지도 않고 모나지도 않고 전후좌우가 한결같이 누런빛이 나는 큰 돌덩이었다.

'앞으로 십 년 후엔 너는 반드시 크게 이룰 것이다. 십삼 년 뒤에 천곡성 동쪽에서 한 사람을 장사하게 되리라. 그때 너는 그 빈 터에서 황금빛 나는 큰 돌 한 개를 보게 될 것이고, 그 누런 돌이 바로 지금의 나이니라.'

십칠 년 전 하비 땅에서 이같이 말하던 노인의 음성이 생각났다. 이 노인이 그때 자기에게 주고 간 세 권의 책을 보지 않았다면 과연 나는

어떻게 무슨 일을 하였을까? 생각하면 할수록 이 노인의 은혜가 컸다.

장량은 무릎을 꿇고 두 번 절했다.

'이 돌을 기리고 보호하는 사당을 이곳에 세우자!'

장량은 이같이 결심하고, 그리고 마음 속으로 황석공黃石公이라고 불러 보았다.

그는 석양이 어두워지도록 누런 돌 앞에 서 있었다.

한편 백등성에서 진평의 꾀에 감쪽같이 속아넘어간 흉노족의 왕 묵돌은 한의 황제에게 속은 것에 분개하여 또 다시 북쪽 국경 지방을 공략하기 시작하였다.

황제는 지방의 군·현에서 올라온 이같은 보고를 받자 신하들을 모아 급히 대책을 세웠다.

유경이 한 가지 계책을 아뢰었다.

"신이 생각하옵기는 폐하께옵서 천하를 평정하시는 동안 그동안 전란을 겪은 백성들과 군졸들의 피폐한 생활은 참으로 곤란한 지경이옵니다. 전쟁을 중지하기 위해서는 폐하옵께서 묵돌에게 공주를 보내시어 묵돌의 아내로 삼으라 하옵소서. 대 한나라 황제 폐하의 사위가 된다는 것은 자기에게는 큰 영광일 것이옵니다. 후일 묵돌이 아들을 낳게 되면 그 아들이 태자가 될 것이오, 묵돌이 죽은 후에는 폐하의 외손이 오랑캐 땅의 임금이 될 것이옵니다. 이렇게 되면 오랑캐들과는 영구히 상쟁함이 없을 것이옵니다."

황제는 이 같은 계책을 듣고 불쾌한 얼굴로 꾸짖었다.

"그게 무슨 말이오? 당당한 대한의 황제로서 사해에 군림하고 아직도 군사가 강하거늘 오랑캐를 다스림에 어찌 그 같은 비열한 방법을 쓰겠는가. 짐의 공주로서 개돼지 같은 오랑캐에게 시집가라니 그게 무슨 소리오!"

하지만 유경은 굴치 않고 재삼 간청하였다.

"하오나 백등성에서 묵돌의 군사가 얼마나 많은지는 보셨을 것이옵니다. 만일 그때 진평의 꾀가 아니었다면 폐하께서는 탈출하지 못하시었사옵니다. 지금 오륙 년 동안 초와 싸우느라 폐하께서는 몇 천만의 백성이 희생되었는지 모르옵니다. 이제 또 피폐한 백성을 동원시켜 오랑캐와 싸운다면 백성들은 낙담할 것이옵니다."

유경이 굽히지 않고 계책을 아뢰자 황제는 그제야 깨달았다.

"경의 말을 들으니 틀리지는 않소. 하면 경의 말대로 민가의 여자를 하나 구해 짐의 공주라 속여 묵돌과 혼인시키기로 하시오!"

이날 회의는 이렇게 끝이 나고 그 날로 은밀하게 궁밖의 처녀가 선정되어 대궐로 들어오게 되었다.

이튿날 황제는 조서를 유공에게 주어 가짜 공주를 데리고 흉노의 땅으로 들어가게 하였다. 묵돌은 황제의 조서를 받아 보고 흡족한 듯 매우 기뻐하였다.

그는 칙사 유경과 공주를 맞아들였다.

여러 날 후 유경은 조정으로 돌아와 황제에게 사명을 완수하고 돌아온 경과를 상세히 보고하였다. 황제도 또한 크게 만족하였다.

"폐하께옵서 진나라 땅에 도읍을 정하시어 토지는 비옥하오나 백성의 수가 적사옵니다. 항차 북쪽에는 오랑캐들이 있고, 동쪽에는 강대한 육국이 있사오니, 일단 변이 생기면 폐하께서 편히 지내실 수가 없사옵니다. 신이 생각하옵건대 제齊 · 초礎 · 연燕 · 조趙 · 한韓 · 위魏의 후손들과 호걸들을 모두 관중 지방으로 이주시켜 평안한 때는 전답을 경작시키고, 유사시에는 출정에 동원하는 것이 좋을까 하옵니다."

"좋소! 아주 훌륭한 좋은 생각이오!"

황제는 즉시 허락하고 앞으로 수개월 내에 육국의 전 왕실의 후손들과 호걸 · 명가 · 십만 호를 관중 지방으로 옮기게 하라는 조칙을 내렸다.

이렇게 유경의 계책대로 흉노왕 묵돌과 화목을 성사시킨 뒤 한나라에는 큰 일이 없었다.

 황제는 이즈음 서궁에서 사랑하는 척희와 그의 몸에서 출생한 둘째 아들 여의如意가 점점 총명하고 건강하게 자라는 모습을 보고 즐기기에 겨를이 없었다.

 척희는 칠팔 년 전에 황제가 팽성에 들어가 항우와 크게 접전을 하다가 참패해 혈혈단신으로 도망하여 척가장이라는 마을에 들렀을 때 척가 노인한테서 얻은 그 노인의 외동딸이었다.

 피난 중에 기이한 인연으로 하룻밤 관계를 맺어 정표로 옥띠를 끌러 주고 돌아온 이후 사오년 동안 황제는 척희를 불러오지 못하였다. 그럴 여유가 없었던 까닭이었다.

 그러던 중 재작년 낙양에서 함양으로 도읍을 옮길 때 황제는 척희와 그 아들을 척가장으로부터 데려왔던 것이다. 척희는 지금 서궁에 있는 삼천 궁녀들 가운데서도 황제의 총애를 한몸에 독점하고 있었다.

 누구보다도 뛰어난 자태에다 글재주까지 비상하여 황제의 총애가 척희에게 기울어지는 것도 무리가 아니었다.

 "아들 여의의 문재와 무예가 일취월장하는구나!"

 황제는 여의를 이렇게 칭찬하고 척희를 보는 때가 많아졌다.

 '태자 유영은 유약해 국사를 감당할 수 없으리라….'

 황제의 마음 속에는 최근 이 같은 생각이 싹트기 시작하였다.

 어느날 황제는 조정 신하들에게 자신의 평소 마음을 말했다.

 "짐이 생각하건대 태자 유영은 몸이 유약해서 국사를 감당하기 어려울 것 같아 여의를 태자로 책봉하려 하오. 경들의 소견은 어떠하오?"

 황제의 돌연한 질문에 여러 대신들이 얼른 대답을 아뢰지 못하고 있을 때 상대부 주창周昌이 황제 앞으로 나서며 강력히 반대했다.

 "폐하, 그건 부당하옵니다. 태자가 무슨 허물이 있기에 폐하시고 바꾸시려 하시옵니까?"

주창의 말을 듣고 황제는 그것을 꾸짖을 수도 없고 충성심을 칭찬할 수도 없고 하여 그만 웃고 말았다.

이때 화급한 소식이 왔다는 전갈이 왔다.

서북 오랑캐 반왕番王의 군사가 침공 해와 대주代州를 점령하였다는 소식이었다.

이 소식에 너무도 놀란 황제는 즉시 진평을 찾았다.

"조대의 형세가 급하게 되었으니 이를 어찌 하면 좋겠소?"

진평이 침착하게 아뢰었다.

"지금 영포와 팽월은 대량과 회남 땅에서 급히 오기에는 너무 멀리 있습니다. 다만 상국 진희는 한신의 부하 막료로서 무용이 뛰어나고 지혜도 있는 인물이오니 이 사람을 선봉장으로 삼아 반왕을 격파시키면 되리라 보옵니다."

이렇게 해서 진희가 황제 앞에 불려왔다.

"지금 조대의 지방에 오랑캐가 침공했다 하니 그대는 정병 십만을 인솔하여 적을 격멸하기 바라오. 이에 성공하고 돌아오면 경을 대왕에 봉할 것이오."

진희는 원수의 인부를 받은 뒤 황제 앞을 물러나왔다.

이튿날 진희는 명을 받들어 정병 십만을 인솔하여 출진하는 길에 한신을 찾았다.

출정길에 찾아온 진희를 반갑게 맞은 한신은 한동안 말없이 술잔만 기울이고 있었다.

"내 말을 듣고 잘 생각해 보게. 지금 자네가 오랑캐들을 정벌하는 일과는 비교도 안 될 만큼 큰 공을 세운 내가 오늘날 이 모양이네. 자네가 하루아침에 왕공이 되었다 하더라도 저녁에는 버림받아 다시 일개 필부가 되는 것도 또한 내 모양을 미루어 보아 뻔한 결과가 아닌가. 그렇지 않겠는가?"

진희는 자리를 고쳐앉으며 진지하게 물었다.

"그렇다면, 어떻게 하면 화를 면하겠습니까?"

'진희 또한 내 꼴이 될 것이 뻔하니 차라리 함께 모반을 꾀하자'

그는 마침내 이 같은 결심을 굳혔다.

"지금 자네에게는 십만의 정병이 있네. 더구나 조대 지방은 武무를 숭상하는 곳이 아닌가. 그러니 자네는 조대에 들어가서 즉시 모반을 꾀하게. 그러면 황제가 격노하여 자네를 정벌하고자 친히 나갈 것이네. 이때 내가 자네를 위해서 뒤에서 일어나면 안팎으로 협공하게 되므로 족히 천하를 도모할 수 있을 것일세. 이때를 놓치면 안 되겠네! 알아들었는가?"

"예, 알았습니다!"

한신과 진희는 비밀리에 모반을 일으킬 계획에 합의하였다.

며칠 뒤, 진희는 조성에 도착하여 많은 첩자들을 내보냈다. 이어 첩자들의 보고가 속속 들어왔다.

반병은 네 곳에 진영을 설치하고 있으며 일 개소에 각각 오만 명의 군사가 있고, 반왕은 따로 대주성代州城 밖에 큰 진영을 설치하고 삼만의 인마를 거느리고 있으며, 또 백만의 기병이 순찰하고 있으므로 그 형세가 매우 강대하다는 것이었다.

이튿날 진희는 군사를 거느리고 반왕이 있는 곳으로 진격하였다.

반왕은 진희가 쳐들어오는 것을 보자 곧 말을 달려나왔다.

"이놈아! 한왕은 묵돌이 무서워 공주를 아내로 보내고 어째서 내게는 공주를 보내지 않느냐? 내게도 수백만의 군사가 있다. 너 같은 놈은 명색없는 장수니까 상대도 않겠다. 속히 돌아가서 한왕을 내보내라!"

반왕이 이렇게 고함을 치자 진희도 격노했다. 반왕의 장수 합연적이 진희를 추격하였다. 쫓고 쫓으며 십여 리 가량 달려오니 전면에 높은 산이 솟아 있고, 그 산 밑으로 큰 냇물이 흐르고 있었다. 진희는 그대로 말을 몰아 냇물을 건너 버렸다.

뒤에서 쫓아오던 반왕의 장수도 냇물로 군사를 몰아 거침없이 들어섰다. 냇물을 미리 막아 놓았던 진희가 적군이 한창 냇물을 건널 때 둑을 터 일시에 물귀신을 만들어 버렸다.

반왕은 갑자기 당한 일격에 놀라 말머리를 돌려 북쪽으로 도망쳐 버리고 말았다.

'옳다! 내가 계획한 대로 다 잘 되었다!'

진희는 서둘러 냇물을 다시 건너 바로 자기의 본영으로 돌아가 군사를 점검해 보았다. 이날 싸움에서 아군은 오백 명 정도의 손실이었지만 적은 무려 사십만이나 잃은 대성공이었다.

이튿날 진희는 부하 장수들을 모아 놓고 입을 열었다.

"다 알다시피 한신 원수께서 오륙 년 동안이나 혈전을 거듭하여 큰 공을 세워 천하를 평정하였지만, 지금은 황제가 이 한신 원수를 대접하지 아니할 뿐만 아니라, 죄를 찾아내어 죽이려고까지 하고 있소. 그렇다면 나 같은 사람이 공훈을 세운다 한들 어찌 한신의 공훈을 따를 수 있겠소. 이번에 반병을 격파시키느라 심력을 기울였지만 황제는 우리에게 큰 상을 내리지 아니할 것이오. 내 생각에는 군사를 이곳에 주둔시키고 지역의 호걸들을 모집하고 군량미를 저축하고 사기를 양성하면 자연히 천하를 도모할 수 있을 것이란 생각이오. 더구나 지금 황제는 나이 오십객인지라 병마를 싫어하는 터이고 비록 칙명으로서 장수를 보낸다 할지라도 이제는 한신과 같은 인물이 없으니 두려울 것이 없소. 그래서 만일 내가 왕업을 성취하는 날에는 여러분을 왕작에 봉하여 부귀를 함께 할 것이오. 여러분은 숨김없이 심중을 털어놓고 소견을 말해 주기 바라오."

　진희가 이렇게 일장 연설을 마치자 여러 장수들도 일제히 진희의 의견에 찬성하고 나섰다.
　"장군께서 계획하시는 대로 힘을 다해 돕겠습니다!"
　진희는 크게 만족하였다. 그는 예정했던 대로 부하들과 함께 모반을 꾀한 것이 성공한 것이다.
　진희는 스스로 자기가 대왕代王이 되어 격문을 사방에 배포하여 방을 붙이고 대장 왕황王黃과 함께 각처로 군사를 거느리고 다니면서 재물과 곡식을 모아 비축하기 시작하였다.
　일이 이렇게 되자 각 지방에서는 대혼란이 일어났다.
　백성들은 숨고 피하고 삽시간에 혼란 상태에 빠지고 말았다. 서위왕은 급히 이 사실을 황제에게 보고하였다.

서위왕의 보고를 받은 황제는 너무 놀라 즉시 대책을 세웠다.

황제는 소하의 의견대로 즉시 영포와 팽월에게 군사를 주어 진희를 정벌하라는 조칙을 내리는 동시에 관동 각국에 파발을 보내어 요해지를 견고하게 방어하도록 명하였다.

정벌에 나선 진희가 모반하였다는 사실이 각처에서 보고가 올라와 한신도 이 사실을 알고 있었다. 그는 조정에서 어떻게 조처하고 있는가 은밀히 탐문토록 했다.

'큰 일이구나! 진희가 영포와 팽월을 막을 수 있을까! 서둘러 진희를 구해야 한다….'

한신은 이렇게 결심하고 급히 밀서를 심복에게 주어 회남왕의 대량 지방으로 보냈다.

영포와 팽월 두 장수가 한신의 밀서를 받았다.

> 나는 천하를 평정한 대공을 세웠지만 지금은 버림을 받아 한가히 지내는 터요. 두 대왕이 이번에 칙명을 받고 진희를 정벌해 버린다면 그 다음엔 두 대왕이 해를 당할 것이 틀림없소이다. 요컨대 황제는 괴로움은 함께 견딜 수 있으나 부귀는 함께 나눌 수 없는 인물이라 어려운 때에는 사람을 중용하려 하고 태평한 때에는 죽여 버리려고 마음먹기 때문이오. 진희가 모반한 것도 역시 반병을 겪파한 후엔 대공을 세웠어도 은상이 없을 것을 미리 알고 모반한 것이오. 두 대왕이 진희를 토벌해 버린 다음엔 두 대왕이 살해될 것이니 어찌 회남과 대량에 편히 앉아서 부귀를 누릴 수 있겠소이까. 두 대왕이 잘못하여 함정에 빠질까 보아 이 뜻을 알려 드리고자 이같이 밤을 새워서 사람을 급히 보내는 것이오니 대왕은 깊이 성찰하시어 앞날에 후회하심이 없기를 바라오이다.

한신의 이 같은 밀서를 받아본 영포와 팽월은 즉시 꾀병을 앓기 시작했다.

 황제로부터 조칙을 전하러 온 칙사는 회남과 대량에서 별다른 성과 없이 함양으로 돌아갔다. 황제는 칙사의 보고를 받고 마음이 무거워졌다.

 '영포와 팽월이 제각기 신병을 핑계로 거동할 수 없다 하니 이 일을 어찌하면 좋단 말인가?'

 황제는 분함을 참지 못하고 왕릉·주발·번쾌·조참·관영, 하후영 등을 불러 출동준비를 명하였다.

 정병 사십만을 인솔하여 출진하는데 먼저 주발과 왕릉을 선봉으로 하여 십만을 인솔하고, 황제는 그 뒤에 출발하기로 결정하였다.

 "진희를 정벌하는 것은 걱정이 없으나 다만 짐이 출정한 뒤에 이곳이 어떨까 그것이 걱정이 되오."

 "폐하, 염려 마소서. 한신이 병권을 갖고 있다면 모르겠지만 지금은 일개 필부에 불과하온대 무엇이 걱정이옵니까. 만일 의심스러운 행동이 보이면 잡아다 그 죄를 다스리면 될 것이옵니다."

 황제는 빙그레 웃으며 여후의 늠름한 태도에 믿음이 생긴 듯 안심하는 얼굴이었다.

 황제의 친정군은 며칠 후 한단에 도착하였다.

 선봉대장 주발과 왕릉은 황제를 모시고 성에 들어가 중군에 좌정한 후 황제 앞 좌우에 여러 장수들을 늘어앉게 하였다. 좌석이 정돈되자 군·현의 모든 관리들이 황제 앞에 나와 배알하였다.

 "진희는 지금 곡양 지방에 주둔하고 있으며 그의 군마가 모두 오십여 만이 되며, 유무와 초초 등 장수가 이십여 명이나 된다고 합니다. 더구나 진희는 백성들을 괴롭히고 있어 관군이 당도하기만을 학수고대하고 있사옵니다. 하오니, 폐하께옵서는 속히 이 같은 역적들을 처단하시어 백성들을 구원하여 주시옵소서."

황제는 급히 주창을 불러 명했다.

"경은 한단 백성 중에서 너댓 명만 물색해 오시오. 짐이 그 자들을 앞잡이로 해서 역적을 토벌하려 하오."

이튿날 주창은 네 사람의 장사꾼들을 데려왔다.

"너희들에게 각각 천호직千戶職을 내릴 것이니, 지금부터 적진의 모든 상황을 정확하게 탐지하여 오도록 하라."

이 네 사람에게 뜻밖에도 천호의 직을 내리는 것을 본 주창은 어찌 된 영문인지 갈피를 잡지 못했다.

"그 네 사람은 아직 아무 공도 세우지 못하였는데 별안간 중직을 내리시고 은상을 베푸시니 그것은 어인 까닭이시옵니까?"

황제는 주창의 얼굴을 물끄러미 바라보더니 설명하였다.

"중상지하 필유용부重賞之下必有勇夫란 말을 모르는가? 과연 그 네 사람이 정확하게 적의 허실을 염탐해 온다면 짐은 성공한 것이네. 진희가 격문을 사방에 배포하고 방을 붙였지만 천하가 이에 호응치 않고 단지 이곳 한단에 있는 소수의 백성들만 부득이 진희에게 항복하였을 뿐이니, 짐이 어찌 사천 호를 아끼려고 조대 지방의 자제들에게 위로를 베풀지 아니하겠는가? 한 사람에게 상을 줌으로써 만인을 권면하는 것이 나은 일이 아닌가."

"과연 폐하의 높으신 뜻은 신이 알 길이 없사옵니다."

이같이 황제로부터 중임을 받은 네 사람은 그 길로 한단을 떠나 대주의 백성 차림으로 변장을 하고 곡양으로 향했다. 그들은 곡양에서 진희에 관한 정세를 충분히 염탐한 후 한단으로 돌아와 황제에게 나아가 아뢰었다.

"진희가 거느리고 있는 대장이란 인물들은 모두 조대 지방의 장사치옵니다. 그들은 이익을 밝히는 데 있어서는 남에게 뒤지지 아니하는

자들이라 폐하께서 황금 수백 근만 풀어 그 자들에게 뇌물로 주시면 그 순간부터 진희의 명령엔 복종치 않을 것이옵니다. 그리하여 때를 타서 공략하면 진희는 반드시 잡힐 것이옵니다."

네 사람의 보고를 들은 황제는 그들에게 큰 상을 주어 내보낸 후 수하에게 그 책임을 맡겼다. 수하는 황제의 조서와 황금 백 근을 받아 가지고 곡양으로 향했다. 진희의 진영에 도착한 그는 진문을 수비하는 위관에게 면담을 요청하였다.

그리고 수하는 두 사람의 수행원에게 은밀하게 지시했다.

"내가 진희와 만나고 있는 동안에 너희들은 이 황금을 여러 대장들에게 몰래 나눠 주어라. 재빠르게 해치워라!"

이렇게 단단히 이르고 진희를 만나러 들어갔다.

수하는 진희 앞에 나아가 신하가 임금을 대하듯 깍듯이 예를 갖추었다. 수하의 거동을 본 진희는 어리둥절한 표정으로 물었다.

"대부, 어찌해서 이렇게 대례로 대하십니까?"

"장군께서 백만의 군대를 통솔하시고 이제 조대 지방을 석권하시어 지금 한의 황제와 자웅을 다투시며 천하를 도모하시는 터인데 제가 추호라도 예의에 벗어나는 행동을 할 수가 있습니까?"

진희는 수하의 대답을 듣고서 크게 웃었다.

"허허허, 내가 한을 모반한 것이 어찌 본심이겠소! 실로 부득이해서 모반한 것이외다. 실로 황제는 천성이 가혹한 인물인데다 의심이 많고 음흉하여 겉으로만 인자한 체하고 결코 부귀영화를 같이 누릴 줄 모르는 사람이오! 그런데 지금 대부는 나에게 무슨 이야기를 하려고 찾아왔소이까?"

"황제께 항복하도록 하라는 칙명을 받들고 찾아온 것이올시다. 그러니 속히 군사를 거두시고 폐하께 항복하십시오."

수하는 황제의 조서를 진희에게 내 주었다.

'모두 거짓이다. 내가 항복한 후에는 반드시 한신의 경우처럼 사로잡혀 인질의 신세가 될 것이다.'

진희는 이미 결심이 굳음을 보여 주기로 했다.

"황제가 이미 대군을 통솔하여 여기까지 온 것은 나와 한번 싸워보려 함이 아니오? 이렇게 대부를 보낸 것은 전부 거짓이 아니고 무엇이란 말이오?"

"천만의 말씀이올시다."

"한신이 초 패왕을 멸하고 천하를 평정한 그 공로는 내가 이번에 반병을 격파한 공로에 비하면 비교도 아니될 만큼 크며 또한 한신이 전혀 다른 마음이 없음에도 불구하고 황제는 사냥을 핑계로 한신을 사로잡아왔단 말이오."

수하는 진희의 말을 들으며 속으로 이제는 더 권해볼 여지가 없구나…. 이쯤되면 나의 밀정들이 대장들에게 황금을 나눠 주었겠지 하고 그는 진희와 작별하고 물러나왔다.

"장군, 쉽게 일이 끝났습니다."

"그래 잘 되었다!"

수하는 급히 한단으로 돌아와 황제한테 보고하였다. 그리하여 이튿날 황제는 친히 군사를 거느리고 진희의 진영을 공격하였다. 이때 진희도 앞에 나와 황제를 향해 마상에서 허리를 굽혔다.

진희를 본 황제가 크게 꾸짖었다.

"짐이 너에게 소홀히 한 일이 없거늘 어찌 모반을 하였느냐?"

"폐하, 폐하는 공신을 죽이려는 음흉한 마음씨를 가지고 있으니 이것은 이미 망한 진을 본받는 것이고, 항우의 죄악을 계승하는 것입니다. 그러니 내가 어찌 모반하지 아니하겠습니까?"

"뭣이라? 이 역적놈을 당장에 쳐죽여라!"

호령이 떨어지자마자 번쾌와 주발이 좌우에서 일시에 공격하기 시

작하였다. 그러자 진희는 남쪽을 향해 바삐 도망쳤다.

한동안 도망하다 돌아보니 유무와 초초 장군이 군사를 이끌고 쫓아오는 모습이 보였다. 진희는 우군인 것을 확인하고 행여나 자기를 구원하러 오는 것인가 하고 마음을 놓았다.

그러나 그들은 진희와 마찬가지로 도망하는 길이었다. 사실 진희의 부하 대장들은 어제 낮에 수하를 따라온 밀정으로부터 뇌물을 받은 자들이라 진희를 구원할 뜻이 아예 없었다.

한편 황제는 뒤로 퇴진해서 한단과 곡양 중간에 진을 치고 군사들을 배치시키었다.

일단 쫓기어 물러난 진희는 군사들을 거두어 후방 자기 진지로 돌아와 유무·초초 등 부하 장수들과 앞으로의 작전을 논의하였다. 이때 황제는 밤이 되면 일단 한단성으로 후퇴하라는 명을 내렸다.

이리해서 그날 저녁 번쾌·주발·왕릉·관영 네 장수는 군사를 길가 좌우에 매복시키고 그밖의 군사들은 모두 입에 헝겊을 물고 소리없이 한단성으로 후퇴하였다.

진희의 진영에서는 첩자가 나와 황제의 군사가 후퇴하는 것을 탐색하여 급히 이 사실을 보고하였다. 그러나 진희는 여러 대장들에게 절대로 황제의 군사를 추격하지 말라고 일렀다.

"어찌해서 추격하면 안 됩니까?"

대장이 진희에게 궁금한 듯이 물었다.

"우리에게 도리어 이롭지 못한 작전이기 때문이오."

"무슨 까닭입니까?"

"황제가 이곳 벌판에 진을 치고 있는 것은 접전하기에 편리하지 못한 것이 그 이유의 하나요, 여기에다 군량미까지 부족하니까 잠시 한단 성 안으로 들어가 군량미를 수송하여 오고 아울러 군사를 더 모아

결전할 계책이 틀림없기 때문이네."

"그렇다면 우리가 먼저 공격해서 도망치지 못하게 하는 것이 보다 유리하지 않겠습니까!"

하지만 진희는 그들을 한사코 막았다.

"황제는 오랫동안 전장에 경험이 많고 남다른 계략을 쓸 줄 아는 터이니 반드시 좌우에 복병을 두고 물러갔을 것이오."

진희는 이렇게 그들을 막고 즉시 탐색병을 시켜 황제의 군사가 그대로 후퇴하는 것인가 아니면 복병을 숨기고 물러간 것인가 확실히 탐색하여 오라 명령하였다.

황제는 진희의 장수들이 이런저런 궁리하는 동안에 무사히 한단성 안으로 들어갔다. 성에 도착한 황제는 진희를 서둘러 정벌하려 하

지 않고 얼마 동안은 서로 상황을 살피고만 있었다.

당초에 황제가 진희를 정벌하려고 출동할 때 한신은 신병으로 일어나지 못한다 핑계하고 집안에 드러누워 있었다. 그 후 소식을 들으니 진희는 곡양 땅에 진을 치고 있다고 했다.

한신은 이 소식을 듣고 마음이 섬뜩하였다.

'진희가 한단에 주둔하면서 장하를 사이에 두고 앉아서 방어해야 할 터인데…. 만일 황제가 한단에 주둔하고 곡양을 공격하면 진희는 참패할 것이 분명하다…'

한신은 이렇게 판단하고 있었다.

'차라리 속히 군사를 돌려보내 진희로 하여금 장안을 공격케 하고, 나는 여기서 일어나 황제로 하여금 머리와 꼬리를 가누지 못하게 하면 계획을 완전히 성취할 수 있겠다…'

한신은 이 같은 결론을 내리자 즉시 진희에게 은밀히 편지를 보냈다. 하인은 이 편지를 품속에 감추고 행장을 차려 나갔다.

이때 한신의 심부름꾼인 사공저謝公箸가 이 사람과 다정한 사이라 작별의 술을 나누게 되었다. 그러나 그만 사공저가 술에 만취하고 말았다.

때가 가는 것도 잊어버리고 두 놈이 코가 비뚤어지도록 술을 마시고 해가 넘어갈 때야 사공저는 한신의 집으로 돌아왔다.

크게 꾸중을 듣자 사공저는 고개도 잘 가누지 못하고 건드렁거리면서 혀가 꼬부라진 소리로 대답했다.

"저! 저는 아무것도 모릅니다…. 저는, 저는 외국과 비밀히 내통한 일도 없습니다. 저는 죽을 죄를 짓지 않았습니다…."

이 소리를 들은 한신은 그만 깜짝 놀랐다.

'사공저란 놈이 벌써 내 비밀을 알았구나! 저놈을 살려 두었다가는 큰 일나겠다.'

그날 밤 새벽에 술이 깬 사공저는 목이 타서 물을 찾았다. 사공저의 아내는 물그릇을 건네면서 다급하게 속삭였다.

"당신 때문에 나는 한 잠도 못 자고 이렇게 밤을 새웠소."

"왜…?"

"왜가 다 뭐요! 당신은 술을 얼마나 먹었기에 승상께서 호령하시는데 엉뚱한 말을 해서 깜짝 놀라시게 했느냐 말이오? 나중에 승상께서 당장 당신을 죽여 없애야 한다고 하시기에 나는 그 소리를 엿듣고 그 길로 나와서 지금까지 이렇게 앉아 떨고 있어요…."

사공저는 정신이 번쩍 들었다.

"뭐? 그래, 내가 뭐라고 엉뚱한 소리를 했단 말이오?"

사공저가 급히 물었다.

"나는 외국과 내통하지도 않았습니다. 나는 잘못한 게 없습니다. 나는 죽을 죄를 짓지 않았습니다…. 뭐 이런 말을 하니까 승상께서 무척 놀라시는 눈치였소."

그러자 사공저의 안색이 그만 흙빛이 되었다.

"아니 내가…. 이거 큰 일났군!"

"어서 달아나요! 여기 있다간 당신은 죽고 말아요!"

"그래, 당신 말이 옳군!"

그는 대충 행장을 수습한 후 아내에게 부탁했다.

"내가 도망간 뒤에 당신은 친정에 가 있구료!"

"뒷일은 염려말고, 어서 피해요!"

사공저는 뒤도 안 돌아보고 새벽에 도망치기 시작했다.

그는 큰길로 나오지 않고 작은 길로 달려가 서쪽 대문까지 이르렀다. 여기까지는 아무 생각 없이 도망치다가 성문이 가까이 보이자 그제야 사공저는 문득 한 가지 생각이 떠올랐다.

'가만 있자. 내가 문밖으로 가면 어디 가서 숨지…?'

그는 한참 동안 앞일을 궁리하다가 순간 좋은 생각이 떠올랐다.

'옳지! 내가 알고 있는 사실을 상국님께 밀고하자! 그러면 한신은 해를 당할는지 몰라도 나는 안전할 것이 아닌가!'

사공저는 마침내 한신이 진희와 내통하여 비밀 편지를 보냈다는 사실을 승상부에 밀고하기로 결심하고 오던 길을 급히 돌아서서 승상부를 향해 달음질쳤다.

초가을 아침해는 이미 하늘 위에 솟아 있었다.

이때 소하는 황제로부터 받은 칙명에 따라 나라 안팎의 정보를 면밀히 모으며 치안 상태에 각별히 마음을 쓰고 있었다.

또한 그는 한신을 의심해서 특별히 감시하는 입장이었다. 반란군을 정벌하기 위해 진희가 출정할 때도 한신은 나와 보지도 않은 사실이 마음에 걸렸기 때문이었다.

바로 이런 때 사공저가 찾아왔다.

"무슨 큰 일이냐? 어서 말해 보아라!"

소하는 사공저를 가까이 불러 세우고 물었다.

"소인의 집 주인대감 한후께서는 진희와 내통하고 있습니다. 상국께서는 이런 일을 아시옵니까?"

소하는 속으로 크게 놀랐으나 겉으로는 위엄을 보이면서 사공저를 꾸짖었다.

"네 이놈, 말을 함부로 지껄이다가는 큰 일난다!"

"어찌 감히 거짓말을 고하겠습니까!"

"그렇다면 사실대로 아뢰어 봐라!"

"예. 진희 장군께서 조대 지방으로 출정하시는 길에 한후 댁에 왔습지요. 그때 한후께서 진희 장군에게 모반하라고 권고하셨습니다…. 그렇게 말하는 것을 소인이 심부름을 하다가 방문 밖에서 직접 들었습니다. 결국 진희 장군이 조대에 가서 반병을 격파했다고 하더니 금세 모반했다는 소식을 전해 왔습니다. 그후 진희 장군이 대왕이 되고 두 번 밀서가 한후에게 왔습니다. 그리고 어제는 한후가 밀서를 곡양으로 보냈습니다. 그 밀서 내용은 작은 길로 해서 진희가 장안을 공격하면 한후는 여기서 내응하겠다는 것입니다."

소하는 지체 없이 사공저를 데리고 미앙궁으로 달렸다.

그는 장락전에 들어가 여후를 만나 보고 한신의 이야기를 사공저로부터 들은 대로 상세히 보고했다.

여후는 경천동지라도 하듯 깜짝 놀랐다.

"한신의 역심이 기어코 탄로되었소이다! 저놈이 바로 한신의 하인인 사공저란 놈이오?"

여후는 뜰 아래 꿇어앉아 있는 사공저를 보며 물었다.

"그러하옵니다."

"승상께서 속히 대책을 마련하시오!"

소하는 이미 생각하고 있던 계책을 아뢰었다.

"이 일은 은밀히 처리해야 되겠습니다. 사공저는 신의 집에 숨겨두고 옥에서 진희와 닮은 죄인을 찾아 그놈의 목을 베어 거짓으로 폐하께서 진희의 목을 베어 보내시었다고 하면 모든 신하들이 치하의 말씀을 올리려고 들어올 것입니다. 그때 한신도 올 것이므로 즉시 체포해 친히 그 죄를 물으시면 될 것이옵니다."

"정말, 묘책이외다. 승상이 그대로 시행하시오."

소하는 사공저를 자기 집에 숨겨 놓고는 감옥에서 진희와 닮은 죄수를 친히 물색하였다.

"저놈의 목을 베어서 갑 속에 넣어 승상부로 보내라!"

소하는 옥리에게 이같이 명령하고 승상부로 돌아왔다. 그리고 방을 써서 시가의 요소요소에 붙이게 하였다.

이렇게 하여 진희의 목이 떨어졌다는 소문은 금시에 널리 퍼지고 모

든 신하들은 승상부로 나와서 소하에게 치하의 인사를 하였다.

이때 한신은 사태를 판단하기가 매우 혼란스러웠다.

'정말 진희가 황제에게 죽었을까? 진희가 곡양 땅에 진을 치고 있는 이상 황제한테 패할 것을 이미 예측하고 있던 사실인 만큼 진희가 죽었다는 것이 사실일지도 모른다. 과연 그렇다면 모든 신하가 조정에 나아가 치하의 말씀을 올리는 때 나 혼자만 나가지 않는 것은 도리어 의심받는 노릇이다. 그리고 황제가 환궁한 뒤에 과연 나는 어찌 될 것인가?'

진희에 대한 내용은 승상부에서 알고 있는 일일 것이다.

'잘 알고 있는 소하가 거짓으로 방을 붙일 리가 있겠는가.'

한신은 마침내 이렇게 판단하고 여러 사람들과 같이 조정에 나가 축하하기로 마음을 먹었다.

큰 별 한신이 죽다

이튿날 한신이 승상부로 나가니 경축 인사를 드리기로 한 근신들이 모두 모여 있었다.

"역적 진희를 멸하였사오니 이는 폐하의 위덕이옵고, 사직의 홍복이옵니다. 신 등은 경축하여 마지않사옵니다."

여러 대신들은 소하를 선두로 하여 모두들 여후 앞에 머리 숙여 치하의 말씀을 올리었다.

여후는 대신들의 인사를 받고 이어 소하를 불러 이렇게 명했다.

"승상은 다른 사람들은 물러가게 하고 한후만 남아 있으라 하시오. 그리고 승상과 함께 편전으로 오시오. 내가 은밀히 의논할 것이 있어서 그러는 것이외다."

명을 받은 소하는 잠시 뒤 한신을 대동해 편전으로 들어갔다. 애석하게 이때까지도 한신은 다음 순간에 벌어질 사건을 까맣게 모르고 있었다.

한신이 몇 걸음 편전 쪽으로 옮겼을 때 별안간 숨어 있던 수십 명의 군졸이 덤벼들어 한신을 결박해 장락전으로 끌고 갔다.

"이놈들, 이게 무슨 짓이냐!"

장락전 대청에서 이를 보고 있던 여후가 한신에게 호통쳤다.

"황제께서 네 공을 생각해 제왕齊王을 거쳐 후에 초왕楚王에까지 봉하였는데, 그런 네가 모반할 뜻을 품다니…. 하지만 황제는 너의 공을 생각하시어 차마 너를 죽이지 않고 회음부에 봉하시었다. 하지만 너는 이 같은 성은에 보답은커녕 진희를 꾀어 모반하도록 하였다. 너의 죄는 결코 하늘도 용서치 않을 것이다!"

여후의 호령은 추상과 같았다.

한신은 여후를 쳐다보며 항변하였다.

"신은 결코 그런 일이 없사옵니다."

"너의 하인 사공저란 놈이 내게 와서 이 같은 사실을 고하였다. 그래도 아니란 말이냐?"

"아니옵니다! 사공저란 놈이 본디 거짓말이 능한 놈입니다. 그놈의 말을 믿지 마소서!"

"그래도 변명을 하는구나! 황제께서 이미 진희를 죽이고 네가 진희에게 보낸 편지까지 확인한 후 진희의 목과 함께 이리로 보내오셨다. 이래도 그렇지 않다고 변명할 것이냐?"

한신은 자기가 진희에게 보낸 서찰까지 증거로 가지고 있다는 말에 입이 다물어지고 말았다. 그는 고개를 떨구고 아무 말도 못했다.

여후는 단호하게 명을 내렸다.

"속히 한신의 목을 치시오!"

한신은 망연자실 하늘을 쳐다보았다.

오늘 자기의 일생이 이렇게 허무하게 끝나리라는 것은 꿈에도 짐작조차 못한 일이다. 다시 한번 황후의 명령이 떨어지자, 한신의 목은 힘없이 땅 위에 뒹굴고 말았다.

미앙궁 장락전 종실 뜰 아래서였다.

한신이 이같이 최후를 마친 것은 대한 11년, 기원전 196년 9월이었다. 이 날 하늘은 흐려 하루종일 구름이 두껍게 덮여 있었다.

십여 년 전 한신이 처음으로 포중 땅에 들어왔을 때 한왕이 끝내 중용하지 않자 소하가 적극 천거해서 그로 하여금 천하를 평정하게 했

다. 그런 소하가 한신의 목이 떨어지는 그 자리에서는 말없이 보고만 있었다.

너무나 무정한 소하였다.

이튿날 여후는 황제께 올리는 표문과 한신의 목을 함께 보냈다. 며칠 후 황제는 여후로부터 온 표문을 받아 보았다.

> 이제 황제 폐하의 은덕이 만방에 선포되고 그 위덕은 사해에 떨쳤거늘 회음후 한신은 한의 녹을 먹으면서 딴 마음을 품고 진희와 내통하여 크게 모반을 일으키려 하는 것을 사전에 밝히고 마침내 확실한 증거까지 드러나 이를 소하와 의논하여 이제 국법으로 다스렸나이다. 한신을 참하고 그의 삼족을 멸한 후 이 사실을 급히 아뢰는 바이오니 폐하께서는 이 사실을 널

리 알리시어 진희로 하여금 스스로 자진케 하시고 곧 평안히 귀환하시옵기 바라옵나이다.

황제는 한동안 마음을 진정하는 듯하더니 힘없이 입을 열었다.
"한신은 참으로 천하의 인물이었다! 옛날 그 어떤 명장도 한신보다는 못 할 것이다! 그래서 짐이 그토록 아꼈는데 뜻밖에 이렇게 진희와 내통하여 모반하다가 황후에게 목숨까지 잃었구나. 참으로 애석하도다!"

황제의 두 눈에서 눈물이 주르르 흘렀다.

한편 진희는 한신이 보내온 밀서를 받고 급히 군사를 나누어 장안성을 공격하려고 준비 중에 있었다. 그런데 뜻밖에도 한신이 여후에게 참살당했다는 급보가 올라온 것이다.

"한후의 계획이 탄로되자 여후가 한후의 목을 쳤답니다. 그리고 한후의 목을 육가를 시켜 황제에게 바치게 하여 지금 한단의 원문 밖에 한후의 목이 걸려 있다 합니다."

"뭣이라고? 이게 웬 날벼락이냐…."

진희는 넋을 잃고 그만 주저앉아 통곡하였다.

"나는 한후 원수로부터 모든 것을 배웠다! 비록 성은 다르지만 정은 혈육이나 마찬가지였다! 아, 오늘 한후가 이같이 주륙을 당할 줄은 정말 몰랐구나!"

이렇게 탄식한 그는 기운없이 탁자에 엎드렸다. 이때 중군에서 또 첩보가 들어왔다.

"한군의 선봉이 한단성을 떠나서 백 리 밖에 와 있다 합니다."

진희는 이를 악물고 급히 여러 대장들을 불렀다.

"너희들은 양쪽 두 대로 나누어 대기하고 있다가 내가 먼저 싸우는 중간에 좌우에서 일제히 협공하도록 해라. 우리는 반드시 크게 이길 것이다."

이때 황제는 이미 한단을 떠나서 군사를 이끌고 곡양성 밖 삼십 리까지 들어와 있었다.

황제는 이곳에 진영을 설치한 후 번쾌와 왕릉에게 명했다. 두 장수는 정병 일만을 거느리고 곡양성 북방으로 가서 좌우에 매복하고 있다가 진희가 그 길로 도망쳐 오거든 사로잡으라 하고, 주창과 주발도 일만을 거느리고 적군이 쫓아나올 중간 지점에 매복하고 있다가 구원병이 나오거든 이것을 도중에서 막으라 명했다.

또한 관영은 선봉장이 되어 진희와 접전하는 동시에 다른 대장들은 관영을 돕도록 명하였다.

이튿날 관영은 선봉이 되어 곡양성을 향해서 출진하였다.

곡양 성중에서 모든 준비를 갖추고 있던 진희는 즉시 싸울 태세를 갖추었다.

"이놈들! 죽을 자리를 찾아왔단 말이냐?"

진희는 관영과 붙어 힘을 다해 싸우면서 자기 부하들이 응원하러 나올 때를 기다렸지만 아무도 나오지 않자 마음이 초조해졌다. 그럴 때 한군 중앙에서 많은 수의 군졸이 일시에 나와 진희의 군사를 사방에서 공격하기 시작했다.

진희는 더는 견딜 수 없어 북쪽으로 도망쳤다. 진희의 부하 유무와 초초도 이 모양을 보고 허둥지둥 도망쳤다. 그러나 주발과 주창은 유무와 초초를 급히 추격하여 일시에 목을 베어 버렸다.

진희는 혼이 빠져 뒤도 돌아보지 않고 말을 달렸다. 그러나 이내 수많은 한군에 의해 포위당하고 말았다. 앞으로 달아날 수도 없고, 뒤로 도망칠 수도 없는 형편이었다.

그때 번쾌가 나는 듯이 달려들더니 순간 진희의 가슴을 찌르는 동시에 칼로 목을 잘라 버렸다. 이렇게 황제는 삼군을 이끌고 진희의 목을

높이 쳐들고 한단으로 귀환하였다.
　다음날 황제가 여후에게 물었다.
　"한신이 죽을 때 아무 말도 없이 죽던가?"
　여후는 담담한 얼굴로 아뢰었다.
　"죽을 때 '후회막급이로다. 일찍이 문통의 말을 들었다면 오늘날 이렇게 허무하게 죽지는 않을 것인데' 하고 혼잣말을 하더군요."
　황제는 놀라운 표정으로 좌우를 보면서 물었다.
　"문통이란 누구를 말하는 것인가?"
　그러자 진평이 아뢰었다.
　"이름은 괴철이라 하고 문통文通은 그의 자이옵니다. 본디 제나라 사람으로 한신이 연나라를 평정했을 때 알게 되어 그후로는 조석을 가리지 않고 서로 상의하여 오던 인물이옵니다. 괴철은 한신이 제왕으로 있을 때 한신에게 모반을 권한 일이 있었사오나 한신이 그때에 말을 듣지 않았사옵니다. 그때부터 괴철은 거짓 미친 놈 행색으로 시장바닥을 돌아다니고 있다 하옵니다."
　진평이 이같이 아뢰자 황제는 고개를 끄덕이더니 말했다.
　"누가 제나라에 가서 괴철이란 자를 찾아올 수는 없는가?"
　그러자 육가가 자원하고 나섰다.
　"신이 괴철을 찾아오겠사옵니다."
　그리하여 육가는 즉시 함양을 떠나 제나라에 도착한 후 그 고을 군수 이현李顯을 만나 괴철의 행방을 물어 보았다.
　"그 사람은 미쳐 돌아다니니 일정한 주소가 없고, 모두들 미치광이라고 합니다. 그런데, 지금 폐하께서는 무슨 까닭으로 미친 그 사람을 찾으십니까?"
　군수 이현은 이상해서 물었다.
　"괴철은 미친 것이 아니라 미친 척하는 것이외다."

이현은 즉시 육가의 부탁을 받고 길거리로 사람을 내보냈다. 괴철은 쉽게 찾을 수 있었다.
'육국의 망함이여, 진나라가 삼키었도다. 호걸이 없음이여, 육국의 뒤를 이을 수 없도다. 진나라 몰락이여, 초나라가 멸하였도다. 초나라 다스리지 못함이여, 한나라가 천하를 통일하도다. 오강烏江에 쫓긴 몸이여, 이 누구의 힘이런가. 천하에 기모가 하나뿐 아니로다. 홀로 깨닫지 못함이여, 부귀영화가 재앙이로다. 화복이 무상함이여, 술취해 미침이 좋고 좋도다.'

괴철을 찾던 사람이 그의 손목을 강제로 끌고 술집으로 들어가 초면인사도 없이 술만 들이켰다. 그러다 한신이 죽었다는 말을 꺼냈다.
"미앙궁 종실 뜰에서 한신 원수가 참살당할 때 탄식하기를 내가 일찍이 문통의 말을 들었던들 이렇게 죽지는 않을 거라고 탄식했다오! 우리는 한신 원수가 그리 허무하게 죽을 줄 어찌 알았겠소. 그분과 함께 죽지 못한 것을 한탄할 뿐이오! 조금 전 선생이 미친 척 노래를 부르는 것을 듣다가 필시 문통 선생인가 보다 생각하고 지금 이 자리에서 술을 들면서 이렇게 마음을 달래는 것이라오. 생각해 보구료. 회음후 한신의 공훈이 얼마나 많은가 말이오. 그런데 하루아침에 뜻밖에도 일개 부녀자의 손에 참살을 당하고 자손도 모두 도륙을 당하다니…. 내 평생에 큰 은혜를 입었는데…. 생각하면 가슴이 찢어지는 것 같소! 지난날 초 패왕을 떨게 하고 용맹이 사해를 뒤덮던 일대의 영웅이시던 한신 원수께서 이렇게 죽다니…."
두 사람은 가슴을 두드리면서 눈물을 비 오듯 흘렸다.
괴철은 그때서야 처음 한신이 참살당한 사실을 알고 가슴을 치며 대성통곡했다.

"아아…. 한후께선 왜 좀 더 일찍이 깨닫지 못하시었소! 여자의 손에 허무하게 돌아가시다니 이럴 수가 있소! 이럴 수가…."

이렇게 푸념하며 몸부림쳤다. 이때 별안간 누군가 술집 문을 박차고 뛰어들더니 괴철의 상투를 움켜잡고 큰 소리로 꾸짖었다.

"네 이놈, 그동안 거짓으로 미친 놈 행세를 하고 돌아다녔지만 이제는 본색이 탄로났다!"

괴철은 안색이 잿빛같이 변해 상투를 붙들린 채 꼼짝 못 하고 앉아서 겨우 물었다.

"누구냐? 이게 무슨 짓이냐?"

하지만 그 사람은 괴철의 상투를 놓지 않고 호통을 쳤다.

"나는 중대부 육가다! 황제 폐하의 어명으로 너를 잡으러 왔다!"

말이 떨어지자마자 육가와 함께 온 군졸들이 괴철을 묶어 관아로 압송했다.

육가는 관아로 돌아와서 괴철의 결박을 풀어준 후 아무 일도 없었던 듯이 부드러운 음성으로 회유하기 시작했다.

"선생! 미친 척하지 마십시오! 속히 의관을 정제하고 황제께 나아가 예를 올리시오. 지혜 있는 사람은 때를 알고 어진 사람은 주인을 가릴 줄 안다 했습니다. 지금 한의 황제 폐하는 천하에 어진 임금이십니다. 장량은 오대에 걸쳐 한韓나라를 섬겼지만 지금은 한의 신하가 되어 있지 않습니까? 선생이 지금 한신을 위해서 헛되이 살다가 죽는 것보다는 한의 신하가 되어 이름을 천추만세에 남기는 것이 옳지 않습니까?"

육가의 말을 듣고 있던 괴철이 입을 열었다.

"이 사람이 오랫동안 미치광이로 지내다가 오늘 뜻밖에 선생에게 본색이 탄로나고 말았습니다. 일이 이렇게 된 바에야 황제께 나아가 문안을 드려야 하겠지요."

"잘 생각하셨습니다. 어서 나와 함께 떠나십시다."

그리하여 육가는 괴철과 함께 함양으로 돌아와 조정으로 나갔다.
황제는 괴철을 보자 큰 소리로 꾸짖었다.
"네가 한신에게 모반을 권한 일이 있느냐?"
괴철은 황제 앞에 솔직하게 아뢰었다.
"그러하옵니다. 그때 신이 모반을 가르친 것이 아니오라 빨리 천하를 얻으라 가르친 것뿐이옵니다. 당시에 진나라가 망하고 천하의 호걸들이 저마다 천하를 얻으려고 애쓸 때 재주 많고 걸음이 빠른 자는 남보다 먼저 천하를 차지할 수 있었사옵니다. 신이 생각하옵건대 개가 요임금을 보고 짖은 것은 요임금이 어질지 못한 때문이 아니라, 다만 제 집 주인이 아닌 것을 보고 짖은 것뿐이옵니다. 그때에는 신이 오직 한신이 있음만 알았사옵고 폐하가 계신 줄은 몰랐을 뿐이옵니다. 한신

이 그때 신의 말대로 하였던들 어찌 오늘날 저같이 참혹한 최후를 마치었겠사옵니까. 지금 한신이 죽어 신도 살고 싶지 않사옵니다. 폐하께서는 신에게도 죽음을 주시옵소서."

황제는 그 대답을 듣고 미소를 지으며 좌우를 돌아보았다.

"충직한 사람이라면 모두 그 주인을 위해서 힘을 다함이다. 괴철은 진실로 한신의 충신이로다!"

이렇게 칭송하고 다시 괴철을 향해 명했다.

"짐이 이제 네 죄를 용서하고 관직을 내리니 사양하지 말라."

그러나 괴철은 한사코 사양하였다.

"그것은 신의 소원이 아니옵니다. 폐하께서 천하를 평정한 한신의 공훈을 생각하시어 한후의 목을 신에게 내 주시고 초왕으로 봉하여 회음 땅에 장사 지내게 하여 주시옵고, 신으로 하여금 그 분묘를 지키게 하여 주시오면 그 폐하의 은덕은 진실로 만세무궁한 홍덕이 되리라 생각하옵니다."

괴철의 말을 들은 황제는 그 말에 감동을 받았다.

"옳도다, 괴철! 참으로 장하다. 그리 해라!"

이같이 칭찬한 황제는 즉시 유사에게 명하여 한신의 묘를 회음에 쓰게 하고 초왕의 위로서 장사 지내라고 분부하였다.

괴철은 황제의 은혜에 사례하고 태연히 궁중에서 물러나왔다.

그런 일이 있은 며칠 후 근신이 궐문 밖에서 어떤 사람이 기밀을 고하려고 배알을 청한다고 아뢰었다.

"무슨 말이냐? 기밀을 고하겠다니 지금 무슨 일이 있을까 보냐? 한신이 죽고 진희도 죽었거늘… 알 수 없는 일이구나. 어쨌건 속히 불러들여라."

근신이 불러들인 사람이 황제에게 아뢰었다.

"신은 양나라 태복이란 자이옵니다. 요즘 팽월이 각지에서 군마를 징집하옵고 머지않아 모반을 계획하고 있다 합니다. 더구나 전일 폐하께서 진희를 징벌하실 때 군사를 거느리고 나와 협력하라 하시었을 때도 일부러 칭병하여 불출하였사오며 한신이 주륙당했을 때는 그 소식을 듣고 통분해하더니 그때부터 군사를 조련하기 시작하였사옵니다. 신은 지금은 양나라에 있사오나 본디 한나라 신하였사옵니다. 이제 팽월이 모반하려는 것을 알고 그대로 둘 수 없어 밤을 새워 달려왔사옵니다."

황제는 태복의 말을 듣고 말했다.

"알았다! 물러가거라."

태복을 밖으로 내보낸 황제가 진평을 불러 의논하였다.

"팽월이 모반을 도모한다니 믿기지 않는 일이오?"

진평은 황제의 말을 듣고 즉시 의견을 아뢰었다.

"지난날 한신이 주륙당했을 때 신이 생각으론 만일 팽월이 이 소식을 알면 한신과 가까운 그가 필시 모반을 생각할 것이라고 생각하였사온대 과연 그같이 되었사옵니다. 이에 대한 계책은 다만 사신을 보내시어 팽월을 부르시기만 하옵소서. 그저 오라 하심에 대해서 제가 아무 말 없이 올 때는 저에게 다른 마음이 없는 것이옵고, 만일 오지 않는다면 반역할 의사가 확실히 있는 것이옵니다. 그러면 군사를 일으키어 정벌하시옵소서. 그리 하시면 군사를 일으켜 징벌하는 대의명분도 분명하옵나이다."

이 말을 들은 황제는 고개를 끄덕이고 즉시 육가를 불렀다.

"지금 경이 대량으로 가서 팽월을 오라 하시오."

황제의 명을 받고 대량에 도착한 육가는 양왕의 궁실로 팽월을 찾았다.

"대부는 갑자기 무슨 일로 이곳에 오셨소?"

팽월이 묻자 육가는 태연한 얼굴로 대답하였다.

"대왕이 모반을 기도한다고 며칠 전 태복이란 자가 와서 황제께 밀고하였답니다. 그러나 태복의 말을 종잡을 수 없으니 이것은 필시 대왕에게 원한을 품고 해치려고 모함하는 것이라 황제 폐하께서는 이렇게 생각하시어 이 사람으로 하여금 대왕을 모시고 오라 하시었습니다. 폐하께서는 직접 대왕을 만나 보시고 사실을 규명하려는 것 같습니다. 그러니 대왕께서는 폐하께 나아가 의심이 없도록 잘 말씀드리십시오."

"저런 죽일 놈이 있나! 그놈이 나를 모함하려고 황제께 나아갈 줄은 몰랐소. 이번에 내가 황제께 가서 그놈을 내 앞에 불러 놓고 죄가 없음을 명백하게 하리다. 사실이 명백하게 드러나면 폐하께서도 내게 대한 의심이 없어질 것이 아니겠소?"

극도로 흥분된 팽월은 즉석에서 이같이 육가와 동행하여 함양으로 갈 것을 동의하였다.

이때 팽월의 신하인 대부 호철이 팽월 앞에 와서 간하였다.

"대왕께서는 결코 행차하지 마시옵소서. 이번에 황제 폐하께 가시었다가는 반드시 화를 입으실 것이옵니다. 지난날 한신이 운몽에서 사로잡혀 왔을 때도 똑같았습니다. 한의 황제 폐하는 환난은 같이 겪어도 부귀영화는 함께 할 수 없다 합니다. 하오니 결코 믿지 마십시오! 만일 대왕께서 가시면 한신 원수가 당한 화를 그대로 당하실 것이옵니다."

진정으로 열과 성을 다한 호철의 간청이었다.

"하지만 한신은 죄가 있었고, 나는 그렇지가 않다. 한신은 그때 종리매를 숨기고 있지 않았느냐? 나는 터럭만큼도 죄가 없다! 무엇이 두려우랴."

팽월이 호철의 간청을 이렇게 외면했다.

그러자 호철이 또 간청했다.

"대왕, 신의 말씀을 들으시옵소서. 대체로 공이 많은 사람은 반드시 시기함을 받고 지위가 높은 사람은 반드시 의심을 받는다는 옛말이 있습니다. 지금 황제 폐하께서 대왕을 꺼리시고 의심하시는 이때 대왕은 비록 추호도 이심이 없다 할지라도 만일 황제께 나아가시면 없는 일도 기어코 찾아내 해를 끼치게 되어 있습니다."

'호철의 말도 일리가 있다. 어찌할까…'

육가는 팽월이 주저하는 모습을 보고 다짐하듯 말했다.

"대왕은 무엇을 주저하십니까? 지금 호대부扈大夫의 말은 얕은 꾀에 불과합니다! 황제께서 대왕이 일부러 피하는 것으로 아시면 부득이 대군을 동원할 것입니다."

육가는 이렇게 타이르고 팽월의 눈치를 살폈다.

'어찌할까? 황제에게 가도 위태롭고, 가지 않아도 죽을 것이 뻔하고…'

팽월은 마침내 결심을 굳혔다.

"대부, 가십시다!"

육가의 결심을 안 호철은 팽월이 수레에 오르는 것을 보고는 먼저 자취를 감추어 버렸다.

팽월이 탄 수레가 성문을 막 통과하려 할 때 돌연 성문 위에서 발목을 난간에 붙들어 맨 사람이 떨어지더니 팽월의 수레 앞에 거꾸로 매달려 부르짖는 것이었다.

"대왕! 가지 마십시오!"

그는 뜻밖에도 호철이었다.

"대부! 무슨 까닭으로 이렇게까지 고간을 하는 것이오?"

호철은 팽월의 목소리를 듣자 흐느껴 울면서 말했다.

"신의 고통을 대왕께서 구원해 주시었습니다. 후일 대왕께서 한신이 문통의 말을 듣지 않았던 것을 후회하듯 신의 말을 듣지 않으신 것

을 후회하시게 됩니다."

"고마운 말이오. 그러나 대부는 너무 염려 마오!"

호철은 자기의 힘이 부족한 것을 느껴 통곡하며 돌아갔다.

영포의 죽음

 며칠 후, 팽월과 육가는 함양에 도착하였다.
 황제는 팽월을 불러들였다. 그리고는 성난 목소리로 꾸짖었다.
 "전일에 짐이 진희를 정벌할 때 어찌해서 협조하지 아니했느냐?"
 팽월은 사색이 되어 아뢰었다.
 "신이 본디 속병이 있는 몸이오라 신병으로 못 나갔사옵니다. 결코 칙명을 어기고자 한 것이 아니옵니다."
 "지금, 태복이란 자가 네가 모반한다는 것을 밀고하였다. 너는 주륙을 면치 못하리라…."
 팽월은 사시나무 떨 듯 몸을 떨면서 아뢰었다.
 "태복이 신을 원망하여 사실무근한 일을 거짓 참소한 것이옵니다. 원하옵건대 사실을 명찰하시어 소인의 꾀에 기만당하지 마옵소서!"
 팽월은 한사코 자기의 무죄를 변명하였다.
 황제는 근신을 불러 어사대御史臺에 칙명을 내리라 했다.
 "팽월을 당장 고문에 걸라!"
 이때였다. 근신이 들어와서 보고했다.
 "지금 조문朝門 밖에서 한 사람이 급히 폐하께 아뢸 말씀이 있다고 등대하고 있사옵니다."
 황제는 즉시 그 사람을 불러들이라고 분부하였다.

"너는 누구냐?"

"신은 양나라의 대부 호철이라 하옵니다."

팽월의 신하 호철이 이같이 아뢰는 것이었다. 호철이 팽월의 뒤를 따라 황실까지 쫓아왔던 것이다.

"폐하께서 지난날 영양성에서 포위당하고 계시었을 때 만일 양왕이 초나라의 양도糧道를 막지 않았다면 그때 폐하께서는 초 패왕에게 멸망되시었을 것이옵니다. 양왕의 이같은 공훈을 생각하지 아니하시고 일시 요망된 말씀을 들으시고서 양왕을 죽이시려 하시니 참으로 답답하옵니다."

사실 수년 전 영양에서 항우에게 포위당하고 있을 때의 일을 생각하면 그때에 팽월의 공로는 컸다. 그뒤 성고 성 중에 포위당하고 있을 때도 팽월은 초나라 군사의 군량미 수송로를 차단하여 주지 아니 했던가?

말없이 호철을 내려다보고 있다가 황제가 입을 열었다.

"짐이 팽월을 죽이려고 했다마는 지금 네 말을 들으니 너의 말에도 일리가 있다. 팽월의 생명을 살려 주고, 왕작을 폐하는 동시 서천西川으로 가서 서민이 되도록 하겠다. 그리고 너를 대부大夫에 봉하겠다!"

마침내 황제는 이 같은 분부를 내렸다.

"황공하옵니다. 하오나 이제 양왕이 서민이 되고 신이 관직을 배수하오면 신은 개돼지만도 못 한 것이옵니다. 폐하께서는 신의 향리로 돌아가게 하여 주시옵소서. 소원은 그뿐이옵나이다."

이같이 사양하였다.

황제는 호철의 태도가 확실한 것을 보고 명하였다.

"그래! 두 사람은 물러가거라."

비로소 두 사람은 조정으로부터 풀려 나왔다.

그들은 황제의 분부대로 서천을 향해 함양을 떠나서 이튿날 동관까지 왔을 때 뜻밖에 그곳에서 여후의 행차와 만났다.

팽월은 여후에게 문안을 드리었다.

"황송하옵니다. 황후께서는 신을 불쌍히 여기시고 억울한 사정으로부터 신을 구하여 주시옵소서!"

팽월이 애원하는 듯 눈물을 흘리자 여후는 아래위로 훑어보다가 고개를 끄덕였다.

"잘 만났소! 나를 따라 도로 대궐로 돌아갑시다!"

팽월은 여후를 따라서 다시 함양으로 돌아왔다. 여후는 팽월을 데리고 환궁한 뒤에 즉시 황제에게 아뢰었다.

"팽월은 용맹무쌍한 장수가 아니오니까? 지금 없애 버리지 않으면 후일 큰 우환 덩어리가 될 것입니다. 때를 놓치면 나중에 후회하셔도 소용없습니다…."

황제는 여후의 말을 듣고 드디어 작정했다.

"그렇게 합시다!"

황제는 팽월을 포박하라 장창에게 명했다.

'아아… 할 수 없구나! 호철의 말이 맞았다. 한신이 탄식하던 말을 내가 되풀이하는구나. 호철이 그렇게도 나를 간할 때, 어찌해서 그의 말을 듣지 아니했던가….'

팽월의 목은 사정없이 베어져 성문 위에 높이 걸렸다.

역적 팽월의 목이 성문 위에 걸렸다는 소문이 쫙 퍼지자 금세에 구경꾼이 구름같이 모여들었다. 그 속에는 두건을 쓰고 삼줄로 허리띠를 두른 사나이가 크게 통곡하는 것이었다.

군사들이 이 사내를 붙들어 황제께 고했다.

"이놈, 어찌하여 팽월이 죽은 것에 그리 슬피 우느냐?"

"신은 창읍에 사는 난포이옵니다. 전날 양나라의 대부였사오며, 양왕으로부터 많은 은혜를 받았사옵니다. 지금 양왕이 이렇게 억울하게

죽어 신도 함께 죽지 못한 것이 원통해서 울었사옵니다."

황제의 안색이 변했다.

"팽월이 억울하게 죽었다고? 팽월은 반역죄가 분명한데 너는 어찌해서 억울하게 죽었다고 하느냐?"

난포는 굴함이 없이 대답했다.

"폐하! 폐하께서 그 옛날 영양성에 포위당하고 계시고 초 패왕의 사십만 군사가 밤이나 낮이나 무섭게 공격할 때, 그때 만약 양왕이 초 패왕과 내통하였던들 폐하께서는 여지없이 멸망하였을 것입니다. 신이 그때 양왕의 명령으로 초 패왕의 양도를 차단하고 군량미 수십만 석을 폐하께 보내 드려 폐하는 초 패왕을 멸망시킬 수 있었던 것이옵니다. 뜻밖에 태복의 참소로 참혹하게 죽고 또 그 고기로 포를 만들게 하시었다니 폐하의 형벌집행이 어찌하면 이다지도 가혹하시옵니까? 전일 폐하가 정한 약법삼장約法三章은 어디로 갔사옵니까? 그렇건만 만조의 신하 한 사람도 폐하께 간하는 사람이 없사오니 신은 죽음을 무릅쓰고 이같이 아뢰옵니다."

이같이 흉중을 털어놓고 다시 대성통곡했다.

황제도 한동안 묵묵히 말이 없다가 팽월의 목을 난포에게 주어 양나라 땅에서 장사 지내도록 칙명을 내렸다.

대한 12년 기원전 295년 시월.
햇빛이 따뜻한 어느 날이었다.

영포는 진희가 반란을 일으키고 한신의 삼족이 여후에게 죽음을 당하는 꼴을 보면서 마음이 편치 않았다.

그러나 이제 한신의 일도 끝난 터라 오래간만에 신하들과 술 한잔을 기울이고 있는 터였다.

비혁費赫과 신하들이 영포에게 서로 술을 권했다. 이때 황제의 칙사가 도착하였다는 전갈이 왔다.

"그래? 이리로 올라오시도록 해라."

칙사들은 비단보자기에 싼 조그마한 함을 한 개 내 놓았다.

"폐하께서 이것을 대왕께 드리라 하여 가져왔습니다."

영포는 궁금한 듯이 물었다.

"그 속에 무엇이 들었소이까?"

"술안주로 만든 장육입니다."

"무슨 짐승의 고기로 만든 장육인가요?"

영포가 이같이 묻자 칙사는 머뭇거리다가 슬쩍 둘러대었다.

"예, 그… 그건 사슴의 고기입니다."

"사슴의 고기라…. 오래간만에 먹어 보겠군!"

영포는 사슴 고기란 말에 함뚜껑을 열어 고기를 한두 점 집어서 입에 넣었다. 고기를 먹은 영포는 별안간 가슴이 꽉 막히고 비위가 뒤집혔다. 그리고는 이내 죄다 토해 버리고 말았다.

영포가 토해 버린 고기는 뜻밖에도 조그만 게새끼가 되어 엉금엉금 기어 달아나 버렸다.

"바른대로 말해라! 무슨 고기냐?"

칙사는 한참 만에 가까스로 입을 열었다.

"사실은 팽월이 모반을 꾀하다가 발각되어 처형되었는데 실은 팽월의 고기입니다!"

"뭐라고?"

순간 영포는 칼을 뽑아 칙사의 목을 내리쳤다.

황제가 팽월의 목을 난포에게 주어 대량 땅에 가서 장사 지내도록 허락한 뒤, 황후 여후는 팽월의 몸뚱이를 가지고 그 고기를 저미서 포를 뜨게 한 후 간장국에 조려 그것을 함에 넣어서 제후들에게 보내게 하였던 것이다.

황제는 이것을 알기는 알지만 반대하지 않아 이 같은 사건이 생기고 말았다. 영포는 칙사의 목을 베어 버리고서도 분을 참을 수 없어 씨근덕거렸다.

"이놈들! 정말 못 하는 짓이 없구나! 한신을 죽이고 진희를 죽이고 이제와서는 팽월을 죽여 그 고기로 장육을 만들어 천하에 돌려? 찢어 죽일 놈들 같으니라고…."

영포는 왕궁으로 돌아오는 즉시 황제를 공격하여 없애 버리기로 결심하였다는 격문을 천하에 포고했다. 또 수하에 있는 정병 이십 만을 점검하고 각처로부터 더욱 군사를 모집했다.

며칠 후, 베옷을 입고 지팡이를 짚은 오십여 세의 중년 늙은이가 궁문 밖에서 회남왕에게 면회를 청한다는 것이었다.

영포는 팽월과 관련 있는 사람인 듯싶은 생각이 들어 즉시 들어오라고 명하였다. 그는 영포 앞에 공손히 인사를 드렸다.

"신은 난포라는 사람이옵니다. 양왕이 억울하게 죽은 것을 대왕께서는 아시옵니까?"

"나는 자세히 알지 못하오. 다만 양왕의 육신으로 장육을 만들어 보냈기에 내가 한황漢皇을 멸해 버리려고 군사를 일으켰소!"

이 말을 들은 난포는 팽월이 죽게 된 경과를 자세히 말했다.

"양왕께서 대왕과 힘을 합해 대공을 세우시었지만 지금 와서는 모두 다 그림의 떡이 되고 말았습니다. 만일 지난날 한후께서 양왕과 대왕이 합심하여 협력하지 아니했던들 한왕이 어떻게 초나라를 멸하고 천하를 통일할 수 있었겠사옵니까? 그런데 이제 와서 까닭없이 한신과 양왕을 죽이고 삼족까지 멸해 버리니 이제 생존해 있는 사람은 오직 대왕 한 분뿐이옵니다!"

난포의 이 말을 들은 영포가 새삼 각오를 다지듯 말했다.

"그렇지 않아도 내 이미 황제의 사신을 이 칼로 죽였고 지금 군사를 성에 주둔시켜 놓았으니 가까운 시일 내에 행동을 개시하겠소! 그런데 다행히 선생이 이같이 찾아 주니 마음이 든든하오이다."

난포는 영포의 말을 듣고 이렇게 대답하였다.

"하오나 대왕께서는 너무 일을 서두르지 마십시오."

이때 영포와 난포 두 사람이 이야기를 듣고 있던 영포의 신하 비혁이 반대하고 나섰다.

"군사행동을 하려면 먼저 현 위치의 이점을 이용해야 할 일이지 결코 경솔히 할 일이 아니옵니다. 하오니 대왕께서는 우선 연燕·조趙

에 격문을 보내시어 우선 산동 땅에 근본을 닦아 놓고 그 다음에 황제와 승부를 겨루는 것이 상책일까 하옵니다."

비혁의 말이 아직 끝나기도 전에 영포가 천둥같이 분개했다.

"무엇이라고? 무슨 말을 그렇게 함부로 지껄이는 거냐? 내가 참패 당한다고? 나쁜 놈같으니! 어찌해서 미리 요망스러운 말을 입 밖에 내어 군사들의 마음을 어지럽히는거냐? 황제는 나이 오십이 지났고 한신과 팽월은 이미 죽은 이 마당에 천하에서 나를 당할 놈이 어디 있단 말이냐? 가거라! 썩 물러가거라!"

그렇게 영포는 비혁의 의견을 꾸짖고 출전명령을 내렸다. 이어 초왕 楚王 유교劉交와 유가劉賈를 격전 끝에 격파한 후 유교를 사로잡고 유가는 죽여 버렸다.

영포는 기세가 등등하여 동쪽으로 오吳나라 지방과 서쪽으로 상채 上蔡 지방을 완전히 점령해 버렸다. 그리하여 인근 각 지방의 군현들은 전전긍긍하였다.

이 같은 소식이 며칠 후 한 황제에게 보고되자 황제는 대경실색하였다.

"영포 같은 졸장부가 어찌 큰일을 저지르겠사옵니까? 폐하께서 한번 출정하옵시면 당장에 허물어지고 말 것이옵니다…."

여음후 등공滕公이 황제에게 아뢰었다.

"요즘 신의 집에 객이 한 사람 와 있사옵니다. 초나라 사람으로 성명은 윤설공尹薛公이라 합니다. 이 사람이 영포의 반란 내용을 듣더니 껄껄 웃으면서 큰 일을 저질렀소 하는 말을 들었사옵니다. 신이 생각하옵건대 필시 좋은 계책이 있을까 싶사옵니다."

"그러면 그 사람을 즉시 불러오도록 하오."

잠시 후에 윤설공이 황제 앞에 섰다.

황제가 대책을 묻자 윤설공은 서슴지 않고 아뢰었다.

"영포가 만일 상책을 쓴다면 산동 지방은 한나라 땅이 되지 않을 것이옵고 중책을 쓴다면 승부를 판단키 어렵고, 하책을 쓴다면 족히 근심하실 것이 없사옵니다."

황제는 그의 말을 알아듣지 못하였다.

"그게 무슨 말인가?"

"다시 아뢰옵니다. 영포가 만일 동의 요나라를 치고 서쪽의 초나라를 빼앗아 제齊를 삼키고 노魯와 조趙와 함께 견고히 수비하는 때에는 산동 지방이 모두 다 떨어져 갈 것이옵니다. 이것이 영포의 상책이옵니다. 이렇게 하지 않고 만일 오吳와 초楚를 빼앗고 위魏를 삼킨 후 고창의 식량을 근거로 하여 성고成皐의 출입을 지킨다면 폐하와 대적하여 승패를 분간하기 어려울 지경에 이를 것이옵니다. 이것이 영포의 중책이옵니다. 또 동쪽의 오나라를 빼앗고 서쪽의 상채를 점령한 후 월越나라 지방을 중요하게 생각하여 영포가 장사 땅으로 돌아와 앉는다면 일은 끝난 것이라 폐하께서는 편안히 주무시옵소서. 이것이 영포의 하책이옵니다…."

황제는 고개를 끄덕이며 물었다.

"알아들었소. 그런데 경의 생각 같아서는 영포가 어느 계책을 쓸 것 같소?"

"신이 요량하옵건대 영포는 필경 하책을 취할 것이옵니다."

"왜 그렇게 짐작한단 말이오?"

"본디 그는 여산에서 진 시황의 능을 수축할 때 토역하던 인부에 불과하옵니다. 토역꾼이 무슨 깊은 계책이 있겠사옵니까."

황제는 즉시 윤설공에게 천호후千戶侯를 내리고 삼군에 출동준비를 시켰다. 그리고 소하에게 관중 지방을 맡겼다.

황제는 대군을 거느리고 기서 땅에 도착하여 진영을 설치하고 적정을 탐색시켰다.

영포가 오나라 지방을 공격하자 오군 태수 여장呂璋이 싸우지도 않고 항복하여 영포는 즉시 회수淮水를 건너가 채蔡나라 지방을 공략한 후 지금 이곳으로부터 오십 리 떨어져 있는 옹산 아래 진을 치고 있다는 보고였다.

'과연 윤설공이 생각하던 것처럼 되었구나!'

황제는 즉시 왕릉을 선봉대장으로 하고 주발과 관영이 제2진, 제3진을 거느리고 옹산을 향해 진격하라고 분부하였다.

영포도 정보를 듣고 옹산의 서쪽에서 달려나왔다. 영포와 왕릉이 이십여 합을 접전하면서 왕릉은 벌써 힘이 빠져 칼쓰는 법이 어지러워졌다.

주발과 관영은 이것을 보자 일시에 달려나가 좌우로 영포를 협공하였다. 영포의 후진에서 이 보양을 본 난포 역시 즉시 여러 장수들과 함께 영포를 지원하여 쫓아나왔다. 그리하여 관군과 영포군 사이에는 치열한 백병전이 벌어졌다.

쌍방이 백병전이 벌어지고 있을 때 황제는 후진 대부대를 인솔하여 쫓아와서 새 병력들을 앞으로 보내고 지금까지 접전하던 병력들을 뒤로 물렸다.

이렇게 전세가 바뀌자 드디어 반란군은 패주하기 시작했다. 영포는 옹산의 후방을 향해 달아나고 황제는 삼군을 독려하여 추격했다. 이때 난포는 영포의 뒤를 따라 도망하다가 건너편 언덕에 움푹 패인 굴이 있는 것을 보았다.

'어떻게 해서든지 팽월의 원수를 갚아야지!'

그는 쫓겨가다가 몸을 감추고 숨을 만한 곳을 발견하자 이렇게 결심하고 말 위에서 뛰어내려 굴 속으로 기어 들어가 쪼그리고 앉았다. 그는 가쁘게 숨을 쉬며 황제의 추격대가 다가오기를 기다렸다.

뒤이어 마침내 황제의 군사가 몰려왔다.

 벌 떼같이 몰려오는 군사들 앞에 백마를 타고 달려오는 황제를 발견한 난포는 토굴 속에 앉아서 황제를 겨누고 활을 쏘았다. 난포가 정신을 모아 쏜 화살은 어김없이 황제의 어깨에 꽂히고 황제는 말위에서 땅바닥으로 떨어졌다.

 이튿날 황제는 기운을 차려 여러 장수들을 모아 의논하였다. 며칠 동안만 관망하고 있으면 영포가 황제가 크게 다친 줄 알고 신이 나서 제가 먼저 침공하여 올 것이니 그때 편안히 있다가 쳐들어오는 놈을 잡는 편이 훨씬 용이할 것이라는 계책을 세웠다.

 "과연 그렇겠소!"

 황제도 즉시 진평의 계책에 찬성하였다.

 한편 영포는 황제의 군사가 수일 동안 아무 움직임이 없자 크게 기뻐했다.

"그러면 그렇지! 난포가 쏜 화살에 중상을 입어 이제는 싸울 힘이 없어진 모양이다. 이때 급히 쳐부셔야 하겠다!"

그러자 난포가 조심스럽게 말했다.

"만일 적이 묘계를 써서 이렇게 하는 것이라면 도리어 그 꾀에 빠지는 것이 됩니다."

영포는 난포의 말을 듣고 군사를 두 대로 나누어 싸움을 걸어 보게 하였다. 그러나 한진에서는 화살 한 개도 날아오지 않았다. 그제서야 영포는 안심하였다.

"황제의 상처가 위중한 것이다. 오늘밤에 야습을 단행하자."

이때 뜻밖의 보고가 들어왔다.

황제의 대장 기통이 아군의 본진을 탈취하고 주발은 회수의 강변을 수비하고 있으며 육안 땅에 있는 대왕의 일가족은 관영에게 전부 생포되었으며 조참은 장사 지방에서 아군의 양도糧道를 단절하고 있다는 것이다.

영포는 가슴이 철렁 내려앉았다. 오늘밤 야습하려던 생각은 어디로 갔는지 없어지고 어서 바삐 도망쳐야겠다는 생각이 앞섰다.

이때였다. 한군 진영에서 한 떼의 군마가 쏜살같이 내달아 오더니 한 장수가 벼락같이 소리쳤다.

"이놈아, 번쾌가 나간다!"

영포가 번쾌와 함께 오십여 합 접전하는 동안 한군이 개미떼 같이 새까맣게 모여들었다.

'이제는 할 수 없다…'

영포는 모든 것을 체념하고 말머리를 돌려 동남을 향해 달아나기 시작하였다. 영포는 겨우 백여 명의 군사를 데리고 강을 건너 오나라의 오예吳芮를 찾아갔다. 그러나 오예는 사냥을 나갔고 그의 조카 오성이 맞았다.

오성은 영포를 맞아들인 후 곰곰이 생각해 보았다.

'영포 같은 놈이 힘만 믿고 회남 땅의 임금님이라고 아니꼽게 굴더니 반란을 일으켜 관군에게 참패당하여 이곳으로 도망해 왔다. 삼촌이 사냥 갔다 돌아와서 이놈을 도와준다면 우리도 반란군과 한 패가 될 것 아닌가? 그것보단 아예 삼촌이 돌아오기 전에 이놈을 죽여 황제께 헌상해야겠다. 그러면 황제께서 우리에게 상을 내리실 것이다.'

오성을 이렇게 생각하고 즉시 연회를 준비시켰다.

그 술자리에 영포가 나와 앉았다. 오성도 같이 앉았다.

"영숙숙叔은 어느 곳으로 사냥을 가시었나?"

"숙부께서는 한번 사냥 가시면 며칠씩 다니시니까 알 수 없사옵니다. 오늘도 대왕께서 이곳으로 행차하실 줄 모르고 아침 일찍이 나가셔서 어디로 가셨는지 모릅니다."

오성을 이렇게 대답하였다.

"내가 전일 군사를 일으켜 이곳에 왔을 때 영숙이 두 말 없이 내 뜻을 따라 주어 내가 강을 건너서 상채 지방을 얻고, 즉시 기서 땅으로 내려오다가 뜻밖에 황제의 군사를 만나서 쫓겨 이리로 왔네. 잠시 여기서 머물러 있다가 한군과 결전을 해서 성공하면 영숙과 함께 부귀를 나누겠네."

"대왕의 말씀, 오직 감격할 뿐이옵니다."

오성은 영포의 마음이 호탕하도록 온종일 술을 권하였다.

저녁때가 되자 영포는 술에 만취하였다.

"들어가 주무시옵기 바랍니다."

오성은 부축하여 객실로 들어가서 침상 위에 눕혔다.

이날 밤 이경 무렵, 오성은 미리 단속해 두었던 사십 명의 군사들을 데리고 객실 뒷담을 넘어 처마 밑에 들어와 가만히 엿들었다. 코고는

소리가 요란스럽게 들렸다.
'됐다! 깊이 잠들었구나…'
오성은 이렇게 단정하고 방문을 소리없이 열고 들어가 한칼에 영포의 목을 싹둑 잘라 버렸다.

이윽고 날이 밝았다. 오성은 영포의 몸뚱이는 그대로 놓아 둔 채 즐비하게 쓰러진 백여 명의 시체는 말끔히 치웠다. 그리고는 영포의 목만 잘라 한나라 진영을 찾아갔다.
황제는 크게 기뻐했다.
"뭐? 영포를 죽였다고? 오, 참으로 장할시고…"
황제는 기쁨을 참을 수 없어 칭찬하기를 마지않았다.
"그대가 어떻게 이토록 쉽게 친하징사인 영포를 죽였는가?"
오성은 서슴지 않고 아뢰었다.
"신의 삼촌이 사냥을 나가시어 없는 사이에 영포가 피신하여 왔었습니다. 신은 영포에게 술이 만취되도록 권하고 영포가 잠든 사이에 목을 잘랐습니다."
"그 영포의 목을 한번 보자. 이리로 올려보내라!"
이런 분부를 들은 진평이 나서며 적극 만류했다.
"불가하옵니다. 어젯밤 세상 모르고 잠들어 있다가 살해당하여 그 얼굴에는 아직도 혼백이 사라지지 않았을 것이오며 악기까지 서려 있을 것입니다. 그 꼴을 보시면 악기가 용체를 괴롭힐 것이오니 유념치 마옵소서."
그러나 황제는 호기롭게 웃음을 터뜨렸다.
"허허허… 짐이 풍패에서 십수 년 동안 백여 차례의 혈전을 치르면서 죽은 놈의 목을 수만 개나 보았는데 영포 따위의 목만은 보면 안 된다니 어디 그게 될 말인가?"

 신하들이 즉시 오성이 가지고 온 나무궤짝을 가져와 황제 앞에 놓고 뚜껑을 열었다. 과연 영포의 목이 그 궤짝 안에 들어 있었다. 황제는 영포의 목을 들여다보면서 호통을 쳤다.
 "이 가증스러운 놈! 어찌하여 역모를 했단 말이냐? 네 이놈! 이러고도 오吳·초楚 사이를 누비고 다닐 테냐?"
 황제의 호통이 막 끝났을 때였다.
 돌연 궤짝 속에 있던 영포의 잘린 얼굴에서 두 눈이 떠지고 머리카락이 길길이 일어서며 입 속에서는 흉측한 냄새를 풍기는 것이 아닌가.
 "으악!"
 황제는 그 지독한 냄새에 그만 정신을 잃고 방바닥에 쓰러졌다.
 황제가 쓰러지는 것을 본 진평은 기절초풍하여 달려와 황제를 부축

해 장중으로 들어갔다. 즉시 어의가 달려와 치료했으나 하루가 지나고 닷새가 지나도 황제는 제대로 의식을 회복하지 못하고 몽롱한 의식 속에 헤맬 뿐이었다.

이렇게 열흘이나 지나서야 황제는 비로소 정신을 차릴 수 있었다. 평상시와 같은 건강을 되찾은 황제는 뒤이어 오성에게 많은 상을 내리는 동시에 건충후建忠侯에 봉하였다.

황제는 대군을 거두어 함양으로 회군하였다.

회군 도중 황제는 풍패豊沛에 이르게 되었다. 이곳은 유방이 태어난 고향으로 지금 한나라 황제가 된 유방은 이곳을 그냥 지나치기가 싫었다.

이렇게 영포의 반란을 말끔히 평정하고 환궁하게 되자 대궐에서는 여후와 태자, 그리고 척씨와 척씨의 몸에서 태어난 둘째 아들 여의, 기타 모든 대신들이 멀리까지 나와서 어가를 맞았다.

황제는 그 날부터 척희가 있는 서궁西宮에 틀어박혔다. 황제는 척희를 지극히 총애하였다.

수수의 싸움에서 무참히 패배하여 혈혈단신 도망칠 때 감로수인양 한가닥 불빛에 인도되어 척가장으로 들어가 함께 동침을 한 황제였다.

비록 창망 중의 하룻밤이었으나 황제는 그날밤의 척희를 무척이나 사랑했다. 이렇게 되자 여후의 질투심은 무섭게 불타오르기 시작하였다.

'내 이 척가년을 죽이기 전에는 죽어도 눈을 감지 못하겠다…'

여후는 화풀이를 시녀에게 해댔다. 그러나 시녀들은 표독한 여후의 성격을 잘 아는지라 찍 소리도 못하고 웅성거리기만 할 뿐이었다.

여후의 포악한 마음을 이미 척희도 잘 알고 있었다.

척희는 비록 아무 말도 하지 않았으나 가슴이 아팠다. 자기가 죽는 것은 별로 관심이 없으나 자기가 죽으면 여의도 자기와 같은 운명에 처해지리라는 우려 때문이었다.

그리하여 척희는 황제의 마음을 사로잡아 여의로 하여금 황제의 후계자로 만들어 놓으려고 했다. 이것을 간파하지 못할 여후가 아니었다.

이 기미를 미리 알아챈 여후는 자기의 친정 오라비인 여택呂澤과 상의하여 태자의 안전을 꾀하였다. 그들은 이 일을 은밀히 상의하기 위해 여택은 장량을 찾아갔다.

여택이 부탁하자 마지못해 장량이 입을 열었다.

"천자께서 평생에 소중히 여기시는 사람이 네 사람이 있는데 그들은 모두 상산 남쪽에 은거하여 세상에 뜻을 버리고 사는 선인들로서 상산의 사호四皓라 일컫는 기리계綺里季, 당선명唐宣明, 최황崔黃, 주술周術 의 등 네 사람이오. 천자께서 일찍부터 그들 네 사람을 후한 예로써 청하셨으나 그들이 끝내 불응하고 나오지 않아 천자께서 그들을 사모하시는지 오랜 터인즉 이제 황후께서 예를 두터이 하시어 간곡히 그들을 청해다가 태자를 보좌케 하신다면 그야말로 백 명의 장수나 십만 대군보다 더 나아서 태자로 하여금 반석 위에 거하시도록 안전하게 보호할 것이오."

여택은 즉시 여후에게 이 말을 고하고 이공李恭을 사자로 삼아 네 성인을 청하도록 했다.

이공이 수십 번 찾아 간곡히 청하여 마침내 사호를 동반하고 돌아오기에 성공하였다. 그런데 어느 날 황제는 군신들을 모아 놓고 태자 폐립太子廢立에 대한 의견을 물었다.

그러나 숙손통과 주창이 동시에 나서며 그 불가함을 간했다.

"짐이 여의가 태자의 책무를 대신하도록 하려는 데 감히 경들이 막으려 하는가."

황제가 척희가 있는 장신궁長信宮으로 가는 길에 태자 유영이 네 사

람의 노인들과 얘기를 나누고 있는 것이 보였다.

"저 네 사람들은 누구인가?"

그러자 사호는 황제 앞으로 나서 각기 자기 이름을 밝혔다.

황제는 듣고나서 더욱 놀랐다.

"짐이 그토록 예로써 청했건만 그대들은 끝내 불응하다가 이제 어쩐 일로 태자를 따라 나왔는가?"

사호는 이구동성으로 아뢰었다.

"이제 태자께서 어진 이를 위하고 선비를 높이심으로써 천하 사람들이 다 태자를 위하여 죽기를 원하고 있나이다. 그러므로 신들도 태자께서 부르시지도 않았는데 기꺼이 나와서 모시고 지내는 터이옵니다."

황제는 그제야 표정이 부드러워졌다.

이튿날 황제는 군신들을 모아 놓고 여의를 조왕으로 봉한다고 선포하니 신하들은 모두 이구동성으로 소리쳤다.

"참으로 현명하신 조처로소이다."

황제는 즉시 주창을 불러 여의를 따라 조나라로 가서 잘 보좌하라 명하고 즉일로 여의를 따라 보내며 척희를 데리고 성문 밖까지 나아가 눈물을 흘리며 사랑하는 아들을 전송하였다.

떠나가는 장량

여의를 떠나보낸 황제가 울적하게 지내고 있는데, 어느 날 한 사람의 백성이 소장을 올려 승상 소하를 탄핵했다.

'소 상국蕭相國이 자기의 권세를 믿고 상림원上林苑 안에 있는 공지를 임의로 백성들에게 나눠 주어 그 곳에 곡식을 심어서 반타작으로 거두어들이게 하고, 또 근일에 백성들의 재물을 함부로 탐하여 사복을 채우기에 급급하고 있나이다.'

황제는 크게 노했다.

"어째서 소하가 짐의 평생의 후은을 잊고 제멋대로 그 따위 짓을 한단 말인가."

황제는 앞뒤 가리지 않고 즉시 소하를 하옥시키라 명했다. 그러나 소하는 한 마디 변명도 하지 않고 결박당한 채 옥에 들어갔다.

그런지 며칠이 지난 뒤 왕위위王衛尉란 사람이 황제께 간곡하게 아뢰었다.

"지난날 폐하께서 초와 다투시기 수년, 그 뒤 진희와 영포를 치실 때도 번번이 소하를 머물러 도성을 지키게 하심으로써 마침내 국가는 태평하고 폐하께선 천하를 얻으실 수 있었나이다. 승상은 그때에도 이를 추구하는 마음이 추호도 없이 오직 일편단심으로 나라를 지켰는데 이제 어찌 사리를 위하여 백성의 재물을 탐했을 리 있겠사옵니까. 또 설사 그가 그런 일을 저질렀다 해도 그것은 단지 미미한 허물에 불과한

데 폐하께선 어찌 작은 허물로 큰 공을 망각하시려 하나이까. 원컨대 밝게 살피시옵소서."

황제는 묵묵히 듣고 있다가 고개를 끄덕였다.

"그대의 말이 진실로 옳도다. 내 하마터면 어진 재상을 또 잃을 뻔했노라."

황제는 즉시 소하를 석방시키고 크게 위로했다. 이때 장량은 소하가 옥에 갇혔다는 소식을 전해 듣고 깊이 탄식하기를 마지않았다.

"한신과 영포·팽월이 이미 주살되고 이제 소하마저 투옥되었으니 그 다음은 반드시 내 차례로다. 더구나 지난날 사호로 하여금 태자를 받들어 황제의 태자 폐립을 못하게 한 장본인이 바로 나이니 그 일이 탄로되는 날엔 해를 면키 어려우리라."

이튿날 장량은 조정에 나아가 황제께 아뢰었다.

"이제 천하가 통일되어 사해가 평화롭고, 또 태자께서 어질고 착하셔 가히 만세의 위업을 이으시기에 족하니 신은 이만 하직하기를 원하옵니다."

황제는 무한히 서운해 마지않았다.

"그대가 짐을 도와 무수히 대공을 세우시었지만 짐이 그 은혜의 백분의 일도 보답치 못한 터에 이제 또 멀리 떠나시려 하니 그 어느날 다시 만날 수 있으리요."

황제는 마침내 장량의 마음을 돌이킬 수 없음을 깨닫고 못내 섭섭해 하기를 마지않았다.

장량이 산으로 들어간 뒤 황제는 돌연 개국 공신들을 사모하여 태자를 불러놓고 분부했다.

"짐을 따르던 제신들 중에 혹은 짐과 포의布衣 시절부터 같이 일해 온 사람들도 있고 혹은 초를 배반하고 한으로 와서 대공을 세운 자도 있으며 혹은 중도에서 짐을 따라 기모와 묘산으로서 짐을 도운 자도 많은데 그 중에는 죄를 범하여 베임을 받은 자가 있긴 하나 그들의 공은 마침내 영원토록 인멸하지 않을 것이다. 짐이 이제 하나의 기념각을 세워 그 안에 여러 공신들의 초상을 그려 후세의 자손들에게 보이므로서 그 근본을 잊지 않게 하고 또 대한의 인재가 많았음을 과시하고 싶노라."

즉시 공신각功臣閣을 건축케 하는 한편 화공에게 명하여 공신의 초상을 사방 벽에다 그리게 하였다. 이윽고 공신각이 준공되어 황제가 태자를 데리고 친히 각에 올라 일일이 공신들의 출처와 내력을 들려주었다.

이런 일이 다 끝났을 때 황제는 지난해 영포와 싸울 때 화살에 맞았던 상처가 다시 악화되었다. 그런데 그는 지나치게 척희를 사랑한 나머지 본궁인 장락전長樂殿으로 돌아가지 않고 끝까지 서궁西宮에 머물면서 병을 조리하였으니 병세는 차츰 더해갈 뿐이었다.

여후의 걱정이 태산같았다.

"천자께서 근일 병세가 위중하신데도 오히려 서궁을 떠나시지 아니하시니 만일 불칙한 변이라도 있게 되면 어찌하오?"

수차 황제에게 환궁하기를 간청했으나 종내 듣지 않아 여후는 생각다 못하여 관영과 주발 등 여러 대신과 태자가 함께 서궁으로 가서 천자를 모셔 오라 명하였다.

'이는 필시 여후가 시킨 것이리라.'

이렇게 생각한 황제가 움직이려 하지 않는데다 척희마저 눈물을 흘리며 애소하는 바람에 이 일도 실패하고 말았다.

황제는 태자와 대신들에게 강경하게 말했다.

"짐의 병은 오랫동안 병마에 시달린 탓으로 생긴 병이다. 이제 이곳에서 심신을 정양하여 조금 나은 듯싶은데, 또 거처를 옮겼다간 병세만 악화될 것이니 그대들은 더 이상 권하지 말라."

그러나 번쾌가 한사코 그럴 수 없다며 또 간청하였다.

"태자께서 대신들과 함께 이토록 간절히 권하옵는데도 폐하께서 굳이 불응하시고 환궁하시지 않으신다면 이는 부자 간의 정리에 어긋남일 뿐 아니라 군신의 의를 잃음이온데 폐하께서는 장차 무엇으로써 인륜과 법도를 만세에 보이시겠나이까."

또 태자가 나서며 머리를 조아렸다.

"번쾌의 말이 심히 지당하옵니다. 폐하께선 속히 환궁하시어 성체를 보섭하옵소서."

그제야 황제는 마지못하여 태자와 제신들의 부축을 받고 정궁으로 환궁하였다. 척희는 비오듯 눈물을 흘리면서 황제를 따라 정궁으로 들어왔으나 여후의 독기 어린 눈살을 피하여 자기의 처소인 서궁으로 돌아가 버렸다.

여후는 급히 사자를 역양으로 보내 이름난 명의를 불러오게 하였다. 그러나 황제는 명의를 물리쳤다.

"경들은 어찌하여 이렇게 소란을 떠는가. 짐이 혈혈단신으로 천하를 통일하게 된 것도 다 하늘의 뜻이다. 짐의 병 또한 하늘의 뜻이니 뛰어난 명의라 하여도 짐의 병을 고칠 수 없을 것이니라."

이렇게 고집을 세운 황제는 결국 의사를 역양으로 돌려보내고 말았다.

정녕 천운天運을 어기지 못하는 것이 연약한 인간이리라.

며칠 후 황제는 창백한 얼굴에 미소를 띤 채 말을 남겼다.

"아… 이제 천명이 다했다. 태자 너는 부디 유조遺詔를 저버리지 말라."

그리고는 고요히 눈을 감고 잠든 듯 운명하고 말았다.

정녕 파란만장한 황제의 장엄한 최후였다.

대한 12년 4월 갑진일甲辰日 황제 유방의 나이 예순세 살 되는 해였다.

초한지

초판 1쇄 발행 2010년 8월 15일
초판 5쇄 발행 2018년 4월 20일

- 편　　저　김길형
- 펴 낸 이　박효완
- 디 자 인　김영숙
- 기　　획　INB기획
- 펴 낸 곳　아이템북스

- 출판등록　2001년 8월 7일 제2-3387호
- 주　　소　서울특별시 마포구 서교동 444-15
- 전　　화　02-332-4337
- 팩　　스　02-3141-4347

※ 파본이나 잘못된 책은 교환해 드립니다.